我们阅读
WOMENYUEDU

魅丽文化　花火工作室

# 一万次心动 6

一路烦花 / 著

江苏凤凰文艺出版社
JIANGSU PHOENIX LITERATURE AND ART PUBLISHING

**图书在版编目（CIP）数据**

一万次心动 .6 / 一路烦花著 . -- 南京：江苏凤凰文艺出版社，2021.8
ISBN 978-7-5594-5997-8

Ⅰ. ①一… Ⅱ. ①一… Ⅲ. ①长篇小说－中国－当代
Ⅳ. ① I247.5

中国版本图书馆 CIP 数据核字 (2021) 第 170216 号

# 一万次心动 .6

一路烦花 著


责任编辑 张 倩
特约编辑 朵 爷 肖云梦
装帧设计 丹青客 李 娟
出版发行 江苏凤凰文艺出版社
南京市中央路 165 号，邮编：210009
网 址 http://www.jswenyi.com
印 刷 湖南天闻新华印务有限公司
开 本 880mm × 1230mm 1/32
印 张 10.5
字 数 434 千字
版 次 2021 年 8 月第 1 版
印 次 2022 年 1 月第 2 次印刷
书 号 ISBN 978-7-5594-5997-8
定 价 46.80 元

CONTENTS

# 目录

C O N T E N T S

目录

# 第一章 徐世影敬上！

排名从上往下，需要下滑鼠标查看。

电脑屏幕上第一页的表格只能看到前二十名的排名，江院长和葛院长这行人并没有仔细查看第一页的想法，只大概扫一眼前三名是哪个国家的队伍。毕竟他们预计的名次在五十名左右，会从第二页开始看起。

但表格第一页第一行那支队伍名称后面的“jingda”太过亮眼，一眼就能看到这是秦苒他们队伍的名称。

别说A大的参赛者，就连葛院长、江院长也没反应过来。

葛院长做了个他平生几乎没做过的动作，用手揉了揉眼睛，又看了一遍。

第一名依旧没有变化。

葛院长跟江院长都知道，这个名次意味着什么。

葛院长看向江院长：“第一名！我们有队伍进了前三，拿的还是第一名！”

听到这句话，原本在隔壁桌子上喝啤酒的一行领队立刻放下手中的啤酒，连忙跑到电脑前，查看第一名。

此时，江院长拿着鼠标的手也是颤抖的。

相较他们，南慧瑶要淡定一些，实验过程中，他们早就已经见识了J大学神秦苒的名不虚传。

南慧瑶看到名次后，连忙跑回五个人住的套间，跟秦苒说这件事。

秦苒此时还在跟褚珩和叶师兄讨论研究的事。听到南慧瑶的话，秦苒只是朝她敷衍地点点头，三个人继续讨论。

南慧瑶看着淡定的三人，想到隔壁激动翻涌的大厅，站了一会儿，又默默回到隔壁大厅。

隔壁大厅有些呆愣的一行人这会儿终于反应过来。

"快，打电话通知周校长，"江院长确认无误之后，连忙站起来，朝周郢道，"跟他说这个好消息！"

这对J大对国内物理界来说确实是个天大的好消息。

周郢手指颤抖着，给周校长打电话。

国内跟M洲有时差，此时国内还是下午两点多，周校长正在程家跟程老爷子坐在暖亭里喝茶，程老爷子手边还放着鸟笼。

周校长兜里的手机响了一声，他自然知道这两天周郢带着队伍去参加国际赛了。拿出手机一看，周校长笑了笑，一边按了接听键，一边对程老爷子道："应该是秦苒同学他们的比赛有结果了。"

电话刚接通，就传来周郢一字一顿的声音："爸，名次出来了，秦苒同学那一队拿到了第一名！"

"第一名……"听到这个名次，周校长也不由得朝外面看了看，好半晌才反应过来。

程老爷子还在逗着鹦鹉，看到周校长的表情，不由得抬了抬头，十分理所当然地开口："苒苒的比赛结果应该不错吧？"在他眼里，秦苒自带滤镜。

"何止还可以……"周校长直接站起来，也不跟程老爷子聊天了，"我要去联系研究院，到时候肯定还有记者，先告辞！"

他身后的程老爷子不知道这意味着什么，逗鸟的动作一顿。他微微侧过头，让程管家去打听："老周这表情不对啊……"

不过十分钟，程管家就打听回来了，脸色十分复杂。

"怎么回事？"程老爷子把鸟笼挂回去，询问。

周校长走得太匆忙了，程老爷子也不太懂这些竞赛项目，但周校长这态度耐人寻味。

程管家深吸了一口气，抬头："老爷，这ICNE比赛是物理界最高级别的赛事，不分年龄，只看研究成果，而秦小姐他们拿到的成绩……是时隔二十四届，国内队伍重夺第一！

"四十多年了，国内物理研究院重回国际视野！

"尤其是，他们这一队，创造了ICNE比赛队伍平均年纪最小、实力最强的纪录。据我打听到的消息，M 洲实验室都被震动了！”

与此同时，国内物理研究院的研究员跟负责人都得到了秦苒他们队伍斩获第一的消息。

“五个平均年纪不到二十一岁的年轻人……”物理研究院的一众研究员都万分激动，这对国内物理研究院来说是个绝顶的好消息。他们纷纷打电话给廖院士，祝贺他的实验室出了一个好学员。

今天国内物理界宛若过年。

四十多年前，国内物理界也辉煌过，但也就短暂的一年。国内物理界的领军人物宁迩消失后，国内物理研究院一年不如一年，这个曾经在国际物理界独当一面的人物最终只留下一个国外物理研究者最想要的反应堆便消失了。

国内物理研究院从此在国际间销声匿迹，这么多年，在 ICNE 比赛中再也没人进过前三，更别说拿第一，甚至每年入围前一百名都很难。

M 洲，一群年轻人虽不懂国内物理界曾经的辉煌，但都压抑不住，全跑去隔壁房间道喜。

“秦苒学妹，你们五个人太厉害了！”A 大的研究生叹服，“四个大一学生，外加一个普通研究员，平均年纪不到二十一岁，比当初米罗封神赛还要恐怖。从今天开始，我们的队伍也要风靡 M 洲物理界一番了！”

他们哪里知道，这五个人中，秦苒他们四个人去年十一月份才开始研究项目，而唯一一个有经验的叶师兄，也是一个多月前才真正加入研究团队，纯粹五个门外汉。

周郢没有说话，只是打开客厅的窗户。这个角度，能看到对面 M 洲物理研究院的大楼上悬挂着的五面国旗，其中有一面换上了 C 国的国旗。

时隔四十多年，国内物理团队重回 M 洲。

比赛最终结果出来，M 洲在二月二十五日白天举行闭幕式。

秦苒这一队作为第一名，还是史上平均年龄最小的一队，肯定是各个媒体、教授一行人重点关注的目标。

M 洲这边闭幕式结束，还有一轮国内的采访。秦苒向来不耐烦这些，让叶师兄跟褚珩去参加闭幕式，她留在房间研究马修给她的资料。

马修给的资料是当初 F 洲的来龙去脉，包括地下联盟扮演的角色。

秦苒坐在电脑前，看完这些资料后，眸色平静地站起来，从大厅里拿了个打火机进来，烧了这堆资料，又把灰处理干净。处理完之后，她才拿起手机看了看时间。

上午九点半。

秦苒直接把电脑装起来，拉链一拉，拿着背包出门了。

刚到电梯口，手里的手机响了，秦苒随意地看了眼，一个虚拟号码，是马修。

她一只手按下电梯，另一只手拿出耳机塞到耳朵，按下变声器：“什么事？”

“你为什么帮我？”因为程隽的话，马修思考了好几天，才联系了秦苒。

黑客Q之前在国际上也出现过，完全是正义的化身。所以对方忽然找上自己，马修找不出原因，只能判定Q是个跟其他势力丝毫不挂钩的正义人士。

可现在……程隽说秦苒就是Q……

马修就更疑惑了。

他曾与秦苒交流过：一、对方太年轻；二、对方只是F洲的一个熟人。

秦苒看着电梯的楼层，闻言，挑眉：“为什么忽然这么问？”

两人合作也有两年多了，马修从不打听她的事。

“没事。”电话那头，马修坐在自己的位子上，看着面前的落地窗，直截了当地开口，“程当家告诉我，你就是上次被我抓起来的人，我想找你求证。”

马修也不想跟Q兜圈子，他知道自己玩心机肯定是玩不过程隽的，他到现在也没想明白为什么程隽忽然不针对他了。有问题就问，马修向来直爽，猜来猜去不是他的风格。

“叮——”秦苒这边电梯门已经打开，她却没有迈出脚步，只站在原地，觉得自己有可能听错了，淡淡地开口：“你再重复一遍。”

她的语气明显不对，马修沉默了一会儿，才把那句话又说了一遍。

秦苒这次没有回马修，只是抬头看了眼外面，把电话挂断，然后冷漠地摘掉耳机。

这会儿大部分人都在参加闭幕式，外面人不多。

程隽的车停在路边，车窗开着。他眼神好，看到秦苒过来，就从车上下来。

程隽对秦苒很了解，看她的表情就知道不对劲，那双眼睛有些清冷。程隽先自省了一下，没觉得自己有什么不对的地方，才试探地开口：“比赛出什么问题了？不会啊，我听他们形容的，你们这次厉害得不行啊。”他一边说着，一边看向不远处的研究院门头上的五面旗子，下巴微抬，“你看。”

“你跟马修说什么了？”秦苒双手环胸，似笑非笑地询问。

程隽微微眯眼，瞬间回想起跟马修的对话。

“你没跟马修坦白你在背后帮他的事？”程隽细数里面的弯弯绕绕，眉头拧起，他也有点服气，“那他这么轻易地放过你了？”

毕竟当时连顾西迟这个马修的救命恩人都没劝动马修，程隽觉得只有Q能让马修收手，其他人都不行。他神机妙算了这么多年，从没觉得自己会算错过，所以才干脆利落地在马修面前摊牌。

现在秦苒告诉他，她没说出来？

秦苒觉得事情越说越乱了，脑子一片混乱："你去搞定马修，我找秦影帝去。"

明天下午要回国，国内有一拨采访，三月初还有继承人仪式。

秦苒头大，马修肯定能猜出来。

"我现在送你过去。"程隽摸摸鼻子，不敢多说，默默将车开到了秦修尘所在的影视基地。

秦修尘拍的是大片，又有好几个主角情节，戏份一向很多，只有今天抽出了半天空闲。

秦汉秋明天要同秦苒一起回国，所以今天也来看秦修尘。秦苒到的时候，秦汉秋跟秦陵也刚好到达，一行人站在路边等她。

M 洲并没有什么人认识秦修尘跟秦苒，他们大大方方的，没有任何遮掩。

"小程，你也来了？"秦汉秋首先跟程隽打招呼，十分随意。秦陵也叫了声"程大哥"，只有秦修尘跟秦管家两个人不太自然。

程隽倒是大大方方的，叫了秦汉秋叔叔之后，又叫了秦修尘秦叔叔……

秦修尘面色沉静，看着程隽，没有说话。他跟程隽同辈分，一开始知道秦汉秋口中的那个小程就是程隽之后，他并不看好……毕竟程家那位玩票是全城公认的……

尤其是……欧阳家跟秦四爷有交流，秦修尘知道欧阳薇对程隽的心思，欧阳薇还是"129 侦探所"的人。

眼下程隽跟着秦苒叫他叔叔，面色虽然淡，但表情却很真诚。

秦修尘顿了下，程隽能露出这个表情……看起来不是玩票。

秦修尘心放下一半，心底略微点头。他收回心思，才跟程隽打了个招呼，并询问秦苒："苒苒，竞赛怎么样了？"

这几个人都不混 M 洲物理界，自然不知道物理界跟国内物理研究院已经翻天了。

秦苒的心思也不在物理上，只想着马修的事情，十分头疼，随意地开口："还行吧。"

"那就好。"秦修尘带他们逛影视基地，让秦苒多拍点照，他知道秦苒一直热衷于古建筑，偏头看秦汉秋，"今天小陵的舅爹没有一起来？"

"没，他们有事，还要一会儿。"秦汉秋看了看时间。

秦苒把手机给程隽，让他去拍照。她把风衣的帽子扣上挡风，跟在他后面指点江山。

程隽拿着手机，把影视基地全都拍下来，拍完之后才跟秦汉秋等人道别，回去处理马修的事情。

“小程不跟我们一起吃饭？”一行人找了个酒店，秦汉秋看着程隽开车离去，不由得一顿。

秦苒低头，看着群里江院长要求的转发获得金牌的事，点进朋友圈进行了转发，一瞬间就获得了十几个赞，她退了朋友圈：“他不饿。”

“是吗？”秦汉秋收回目光，不太相信。

几个人进了包厢，坐好之后，秦管家才看着秦陵：“小少爷，你那天太冲动了。”

“怎么了？”秦苒抬头。

秦管家连忙解释：“就是唐老先生知道小少爷天赋不错，想让小少爷留下，小少爷直接拒绝了。”

拒绝没事，秦管家也不想他们有什么联系，但是秦陵没怎么给那位唐小姐面子，跟秦苒一样性格十分冲，秦管家有些担心以后秦陵的为人处世。

“不过，听那些管事说，那位唐小姐是个黑客……”秦管家皱眉，看向秦汉秋，迟疑了下，还是没开口。

倒是秦修尘，他看了眼秦汉秋，沉吟片刻，指尖敲着桌子：“二哥，以后那唐家，能没有往来还是没有的好，认个舅老爷就行，其他的不要管。”

秦汉秋点头：“好。”除了舅舅，其他人他也不喜欢。

唐家。

唐家大少爷在一楼。门外，老李匆匆进来：“大少爷，今天您不和老爷一起跟秦二爷吃饭？秦家人基本上都齐了。”他礼貌地开口询问。

“不了，”唐家大少爷看了看手表，摇头，“今天二弟回来，我等他。”

他说的二弟，自然就是陆知行。

陆知行除了过年，其他时间基本上不回来，有时候过年都不一定回来。他一回来，唐家上上下下都忙活起来。

老李能理解大少爷的做法，他点点头，然后看向几位管事，几位管事自然想见陆知行。

至于唐轻，她从头到尾连面都没露，向来高傲惯了，除了陆知行，没把其他人当回事。

老李最后只带了一位认人的大管事离开。

两人离开后，唐家大厅里的一位高管才看着唐家大少爷开口：“大少爷，老爷会不会生气……”

“不会，等我二弟回来。”唐大少爷的能力没有陆知行强，但心思澄明，什么重要，什么不重要他分得很清楚，“现在最重要的是云光财团那边的智能授权。”

陆知行虽然是唐家最出色的人，但唐家大少爷对他一点敌意都没有，因为陆知行一直在云光财团内部，对唐家没有想法。

至于秦家那种找上门来的亲戚，他大略让人查了下A城的底细。A城现在鼎盛的四大家族拿到M洲都不太够看，更别说没落的秦家。

唐均对妹妹的后代很关心，是因为唐均跟妹妹的感情好，但唐家大少爷对他们并没有感情，连表面功夫都不屑做。

几个唐家人都点头：“二少爷这次会带回好消息吗？”

云光财团生意范围虽然主要是在亚洲，但……M洲势力复杂，陆知行加入云光财团那么多年，却多次帮唐家解决了纠纷，唐家高层也渐渐清楚，云光财团在M洲也有强大的势力，究竟是什么势力，就不是唐家人能知道的了。

这也是唐家人敬畏陆知行的原因之一。

“不知道，过年时我二弟说过，智能授权不归他管。”唐大少爷眼眸眯起，略显迟疑，“这次……恐怕也不确定。”

一位高管只是奇怪：“二少爷今年回来的次数很多……”以往几年都见不到他一次。

门外，唐均坐在车上，眸色看不出情绪，只看了眼老李：“知行今天回来？”

“我打电话给二少爷确定过了。”老李微微颔首，然后看向唐均，“会长，您要不要等二少爷回来说两句？”

陆知行一向很有自己的想法，在唐家特立独行，九岁编写了一套程序之后，就没再用过唐家的一分钱。唐均一开始打算把陆知行往黑客方向培养，但他跟陆知行道不同，只能遗憾放弃。

即便如此，陆知行在唐家、唐均这里都举足轻重。

唐均摇头：“等我回来，还来得及。”说完，他微微合上双眼。

老李没敢多说，直接把车开到了吃饭的地点。

包厢内，秦汉秋和秦修尘也没等多长时间。唐均走进来，脸上挂着笑容，他云淡风轻地提了一句陆知行今天回来。

“原来是我二表弟回来了，”秦汉秋对唐家其他人也不感兴趣，但还是偏头跟秦苒解释，“他也是一个非常厉害的软件编程师。”

“哦。”秦苒随意地点点头，翻开手机跟邻居聊天。

邻居——“你在M洲？你弟弟说的。”

秦苒偏头看了秦陵一眼，秦陵正在跟唐均一行人说话。

她收回目光随手回了个“嗯”，又加了一句：“参加物理比赛。”

那边的邻居看到最后一句，心情复杂，好久都没再回复。

好半晌，他才又问她——“什么时候走？”

秦苒：“明天。”

邻居：“我也是明天回去，停机坪等我一起，让你那位把我的票换换。”

这个自然没什么问题，秦苒没打算跟学校的队伍一起离开，程隽、程木都认识陆知行，秦汉秋、秦管家不认识陆知行。

秦苒：“机场见。”

秦苒预料到陆知行应该有事情跟自己说，就随意地答应了。

唐均身后站着老李跟唐家的大管事，老李对秦苒这态度见怪不怪了，他觉得秦苒跟陆知行有点隔代遗传。倒是唐家大管事，看到秦苒这态度，微不可见地皱了皱眉。

“你们明天确定回去？不多玩几天？”唐均还在跟秦汉秋说话，想多留秦汉秋一天。

“小陵过两天要上课了。”秦汉秋看了秦陵一眼。

“好吧。”唐均有些可惜，不过也没多说什么，他依旧笑眯眯的，“正好，你二表弟也明天回去，你们还能在机场见一面。”

吃完饭，唐均才站起来，微微弯腰，跟秦修尘说起了正事：“我们唐家很希望汉秋他们回去认认门，我爸妈当初最喜欢的就是小妹，他们在天有灵，要是能看到汉秋他们三人，一定高兴。”

听到这话，秦汉秋没有说话，只是看着秦修尘，任由他决断。

秦修尘看了唐均一眼，他没想到唐均会拿过世的祖宗说话。实际上，他并不想秦汉秋跟唐家有过多瓜葛，秦汉秋什么样子他清楚，唐家一看就不是M洲普通的人家。

只是秦修尘没预料到唐均会这么赖……

“秦先生，你放心，只是让汉秋他们认认祖宗。”唐均看出秦修尘的纠结，缓缓开口。

唐均将话说到这个份上，秦修尘自然不能说不。

“那这件事我们下次详聊。”唐均精瘦的脸上这才浮现出一丝笑容。

大管事站在唐均身后，他看着秦汉秋、秦修尘一行人的样子，眉头拧了拧。

这秦家人……还真把自己当回事儿……

唐均、秦汉秋和秦修尘一行人先走，秦陵、秦修尘的经纪人和秦苒走得一向慢。

经纪人在跟秦苒聊M洲小提琴协会的一些事情。

“小陵少爷，”唐家大管事也放慢了脚步，他朝秦陵弯腰，并道歉，“上次大小姐的事，希望您不要介意，大小姐她……”

大管事非常恭敬，微微笑着又似乎不在意地开口：“她两年前就加入了黑客联盟，为人处事方面有些孤傲。”

唐家人自然护短，陆知行和唐轻是唐家现在呼声最高的两位。

陆知行不用说，他站得太高，连唐家人都看不懂他，但唐轻唐家人都知道，二十岁就加入了黑客联盟。虽然她是陆知行引荐的，但陆知行能引荐进去，就说明她有进黑客联盟的实力。这种情况下，秦陵跟秦汉秋他们对唐家、对唐轻的态度就让唐家人不悦了。

说完，唐家的大管事抬了抬头，他看着秦陵这一行人的表情。秦修尘的经纪人脸色微变：“黑客联盟？”他上次就听库克老师说起过黑客联盟，这些顶级黑客什么的距离他太远，经纪人一般都是当作传说来听的，毕竟不是这个层次的。库克也只是稍微提起黑客联盟，向他证实了黑客联盟的存在。

眼下……库克老师也只是听说，这位管事却说那位唐小姐加入了这个组织？

经纪人心底惊骇，甚至有一瞬间表情没绷住，被唐家那位大管事看得一清二楚。

这表情在大管家的意料之中，他轻笑一声，没说什么，然而在看到秦苒跟秦陵的时候他却顿住了。

秦陵表情依旧冷漠，看不出来什么。秦苒拿着手机，正在看消息，她向来擅长一心二用，自然是听到了大管事的话，脸上却并无表情，只是抬了抬头，看向那位大管事，眼眸微微眯起：“麻烦，让个路。”

大管事一愣，不由自主地往旁边退了一步。

秦苒收回目光，继续低头把玩着手机，不紧不慢地往前走着。

身后，大管事垂在两边的手一紧。

一个二十来岁的女生怎会露出这样凛冽锋锐的眼神……

大管事看着秦苒的背影，应该是看错了吧……

唐均要回去见陆知行，没再跟秦汉秋等人多聊，直接离开。

等一行人走后，经纪人才看向秦修尘，把那位唐小姐的事情说了一下，最后微顿：“小陵要是跟那位唐小姐有来往肯定不会差，但这唐家确实不简单……”

秦修尘不让他们跟唐家多来往是对的。

“黑客联盟？”秦管家对这些了解得比较少，他看向经纪人，目露疑惑，“这是黑客的组织，跟黑帽子一样？”

经纪人也被问倒了，他迟疑了一下：“应该制度不一样吧……”他只知道黑客联盟很厉害，至于其他的，他一不是黑客，二不了解这个阶层的人，自然不清楚。

“黑客联盟就是一个顶尖的黑客组织，”秦苒把手机塞回兜里，看向尽头的车，淡淡开口，“有个暗线网络链接，专门搅乱国际上的组织，有好人有坏人，只要技术达标，黑客联盟都收，能加入联盟的，至少都有全球前两百名的水准。”

她说完，便看到程木的车停在了不远处。秦苒朝身后挥了挥手，随意地开口：“深夜三点走。”

这里距离停机坪还有一段距离，明天上午十点半的飞机，还要提前去见秦汉秋那位二表哥，自然要把时间提前。

秦修尘目送载着秦苒的车离开，才转过头。经纪人这才咂舌：“全球前两百名的黑客，可怕。”

全球几十亿的人口，在这些人中排名前两百，确实强。连秦修尘都微微颔首。

只有秦汉秋这个憨憨，他的关注点不在唐家那位小姐很厉害那里，只迟疑地开口：“那苒苒怎么知道的？”

秦修尘一顿。

经纪人显然也想到了这个问题，他略微抬头，迟疑道：“是啊，上次小侄女还有一本黑客联盟内部的书，莫非她有朋友就是黑客联盟的人？”

一行人面面相觑，没敢说什么。

深夜三点。

程水开车来接秦汉秋一行人离开，程木开着另一辆车跟在程水后面。

晚上出行需要经过边界，依旧是每一辆车停下来，接受检查才能放行。镇守边界的人看到程水跟程木的车时，直接开了最右边一道门，让他们离开。别说检查，连驾驶座上坐着的是什么人都没敢看。

一路畅通无阻。

早上八点，他们到达M洲停机坪，而唐均跟秦汉秋的二表弟都还没到。

“小程，”秦汉秋直接看向程隽，“你有事就先去忙，我再等等。”一下车，秦汉秋就看到程隽在不停地接电话。

程隽看了秦苒一眼。秦苒把黑白色格子的围巾往上拉了拉，没说话。

“好。”程隽低头笑了笑，却也没说什么，直接开口，“那我就先走一步，待会儿登机口见吧。”他确实有事情没有处理完。

马修那件事……还有镇守停机坪的霍尔这边，他肯定要去说两句。

“你去吧。”秦汉秋直接摆手，“没事。”

程水跟秦汉秋、秦苒告别，就跟着程隽一起离开，剩下程木跟在秦苒身后。

“二爷，他们怎么还没来？”秦修尘今天有戏份，不方便送秦汉秋，就让经纪人来送他们，经纪人看向入口，询问。

“不知道，”秦汉秋摇头，他微微凝眉，“舅舅说了他们走得很早……”

一行人又等了二十分钟，才看到拿着行李的老李跟那位大管事。

“边界入检口人太多了，排了很长的队，”老李把箱子放好，微微弯腰，“不好意思，让你们久等了，老爷跟二少爷马上就来，他们遇到了一位朋友，正在外面聊两句。”

秦汉秋摆手，表示无妨，只是疑惑：“什么入检口？”

“你们第一次来M洲，可能不知道，就是你们来的路上排队检查车子的地儿，就是边界入检口，检查严格，基本上人人都知道。”大管事看了秦汉秋一眼，淡淡解释。

秦汉秋回忆了一下，路上他也看了一路的风景，但确实没有检查车子的地方，他看向秦管家：“有吗？”

秦管家倒是记得：“好像有吧，但我们没有检查。”

“怎么可能没有检查？”大管事看了他们一眼，想开口说两句，这时老李淡淡地看了他一眼。

老李是唐均最信任的人，大管事直接闭嘴，不想再跟秦汉秋这些人说什么。

老李这才微笑地看向秦汉秋一行人，微微弯腰：“我提前来，也是想跟二爷你们说一声，二少爷他性格有些冷，跟……秦小姐有点像，待会儿要是有任何怠慢之处，请你们见谅。”

要说这个，秦汉秋觉得真没人有秦苒这么拽，他摆摆手，笑了一下：“我一直奇怪苒苒的性格像谁，原来是像二表弟。”

老李也笑：“秦小姐的个性确实很像二少爷。”说着，他也有点遗憾，就是两个人研究的计算机专业方向有一点不像。

没过几分钟，唐均跟一个戴着眼镜的男人出现在入口处。男人大概三十岁左右，看得出来他十分高冷，一丝不苟。

正是陆知行。

他落于唐均身后，也没看其他人，正在看手机，似乎在跟什么人聊天。

“老爷，二少爷。”大管事看到陆知行，脸上冷淡的神色变得很快，热情又恭敬。

唐均对着秦汉秋热情地介绍：“汉秋，这是你二表弟，陆知行。”然后又看了陆知行一眼，“你表哥，秦汉秋。”

唐均声音不小，纵使秦苒在聊天，也听到了熟悉的名字。她面无表情地抬头，把围巾往下拉了拉，一抬头，正好看到陆知行那张脸。

陆知行跟以往一样挺冷的，秦苒看过来的时候，他也正好看过去。

秦苒："……"

陆知行："……"

两人中间隔着秦汉秋跟唐均，唐均看见陆知行跟秦苒的表情，便对陆知行道："知行，这是你侄女，叫……"

陆知行淡淡开口："我知道，秦苒。"

陆知行看向秦苒，两人如出一辙的冷漠。

程木对陆知行记忆犹新，他挺淡定，直接打招呼："陆先生好，原来秦小姐是要等您。"

陆知行颔首。

秦汉秋和唐均等人都看出了秦苒跟陆知行之间的问题，唐均微顿，侧了侧身："苒苒，你们俩……认识？"

"嗯。"陆知行不知道在想什么，眸光有些飘散。他认识秦苒的时候，秦苒不足九岁，虽然她年纪小，但智商极高，陆知行对人对物向来都挺冷淡的，唯独对这孩子投缘。两人亦师亦友，当然秦苒叫他一声"陆叔叔"……

只是陆知行从来没想到，这个叫他陆叔叔的秦苒，竟然是他亲侄女？

他脑子一片空白，好半晌都回不过神。

秦汉秋看到陆知行有些发怵，眼下却又轻松起来，他目光看向秦苒："你们俩怎么会认识？"

陆知行是后来才搬到陈淑兰隔壁，秦汉秋早年就跟宁晴离婚，也很少回来，而陆知行深居简出，两人没有见过，自然不认识。

秦苒终于有些服气了，她收回目光，望了望天，声线清冷："我邻居。"

"什么邻居？"陆知行先跟秦汉秋打了个招呼，才看了秦苒一眼，下巴抬了抬。

秦苒把围巾扯下来，她已经注意到秦修尘的经纪人、秦管家还有老李等人看向她的目光。

"我们进去再说。"她朝入口处看了看，陆知行找她肯定有其他事，基本上都是有关云光财团的。

陆知行点点头，一向冷淡的脸色此时眼见地和缓，他跟唐均一行人打了个招呼，才与秦苒一起往旁边走："你这次要回去看看吧？"

"不回。"秦苒干脆利落地拒绝。

"还搞什么物理？"陆知行失望。

"这是事业。"

……

两人越走越远，关系极其熟稔，一看就是认识很长时间了。而陆知行半点也没老李之前说的有任何怠慢，看起来挺热情的。

身后，秦管家跟经纪人对视一眼，经纪人也没怎么回过神：“秦管家，小侄女她……”

这两人都知道唐家不简单，尤其是昨晚那位大管事说唐家那位小姐加入黑客联盟之后。从唐均等人的言行中可以看出陆知行在唐家地位很高，甚至连唐家小姐都比不上，眼下秦苒跟陆知行……别说秦管家二人惊讶，连唐均和老李都忍不住看向陆知行的方向。

全场只有程木十分淡定，他一手推着一个行李箱，身形高大，面无表情地对秦汉秋跟秦陵开口：“秦先生，我们该走了，陆先生跟秦小姐说起正事要很长时间。”

秦汉秋点点头：“那小程……”程隽还没来。

程木摇头：“不用担心他。”程隽大概会从内部通道走。

那就没什么要担心的了，秦汉秋同唐均他们告别，直接离开。

身后，老李跟大管事还没回过神，唐均也没说话，老李谨慎地看了眼唐均：“老爷，秦小姐就是二少爷说的那个朋友吧？”

昨天晚上陆知行就说了机场有朋友等他，能被陆知行当成朋友的人很少，基本上都是云光财团内部高层领导。

唐均看着陆知行离开的方向，不知道想到了什么，瞳孔微缩。

陆知行形容的秦苒……

好半晌，唐均才回过神：“应该是她。”

唐家人在机场站了会儿才离开。

大管事忍不住询问老李，有些胆战心惊地道：“那位秦小姐跟二少爷好熟。”

二少爷跟老爷说话的时候都没有这么平和过……

最重要的是，跟陆知行认识的人能是什么普通人？

上午十点过十分，所有人都登上飞机。秦苒跟陆知行坐在右边一排前后的两个位置，程隽不紧不慢地从外面进来，看到陆知行跟秦苒，他站在门口，顿了一下。

程木坐在门边的单排座上，他最近几天没睡好，已经戴上了眼罩，应该是感觉到程隽来了，他伸手扯下眼罩。

“隽爷，”他抬头看了程隽一眼，十分淡定地解释，“陆先生就是秦小姐的表叔。”他想了想，又道，“亲表叔。”

程隽停在门口，脸上也不知道什么表情，唐家的事情他自然知道，只是秦苒不关注这些，程隽也没管，出于尊重也很少查秦苒家人的事情。

陆知行是秦苒的亲表叔，程隽竟然跟秦苒有同样服气的感觉……

他看了陆知行一眼，没什么表情地坐到程木身后的单排座上，同秦苒他们一排。

A 城，上午十一点，飞机降落在 A 城机场。

M 洲，唐均掐着点，在陆知行开机的时候给他打了个电话。

“知行，”唐均站在一楼大厅的落地窗边，看着小庄园的夜灯，微微抿唇，“苒苒她……应该就是云光财团的 Poppy 吧？”

云光财团的人唐均知道得不多，但 Poppy 这个人唐均非常清楚。不仅是因为对方在软件编程界的地位，还有陆知行早年在唐均面前也提过她的事情。唐均一直有想要拉对方进黑客联盟的想法。

陆知行的朋友唐均不太清楚，但……秦苒的性格、年龄跟陆知行之前同他提过的那人太像了，年纪也相仿。

当初唐均通过陆知行邀请 Poppy 的时候，陆知行就说过对方不到二十岁。这年纪达到这种地步的凤毛麟角，罕见的高智商人群，就算是唐均也会拉拢。

遗憾的是对方并没有答应。

今天看到陆知行跟秦苒站在一起，唐均下意识地想起这件事。年纪、性格、成长环境……秦苒的所有经历跟陆知行提过的 Poppy 生活轨迹几乎一模一样，唐均自然记得。

手机那头，陆知行一手拿着电脑，一手拿着手机看向前方的秦苒，脸上的神色倒没有什么变化：“这些事情云光财团 28 层核心部知道的人不少，确实是她，你问这些干吗？”

唐均站在落地窗边，听到这一句，还是忍不住扶住了身侧的摇椅：“她不是学物理的？”

“她外公曾是物理界的领军人，学物理很奇怪？”陆知行淡淡开口。

宁迩现在是教科书上的历史人物，在物理界声名远扬，这件事陆知行很清楚。

“这么厉害？”唐均确实惊讶，他并没有查到过这些内容，“前两天我把身边所有的年轻人都找回来了，算是培训他们……”

“别想了。”陆知行皱了皱眉，唐均一开口他就知道唐均要说什么，“苒苒她现在一心学物理，连云光财团的事情都不想管了，再者你也争不过的。”

陆知行一边说着，一边看向秦苒的方向：“你能登国内的浏览器，可以随便登录几个网站看看，挂了。”

登录几个网站看看？这是什么意思？

唐均眯了眯眼，低头打开手机，点开国内的浏览器，浏览器推送的头条都是关于A城参赛队伍在M洲举行的物理最高级别比赛中夺冠的消息——“ICNE世界最高项目国内队伍夺冠！时隔四十年重回世界级舞台！”

这种激动是无法用语言表达的，看到这个标题，即便是普通群众都忍不住兴奋。

唐均点开一看，就看到秦苒一行五人站在M洲物理研究院国旗大楼下的宣传照。

这些标语出来，已经不仅仅是物理界在过年了，所有看到这些的人都会随之激动，各个大学的物理学院都拉起了横幅。

唐均微顿，他知道秦苒参加M洲的那场比赛获得了冠军，但没想到到了这种层次。

唐均身后不远处，唐大少爷跟唐轻也还没睡。

“爸，叔叔怎么说？”唐轻放下手中的茶杯，看向唐大少爷。

唐家大少爷看着手机，摇头：“二弟还没回。”他拧了拧眉头，让人叫来大管事，询问今天机场的事。

“二少爷跟那位表小姐认识……”大管事之前并不关心秦苒，只记了秦汉秋的名字。

“认识？”唐大少爷一愣，“怎么认识的？”

“爸，你们聊，我先上楼了。”唐轻没听到陆知行的消息，也不想听其他人的事情，说了一句之后，直接上楼，准备自己想办法，“我上去自己联系小叔。”

陆知行跟唐家其他人关系淡，向来冷漠，但是跟唐轻还是有点联系的。看到唐轻上楼，唐大少爷也站了起来，他心系云光财团的授权权限：“你等等我。”

身后，大管事张了张嘴：“大少爷，表小姐那边要不要……”

“我先上去，看她能不能找到她小叔。”唐大少爷摆了摆手，也没再继续说，现在陆知行的那件事确实令人头疼。陆知行离开时，说了今天会跟云光财团的负责人谈这件事，但一直没有消息，唐家大少爷想要这个授权扩大市场，自然急。至于秦苒和秦汉秋那边，他关注点就少了很多，跟着唐轻匆匆上了楼。

大管事一句话憋在了肚子里。

“大管事？”来拖地的用人停在大管事身边，顿住。

“没事……”大管事抿唇，让开一步，只觉得陆知行跟秦苒的关系没那么简单。他在陆家，还从来没有看到过陆知行话这么多的时候。

只是唐大少爷没有听下去……

A城，秦苒和程隽一行人已经到达亭澜，程老爷子和程温如都在，显然都已经知晓了 M 洲大捷这件事，毕竟网上都传遍了。

“接下来要休息几天了吧？”程老爷子看向秦苒。

秦苒顿了顿。

“怎么？”程老爷子看她。

程隽手抵着唇，咳了一声：“还会有个拜师宴。”说完，他又侧过身，声音略显含混不清，“可能也算不上拜师宴，只是一个接管仪式吧。”

魏大师那是拜师宴，拜师学艺，但徐校长这里确实算不上拜师宴。

“什么接管仪式？”程老爷子皱眉，略带担忧。

秦苒这小半年来几乎都处在忙碌状态，眸子里带了些略显戾气的血丝，所以秦苒回来，他第一句就问秦苒接下来能不能休息。

程温如也抬头：“很麻烦吗？”这半年她基本上就没见秦苒休息过，她虽然被外界称为女强人，但也没见过比秦苒还拼的人。

秦苒刚把外套脱下，听到程温如跟程老爷子的话，眼睫垂下：“就一个接管仪式，应该还行吧？不会很麻烦，时间花得应该不是很多，实验后续还要忙，时间可能在三月一日左右。”

具体时间看徐校长安排，这种事情秦苒向来不管，徐校长也不会让她管。

程老爷子点点头，看着秦苒，又嘱咐一句：“不要太累。”

秦苒“嗯”了一声，还想说一句什么，兜里的手机响了。她拿出手机一看，J 大物理实验室打来的，她一边接起，一边朝楼梯走。

打电话的是叶师兄，他刚到实验室，J 大也快开学了，加上物理界大过年，物理实验室地下三层人满为患。

“小师妹，”叶师兄往外走了两步，这两天他激动的心情也慢慢平复下来，“你过来一趟吧，这边挺多教授跟院士找你。”

秦苒按了按眉心，打开房门：“行，我马上到。”

挂断电话，她翻开微信，点开徐校长的头像，随手发出去一句——“仪式随便点就行，不要太麻烦。”

收到秦苒这条消息的时候，徐校长正在徐家的会议大厅内，他也是掐着点等秦苒回国，才召集了徐家上上下下的负责人。

“今天找大家，是想要跟大家宣布一件事，”徐校长看到秦苒的那句“随便”，没回什么，只是用两只手撑着桌子，淡淡开口，“国内物理研究院的继承人我已经选好了，三月一日会大办继承人仪式。”

这句话对徐家来说，不外乎是一个炸弹。

徐家跟物理研究院几乎是同级别的势力。徐校长是徐家唯一一个既接管了徐家，又接管了物理研究院的人。他年事已高，徐家人早在一年前就开始猜测徐校长的接班人，但一直没有什么音信，怎么说都要来一场继承人的考查吧？要经过徐家负责人的投票吧？最少要达到80%才会通过吧？

毕竟这牵扯的是徐家大部分人的利益，竟然这么草率地就决定了？

直接就开始办继承人仪式？

“徐老，”坐在左边首位的老人站起来，平视徐校长，恭敬地询问，“这个继承人是摇光少爷吗？”

除了徐摇光，其他人也想不到还有谁能不经过投票就能直接一步跃到继承人这个位置的。

听到老人的话，徐家其他负责人的表情也缓和下来。

如果是徐摇光，那还差不多。

徐摇光是徐家年轻一代中十分出色的年轻人，正在学着管理徐家，最重要的是他是徐家人。

“不是，她不是徐家人。”徐校长松开手，站直身体，看了在座其他人一眼，“事情我会让管家安排好。”

徐校长的这一句话让所有人面色巨变：“徐老！”

徐校长今天只是来通知的，并不是来寻求他们的意见，以他徐家家主跟物理研究院最高级别管理人的身份，他在徐家确实说一不二，没人能撼动。

说完，他就直接离开。

徐管家跟在徐校长身后：“徐老，那我开始通知各位家主了。”

“嗯，去发帖子，以我的名义。”徐校长微微颔首。

两人十分淡定，身后的一行人却淡定不了。会议桌上其他人面面相觑，面露惊骇：“不是徐家人？徐老在干什么？”

会议桌上所有人都不同意这个决定，一个中年男人拍了拍桌子：“不行！怎么能把物理研究院交给其他人？那几年后研究院还会属于我们徐家？”这几十年物理研究院都被徐家垄断，给徐家奠定了基础，在研究院尝到了甜头，他们怎么会舍得让给其他人。

只是，徐校长决定的事情，其他人很难改变。

毕竟徐校长手握强权。

“徐家连小徐少都达不到他的要求？他还能看上谁？还要找个外姓继承人？”会议桌上其他人拧起眉，有人拿出手机，“小徐少知道吗？我问问他。”

他拿出手机，给徐摇光拨过去。

其他人都沉默地看着打电话那人，表情肃穆。

电话很快拨通，负责人将事情说了一遍：“小徐少，您劝劝老爷子吧，这种事情怎么能儿戏？您也知道研究院发生的事，最近刚被M洲提名，继承人就这么随便？”不说那个外姓人能不能管好研究院，最重要的是对方能跟研究院一条心？

电话那头，徐摇光顿了顿，才淡淡开口：“知道了，爷爷做的决定没人能改变。”

随便？爷爷怎会这么随便？徐摇光淡淡敛眸。

爷爷为了这个继承人千里迢迢赶到云城，在那里待了三年多才等到这么一个继承人，怎么可能会是随便。

徐摇光看着外面，眸色深深，没再说其他的，只挂断了电话。

听完，徐家会议厅的人面面相觑，脸上的表情都不约而同地显示着——这两件事要在A城炸了。

不仅仅是因为徐校长要收继承人，更重要的是他的继承人还不是徐家人……

A城格局就要因此被打破了？

徐校长选的这个继承人适合徐家吗？能管得住研究院跟徐家？能跟得上徐家的脚步？能跟徐校长一样给徐家打开方便之门？

除了这个，徐家管理阶层的人都奇怪的是……

徐校长选的那个继承人究竟是谁？

这件事不仅让徐家这行人疑惑，也让程温如他们很疑惑。

程隽手里拿着杯茶，慢悠悠地坐在沙发上，低眸喝着。

秦苒从楼上缓步下来，手里拿了沓很厚的文件。

程隽喝完茶，眉梢抬起，眸色清隽：“去学校？”

“嗯。”秦苒回得懒洋洋的，她有点不想去，但这份研究只交给叶师兄他们确实不合适，“可能要晚上回来。”

程隽点点头，随后起身，程木把身上的车钥匙递给程隽。两人跟程老爷子和程温如打完招呼就离开了。

等他们的背影消失在门口，程温如才坐到程老爷子对面，询问要去搬花的程木：“程木，你站住。”

程木立马停在了窗边，看向程温如：“大小姐？”

程温如看了他一眼，挑眉：“你知道那接管仪式是什么吗？”

“接管仪式？”程木之前在下面停车，并没有听到程隽跟秦苒的话，略显疑惑。

程温如稍微解释了一下：“苒苒说得挺简单的。”但经过这么多次，程温如对秦苒的简单有了新的了解，总觉得不简单。

在程木这里虽然不能问出话来，但他的表情还是骗不了程温如的，她往往都能看出来点什么。只是这一次程温如也失算了，因为程木也不知道。

倒是程老爷子若有所思……

上次程隽有问过他心脏好不好，他以为是秦苒实验室考核得满分的事情，但后来求证过并不是。

眼下看来……会不会是秦苒的这个接管人仪式？

正思索着，兜里的手机响了，程老爷子直接拿出来："徐家人？这时候给我打电话干吗？"

他挑了挑眉，直接接起来。

徐家那边说了几句话，大概只有一分钟的交流时间，程老爷子整个人腰背挺直，眼眸敛起。

身侧，程温如拿着杯子："有事情？"程温如自然能看到程老爷子脸上表情的变化。

"徐家研究院继承人的事，听说继承人不是那位小徐少，我就不等苒苒他们回来了，先回去一趟。"程老爷子直接从椅子上站起来。

程温如把杯子放在桌子上，看着程老爷子的背影，微微挑眉："徐家研究院的继承人，小徐少？"

徐摇光在A城圈子里的名声并不小，除了少数几个徐家人之外，是名头最盛的一个。

提起徐家研究院下一任的继承人，所有人下意识就会想起徐摇光。

难怪程老爷子反应会这么大，研究院继承人的事确实不简单。

"徐家那边没有透露半点风声，还要在下个月初办宴会，"程老爷子深吸了一口气，"这未免……太匆忙了。"

让人摸不着头脑。

程老爷子很快离开，程温如也站起来拢了下身上的大衣。

程温如身后，程木端着花盆，站在原地思考了一瞬，他想起了在云城校医室见到徐校长的那件事，整个人顿了一下……然后又猛地摇了摇头。

J大物理实验室，地下三层。J大周校长、物理实验室负责人、周郢、江院长跟廖院士一行人都在。

"秦苒同学要来了？"周校长直接看向叶师兄。

叶师兄点头，拿起手机看了下，预估着时间："大概还有半个小时。"

"把东西都准备好。"周校长一边往外走，一边打电话。

他们都知道秦苒不耐烦媒体一遍又一遍地询问，叶师兄跟褚珩也不擅长，便直接交给邢开跟南慧瑶，剩余的人都在实验室这边等着秦苒。

不到半个小时，程隽的车就停在物理实验室不远处。秦苒下车，看到周校长等人。

秦苒刚走一半，周围的烟火就绽开了。

“砰——砰——”一声又一声。

秦苒最开始还有些不耐烦，伸手堵住耳朵。直到她走近，才看到廖院士还有周郢博士这一行物理学家抬头看着头顶的烟火，眼眶微红。

她脚步顿了顿，走到一行人面前，松开耳朵，心里也在数着烟火的响声。

从头到尾，一共四十发。

“咱们物理研究院的大功臣。”说完这句，周校长嘴角动了动，最终什么也没说，只是用力拍着秦苒的肩膀。

他一开始游说秦苒进J大，只是为了给J大多带点资源，当初他甚至还带过数学学院的院长去找秦苒换专业。

现在想想，好在当初秦苒一直坚持学物理……不然，国内这么多物理学教授、研究员这四十年的坚持又要落空了。

怕是连M洲研究院那边也想不到，国内物理界的崛起，是因为一支平均年纪不到二十一周岁的年轻人队伍，未来可期。

“走，先进去，地下三层还有一群等着你的物理博士。”周校长招呼着秦苒进去。

秦苒点点头，跟着廖院士进去。

周校长余光看着送秦苒过来的车子，没有与一群人一同进去，而是落在最后。

没有人注意到周校长没跟上来。

等一行人消失在门口，周校长才抬脚走到程隽的车边。

程隽也刚好打开车门下来。

“周校长。”他礼貌地打招呼。

周校长从一开始就知道秦苒是传闻中程隽的小女朋友，看到他自然不奇怪：“程少，你应该知道我找你是为了什么事，秦苒同学那里……我不想以前的悲剧再次发生，物理研究院好不容易又出现了一个带头人，这一次方震博那边我会盯住，你们四大家族要是插手，那几个研究员也不会不管。”

“我知道，”闻言，程隽淡淡一笑，眸色清淡，嗓音却是冷漠，“不用你说。”

这就是站在秦苒这边了。

有了程隽的保证，周校长松了一口气，脸上的笑容变大：“那就好。”

程家现在还是A城无人能撼动的第一家族，有程隽在，别说方震博，其他几个家族也要掂量掂量。

这边，秦苒已经到实验室了，还没去隔壁的房间换上防护服，就被等在实验室里的几个教授围住。

廖院士见此，看了秦苒一眼："你不用换衣服，今天没什么实验，这些教授是有问题找你。"

听到这一句，秦苒就没急着换防护服。

"廖院士，你们实验室这次评定会有两个研究院正式研究员的名额吧？"周郢退到一边，他在M洲全程做领队，自然知道叶师兄的事情。

秦苒跟叶师兄的这种功勋，达到研究员的审核标准半点难度也没有。

廖院士推了下眼镜，他脸上的表情一向不多，此时当然也如同以往那样："通过研究院的评定，问题不会很大。"

"我也觉得问题不大，"周郢笑了一下，"说不定还能成为三级研究员。"

秦苒这种履历、加上核工程方面的研究，以及对物理研究院的贡献跟本身实力，进研究院真的不难。

"我已经上报了，"廖院士低头看了看手机，"我昨天就提交了资料，在等研究院的通知。"

不远处，已经好几天没认真工作的左丘容也不知道出于什么原因没走，今天实验室全体放假，廖院士也说了今天没实验，她知道今天研究院那边肯定要给廖院士出通知。

想到这里，左丘容抿唇，心情复杂地看着被一行人围起来的秦苒跟叶师兄。

"廖院士，您给秦苒同学上报研究院的研究员提名了？"实验室内其他几个教授也都没走，在一起聊着秦苒和叶师兄他们的那个实验。

一群物理学家在一起，大部分说的都是光、电、核、磁。只是现在，他们关心的都是秦苒的老师："秦苒同学，你有没有选好老师？"

说到这里，廖院士也推了下眼镜，看向秦苒："方院长也问过我这个问题……"

叶师兄好不容易逃脱了这群人，走到自己的桌子前写稿子。

"叶师兄，难怪你要离开我的团队，原来是因为参加了小师妹的ICNE比赛。"左丘容走到叶师兄身边，她闭了闭眼，好半晌，才看向秦苒的方向，"她这次肯定能成为四级研究员了吧？她才二十岁，比别人少奋斗十五年，方院长都想收她做徒弟……"

"你到底想说什么？"叶师兄直接抬头看她。

"师兄，廖院士很快就要换实验室了，看他的打算是不准备带人了，我要被调到其他研究室了。师兄，我们认识了三年，比不过你认识小师妹几个月的情谊？你们就这么防着我？在我什么都不知道的情况下，退出了我的航天推动器比赛，一起参加了ICNE？！"左丘容直接道。

她说话声音越来越大，后面半句，其他人都听到了，实验室里几个博士跟教授都朝这边看过来……

学术界，人品不好的……

左丘容看向叶师兄跟秦苒，抿着唇："小师妹，你记得你一开始来实验室是谁带你的吗？"

这一句，让其他博士跟教授的声音渐渐消失，不时地看向秦苒跟左丘容。

天分再高，人品不好，研究院不一定会重视，谁知道你会拿着研究成果去干吗？会不会因为钱泄露机密？

叶师兄抬头，深吸了一口气，努力平复愤怒的心情，目不转睛地看着左丘容，像是第一次认识她一般。

"几个月前，廖院士让小师妹参加你的航天推动器比赛，是你把名单撕掉了。"叶师兄看着她，"国内物理界本来就需要团结，向来一个带一个，师兄师姐带师弟师妹们很正常，你也是这么被我带过来的。"

说到这里，叶师兄拉开抽屉把秦苒当初做好的策划方案扔给左丘容："你好好看看这份策划吧！师妹的本专业是自动化，她早就给我们拟好了策划，即便你不同意她进队，她还是给你做了策划。左丘容，你以为你当时的第一名怎么来的？"

左丘容站在原地，惊愕地看着叶师兄扔到她手中的策划方案。

她刚刚是一时气急，说出口她就后悔了。捏着手中的策划方案，她却不敢往下面细看。

左丘容抬头看着叶师兄，却只看到叶师兄一张愤怒又掺杂着失望的脸，她不由自主地往后退了一步。

叶师兄在左丘容说完的第一秒就将事情真相全都抖露。与此同时，他背后也冒出一层细密的冷汗。若不是他还留着秦苒当时给他的策划，今天左丘容的话必定会给秦苒留下一个污点。这种污点在普通人身上不足为惧，可在秦苒身上肯定会被无限放大。

"当初你撕了小师妹的名单之后，她还是把这份策划给了我。当时她还有ICNE这个项目，却也答应了参加你的比赛。这比赛对她来说没什么含金量，但她还是用心给我们的队伍写了策划。我就是用了她在策划上写的那一点才让你成功地拿到了第一名。

"还有，我离开你的研究队伍，是在我所有的工作都完成之后，没有影响到你们任何一个人。"叶师兄说到最后，声音也渐渐平静下来。他收回目光，重新坐回到椅子上，拿着鼠标继续翻着电脑上的文件。

策划这件事叶师兄本来不打算告诉左丘容，但今天左丘容彻底惹到他了。学术界的名声有多重要，他不信左丘容不清楚。今天左丘容当着这么多人的面说这个，也就别怪他不念师兄妹之情。

两人几乎是撕破了脸，在场博士教授们听完叶师兄的解释，三两下就脑补出了事情的经过。左丘容看不起新来的小师妹，撕了报名表，这小师妹还是用心做了策划给叶师兄……几位教授皱着眉头看了左丘容一眼，又收回了目光，然后继续跟廖院士说话，同时等待着廖院士的手机响起。

这一边，左丘容还站在原地，她终于伸手，略微有些颤抖地打开了叶师兄递给她的策划方案——秦苒在自动化系早就修了满级，她做出来的策划自然有许多可圈可点之处，比叶师兄、左丘容做的策划格局要大得多，也并不是无的放矢。

当初叶师兄第一眼就能看出来秦苒做出的策划的价值，左丘容自然也能看出来。

她手指颤抖地又往后翻了一页。

叶师兄只是借用了其中一个论点，就让左丘容的团队在最后三个候选第一的队伍中脱颖而出，若是……他们整个团队都按照秦苒的策划来呢？

左丘容跌坐在一边的椅子上，眸光怔怔。

国内新闻都在报道，秦苒只用了半年不到的时间，带着三个新人，还有一个最后两个月才进入 ICNE 的半吊子，直接刷新了 ICNE 参赛队伍队员平均年龄最小的历史，且取得了第一的成就。

现在秦苒在物理界声名鹊起，当时有她在，他们的航天推动器也会获得刷新历史的成就吧。更重要的是，有秦苒在，就是最大的震慑，就是对她的研究项目最大的肯定……

左丘容想到这里，终于有些清楚自己当初撕掉的是什么。

可惜，时间不能倒流，再后悔也无济于事。

左丘容这件事只是一个插曲，秦苒没有在意，她一边听着周郢他们的话，一边看着手机，屏幕上徐校长已经有了回复。

继承人仪式时间是三月一日上午十点，地点就在徐家。

徐校长本来打算在三月中旬举办继承人仪式，但秦苒的表现有些出乎人的意料，眼下这种贡献足以让她在物理界立足，徐校长就没再等了——他半年前就在策划秦苒三月份担任继承人这件事，琐碎的流程早就准备好了。

三月一日在徐家其他人眼里有些赶，在徐校长这里却是不慌不忙。

“你给我一份你那边的名单，我来写请柬，晚上让人送给你。研究院通知下来了吗？”

秦苒给徐校长回了个“没”，然后继续听江院长跟周郢说话。

“秦苒同学，实际上方院长有派人问过我，进研究院后你有没有老师带？”

江院长靠着桌子，眉眼愉悦，“实际上不只他，研究院好多人联系不到你，都问过我。进研究院之前，最好要找个老师，你头顶有个宋师兄，也拜了个特级研究员作老师。”

“你潜力无限，以后在M洲物理研究院拥有一席之地不会有什么难度。想要收你的人肯定很多，包括物理界的那些老家伙，你那里应该也有不少人联系，要慎重考虑。”

说起这个，江院长忍不住看向秦苒。当初他知道秦苒在廖院士的实验室，就想过廖院士有没有可能收她为徒，但又觉得不太可能……

如今半年过去，别说廖院士，连国内最高级研究院的方震博都来询问秦苒有关她的老师问题。

研究院、徐家都有各自的派系。只要有人，就肯定有斗争。

以秦苒现在的成就，再给她几年时间她完全能成长为ICNE上下一个传奇米罗那样的存在，有这么一个徒弟不仅骄傲，还是师门最强大的后盾！

秦苒迟疑了下，偏头看向江院长：“我已经有老师了。”

“谁？”江院长一愣，拧眉问，“没被人骗吧？”

秦苒刚想回答，不远处，万众期待的廖院士手机终于响了。

江院长立马从靠着的椅子上站起来，其他零零散散聊天的博士教授也看向廖院士的方向，目不转睛。

廖院士低头看了看：“是研究院的负责人。”

他直接接了电话，那边说了报告结果。大概过了一分半的时间，廖院士才轻轻“嗯”了一声，接着挂断电话。

“怎么样了，廖院士？几级？”其他人看他不说话，都凑过来。

秦苒进研究院肯定没有问题，这些人想知道的是，她会被评为几级。

“廖院士，你怎么不说话……”周郢挤进来。

廖院士没说话，只是伸手打开电脑，花了三十秒打出了一张报告，直接递给周郢。

周郢低头，其他人也迅速围过来，上面是一份喜报——

叶明桥：正式研究员正三级。

秦苒：正式研究员副二级。

叶师兄上次跟秦苒的反应堆报告评级早就达到了研究院预备正四级研究员，他才二十七岁，这个年纪达到正四级研究员已经是比一般人要早好几年。

谁知道，这次结果下来……他又直接升到了正三级？！

研究院上上下下这么多研究员，正三级的研究员平均年龄基本上在四十岁左右，除了廖院士这种少数的天才。

如果说叶师兄的评级其他人还能接受，那么下面秦苒的评级就直接让人震撼！副二级的研究员，比叶师兄还高了一级。

文件下面盖的章就是研究院的，基本上不会有变动，也就是说秦苒刚进研究院就是副二级。

实验室内都是在物理界有造诣的人，在这之前，这些教授预料的秦苒的评级最高是三级研究员，谁知道一下来就是副二级研究员。

副二级以上的研究员研究院不是没有，但是在前面冠上一个二十一岁，那含金量就不一样了。一个二十一岁的副二级研究员，只要以后的路不出偏差，将来成为研究院的几大巨头基本上没有任何问题。

吵闹的实验室安静下来。

“那宋律庭我记得也才副三级研究员吧？”好半晌之后，一人默默开口。

其他人面面相觑，他们早就听说过秦苒的名声。

J大学神秦苒……果然名不虚传。

二十一岁的副二级研究员，M洲点名的天才，难怪国内物理界最近震动成这样。

一群博士教授安静了一会儿之后，又开始讨论起来。

实验室内其他人激动兴奋，然而江院长却是皱了皱眉。

一边的叶师兄也有些飘飘然，原本他再奋斗三年差不多能达到四级研究员标准……谁知道这才几个月，他就直接越过四级，到了正三级研究员？

全场最淡定的要数秦苒，她只是站在一边，看了眼那张喜报下面的名字——“方震博”。

她低头，眼睫垂下，继续看廖院士给她的总结。她手上拿着笔，指尖修长，把叶师兄没有总结出来的重新规划。

兜里的手机振动了一下，秦苒拿出来看了一眼，是程温如的消息，询问她晚上有没有时间去程家。

程老爷子上午就一直在等秦苒，年后她一直在实验室，也没去程家一趟。程温如询问程隽，程隽不太理会她，只让她好好管程家的事，她就只能问秦苒了。

秦苒往桌子上稍微靠了靠，指尖敲着手机屏幕想了好半晌，才回过去两个字——“可以。”

# 第二章 弃子？

晚上六点。

实验室的博士教授走了一大半，只剩七个在跟廖院士研究秦苒那五个人的项目。

秦苒也跟廖院士等人说了一声，直接离开。

江院长跟周郢还有叶师兄三人送她出去，其他人沉迷项目，不能自拔。

秦苒已经看到程隽停在路边的车，实验室空调开得很大，又靠近反应堆，又闷又热，秦苒出来也没戴围巾，连大衣的扣子都没扣。她走到最后一级阶梯，朝三人挥了挥手。准备要走的时候，忽然又想起来什么，她侧了侧身："江院长、周博士、叶师兄，你们一号有时间吗？我有私人事情。"

"一号？应该有时间。"一号 J 大开学，江院长事情一向很多，但秦苒找他，他肯定能腾出时间来。叶师兄跟周博士这些天都没休假，高强度的工作两人也顶不住，正准备休假，听秦苒这么说，他们俩准备月初休两天假。

"小师妹，你不会又有什么项目吧？"叶师兄看了秦苒一眼，顿了下。不过连 ICNE 这种顶级项目他都参加了，他已经是个经过大风浪的叶明桥了，秦苒再有什么项目他觉得自己也能稳得住。

"那倒没有，就是一个宴会，我跟你们说过的老师。"徐校长的帖子还没到她手上，秦苒手摸了摸下巴解释。她算了一下，她圈子内的朋友实际上也不少，南慧瑶、林思然他们加在一起就十个了。至于陆知行他们……知道她要接管研究院，可能会直接气死。

当然，不只是这个原因，陆知行喜静，她单独请他吃一顿就行，这种宴会她自己都烦，更别说请他来。

秦苒跟三人再次道别，拉开副驾驶座的门坐上去。

车内的灯亮着，程隽正低头按着手机在给谁发消息。看到秦苒上来，他不慌不忙，一本正经地把手机关了。

“我那个朋友要请吗？”秦苒靠着椅背，手上拿着手机，略微思索。这些人情世故她向来不太懂，又一直嚣张惯了，想到什么做什么。

程隽拧了车钥匙发动汽车：“哪个？”

“狗仔那个。”秦苒回。

“给你送药的？”程隽一笑，将车开到大路上，“她也在A城？请吧。”

秦苒点头，拿出手机来，翻出何晨的微信发过去一句——“一号有时间吗？”

想了想，秦苒又加了一句——“徐家宴会，来的人多，有重磅消息可以挖。”

何晨是一个记者，什么都干。战地记者、狗仔、新闻记者……只要是这个行业的，大部分领域都有她的身影。

徐家这种经常挖不出消息的，何晨肯定喜欢。

秦苒消息发过去没两秒，何晨的电话就打过来了，她也在A城，在外面跑新闻。把头上的鸭舌帽往下压了压，她笑：“你有徐家宴会的请帖？可以啊，我正愁着没法用记者这个光明正大的身份进去呢。”

跟秦苒打完电话，何晨把电话挂断，直接将手机往兜里一塞：“不愧是孤狼啊。”

“何晨姐，你说什么请柬？”身边的另一个记者询问。

“没什么。”何晨淡笑，随意地摆摆手。

实验室这边，江院长等人看着载着秦苒的黑车离开后，江院长才拧眉，语气沉吟道：“周博士，你说……研究院这是怎么回事？捧杀？”

秦苒实力是有的，但一开始就稳坐副二级研究员之位，这个位子是不是有些虚高……毕竟副二级的研究员，跟大部分老头子能平起平坐了。

秦苒固然是国内物理界百年难得一见的天才，但她这么小就给她这个殊荣，不怕她骄傲自大，被捧得飘飘然，从此疏于研究吗……正三级研究员才符合她现在的地位。

江院长有些怀疑研究院高层人员的居心了。

“不知道，研究院的事情我知道得少。”周郢沉吟半晌，“这副二级确实高了，放在其他人身上可能会出问题，但秦苒同学不会。”

“你怎么知道不会？谁知道以后研究院会不会再给她来个正二级？”江院长侧身，手背在身后。

周郢顿了顿，看着江院长，轻咳两声：“江院长事务繁忙，应该也不听八卦不刷网页吧？秦苒同学在网络上可是红极一时。光是那个什么游戏的神牌创始人就足以让她封神了，还有那魏大师的关门弟子，她要是这么容易就飘，也就不是秦苒了。”

研究院周郢没进去，但也知道里面水很深。不管怎么说，背后的人要是真打着“捧杀”秦苒的主意，只能说对方没有调查到秦苒所有的事迹。

被千百万人捧着的秦苒都没飘，会因为研究院一个副二级的研究员飘？

周郢冷笑——那研究院的人未免太小看秦苒了吧。

江院长当然不会看八卦，但那段时间他也听过其他人讨论秦苒，基本上是家里的小辈跟学校里的学生在讨论。他还跟风看过那档综艺节目，秦苒在里面的表现中规中矩，江院长也没觉得有什么出挑的地方。尤其那道物理题，让江院长甚至怀疑节目组的智商。

江院长不了解《九洲游》这个游戏，但听周郢这么一说，他倒是放心了。

他回想了下，今天秦苒的表现也确实冷静，甚至冷静得过头。

秦苒回了一趟亭澜。

程木也刚好跟林父碰了头回来，手里喜气洋洋地拿着两个袋子，看到秦苒跟程隽，他抬头：“秦小姐，你看看我跟林叔叔培养的新物种，绝对比上一个耐寒。”

他打开袋子，小心翼翼地拿出里面的花盆，递给秦苒看。

秦苒瞥了一眼，这盆花确实看起来精神一点：“你很有天赋。”

程隽单手插在兜里，也走过来看了看，轻声笑道：“确实不错，林家找了个好园丁。”

程木脊背又挺直了，他郑重地把花盆摆好。摆完后，他才想起来一件事：“对了，秦小姐，这是下午有人送过来的。”

程木把桌子上的一个盒子递给秦苒。

秦苒一边上楼，一边打开盒子，正是徐校长写好的请柬——是根据她下午发过去的一份名单写的。何晨的名字她刚跟徐校长说，估计要晚些。

她上楼换了件衣裳，又拿出给程老爷子和程温如的请柬，跟程隽一起去程家。

“你不睡一觉？”楼下，程隽没换衣服，倒了一杯水，慢悠悠地喝着。

秦苒摇头：“不了，程姐姐要等急了。”她抬手看了下时间，接近晚上七点。

“怕她干什么？”程隽蹙了蹙眉，放下水杯，抬手按在秦苒头上揉了揉，半眯着眼，启唇，“他们也不急，让他们等等又怎么了？”

程木已经先下去开车了，两人一道下楼。

今天放假不堵车，不到半个小时，就到了程家。两人绕过长廊，走了五分钟左右才来到大堂。

饭桌上坐了一堆人，程温如、程饶瀚，除了还在M洲的大堂主几人，几位堂主跟管事都在。

知道秦苒忙，饭点定在了晚上八点，程老爷子也还没来，这行人聚集在一起是在讨论徐老爷子忽然宣布要举办的继承人仪式。

“听说徐老找的继承人不是徐家人，是个外姓人。”一位高层眉头拧起，“徐家人正大肆反对……怕是不安稳。”

“外姓人？”程饶瀚一顿，抬起头看向那人，声音严肃，“你确定？这么大的研究院，他不给徐摇光，要给一个外姓人？”

他这是什么意思？嫌弃徐家势力太大了？

“消息应该没错，”高层点头，“不知道徐家到底想做什么……总之，再过两天，怕是整个A城都不安生了。”

A城几大家族一直很安稳，权势更迭少，徐校长要找一个不是本家的继承人……整个A城怕是真要被炸翻，要是这个消息是真的，就等着看那个继承人能不能在旋涡里生存下来，要是有个后台还好，没后台……

一行人正说着，秦苒跟程隽从门外进来。秦苒一手拿着手机，一手随意地拿着请柬。

“三少，秦小姐。”桌子上，其他管事立马站起来，恭敬地开口。

饭桌上的人都不由自主地把目光投到秦苒身上，好奇中夹杂着少见的尊敬。

看到这两人，程饶瀚的胸口都堵住了。

A城物理研究院重回M洲视野的事情四大家族早就得到了消息，自然对秦苒这个人不陌生。如果说以前秦苒因为电视节目、小提琴、高考状元的事情程家对她稍微注目，这一次物理界的震动直接让程家人对秦苒敬畏了。

每年都有一个高考状元，这不稀奇。至于小提琴这些，程家也不太看重……

但M洲……秦苒以一己之力让一所研究院重回M洲视野，打开了A城的市场，这足以让程家其他管事看到秦苒的实力跟潜力。更知道她以后潜力无限，不出意外，达到研究院高层的位置不在话下。

这一点，已经足以让他们尊重。

“抱歉，来晚了。”秦苒一一打完招呼后，才微微低头，开口。

“哪里晚了，”程温如跷着二郎腿，低头看了眼手机，下巴抬起，“这明明还有半个小时，秦管家，让他们上菜。”

菜一一上来，程温如和程老爷子跟秦苒聊 M 洲的事情。

“这么晚了，你今天在这里住下吧？我的厢房还有好几间漂亮的房间。”程温如拿着筷子，笑着看向秦苒，“晚上这边还有烟火表演。”

秦苒一顿，微微侧头，看向身侧的程隽。程隽随手剥了只虾，塞到她嘴里，语气懒洋洋的：“那就住下吧，你明天不是休息？还要去看叔叔吧，这边也顺路。”

秦苒这两天确实累了，也懒得再折腾。得到这个消息，程温如跟程老爷子都十分激动。

一边的程饶瀚看到这一幕心里不是滋味。

吃完饭，程温如急着带秦苒去看厢房，秦苒把两张请柬递给程温如跟程老爷子两人：“时间定了，三月一日。”

程温如随意地收下，她自然不会当着秦苒的面翻看。眼下，她正兴奋地准备秦苒住在她厢房的事情，踩着高跟鞋带着秦苒往厢房走。

程隽双手枕在脑后，懒洋洋地跟着两人。他的厢房跟程温如的隔得不远，倒是不急。

“三月一日？”饭桌上，程饶瀚跟其他管事都还没走，听到这一句，看向程老爷子，“秦小姐那边也有局？”

“好像是有一个。”年边饭局宴会多，经常会撞到。

这种事也不是发生一次两次了。大部分都是拣重要的去，次要的就派个代表。

“爸，您不会要推掉徐家的继承人宴会吧？”程饶瀚面色一变。

他虽然知道父亲一向很宠程隽和秦苒，但没想到父亲会失智成这样。

其他人闻言，也顿了一下。他们看着程老爷子，没说话，但表情都是显而易见的不赞同。

徐家这件事非同小可。

程老爷子随意地摆手：“我有分寸。”

程老爷子手背在身后，绕过长廊走到书房。程管家推了下鼻梁上的老花镜，等程老爷子停在了书桌前，他才顿了顿：“老爷……”

“你也觉得不合适？”程老爷子看了眼程管家。

程管家站在七步之外，闻言抿唇，论情理，他自然是觉得秦苒更重要。

但身为世家大部分事情都身不由己。

徐家最近一年蹿得很快，有与程家并列的气势。徐校长继承人仪式这件事很重要，肯定会郑重地给程老爷子一份请柬，程老爷子若是不到场……这带来的影响就非同小可。

程管家不说话，程老爷子低着头，不知道在想什么。

门外，有人敲门。

“进来。”程老爷子头也没抬，一边翻开请柬，一边开口。

进来的是之前饭桌上的几个堂主管事，他们九十度弯腰，语气诚恳：“老爷，徐家那件事，请您务必要三思。”

不能怪他们紧张，程老爷子一遇到程隽，底线一再打折扣，一再突破。

程家上上下下乃至A城都习惯了，不然“隽爷”这个名字也不会威震整个A城。

以前那些不危及程家的事情就算了，眼下程老爷子这个决定，多少会危及程、徐两家的交情。

一行人说完，却没看到程老爷子有什么反应。他正低头看着手中的请柬，手似乎在颤抖。

几位堂主低头，面面相觑。

“老爷？”程管家往前走了一步，叫了一声。

这一声也没让程老爷子反应过来。

“老爷？”程管家又叫了一声。

程老爷子这才反应过来，他“啪”的一声放下请柬，什么也没说，直接步履匆匆地出了书房。

背后，程管家跟几位堂主都不懂程老爷子这是什么意思。

程管家是跟在程老爷子身后最久的一人，意识到可能是那张请柬出了问题。他走到书桌边，把程老爷子放在桌子上的请柬拿起来，看了一眼。

他捏着请柬的手也顿住了，一双浑浊的瞳孔也剧烈收缩。

程管家这反应也不对劲……

管事跟堂主们急了：“程管家，到底发生了什么？老爷子他什么意思？”

“诸位，你们不要纠结老爷子要去哪儿了。”他深吸一口气，把请柬翻过来，展示给几个堂主看。

烫金的请柬写得很清楚——

“敬邀：程老先生

本人将于三月一日在……”

中间一行正文其他人没看完，所有人的目光停在左下角——“徐世影敬上”。

书房内很安静，没人说话，程管家能听到自己的呼吸声。

徐世影，徐家那位掌管着两方势力大权的本名。

“程管家，这……”几位堂主看向程管家，愣了好半晌，才回过神，“这是秦小姐给老爷子的那张请柬吗？”

程管家脑子空空，下意识地缓缓点了下头。

程老爷子先前一直抓着这张请柬没有放下，这请柬就是秦苒给程老爷子的那张。

又过了好半晌，一个堂主率先清醒过来，朝其他人看过去，一时间有些语塞：“所以，秦小姐三月一日要请老爷子去的……就……就是徐家？她就是徐老要收的那个继承人？”

不仅是他，其他人也想到了这一点。

徐家选继承人这件事足够让整个A城的顶尖势力震撼，眼下查徐校长说的那个继承人的人也不少。大部分都不相信徐校长会把偌大的研究院交给一个跟徐家完全没有关系的外人。可现在……

“这件事大发了。”一行人面面相觑。

程管家反应过来，他把请柬合上，侧身看向书房里的人，神色严肃：“希望几位堂主在三月一日前不要透露这件事。”

秦苒一个外姓人，无论实力怎样都会被徐家忌惮，难怪徐校长一直对这个继承人闭口不谈。

要真被徐家一行人先知道了，秦苒怕是有危险，徐校长也不一定能护得住。

也幸好是秦苒，背后有程隽跟程老爷子。

“秦小姐可真是……”程管家摇头，不知道要说什么，只是心脏一下一下跳得很快，在耳边不断回响。

这边程温如厢房。

“您说什么？”程温如一身仪态也绷不住了，她猛地从椅子上站起来，瞪大一双眼睛看着程老爷子。她回来后一直没有看这张请柬，直到刚刚把秦苒安顿好，一回来就看到程老爷子坐在屋内，给她丢了个炸弹。

她忙拿起被她放在桌子上的请柬，翻开来看了一眼，得到的结论跟程管家一般无二。

这一次怕是真要引爆A城。

与此同时，A城沈家。

金字塔尖发生的动荡，沈家这种刚够到金字塔边缘的人连消息都不知道。

“秦家，”沈老爷子举杯，对林老爷子笑着道，“欢迎入驻A城。”

若是以前，沈家高林家几个层次，连林婉都能对林家人颐指气使，沈家自然不会对林家这么热情。可现在，前有秦苒，后有被秦四爷看重的秦语。更别说林锦轩现在事业有成，沈家自然要对林家人恭恭敬敬。

一行人喝完酒，沈老爷子才看向秦语：“过两天四爷要带你参加一场宴会？”

秦家虽然没落，但这只是相较四大家族来说，对沈家这种家族，秦家依旧是一座只能仰望的高峰。

“是徐家。”这段时间，秦语终于在秦四爷那里把A城局势摸清了。之前戴然他们口中提起的“那几个家族”，就是程家、徐家等，徐家在四大家族中排第二。

听完秦语的话，饭桌上其他人都朝秦语投来艳羡的目光。秦语脸上却丝毫没有得意之色，她只是低眸，拿着筷子，指尖发紧。

她深知自己之前格局太小，网上那些事算什么，只有把权力握在掌心，那才是属于自己的。像程家、徐家那种才是隐于所有豪门间的隐士家族。

现在的她，终于碰到了那一层稍微深一点的水。

三月一日，徐家。

宴会定在上午九点五十八分。九点，徐家大门口就不断有人进来。每个人单拎出来，都不可小觑。

徐校长在后方准备，宴会厅内，站着徐家公认的下任家主徐摇光，正在接待客人。他同程隽一般，年少成名，最近一年都在管理徐家大事，手段不输徐校长。

徐摇光身边站着一个拿着酒杯的中年男人，中年男人面色凝重地看向徐摇光：“小徐少，徐老要收的外姓人究竟是谁？信得过吗？能力如何？”

徐校长瞒得紧，也是奇怪，他们徐家查这个继承人的消息，半点也查不出来，甚至请了欧阳家帮忙。若不是徐校长说今天要宴请宾客，其他人都不相信他真的找好了继承人……

“二叔，”徐摇光顿了一下，他自然知道爷爷不提前说秦苒的消息，是为了保护秦苒，“放心，她的能力……不会让你失望。”

一个刚入大学，次年三月份就能成为副二级研究员的学生，不说管理能力，她在物理上的造诣绝对足够。

看徐摇光这么笃定，徐二叔顿了顿，才叹息：“明明你最合适，不知道徐老在打什么主意。”

徐摇光敛下眸子，声音沉吟：“用不着纠结这件事，不如好好想想三天后去M洲的行程……爷爷也许会让她跟队。”

说到这里，徐摇光也顿了下。按照爷爷对秦苒的看重程度，让她跟队也不是没有可能。

徐二叔：“怎么会？徐老从来没有多办一张通行证，至少要半个月才能办好通行证吧，这两天哪能办好。”去马斯家族的地盘，是需要通行证的，不然停机坪都没办法出。

两人正说着，大门口处又进来几个人，正是秦四爷这行人。

秦语落后秦四爷两步，这才刚进来，她就看到了好几个在电视上才能看到的人。她立刻意识到，这种才是A城的顶级宴会。排场盛大，甚至连当初魏大师的拜师宴也无法比拟一二。

宴会大厅宾客众多，秦四爷直接带着人先去跟主人打招呼："走吧，先去找小徐少。"

秦语朝秦四爷指的方向看过去。

下一秒，她的脚似乎被钉住了，十分失态。

这是……徐、摇、光？！

徐摇光穿着黑色的风衣，扣子严谨地扣上。他眸色清淡，正低头跟身边的人说话，脸上的表情一如既往的冷漠。身边来往的人都会朝他点头示意，可见他在这个宴会大厅的地位。

大学后，秦语就见过徐摇光一面，还是在J大校园，自那以后秦语就没怎么关注徐摇光了。后来徐摇光也陆续问过她两次小提琴琴谱的问题，正值网上发生的事，秦语就再也没有跟徐摇光联系过。

直到今天，这人再度出现在她面前。

秦语忍不住往后退了一步，穿着高跟鞋的脚步踉跄。

秦四爷已经走到徐摇光身边，跟他打了招呼。

"你怎么会在这里？"秦语指甲掐着掌心，努力让自己镇定，抬头看向徐摇光。

徐摇光眼眸低垂，目光掠过秦语，没有起半点涟漪，他略微朝秦四爷一行人点点头，被沈家、林家人万分小心对待的秦四爷半点儿也没有感觉被怠慢。

从头到尾，徐摇光都没有多看秦语一秒。

"你认识小徐少？"等走到另一边，秦四爷才侧身看向秦语，"对，你跟小徐少是一届的，他高三就在云城读，你们俩应该是校友。"

秦语恍惚地点了点头。

或许因为秦语跟徐摇光的关系，秦四爷对秦语也多了些耐心。他看到她略显失落惊讶的表情，微微笑了笑："小徐少这样的人不记得你很正常，他是徐家下一任家主，已经接手家族事务一年了，不过毕竟有同学情谊在。"

他淡淡说着，却不知给秦语带来多大冲击。当初徐摇光生活一向简朴，来回坐的都是乔声的车，住的还是集体宿舍……秦语脑子嗡嗡作响，身边的人、声音全都化作了光影，在她耳边嗡嗡作响。

九点半，徐家的人大部分已经就位，主席和次席上坐着的都是四大家族的人。

徐摇光等稍微年轻一辈的坐在次席，程老爷子这种老家伙都坐在主席。

继承人仪式开始前，都是众人交际的时间，除了徐家跟程家，没有哪个家族能举办得起阵容如此豪华的宴会。

“我爸还是来了程家，”程饶瀚拿着酒杯，对身边的心腹笑，“看来他还没有因为我三弟跟那个女孩失去理智。”

不仅程老爷子没去，连程温如都没去。若是以往不说两个都去，至少有一个会去。这么说起来，程老爷子跟程温如也没有把秦苒看得太重。

不远处，程隽跟秦苒朝这边走来。

程饶瀚声音一顿，嗤笑道：“这两人自己都来了？”

能来这个宴会的人基本上都能够得上顶级圈子，大部分人都是认识程隽的，但基本上都跟他不熟，除了江东叶这几个人，少有人敢跟他打招呼。

秦苒跟程隽的座位也是次席。

次席上年轻人要稍微多一点，徐二叔也在次席，徐摇光还在招待客人没来。

“徐先生，”次席上，有人询问徐二叔，“徐老找的继承人到底是谁？真的不是小徐少？”

说起这个，徐二叔摇头，不动声色道：“不是，我们也没有什么消息。”

别说其他人好奇，徐家本家人也好奇。

一行人正聊着，程隽跟秦苒到来。对于秦苒，徐二叔自然认识，研究院的大功臣，以后前途不可限量。

“秦苒同学，不，应该叫你秦研究员同志，”徐二叔站起来，跟程隽打了招呼之后，就十分有礼貌地跟秦苒握手，“以后请多多关照。”

饭桌上大部分人都听说过秦苒，这个 A 城炙手可热的人物。

打过招呼，大家跟着把目光转向她身边的程隽。程隽正习惯性地拉开身边的一张椅子，让秦苒坐下。

饭桌上所有认识程隽的人，除程饶瀚之外，全都愣住。

秦苒跟程隽的关系只有程家内部还有少数几人知道，最近一段时间 A 城发生的事情多，大部分人的关注力都在徐家、M 洲身上。对于程家不太管事的浪荡三子的桃色新闻，其他家族没怎么关注，还停留在之前圈子里忽然兴起的传闻，停留在“学渣”“走后门”的定位上。

谁也不知道这传闻是谁兴起的，但据说来源可靠，大部分人都是信的，毕竟程家太子爷什么事干不出来？

也因此，在这之后，没有那么多人继续关注程家太子爷的桃色新闻。

直到今天……秦苒的基本信息在 A 城也不算秘密了，无论是年龄还是出生地点都跟之前的传闻无差……

至于其他……学渣？走后门？这究竟是谁传出来的谣言？

饭桌上不知情的人有些癫狂，只有程饶瀚，脸色有点黑。

好半晌之后，这行人才反应过来，徐二叔看向秦苒，询问起她老师的问题："你的老师确定了没有？听说方院长也在打听你的消息。"

"方院长？"身后一道轻柔的声音传来，淡如清风。

听到这道声音，饭桌上除了程隽跟秦苒以外所有人都站起来，热情有礼地同欧阳薇打招呼，连程饶瀚都不例外："欧阳小姐。"

"欧阳小姐。"

"……"

秦苒意识到这就是在A城名声十分大，之前还是程木女神的那位，她靠着椅背，朝身后看了一眼。

欧阳薇淡淡扫视秦苒一眼，转瞬即过，她看向徐二叔，大方有礼："方院长前两天才跟我说过，他暂时没有收徒的打算。"

听到欧阳薇的话，程饶瀚忍不住低头，掩住嘴边的讽笑。

欧阳薇成功晋级为"129侦探所"的重要会员，在欧阳家也混得风生水起，与A城大小数十股势力都交好，没人会愿意跟她交恶。

好在欧阳家底蕴不足，即便有欧阳薇在，也只是暂时挤掉了秦家，不然欧阳家还会更进一步。

程隽一向话不多，其他人也不敢招惹他，所以大部分人都在跟欧阳薇说话，至于刚才炙手可热的秦苒，也渐渐没了人关注。

九点五十八分，徐校长背着手走到了台上。营造气氛的主持人先致辞欢迎各位，才说了今天的主要事件："今天是徐老宣布物理研究院下一任继承人的仪式，也是对方第一次公开亮相……"

他滔滔不绝地说着。

次席上，秦苒一张脸却是面无表情："徐校长是不是理解错了我说的简单？"连知名主持人都请来现场活跃气氛？

程隽也不管饭桌上的其他人，只是给秦苒倒了杯茶："别生气，徐校长可能……真的只是故意的。"

秦苒瞥他一眼，喝了一口温热的水，没吭声。

程隽忍不住笑了。

主持人已经将话筒交给了徐校长。徐校长拿着话筒，推了推眼镜，声音不急不缓："请我的继承人上来。"

现场所有人都打起了精神，尤其是徐家人，徐校长什么也没跟徐家通知，直接选了个继承人，谁知道这个继承人上不上得了台面？能不能继续延续研究院的辉煌？

今天这件事要是处理不好，徐校长找的继承人不过关，会让徐家嫡系在徐家、在研究院的威信大打折扣。

徐家上上下下十分紧张。

众人聚焦的台上，徐校长的目光直接放到秦苒这一桌。见秦苒低着头，动作有些慢吞吞的，徐校长心里明白，她很烦这繁缛的一套，跟她那外公一个样儿。但他丝毫没有觉得自己有什么不对，今天要是不大办一场，所有人都看不出他对这个继承人的认真程度。

“秦苒同学。”徐校长抬了抬眸，十分淡定地又加了一句。

刚刚徐校长投在秦苒这一桌的目光，就让一些人有了猜测，但不敢置信，毕竟……这可是研究院的继承人。眼下徐校长点名道姓，现场的气氛有些诡异起来。

所有人的目光都放在了这桌次席上，程饶瀚僵硬地偏头看向秦苒。

至于徐二叔，前一秒他还担心徐校长究竟是不是找了个不靠谱的继承人，下一秒，整个人愣住了。

在无数目光中，秦苒站起来，面无表情地上台完成了烦琐复杂的继承人交接仪式。

徐校长郑重地把一枚印章交给秦苒，声音严肃：“A 城物理研究院的未来就交到你手上了。”

听到这一句，秦苒慢慢抬起手来，她一开始答应要接管研究院只是为了查外公的事，可经历了这么多，研究院里或许有心术不正的人存在，但大部分人都为之努力拼搏。M 洲升起的一面国旗给国内物理界的人打了鸡血，不过短短几天，秦苒就感受到了这些物理学家一直为之的坚持。

这枚副印不仅仅是一枚印章，更是责任，是信仰。

秦苒深吸了一口气，才伸手接下这枚副印。

“放心，”徐校长郑重地拍着秦苒的肩膀，浑浊的眼底似乎有隐隐水光，良久，才缓缓开口，“我加上程家，还护不住你的话，那我们两家也不用在 A 城混了。

“走，我带你下去认人。”

秦苒感觉不到徐校长复杂的心情，她只是拿着酒杯跟在徐校长、徐摇光还有徐家两位负责人身后，从主座席开始敬酒。

“程老先生跟周校长你应该都熟，就不用过多介绍，这位是我们徐家在 M 洲的接引人，卡罗先生……”主座席上，徐校长郑重地给秦苒介绍了卡罗先生。

卡罗先生不太懂普通话，只是朝秦苒举了举杯。

“卡罗先生是 M 洲马斯家族的人，你魏老师肯定知道。你先记着他，以后研究院要与 M 洲接轨，M 洲这些势力都很重要。”徐校长说得简略。

两人已经到了次席。次席上，徐校长有点不想看到程隽，不过郑重地为秦苒介绍了欧阳薇，他对欧阳薇也十分客气：“苒苒，这是欧阳小姐，欧阳家的下一代继承人，也是‘129 侦探所’的骨干。你们俩差不多是同龄人，都是超乎寻常人的天才，以后可以好好交流。”

欧阳薇已经从最开始的震惊中回过神来，面对徐校长的话，也只是淡淡点头，仿佛十分不在意地看了秦苒一眼，面上不动声色。

等离开了次席的范围，徐校长才郑重地对秦苒开口，声音压低：“苒苒，你应该很好奇我为什么如此看重欧阳薇。”

秦苒点头，她确实好奇。欧阳薇这个名字秦苒断断续续听过不下一百遍了，她是“129 侦探所”的中级会员，但中级会员那么多，为什么江东叶、程温如都对她十分推崇？

“实际上欧阳薇本身不重要，重要的是她背后的那些势力，我们忌惮的也是她背后的人——‘129 侦探所’，具体事宜宴会后我会跟你慢慢解释。”徐校长不动声色。

在欧阳薇面前，连四大家族的几个老爷子都会给她面子。

在场但凡有势力的人谁不知道当初混迹国际中心的老大常宁？大神巨鳄？

当年连 M 洲收藏历史家族馆都被他洗劫了，国际刑警硬是没抓到人。

何晨、渣龙就不说了，没人能挖出他们俩现在的情况。

至于孤狼……这是“129 侦探所”内部都封神的存在，其他人就更不敢多言。

这些人随意抓出来一个，都足以跟 A 城四大家族持平。

欧阳薇是这么多年，唯一一个成功加入“129 侦探所”还成功达到中级会员的人。

“好。”秦苒微微颔首，没有人比她更清楚巨鳄跟常宁的实力。A 城这些人忌惮他们，也能理解。

徐校长他们带着秦苒满场转了一圈。重要人物徐校长都带着秦苒去敬了一杯酒，这是他给秦苒获取的基础人脉。

宴会时间很长，从上午十点到下午两点，一行人吃喝交流完毕，才算结束。

今天徐家还有秦苒闹的动静有点大，整个 A 城的人都需要回家好好缓上一段时间。尤其是……谁也不知道徐校长跟程老两人之间打的什么主意。

周校长同周郢一起出了徐家大门，两人停在车边，周校长抬头望了望天：“这 A 城……怕是要变天了啊。”

不知道四大家族的格局会不会被打破，徐家为了打开 M 洲的市场做了那么多的努力，A 城物理研究院这边……会不会再次进入 M 洲。

大厅内，秦苒跟程隽还没有走。

徐校长送完了另外几位老爷子，才带着徐摇光跟徐二叔两人走到秦苒身边。徐二叔到现在还没缓过神来，他看着秦苒，眼下终于明白了徐摇光之前那句“能力足够”的话是什么意思了。

徐校长的目光在程隽身上顿了下，程隽礼貌地跟徐校长打了个招呼：“徐老师。”但是没有避开的自觉。

“苒苒，”徐校长也不理会程隽，他琢磨了下话语，才郑重地看向秦苒，“我们徐家打通了M洲的市场，三天后，徐家要去M洲一趟进行交接，我希望你能去。”

“我？”秦苒一愣。她琢磨了下实验室的事，略显迟疑。最难的一段时间她前前后后去了M洲两次，来回路程确实有些浪费时间。

“去吧。”她正迟疑着，程隽手抵着唇，轻咳了一声，在一边低声开口，他也要回M洲处理事情。

秦苒看了他一眼，M洲这个地方有点危险，以至于她有点阴影，不过以后无论是徐家还是研究院都要跟M洲挂钩。

她想了想还是同意了。

见她同意了，徐校长才松了一口气。

把秦苒跟程隽送走，徐二叔才看向徐校长：“您确定让秦小姐跟着车队一起去M洲？”秦苒去过M洲比赛，肯定有M洲的通行证，这个徐二叔就不担心了。

“嗯。”徐校长收回目光，“召集所有管事以上的人，开会。”

身侧的徐管家点头，去通知徐家人。

半个小时后，徐家会议室。

徐家管事以上的人全都看着徐校长，没有说话。

在今天之前，还有人计划着联名反对徐校长选的继承人，但今天之后……别说那位继承人有程家护着，就算没有，他们也不能用能力不足这个理由来反对。一个二十一岁就带着平均年龄不到二十一的队伍拿到了ICNE的第一名，除了天才，还能怎么说？唯一能挑剔的就是她的资历。

只是这些，徐校长已经在尽力给她弥补。

徐家人还真找不到漏洞，大多数人在这之前都很佩服秦苒，想要拉拢她。但这件事之后，拉拢已经变成了忌惮。

没有办法，秦苒跟程家有关系。这以后，物理研究院要怎么算？秦苒要是真拿了实权，物理研究院到底是属于徐家还是程家？

“今天主要是跟大家商量我们去M洲交接的事，摇光领队，大部分人员已经选好，队伍会在三日后同卡罗先生一起出发，我会让秦苒同他们一起。”徐校长坐在主位上，语气平缓，却给其他人丢了个炸弹。

“秦苒？不行！绝对不行！”一位领事直接站起来，反对，“徐老，我知道您看重这个秦苒，但这种事情带她去干吗？”

“长长见识。”徐校长调整了一下坐姿，淡淡看了说话的人一眼，“她还是魏大师的徒弟，跟马斯家族也有些关系。”

“可她毕竟没有经历过这些，容易添乱，到时候不小心触怒了马斯家族……”也有人发自内心地担忧。

徐校长的这番话引起了大多数人的强烈反对，然而徐校长却不听。

等徐校长离开，会议桌上的人才看向左边的徐摇光，目露担忧：“小徐少，您也不劝劝徐老吗？找一个外人来接管研究院就算了，还让她接触我们的核心交易。M洲之行又不是去旅游的，也不是去参加比赛的，动辄就要交手，他这……”

先是继承人，后是核心交易。徐家人都怀疑徐校长是不是被下降头了。

这些徐摇光也想过，他沉吟一下，站起来：“这两天，再添一支有通行证的护卫队。”

徐家气氛不太高。

徐校长这边，他已经回来换了件衣服。徐管家站在他身侧，欲言又止。

“疑惑苒苒的事？”徐校长看他一眼。

徐管家迟疑了下，然后点头：“对，那位秦小姐……”确实出色，但徐老对她过度关心，而且就这么把研究院交给她，还有M洲的事，这明显是对她十足的信任……

但人心哪有这么简单。

徐校长把外套的扣子扣好，看了徐管家一眼，淡淡开口：“因为她是宁迩的外孙女。”

四十年前，宁迩被逼得退出M洲，退出A城，退出研究院。

四十年后，他的继承人重归研究院，重归A城，重新连接M洲。

研究院跟A城、徐家息息相关，徐校长怎么可能这么随便就认准一个继承人？

他当初循着潘明宣的足迹找到灵海镇时，就认出了秦苒一家。原本他不打算再让他们与研究院牵扯到一起，只是这过程中秦苒的天分让他实在难以放弃。她是散漫惯了，但在某一方面的执着跟宁迩不相上下。

他索性就留在云城三年。

听完，徐管家抿紧唇，站在桌边愣了好半晌才反应过来，点点头：“原来如此。”

顿了片刻，徐管家又抬头：“宁院士……他以前的心腹还在研究院吧？”

徐管家一开始还担心秦苒这么年轻，没有资历要怎么去压那些老家伙，尤其是方院长……但她是宁迩的外孙女，那就不一样了。之前宁迩手下的研究员有几个，像廖高昂，都已经成为五大特级研究员之一。当初受宁迩恩惠的人不少，有他们在，再加上徐家跟程家的隐隐震慑，秦苒的路不会太难走。

“不清楚，不过……”宁迩当初手底下有不少人，四十年过去，这些人肯定都不简单，成就不会比廖高昂低多少，徐校长微顿，“陈教授应该给她留有线索……”

徐家门外，程隽跟秦苒两人不紧不慢地走在路上。

“你这次回M洲干吗？”秦苒稍微侧了侧身。

程隽随意地钩住了她垂在一边的指尖，瞥她一眼：“处理地下联盟的事。”

“哦。”秦苒低头，闭嘴。

程隽偏头看了看她，原以为她还会再问两句。谁知道他刚说完一句，秦苒就安静了，敛下眸子安安静静地走着。

程隽挑眉：“苒姐，你这……”他开口，刚想说她有点心虚，就看到了等在停车场边的一行人。他咽下到嘴边的话，朝他们瞥过去一眼，脚步微顿。

正是程家人。

程老爷子跟程温如几天前就知道了秦苒的事情，他们在宴会上的表现还算高深莫测。

程家几位赴宴的堂主，都停留在原地等着秦苒跟程隽。程隽一出现在他们的视线内，程温如就往前走了一步：“三弟，苒苒。”

“你们怎么还没走？”程隽抬头，语气显然不太高兴。

程温如不想理会程隽，将目光转向秦苒，不知道说什么。这是知道秦苒就是徐校长那个继承人后，程温如第一次当面同秦苒说这件事：“苒苒你可真是……A城多少年都没这么热闹了，我爸差点就叫家庭医生来了。”

虽然程老爷子知道这个消息的当天晚上没找医生，但程老爷子这半年都非常稳定的病情，这几天在专业人士的嘱咐下，每顿都加了一粒药。

程老爷子故作淡定地将手背在身后。

程隽抬了抬眼眸：“先回去吧。”

程家除了少数知道秦苒就是徐校长之前看中的继承人的人，其他人此时都还没回过神，有些惊骇难言。

不远处，同欧阳薇聊完的程饶瀚朝这边看过来，整个人顿了一下。

“大少爷，我们要不要去打个招呼？”身侧的心腹小声询问。

若说以前的秦苒只是个刚考到物理实验室的学生，虽然在网上有些名气，但这些对于程饶瀚来说不算什么，可现在……物理研究院的继承人这一点足以让他重视。尤其是徐校长的态度，明显十分看重她。向来高冷的徐摇光跟秦苒看起来也很熟悉，敬酒全程都会同她解释。

刚知道秦苒的时候，程饶瀚一直觉得她是程隽的最大弱点。谁知道，程隽现在没什么心思争，秦苒却无形中给程温如加了不少筹码。

程温如在程家的话语权越来越重，程饶瀚的潜在威胁已经变成她了。

程温如本人跟以往相比没什么区别，唯一的区别就是她跟秦苒走得近，尤其是巨鳄的那一单，程饶瀚隐约打听到，跟秦苒有些关系……

程饶瀚没出声。

若说一开始，心腹让他去接近秦苒，他十分不屑，眼下……他已经开始后悔了。

早知道秦苒的这些事，他怎么也不可能看轻她……

想到这些，程饶瀚不由得拿出手机，给刚离开的欧阳薇发了一句话——“你知道巨鳄的消息吗？”

云锦小区。

秦管家坐在沙发上，刚挂断一个电话，此刻的他满脸通红，拿着手机，沉默好半晌，才抖着手给远在M洲的秦修尘打了个电话。

接电话的不是秦修尘，而是他的经纪人。

“秦管家，秦影帝在拍戏，您有什么事吗？”经纪人走到一边，压低声音。

“天大的好消息！天佑我秦家！”秦管家嘴巴嗫嚅着，此时的他脑袋都是蒙的。

秦家淡出A城这么久了，今天因为秦苒的事情，重新浮出A城水面。宴会刚散，秦家不少老家伙就打电话给秦管家。

秦管家用了好长时间才组织好语言，对着电话那头的经纪人道：“苒苒小姐是徐老钦定的研究院继承人！”

M洲这边，经纪人接完秦管家的电话，大冷天的，不由得一个激灵，怀疑自己听错了。

没多久，秦修尘拍完戏过来，伸手拿起放在椅子上的大衣，身侧的助理连忙把水递过去。

“怎么回事？”秦修尘随意地披好外套，一边喝水，一边看向经纪人。

“不是……你这侄女……”经纪人抬了抬头，将目光转向秦修尘，最终吐出一句，“太可怕了吧？”

听到这一句，秦修尘拿着杯子的手一顿，眼眸眯起。

经纪人想了好半晌，才找出一个词来形容秦苒：“徐家那位老爷子四年前就瞄准她做研究院的继承人了，听说还为了她去云城待了三年！”

上次秦家继承人考核事件以后，经纪人就觉得秦苒不该去学物理。毕竟秦苒那样前所未有的高分学物理太浪费了，眼下看徐校长这做派，秦苒在物理上的天赋或许并不比计算机差……

秦修尘的助理也是熟知A城势力的人，一听经纪人说到徐校长就知道是谁，他有些恍然大悟：“难怪她明明计算机很好，音乐细胞也强，却偏偏学了物理。”

两人说完，不约而同地转向秦修尘：“秦影帝，你没事吧？”

秦修尘抬头，看他们一眼，没说话，看起来还挺淡定。

经纪人看着淡定的秦修尘，略微挑眉。另一边的一个主演找秦修尘讨论剧本，秦修尘“嗯”了一声，直接走过去。

经纪人看了秦修尘的背影半晌，忍不住抽了下嘴角：“我还以为他真的有这么淡定……”

这都顺拐了，几年难得一见。

A城，亭澜公寓。

秦苒他们刚回来，程温如坐在沙发上，腿微微搭着：“你们又要去M洲？那要小心点，听大堂主他们说M洲最近好像不太平静。”

程木看到一行人，转去厨房倒水。他先给秦苒和程温如一人倒了一杯，秦苒接过茶，敛眉抿了一口，微微颔首。

程隽脱下外套，指尖还捏着手机。闻言，他看了程温如一眼，刚想说什么，手里的手机响起，低头一看，是M洲的号码。

程隽侧头，瞥了两人一眼，一边按了接通键，一边朝楼上走，声音压低：“唐会长。”

打电话的正是唐均，他声音有些发沉：“你最近在哪儿？”

程隽进了书房，并带上书房的门，抬起眉眼：“A城，过两天会去M洲，你的手又出问题了？”

“果然聪明。”手机那头，唐均站在树边，点了一根烟，“我几年没出手，黑鹰应该知道我受伤的事情了，他想要会长的位置。”

唐均的手在几年前就出过问题，当初程隽帮他做了一次手术。虽然看起来完好如初，但实际上灵敏度大不如从前，这种程度放在普通人身上自然不受影响，但……唐均是个黑客，手跟电脑等同于他的命，这双手对他的实力影响太大了。

唐均一直瞒着，虽然他是黑客联盟会长，但黑客联盟内部也不太平，分为两股势力：一部分是站他这边的，遵守黑客规则道义的黑客；另一部分是如同黑鹰加德纳那样，不遵守黑客道义的黑客。

唐均深知自己手受伤这件事一出来，这些人肯定会找准时机拉自己下马，到时候黑客界肯定兵荒马乱。

作为黑客界的领军人，唐均一直肩负着自己的使命。这几年他招揽不少在黑客界冒头的人，就是想找个三观符合的黑客担任黑客联盟的会长，能让他全身而退。

陆知行他有考虑过，但陆知行致命的弱点是，他是学编程的。

“黑鹰？那确实麻烦。”程隽坐到书桌边的椅子上，眉微拧。唐均的消息他也帮着掩盖了，这是怎么泄露出去的……

黑鹰这个人是排名挤得进前十的黑客，视财如命，只要给他钱，他什么都做，曾经在云城还攻击过陆照影的电脑，有迹可循。

马修盯他很久了。

“黑鹰向我发起了挑战，就在一个星期后，我手底下有两个后辈……都绝对不是他的对手，到时候你来一趟。”唐均抬头，深吸一口气，“我本来还想培养我那个失散的侄女，可现在时间也来不及了。”

说到这里，唐均忍不住叹气，电话里，也不便多说：“等你到M洲时，我们再详聊。”

“好。”程隽微微颔首。他挂断电话，打开书桌上的电脑，开始查看唐均的病历。

三天后。

清晨，徐家人整队出发去M洲。

程隽有事昨天晚上就飞去M洲了，秦苒带着程木落后一步。

徐家人是早上七点在机场碰面，秦苒跟程木来得不早不晚。徐家其他人本来在集合地点说话，看到秦苒，全都停下了话语，不再说一句话，显而易见地排斥。

“狗屎！”徐二叔身边的一位管事压低声音，“徐老到底是中了什么降头，把研究院给一个外人就算了，还真让她来了，她一个研究员跟着我们有什么用？”

若秦苒只是研究院的一员，能给研究院带来贡献……徐家众人肯定会以礼相待热烈欢迎，不会是这个态度。可现在，秦苒作为一个外姓人，还是跟程家有关系的外姓人，她接管研究院，自然引起了徐家人众怒。

徐摇光穿着深色的风衣站在一边，容色依旧清冷，一言不发。直到秦苒来后，他才抬了抬眉眼，看向秦苒，眸色微深，好半晌才说出一句：“恭喜。”

秦苒随意解开羽绒服的扣子，瞥了他一眼，依旧冷淡：“谢谢。”声音听不出丝毫情绪。

说完，她也不管在场的任何一人，随手把耳机塞到耳朵里，并打开音乐。

徐摇光看着秦苒的背影，心里有无数的疑问，包括她当时为什么隐瞒她精通物理的事实，还有小提琴的事……看到她戴上了耳机，他又吞下了到嘴边的话。

七点，所有人等着的卡罗先生才缓缓赶过来。

“卡罗先生。”看到他，徐家所有人都恭敬地叫了一声。

卡罗微微颔首，扫了所有人一眼，目光在秦苒身上顿了一下。

在几天前的宴会上见过秦苒，卡罗自然对她有印象，这似乎是徐家的人。至于是什么，卡罗没有细细研究，国内这些势力他还真看不上眼。

只是每次去M洲马修家族的队伍都有确定的人数，秦苒是队伍里唯一出现的女人。

“徐老想让秦小姐跟过去长长见识，放心，她不会妨碍我们的大事。”看到卡罗先生似乎有些不悦，徐二叔连忙站出来，压低声音解释。

听到徐二叔的解释，卡罗皱了皱眉：“带人出来长见识？”

他说的是国际用语，徐二叔又低头解释。卡罗又看了秦苒一眼，最终还是没说话，有徐家人的保证，他不好说什么。

程木拎着一个巨大的行李箱跟在秦苒身后，听到卡罗的话，他面无表情地抬头看了卡罗一眼。

“那是卡罗先生，他是马斯家族的角斗场的队长，”徐摇光站在秦苒身侧几步远的地方，看到程木的目光，他缓缓解释，并给程木科普，“马斯家族是M洲顶尖几大势力之一。”

角斗场虽然只是马斯家族名下的一股势力，卡罗还是不起眼的队长，但这些对于A城这些人来说，已经算是打开的一个大市场。

秦苒的耳机声音很大，她没有听到徐摇光的话，只是低头翻了翻手机。程隽给她留了言，他已经到M洲了，正在帮人看病。秦苒随意地回复了一句，就跟着一行人出发。

徐家派出来的人都是精英。一行三十来个人，究竟是为了什么生意秦苒不知道，这行人大部分都避开秦苒，只说了件小事，这次会顺道帮着马斯家族镇压一个势力聚集地。

秦苒靠在椅背上，大略就听到了这些内容，便扯下了眼罩盖在了眼睛上，没有再听下去。

八个小时后，飞机在M洲停机坪停下。此时的徐摇光跟徐二叔等人不知道，M洲好玩了。

与此同时，黑客联盟据点。

大门边，一辆插着小旗子的黑色汽车缓缓停下，车上下来两人。走在后面的那人身高腿长，眉目清秀，神色冷淡，正是程隽。

老李恭敬地站在大门口等着，没敢抬头看。

“程先生，”老李低头，“老爷在房间等您。”

“嗯。”程隽低声应了一句，跟着老李一起进去。

黑客联盟已经被完全清场了，两边路上没什么人，老李直接带着程隽往楼上走。

上楼后，程隽替唐均看他双手的恢复情况。

“如何？”唐均坐在躺椅上，抬眸询问。

程隽摇头，伸手从兜里拿出一瓶白色的药：“实验用药，能帮你止痛，灵敏度我就无能为力。”

闻言，唐均也没多失望，他笑了下，紧接着又叹气：“你的医术已经很高超了，手断成那样还能接好。”

“很棘手？”老李端来一杯茶，程隽随手拿起茶杯，抿了一口。

“黑鹰排得上前十，黑客联盟能跟他交手的只有我，”唐均看向窗外，指尖捏着白色药瓶，“还有一个人，不过……”他不知道想到了什么，微微摇头。

程隽对黑客联盟内部的事情不感冒，把茶杯放下，指尖敲着桌子：“时间是四天后？”

他一边跟唐均说话，一边翻着手机看秦苒的留言。

“嗯，黑鹰这次来势汹汹，显然是冲着黑客联盟来的，”唐均眸色敛起，神色郑重，“我尽力出手。”

程隽颔首，没说什么，只是翻着手机，不紧不慢地给秦苒回了一句——“有件好玩的事情。”

秦苒是黑客，全天下的黑客都对黑客联盟感兴趣，黑客联盟会长跟黑客界顶尖高手交锋，她肯定感兴趣。

程隽背靠着椅背，神色懒散。

秦苒真正喜欢的事情不算太多。程隽观察敏锐，小提琴算得上一个，最近一年她对小提琴似乎也不太喜欢了，真正能让她感兴趣的，他琢磨来琢磨去，就只剩下一个——打架。

这种事情他自然不会提倡。

再往后推，大概就是这些新奇的事情了，世界级的几位黑客比赛，她肯定会感兴趣。

顺便带她认识一下黑客联盟会长。

程隽把这件事一说，秦苒也回得挺快——“没兴趣。”

这边，秦苒已经下了飞机。马斯家族的车也准备好了，是四辆面包车。面包车左边插的是一面三角形的旗帜，她随意地看了一眼，就收回目光。

秦苒直接走到最后一辆车上，坐在最后一排靠窗的位置上，继续翻着手机。

程隽："？"

他似乎还挺惊讶自己的神机妙算不对："连这个都没有兴趣了？你还对什么感兴趣？"

三月初的天气没有之前那么冷，秦苒依旧穿着黑色的羽绒服，还把帽子扣上了。她低头看了眼程隽的回复，又随意地回了一个字，然后从兜里摸出黑色耳机，再度戴上。

程木拎着个箱子跟在秦苒身后上车，这坐在了秦苒身边。

车外，卡罗接了个电话，然后跟徐摇光和徐二叔那行人说了几句，就匆匆整装出发。

徐摇光、徐二叔、卡罗几人也在最后一辆面包车上，卡罗身边留着一个空位。

飞机上，程木也坐在秦苒隔壁，徐摇光一直没找到跟秦苒说话的机会，这会儿也坐在了最后一排，程木隔壁。

徐二叔本来还在跟徐摇光说话，看着徐摇光想也不想地坐在了程木身边，他就停下了后面的话语，没再说下去。

车内气氛凝重。

"小徐少，路程会有多远？"程木跟着秦苒在这里待了半年多，自然也认识路，一眼就看出来，这不是开往M洲边界内部的路。

徐摇光看了眼外面的天色："会绕一段山路，明天清晨能抵达。"

"那中途会停车休息吗？"程木点点头，"可以生点火烤面包。"

车上坐着的徐家人闻言，都下意识地皱了下眉头，没看出来事情紧急吗？还停下来烤面包。

但因为对方是程木，程家人，面包车内的其他人都没说话，只是压下了胸口的怒气。

徐摇光摇头，顿了顿，才开口："不能停。"

"好吧。"程木略显遗憾。

四个小时后，车在一处盘山公路的十字路口停下。在路边等了大概三分钟，一支十几辆车组成的车队开过来。最后一辆小轿车上下来一个身高体壮的褐发男人，直接坐到了卡罗身边。

双方的车队都没有说话，兵分两路离开。

车子继续行驶。

两个小时后，车子在一处据点停下。卡罗先下车，给褐发男人打开了门。

天已经渐渐亮了。晨光下，褐发男人就穿了件T恤，两只手露出强健的肌肉，个子接近两米。

“伯特大人。”卡罗站在车边，恭敬地开口。

褐发男人只是微微颔首，却不知道这一切引起了身后陆续下车的徐家人的震撼。

徐家虽然打通了马斯家族的经济命脉，但距离马斯家族还是差得太多。眼下见到的职位最高的人也只是角斗场的队长卡罗先生。

没想到这个卡罗对那褐发男人这么恭敬？

伯特？他是谁？

“小徐少？”徐二叔心中一震，他看向徐摇光，目带询问。

徐摇光跟徐校长来过一次M洲，这次很多徐家人都是第一次来。

徐摇光沉吟半晌，向来清冷的眸中多了一丝认真，他摇了摇头：“我跟爷爷也没见过。”

秦苒跟在所有人身后，不紧不慢地下车。她伸手取下耳机，并拉下头顶的羽绒服帽子。三月份的天气没有十二月份那么冷，只是秦苒向来体寒，就算是在夏天，她也是穿着必备长袖。

她手插进兜里，目光清凌凌地看向伯特的方向，眉微挑。

卡罗跟伯特说完，才看向徐摇光等人，朝这边走了两步，手背在身后。

M洲实力至上，对徐摇光他们说话的时候，卡罗自然就没了那股子尊敬，直接道：“你们的住宅区是三区，记住，一区是伯特大人的训练区，不能随意进入，否则后果自负。”

程木拖着箱子站在秦苒身边。他看着伯特，能感觉到伯特身上危险的气息。

“秦小姐，你认识那个伯特？”程木注意到秦苒的目光，低声询问。

徐二叔瞥了眼程木，笑了下，没在意，拿好自己简单的行李往三区走。

徐家其他人倒也不会觉得秦苒真的会认识那位伯特大人。

秦苒收回目光，低了低头，重新拉上了帽子，语气淡淡：“那是马斯家族的地下拳王，马斯家族经营着世界最大的地下角斗场，每个地下拳王都有着可怕的实力，只要能在生死擂上获得拳王的荣耀，就一飞冲天。”

她语气淡淡，声音不大，但只要是练过的都能听清楚。

卡罗虽然普通话说得不好，不过能听得懂。听到秦苒的解释，他诧异地看了眼秦苒：“小姑娘见识不少，竟然认识伯特大人。”

他也就诧异了一下，伯特在地下角斗场声名显赫，认识他的人多了去，他也没深究，不过把秦苒记在了心里。

每个拳王都有着十分显赫的地位，不说马斯家族，其他势力都会花血本争抢。

角斗场经营了这么多年，全世界也就出了四个地下拳王。

难怪卡罗对伯特这么尊重，对方是拳王，那就对了。

卡罗多看了秦苒一眼，吩咐了徐家人几句，才带着伯特往一区走。

“伯特大人？”两人走到基地入口处，伯特脚步顿了一下，卡罗抬了抬头。

伯特目光看着身后的人群，一双眼眸漆黑发寒，气势极足，眸子隐隐若现血意，似乎是杀红了眼。他目光扫过来的时候，徐家几个意志不坚定的人下意识地往后退了一步。

伯特的目光在人群中唯一的女人身上顿了顿，那女人看起来有些拽，但身上完全没那种又丧又颓的狠劲儿。他的浓眉微微拧了下，又摇了摇头，瓮声瓮气地开口：“没事，看错了。”

说完，他同卡罗两人进去。

还停留在外面的大多是徐家的人。

竟然真的是地下拳王？徐二叔跟其余徐家人敛下惊讶，都不由得把目光转向秦苒。

他们脑子里同时盘旋着同一个疑问——秦苒她是怎么知道的？

其他人惊讶，程木的表现却完全不同，他拎着行李箱，好奇又敬佩地朝伯特看了一眼，有些跃跃欲试：“原来他是拳王，那肯定很厉害。”

去年他就听秦苒、施厉铭说过角斗场，只是……最后秦苒也没让他去。

当时秦苒就对角斗场很熟悉，所以今天能认出伯特，程木并不惊讶。此时的他只是对伯特充满了敬佩，明白敢去角斗场的都是不要命或者有抱负的人，能在生死擂台上打出地下拳王这个称号的，足以让程木敬佩。

毕竟连施厉铭都惜命不怎么敢去打生死擂。

徐摇光见程木的脸上不见一丝震撼，甚至还有点跃跃欲试，他不由得顿了一下，多看了眼秦苒跟程木。

“小徐少，你们跟我来。”卡罗走后，基地的看门人恭敬地带徐摇光等人去三区。

徐家已经是马斯家族旗下的一员，虽然跟马斯家族不能比，但M洲除了这些顶级势力，也有普通群众的存在。在这些人眼里，徐家同卡罗一样也是高不可攀的人物。

马斯家族这边的基地很大，徐摇光等人住在一栋三层小楼，一共十个房间。秦苒住在三楼最靠里面的一间，程木住在她隔壁，徐摇光住在程木隔壁。

程木进房间看了一眼，这边基地的房间就没程隽那儿那么好了，十分简陋，没什么装饰品。他把花盆摆上，又检查了一遍房间才离开。

秦苒睡了一天，下午五点时被程木叫醒下楼吃饭。

“下午隽爷给我打了电话，秦小姐你要不要回个电话？”程木跟在秦苒身后，手里还拿着部手机。

“知道了。”秦苒把左手的袖子卷起，漫不经心地回。

楼下。

徐摇光跟徐二叔都没睡，在基地跟着卡罗忙了大半天。

“她在干吗？”徐家一位负责人看了眼楼上，眉头拧着。

“听程木说，她一直在睡觉。”徐二叔也看了眼楼上，倒没什么情绪，“这样也好，她也很聪明。”

毕竟秦苒不是什么普通人，在研究院表现出色，身份还十分特殊。徐家上上下下的人大部分都忌惮她，不然也不会在徐校长让秦苒来M洲的时候全力阻止。

眼下她主动避开徐家的事，有眼力见儿。

“这次伯特大人肯定能拿个好名次……”徐二叔刚说着，秦苒跟程木就从楼上下来了。

徐二叔话说到一半，忽然顿住，没再说出口，显然有意避开秦苒跟程木。

秦苒当然也没问，徐校长让她跟着来M洲的目的她大概清楚了，想要她先在徐家几个骨干面前立下威信，煞费苦心。

秦苒坐在空位上，思索着这件事。对面坐着的徐摇光看了徐二叔一眼，收回目光，接着对秦苒道：“这次是国际中心西半部的势力分配，具体是什么我也不清楚。”

徐摇光对M洲势力不算太了解，M洲西半部是谁的势力他不知道。他把这次徐家来M洲的目的跟秦苒说了，这次争夺下的市场，会直接划分一个在徐家头上。

秦苒拿着筷子的手顿了一下，她抬头看了眼徐摇光，一向淡漠的眸里不由得翻涌起阵阵波澜。

西半部的势力……难怪这几天程隽会赶到M洲，要处理地下联盟的事件，怕也是要参与到这件事中。

秦苒收回目光，没再说话。

吃完饭，秦苒直接拿着手机上去。徐二叔等人面面相觑，等徐摇光到了书房之后，才看向他：“小徐少，你怎么什么都跟她说了？我总觉得……她不是普通人。”

徐摇光看向窗外，这会儿接近下午六点，太阳也渐渐下山，洒下余晖。

“爷爷选择相信的人，肯定没错。”徐摇光侧了侧身，垂下眸子，掩下了眸底的光。

徐二叔眉头紧锁：“但是你不觉得奇怪？她就是国内的学生，怎么一眼就说出伯特的身份？今天下午我们询问了卡罗，他自己也说了一般人不能打听到伯特的事。小徐少，她……不简单，今天她说起地下拳王的时候，表情太平静了。”

秦苒不简单，这件事明眼人都能看出来。

那个表情不是普通人的表现。

当时徐二叔虽然处于震惊当中，但也注意过秦苒的神色，他不会看错。

这一点徐摇光自然也感觉到了，程木当时也是平静多过震惊。

徐摇光转身，定定地看向徐二叔：“爷爷肯定有他的理由，他选的人，请您不要怀疑。”

说完，他直接走到书桌边，打开电脑跟爷爷汇报今天发生的事。

徐二叔站在徐摇光身后，看了他一眼，张了张嘴，一时间无话可说，只能带上门离开。

入夜，秦苒正在跟程隽打视频电话。

“马斯家族那边的市场怎么划分的？”程隽本来想问问秦苒今天回的那条微信，但看她不太合作，索性没问这些。

秦苒坐在房间里唯一一张椅子上，靠着椅背，挑着眉眼：“拳王？”

“这么随便？”程隽笑了笑，走到窗边，推开了窗。

“什么叫随便，两方交战已经损失了不少人马了。况且……拳王争夺，也是博弈。”这种大势力的分配，怎么可能随便，秦苒看着灯光熹微的窗外，微微眯眼。

程隽靠着窗台坐着，本来随意的表情听到这一句瞬间严肃，他直接站起来：“你跟程木现在出来，我让人接你们。”他显然也想到了重点。

势力划分通过拳王来划分，这自然不是儿戏，还是对马斯家族有利……但两方势力的博弈哪有这么简单？在他们出手前，肯定会对伯特动手。

秦苒却没回，只是看着视频里的窗户，若有所思：“你刚刚抽烟了。”语气斩钉截铁。

“怎么可能，你胡说。”程隽另一只手抵着唇，轻咳一声。

“放心，我现在挺惜命的，程木也不会有事。”秦苒看了眼窗外，隔着电话，她没计较抽烟这件事。

程隽放下手，顿了一下，眉眼微沉：“你别动手。”

“没必要我当然不会。”秦苒懒洋洋地打了个哈欠，又想起来一件事，略带忧色，“你们的市场怎么分配的？”不会真要跟地下联盟争？

“我怎么觉得你对M洲这么熟悉呢？连每三年的势力规划都知道。”程隽似笑非笑地看她一眼。

秦苒又闭嘴了。

他又轻笑着开口，有些云淡风轻："我今年没参与。"

秦苒挂断视频电话，觉得有些不对劲。她坐直身体，给程水发过去一句话。

程水应该在忙，直接发来语音："秦小姐，今年的市场划分，老大让给马修了。"

让给马修了？秦苒坐在椅子上，微微抿唇，马修跟程水他们一直是对立关系。今年的势力划分这么重要，按照程水、程火他们几个的性子，怎么会让给死对头……

秦苒看着手机，屏幕上显示着程水又发过来一条语音，秦苒却没再听，拿着手机的手微微收紧。

程隽把地盘让给马修……里面或多或少都有自己的关系。

她正想着，外面路灯下一道黑影闪过。

今晚的月光不是特别明亮，只有路灯光照得地面仿佛染了一层白霜。秦苒拿着手机，关了房间内的大灯，也没开门，直接打开窗户，翻到了程木的房间。

程木现在五感也不弱，他听到了异动，在黑夜里，看到秦苒。秦苒直接朝他比了个手势，两人都从三楼翻下去。程木一眼就看到不远处贴着墙角小心翼翼摸过来的人，他直接走过去，用手刀砍晕对方。

"有埋伏，小心寻找炸药。"秦苒从墙角翻找出来一枚自制炸药，她脸上没什么表情，脑子无比清晰，"你去通知其他人，我继续找。"

两人兵分两路。

程木进去，秦苒在外面找到好几枚自制炸药。

三楼，程木去通知的时候，也有其他人发现了不对劲。

"砰——"走廊尽头一个小型反应堆炸裂了。

"小徐少！快走！有人袭击！"徐二叔首先冲到徐摇光的卧室，拉着徐摇光的胳膊往外跑。

徐摇光也拿着手机出来，他没有先走，而是往后走了几步，一脚踢开秦苒的房门。

"秦苒人呢？"火光中，徐摇光高声道。

"谁知道她大半夜的乱跑去哪儿了？不是跟她说过 M 洲不能乱跑吗？这种时候还添乱，小徐少，我们先走，说不定她已经下楼了！"徐二叔不耐烦地开口。

两人从三楼下来，跟徐家其他人会合。出来后，他们才发现，原来伯特住在他们三区，并不在一区！难怪会被攻击！

"小徐少，先上车！"徐二叔把徐摇光往车内塞。

徐摇光手搭着车门，看向跟着最后一位徐家人走出来的程木："你们秦小姐呢？"

程木往后看了看，眉毛一拧："秦小姐还没出来？"

徐二叔直接催促前面的司机："开车。"

伯特坐的那辆车已经离开了，这地方危险，几乎快要爆炸了。

徐摇光厉声开口："再等等！"

"别等，走！"徐二叔冷酷无情。

开车的也是徐家人，他面不改色地直接踩了油门。

车子直接开出去。

能被派到M洲的都是徐家最忠诚的护卫队。这种时候，谁的安危更重要自然不用言说，徐摇光是徐家下任家主，他的安危自然重过秦苒。

匆忙中，车门并没有关紧，徐二叔以为车开了，徐摇光就不会再闹，强硬地抓着徐摇光的手松了些许。

徐摇光什么也没说，直接扯掉徐二叔的手，从侧门跳了下去。

油门踩到底，车速很快。徐摇光跳到路边，又打了个滚，脑袋狠狠撞击了下路边的围墙，才停下。他双手撑着地，直接爬起来，往回跑。

"小徐少！"徐二叔眸色剧变，开车的司机也猛地踩下刹车。刺耳的刹车声在夜空中响起，又被其他声音掩盖。

这辆车上都是徐家的骨干，一行人相互看了一眼，什么都没有说，拿好自己的武器往回跑。

刚跑到三区的大门边，他们就看到只穿着卫衣的女生不紧不慢地从门内走出来，手里拎着黑色背包，身边还跟着卡罗。

程木等在大门口。

徐摇光也停在了门边，他双手抵着膝盖，弯腰大口地喘着粗气，火光中，隐约能看到他额头的汗珠。

徐二叔反应过来："秦小姐，你还愣着干吗？赶紧先走，其他人已经退到安全范围了……"

他一句话还没说完，秦苒就走到了他对面。她随手把背包里的东西倒出来，窸窸窣窣——十几枚少了引子的自制炸药包落在地上。

一直想说话的徐家人此时寂静无声，徐二叔也愣住了。

秦苒没看徐二叔，也没管其他人，直接对着卡罗道："可以让人回来了，对方并不是想搅了你们的基地。"不过是为了骚扰伯特而已。

卡罗深深看她一眼："请问你是……"

两天了，卡罗就没认真记过秦苒的名字，此时才问起。

"秦苒。"秦苒淡淡开口。

"秦小姐，今天的事我们马斯家族记下了。"卡罗拿着对讲机直接出去，今晚若是没有秦苒，损失肯定惨重。他们早就对一区严防死守，不让任何人接近一区，暗地里通过地下通道把伯特转到了三区。谁知道这计划都被泄露出去。

二十分钟后，所有人安全转到二区。

房间还没安排好，所有人都在一楼。大家面色都很凝重，只有秦苒坐在餐桌边的椅子上，跷着二郎腿，低头在玩游戏，程木还给她泡了杯茶。

门外，徐二叔越过众人看向灯光下似乎十分悠闲的秦苒，忍不住开口：“观察力不简单。”

刚刚那种情况下，连徐家训练有素的护卫都慌了，秦苒却从头到尾不慌不忙，还找到了剩余的没被引爆的炸药。这不能用简单的运气来描述。无论是对炸药的预估，还有敌人的数量……连卡罗都没有这样精准的计算能力。

卡罗乃角斗场第一大队长，他的能力毋庸置疑。

徐二叔有些想不明白。

“你说秦苒怎么……你也看到她刚刚从火光中走出来的表情，比卡罗先生还平静。”

徐摇光没说话，只是看向秦苒的方向。秦苒眉眼低敛，这个角度只能看到她的侧脸，看不出什么表情。她身上没有以往的锋锐，更没有那种不耐烦的匪气，连那股压抑劲儿都看不到了。

徐摇光不知道秦苒去年经历了什么，但不可否认，她与他之前想象的太不一样了。整个人的气势都收敛了，却更有种让人觉得深不可测的意味。

两人正说着，处理完事情的卡罗从外面进来。

徐摇光收回目光，看向卡罗，同卡罗一起进屋：“损失如何？”

“被你们打晕的人我们已经扣押了，没多少伤亡。伯特大人在一区，医生已经过去了，我还不知道消息。”经过这一次，卡罗也不再看轻徐家的人。他看着秦苒，再次道了谢。

秦苒在给秦陵录屏，听到这句话，她抬了抬眉，淡淡开口：“好说。”手上动作却没停。

几人说了两句，外面又响起刹车声。人高马大的伯特进来，他一只眼睛很红，朝屋内看了一眼，看到秦苒的时候，瞳孔无意识地再次缩了缩，又摇了摇头。

“伯特先生，你怎么样？”卡罗直接站起来。

“没事，只是左眼受了点伤。”伯特不在意。打生死擂的，这点伤不过是微不足道。

伯特身边的人看向徐摇光一行人，欲言又止：“明明是他们……”

伯特冷冷看他一眼，让他闭嘴。

秦苒跷着二郎腿，若有所思地看两人一眼。

卡罗没注意到，他现在关心的是伯特的伤，直接看向随行医生：“具体情况？”

“左眼视力受损，不好说……”医生弯腰。

“这群小人！”卡罗狠狠捶了下桌子，满面狰狞。

卡罗拿着手机，出门联系马斯家主。出了这种事，他自然要禀告。

伯特没有走，程木并不怕伯特，东问一句西问一句。大厅内，其他人也围过来，同样对这位传奇的地下拳王很感兴趣。

秦苒录完视频，手撑着桌子站起来，跟程木打了个招呼：“我出去打个电话。”

程木以为她去跟程隽报平安，连忙点头。

外面不远处，卡罗拿着手机，细细地询问医生。医生低头，如实禀告：“巅峰对决，左眼视力模糊，真的不好说……”

伯特实力强，但高手间的博弈成败就在此一举。

秦苒双手环胸，抬着下巴看着两人，并没有掩饰自己的踪迹。卡罗已经看到了她，他摆手让医生下去，几步走过来，微微拧眉。

秦苒没等他开口，直接看过去，眸色清淡：“我让你们赢。”

卡罗这次的重任就是保护拳王伯特，伯特出了问题他难辞其咎，伯特是马斯家族目前唯一留下的拳王。马斯家族经营着角斗场，几乎大部分势力都眼红马斯家族这个地盘，基本上每个势力都有线人在角斗场。

如程水他们都在角斗场打过生死擂，挑战拳王的人更是不少。角斗场出过四个拳王，只有伯特是马斯家族的人。伯特左眼视力虽然出现了问题，但依旧是角斗场的震场之王，马斯家族一时半会儿确实找不到比伯特更好的人选。

听到秦苒的话，卡罗朝她看过去，微微眯眼：“你有什么目的？”

秦苒说得认真，经过刚刚自制炸药的事，他不会认为秦苒在这时跟他开玩笑，她能这么说肯定有自己的倚仗。

“你们划分给徐家的市场有多少？”秦苒靠在墙上，只静静看着他。

卡罗讳莫如深地看她一眼：“南区百分之一。”

秦苒垂眸。百分之一的区域对于马斯家族来说不算什么，但对刚迈进M洲的徐家是立足之本。她靠着墙，指尖随意敲着手机，低眸微微思索了一下，才看向卡罗：“换成南区经济中心百分之一的市场。”

这百分之一的市场跟马斯家族随意分配的百分之一不一样，抵得上百分之十。听秦苒这一开口，就知道她十分了解M洲局势。南区也只是马斯家族角斗场的地盘，若能百分之百拿到三年的管理权，这百分之一的经济中心市场于马斯家族来说不过九牛一毛。

马斯家族要的只是掌管权，这点权力卡罗还是有的，他干脆地点头：“可以，你说说你的办法，不要想着医学组织的人，刚刚那位医师就是医学组织实验室的人，这种眼伤只能自行恢复。”

卡罗原本想的是秦苒会给他介绍什么医生，然而秦苒只是看了他一眼，又垂眸想了会儿，才开口：“我需要你们回地下角斗场帮我拿个东西。”

她压低声音，跟卡罗说了几个字。刚说完，程木拿着手机往外走，朝秦苒挥挥手机：“秦小姐，隽爷找你。”

“知道了。”秦苒顿了顿，才把手插进兜里，往屋内走。

门外，卡罗还站在原地，似乎愣住了。

“卡罗先生，你没事吧？”程木挂断电话，伸手在卡罗面前挥了挥。

卡罗这才反应过来，他抬了抬眼眸，朝程木看过去，微微顿了下，摇了摇头，拿着手机匆匆离开。

秦苒回了大厅，徐家还有基地的一行人都还围在拳王伯特身边，目光中含有敬仰敬佩震撼。

程木也跟在秦苒身后回来。围在桌子边的徐家人看到秦苒，都不由自主地让开一条路。程木仿佛没有察觉，看向伯特：“拳王先生，你的拳力值多少？”

拳力值？徐二叔等人不由得一顿，面面相觑，这又是什么名词？

伯特看了眼秦苒，才回程木：“拳力值我每天都会检测，上次是 1598，还没突破 1600。”

程木：“……”一直觉得 1000 就很厉害的他不由得看向秦苒。

“放心，你还有成长的空间。”秦苒拍拍程木的肩膀，然后礼貌地跟大厅里的人道别，“我先上去休息。”

这一番折腾，已经深夜三点。说完，她直接上楼。

秦苒看起来有些高冷，不好接触，除了程木，同其他人都没什么话。伯特看着她上楼的身影，深邃的目光中闪过一丝疑虑。

没有人不崇尚实力，尤其是 M 洲地下拳王这类人，徐家派来的都是身怀绝技的护卫，眼下都是伯特的狂热粉丝。

“伯特大人，”徐家一个小青年激动地开口，“1598 是不是很厉害？”

“整个 M 洲明面上超过 1500 的不过五个人。”伯特没开口，但他身边的手下抬着下巴回道，徐摇光听后都目露惊讶。

伯特一开始还安静地坐着，等秦苒上楼后，他就坐不住了，待了几分钟就离开了。

只余下徐家一行人还站在原地。

# 第三章 我让你们赢

又过一日。

住在二区的徐家人起得很早，徐二叔跟徐摇光到点了都在楼下大厅等着。

大概等了也就几分钟，程木从楼上下来。

“秦小姐呢？”徐二叔看向他身后，没看到秦苒，不由得一顿。

程木木着一张脸，摇头：“她昨天晚上跟我说了句今天有事就走了，大概晚上会回来。”

“她能去哪儿？”徐二叔不由得皱了皱眉，有些担忧，“卡罗先生都说了最近不要到处乱跑。”

明眼人都知道，最近基地这边不安全，关于几个势力的争锋，又是M洲这种没有规则的地方。就算是徐二叔跟徐摇光，在卡罗没有允许的情况下，都不敢乱走。

经过前天晚上的事，徐家人或多或少，都由忌惮秦苒的心态，转变成了带着一点敬佩。

“没事，秦小姐不会给你们找麻烦的，”程木倒不担心，他混在人群里，想了想，“她可能去M洲赌场了？”

外界北边是停机坪，南边是世界最大的赌场。程隽很少让秦苒去，据说那里乌烟瘴气。

程木看起来半点都不担心，徐二叔有些服气："你不是程少派来保护秦小姐的？"

程木突然觉得有些扎心："……"不，他只是个园丁。

"先出发去擂台吧，"程木看了徐二叔一眼，完全不想继续这个话题，"秦小姐有可能提前到了。"

M洲南区最大赛场聚集了M洲三分之一势力的大佬。整个擂台呈环形状，观众席上几乎坐了将近一万的观众。

今天这场赛事是几大势力共同举办的，地下角斗场罕见的拳王会出现，消息一出来就让无数拳王粉疯狂，今天来的都是角斗场狂热爱好者，一票难求。还未开始，在入口处就能听到观众的呼喊声，徐家一行人被这股热情吓到了。

入口处写着角斗场擂台赛的规则。

这场赛事，观众是可以下注的，M洲由此发家致富的人也不少。好几场比赛，所有人看重的都是第四场，马斯家族的那场比赛。

角斗场半个月前就开始散布消息。虽然有消息说伯特眼睛受伤，但这并不能阻挡其他人对他的崇拜。

徐摇光对这些不感兴趣，没研究。徐二叔跟徐家其他人都押了第四场马斯家族，才进了观众席。他们有固定位置，就在赛台北面的前三排，同卡罗等人坐在一起。

程木大大咧咧地坐在马斯家族一个负责人身侧，没感觉到什么不对。徐二叔坐在程木右侧，然后偏过头，询问坐在自己右边的徐摇光："小徐少，我们的位置是不是错了……"

卡罗就坐在他们前面一排，马斯家族还有大批人坐在后面。不是徐二叔看不起徐家，只是眼下他们的座位太靠前了。

闻言，徐摇光靠着椅背，没有说话，微微思索，想到前天晚上秦苒做的事。

"可能，因为秦苒……"他轻声开口，一如既往的冷清。

但隐约有些不对劲。

徐摇光轻微地皱了下眉，没想通。徐二叔索性也没多想，直接看向擂台中央。

擂台上方是巨大清晰的四维投影的屏幕，保证坐在擂台下的观众能看清比赛。前面三场是其他势力的比赛，虽然不是拳王，但都是角斗场十分出名的狠角色，屏幕上能清晰看到擂台上的细节。

"这实力……"徐二叔接连看完三场比赛，不由得深吸一口气，这还不是拳王。

几分钟的休整后，穿着黑色西服的主持人再次出现。第四场——万众期待的拳王之争！他手里拿着话筒，投影屏幕上能看到他激动难掩的表情："现在就是令人最激动的地下联盟跟马斯家族的对决！现在有请地下联盟的哈罗德出场！”

随着他的声音，主持人左边的擂台中央，一个升降台缓缓升起。

随着升降台的升起，投影屏幕上能看到那人脸上的黑色面具，刻着金色的雄狮，身材魁梧高大，极具压迫感，那人露出来的双眼嗜血又充满着杀气。

他一出现，全场沸腾！

“哈罗德！”

“哈罗德！”

“……”

这是开场以来呼声最高的一次，连徐二叔跟程木体内的热血都沸腾了。

“这哈罗德是谁？”秦苒不在，程木就询问身侧马斯家族的人。

因为程木跟徐摇光一行人坐在第二排，这人虽然没见过程木，但也对他十分礼貌，激动地解释：“这是地下角斗场排名第二的拳王哈罗德！金色雄狮面具就是他的标志，当初打出名声后他就消失了，没想到是被地下联盟截和了！他离开后，伯特才打出名！两人并没有正面对战过。”

虽然这是地下联盟跟马斯家族的对战，马斯家族的人依旧忍不住为哈罗德喝彩。

“地下联盟找的人竟然是哈罗德。”前面，坐在卡罗身侧的另一位队长“腾”一下站起来，“伯特大人视力恢复了吗？”

“没。”卡罗摇头，“伯特先生眼睛有旧伤，不能用药物治疗。”

“那伯特大人怎么跟哈罗德打，哈罗德消失了好几年，谁知道他的实力如今怎样了，伯特大人眼睛还有伤，影响实力发挥……”这位队长不由得顿了一下。

如他所料，现场支持马斯家族的观众已经炸了：“竟然是哈罗德！马斯家族你太让人失望了！”

座位边显示着马斯家族蓝色的3.9的赔率，这赔率还在不断上升，很快就达到了9.9的赔率。很明显，很多人在看到地下联盟花了大价钱去买哈罗德赢之后，也毫不犹豫地赌了身家财产，押地下联盟赢。

程木正坐在位置上看着，手机忽然振了一下，低头一看，是秦苒的消息。

很简单，秦苒让他去押马斯家族。

程木看了一眼，立马翻了翻卡里的余额，没剩多少了。他直接打开微信，给程金发了一条消息——“哥，给我一千万。”

程金也没问，一分钟后，程木收到了来自银行的转账消息。

程木收到钱之后，就转到赛场账户，押了一千零二十万。

“程木先生，你押了这么多钱，也押的地下……”身侧的徐二叔现在挺忧心马斯家族的状况，看到程木这个时候下注，不由得随意地看了一眼，就看到他押了一千零二十万。这么大的数额，他以为程木押的是地下联盟。可他一看座位上的下注信息，程木押的竟然是……马斯家族？！他疯了吧？

徐二叔忍不住看向程木："你没押错？"

程木低头看了看秦苒的消息，再看看自己押的是蓝方马斯家族，摇摇头："没错，徐大叔，你也继续加注吧，9.9的赔率，一夜暴富的机会。"

程隽身边的人都有钱，这一点徐二叔深有体会。他刚刚下了五十万的注，已经肉疼了，摇头："不了。"

"好吧。"程木没再说什么，继续看着赛场。

观众席上也有伯特的死忠粉，用力呼喊着伯特的名字："伯特！伯特！"

中央的投影屏幕上，主持人停顿了数十秒，才再度开口："接下来有请最后一位，来自马斯家族角斗场的空白出场！"

随着主持人的声音，擂台右边的升降台也缓缓升起。台上所有人都看着投影屏幕方向，那是一道黑色的身影，身上穿着宽松的黑色练功服，头上没有头盔，只戴着黑色的面具，暗金加上红色的描边，似乎勾勒出了火凤凰的模样，几乎要浴火腾空。

那人身影清瘦，长长的黑发被黑色的缎带束在脑后。宽大的衣袖被黑色的缎带扎在袖口，单手负在身后。

是个女生。

随着主持人的介绍，她缓缓地抬起了头，露出的一双眼睛凛冽深邃，杀气腾腾，又带着最神秘的色彩。

"那……那是……"坐在卡罗身边的队长不由得站起来，愣愣地看着屏幕。

他就是在角斗场维护秩序的人，怎么可能不记得这张面具，这道杀气腾腾又带着肃杀的身影。

全场大部分人在看到投影之后，安静了一下，然后猛地站起来。

"是空白！"

"空白！"

"是她！"

"……"

关注角斗场的人，怎么可能没听过角斗场两年前那个传奇般的存在。这几乎统治了角斗场一年，让瑞金都头疼不已的存在！

仅仅一年，她在角斗场就崭露锋芒，吸引了无数粉丝，可在那之后忽然销声匿迹，连马斯家族都找不到她的存在。

在场的观众都是关注角斗场的人，自然能认出来。

“这空白是谁？也是拳王吗？”观众席上，徐二叔觉得那身影有些说不上来的熟悉，只是她身上的气息太过血腥，像是从死人堆中出来的，这点很陌生。

他不由得问程木，毕竟程木跟秦苒看起来对M洲很熟的样子……

程木看着中央那道身影，不由得顿了顿，他摇头，然后略显迟疑地问身边的马斯家族的人：“那黑衣人是谁……”

“那是空白！黑色火凤凰就是她的标志！角斗场最传奇的神话，你能想象吗？”马斯家族的这人脖子都红了，“她花了一年时间，从最低的一级擂台被打得半死，到站在十一级生死擂台上都无人敢去应战！

“那一年的后半段时间，她就是角斗场噩梦般的存在！

“连伯特大人都有人敢去挑战，只有她没有！只要是她的擂台赛，所有人都拿出全部家当押她赢，就没有输的！

“100%胜率！地下角斗场墙上记载的100%获胜记录，至今无人打破！”

听着马斯家族这人的话，徐家一行人跟程木都愣住。他们身后依旧是铺天盖地的“空白”呼喊声呼啸而来。

坐在程木身边的马斯家族的人激动异常，他手撑着座椅扶手，目光落在擂台上方的投影屏幕上没移开：“你们看着赔率，马上就要倒过来了！”

他话音刚落，程木跟徐二叔都低头看手边的赔率。

确实已经倒过来了。

从9.9：0.1，变成了0.1：9.9。

程木看了看赔率，又看了看擂台上那道黑色的身影，面无表情。

徐家人面面相觑，只有徐摇光，看着投屏上那道黑色的身影，默不作声。

擂台上，主持人也忍不住激动：“没错！就是100%胜率保持king！空白！马斯家族他们请来了空白！”

“两位准备好了没？”他克制着激动的心，看向身侧的两位选手，询问。

哈罗德深深看了对面的女人一眼，比了个可以开始的手势。

对面的女人也抬了抬手，表示可以开始。

主持人拿着话筒，右手划出一道弧度，声音斩钉截铁，又隐藏着难以言喻的兴奋：“擂台赛，开始！”说完，他直接往后退了一步。

擂台上。

秦苒平静地看着对面戴着雄狮面具的男人，左手负在身后，微微弯腰，目光如刀：“请。”

哈罗德是第二代拳王，这些年只有进步没有退步。他经过特殊锻炼的双拳坚硬如铁，出拳间所有人都能听到呼啸的风声，速度快到让人避无可避。

秦苒冷静地看着哈罗德的手，她已经两年多没有打黑拳了，但不代表这些用生命打出来的经验会忘记！

在哈罗德出手的时候，她往旁边避了一下，却并没有完全避开那道拳，但左手直接砍向哈罗德。两人各退一步，哈罗德甚至能看到脚下隐约的裂缝。

程木跟徐摇光看得莫名紧张，谁都能看出哈罗德的实力不简单。

“看起来空白跟哈罗德势均力敌，两个拳王级别的选手的较量，哈罗德会打破空白不败的神话记录吗？”主持人的声音在广播中激烈地回响，“空白往后退了一步！哈罗德的成名技腾空 180 度的外摆莲，空白能避开吗……空白挡住了！她用双手挡住了！并杀了个回马枪！天哪！她的拳力值超过 1600 了吗？”

“砰——”哈罗德躺在地上，嘴边已经有血。

主持人数了三声后，哈罗德没起来，他忍不住呐喊：“恭喜我们的空白，第 366 次擂台赛——K. O！”

整个比赛持续了十五分钟，所有人都看得目不转睛。现场安静一瞬之后——“轰”的一声，全体观众站起。

“空白！”

“空白！”

“……”

呼喊声席卷而来，犹如雷鸣，冲破天际！

比赛结束，所有赌约收盘。马斯家族胜！地下联盟败北！

所有人的目光都聚集在哈罗德旁边的那道身影上。她手撑着地，从擂台上缓缓站起来。她眉眼间依旧清冷嚣张，右手慢慢抬起，用拇指漫不经心地把沁到面具外的血迹擦掉，才把手往下压了压。

所有呼喊声戛然而止。

秦苒淡淡地转身，拧眉朝看台西面看了一眼，直接从升降台下去，一句多余的话都没说。

徐二叔不由得摸了一下发寒的背部：“哈罗德好像没敢打下去了……”

身边马斯家族的这人看了徐二叔一眼，摇头：“空白的每一场格斗都是生死擂，在她手下，不认输，就是死！她在黑市上是出了名的不要命，每天最少打一场生死擂。前几十场生死擂都是她的对手死亡，她也是被抬下去的，366 场比赛无一败率，几乎是神话。

“这就是她不是拳王却胜似拳王的原因！她的拳力值瞬间爆发能达到 1600 以上，这评估值，比她前两年还要高一百，拿命拼……哈罗德他不敢！”

打生死擂之前是要签生死状的，向来没有江湖道义，谁狠谁更不要命，谁就可能赢。

签生死状的大部分人都走投无路，就连哈罗德跟伯特，也只是在实力崛起后，才在生死擂上打出了拳王的名号。

一开始空白的每场比赛，人们都是抱着她必死的心观看的，结果却次次逆转。到后来，即便她从第八级的擂台直接跨越到第十级，都没人押她输。

只要是她的赛场，赌她赢就对了。

黑市角斗场上，还是第一次出现这样的人。她是在角斗场所有人的见证下，一次次浴血奋战成名的。

没有十足的把握，哈罗德敢跟一个疯子拼命？

一直目不转睛看着擂台上的徐家管事转过头来，他抹了一把脸，开口："你们有没有觉得空白很眼熟？"

擂台上那女人骨子里的嚣张还有纤瘦的身形……确实有点眼熟。

但那暗黑的戾气，也让人退却。

前面一排的卡罗往后面走了两步，拿了一份文件递给徐摇光："这是徐家在M洲的市场份额，经济中心的1%。"

这跟之前卡罗说的不一样，经济中心的1%，任谁都知道这里面隐藏的巨大利润。

"卡罗先生，你们怎么突然改了市场划分？"徐摇光脑中的一条线却渐渐清晰。

卡罗只是看着徐摇光笑了笑，没回答，而后拍拍他的肩膀，直接离开，他还有很多其他事情要处理。

徐摇光抿唇，面容依旧清冷，他转身，定定地看向程木："你们家秦小姐呢？"

程木看着自己账户上收到的一个多亿，听到声音，他抬头，面无表情："在房间睡觉。"

徐摇光跟秦苒比较熟，自然能确定那人就是秦苒。

徐家大部分人都没跟秦苒说过话，很难认出来。

一直在思索的徐二叔听到徐摇光的话，猛地抬起头，脑子里的想法明明灭灭，他的声音有些艰难："小徐少，你……你的意思是……"

今天若是伯特上场，输赢肯定是未知数。临到比赛关头，秦苒消失，空白出现，赢了这场有关市场分割的比赛，徐家得到了最大利益的市场划分……

徐二叔不由得抬头。

擂台上只剩了主持人，但上方的投影屏幕上依旧是那道黑色身影——一手按着嘴角的血，头微偏，绑在脑后的黑发随着风微微飘扬，目光如刃。

观赛台西区内部主座席。

“杨先生，我失败了，请您责罚！”哈罗德拖着一条腿，“砰”的一声跪在地上，说话的声音颤抖。

他十年前刚成为拳王，就被地下联盟招揽了。即便现在在地下联盟混上了高位，依旧对面前这男人感到发自内心的恐惧。

背对着哈罗德的人身影修长，穿着雪白的线衣，双手背在身后。听到声音，他没有转身。灯光映照在他侧脸上，留下一层淡淡阴影。他抬起的手拿着青色的茶杯，里面的茶水干净透彻。

他低头，浅浅喝了一口，语气云淡风轻，又有些温润如玉：“她实力如何？”

“她不怕死。”哈罗德抿唇。

男人微微颔首：“我知道了，下去吧。”

听到这一句，哈罗德愣愣地抬头看向对方，不敢置信。他犯了如此严重的错，这位手段狠辣的人……说了一句轻飘飘的“下去吧”就过去了？

哈罗德仅愣了一秒，就连忙爬起来，滚出了门，并轻轻带上了房门。

门外是地下联盟的人。看到外界崇尚的拳王哈罗德如此狼狈的样子，这些人半点也不意外。

屋内，哈罗德离开后，男人才抬头，温润的气息渐渐消失，犹见梅梢三寸雪。

正是杨殊晏。

“啪——”手中的杯子被他捏得粉碎，空气中弥漫着难以名状的寂静。透彻的茶水掺杂着点点血迹，顺着他的手流下，淌到地板。

“杨先生……”杨殊晏身边的手下往前走了一步。

杨殊晏低头，看向自己的手，眼睫颤动：“让情报局分堂的人联系我。”

“是。”

五分钟后，一个中年男人的视频电话接进来，他恭敬地开口：“盟主。”

杨殊晏折身，闭了闭眼，好半晌，才抬眸开口：“三年半前她的死亡消息……是怎么确认的？”

杨殊晏口中的“她”，视频中的中年男人不用猜就知道是谁，他看着杨殊晏，一愣：“盟主，您……”

“怎么确认的？”杨殊晏打断他。

杨殊晏一直觉得自己过于寡淡，但第一次对一个人执着到这种程度。

甚至于地下联盟这两年都几乎要淡出 M 洲。

中年男人能坐到如今这个位置，自然也是会察言观色的，知道杨殊晏温润出尘的外表之下是一颗怎样的心。

听完杨殊晏这一句，他心底一颤：“当时贫民窟大火，我们派人查了周围所有监控，死了六个人，没有看到有人逃出来。她手机最后的定位也在那边……”

最重要的是，中年男人觉得她活着不会不来联系他们。

“是吗？”杨殊晏眸色深沉，他看着中年男人，目光冷漠。

“您不会还怀疑是秦小姐吧？”中年男人拧了拧眉头，“可您也知道，不可能是她，她本就是云光财团的人，还是老盟主认下的干女儿……”

杨殊晏抿唇，伸手从口袋里拿出雪白的方巾，一点一点地把手上的水擦干净：“角斗场，空白，把能调查到的资料全都给我。”

地下联盟有黑客，但没有一个庞大的信息系统，只有深厚的根基。这种时候找马斯家族调查最好，但杨殊晏不相信马斯家族。

他掐断跟中年男人的视频通话，拿出手机，直接拨出一个电话。

三秒钟后电话接通，那边的人没有说话，杨殊晏也没管，淡淡开口：“爸，跟您说个事。”

这一边，基地二区。

徐家人回来的时候，已经是傍晚了。

基地的工作人员把饭摆在桌子上。程木去敲门，秦苒果然在睡觉。

“秦小姐，你没事吧？”他站在秦苒门前，询问了一句。

哈罗德虽然输了，但他下手也挺狠的，毕竟是拳王。投影屏幕上，秦苒抹掉嘴边的血时，程木看得清清楚楚。

这点伤对于秦苒来说不算什么，她摇头，手抵着唇，拧眉：“拿上来吧，我就不下去了，你别跟程水他们说。”

程水知道，程隽肯定就会知道。程木心里想着这么大的事情，程水恐怕早就有消息了，但还是点头：“好。”

楼下有两桌人，徐摇光跟徐二叔在一桌，两人身边留了两个位置。

“给秦小姐留一份就行，她在写论文。”程木解释了一句。

徐家其他人没在意，毕竟秦苒就是物理系的，她写论文做实验再正常不过。

徐摇光朝楼上看了一眼，略微拧眉。

“程木先生，谢谢你，”另一桌的人朝程木举杯，“我今天听了你的话，后面把一半存款全都下了注，赢了三百万！”

程木算了算那人大概有多少存款，看了那人一眼，“哦”了一声，不说话了。

说起这个问题，另一个人就忍不住后悔，叹息：“说起来，程木兄弟，你怎么知道马斯家族会赢？还有空白，竟然是个女人，我没有内测的枫叶浏览器，搜不到角斗场的消息，我决定，从今天开始，空白就是我的偶像了！”

有时候兄弟情来得就这么简单，一场赌博之后，程木就跟徐家大部分人产生了兄弟情。

程木低头吃饭，瓮声瓮气地开口：“我猜的。”

徐家护卫队大队长认真地点头：“确实非常厉害。”

徐家这次来的人大部分都是练家子，同程青宇等人一样崇尚实力。他们在这之前本来就十分敬仰伯特，眼下又因为空白的出现，敬仰便都转移到了空白身上。

听着他们的对话，徐二叔终于忍不住抬头：“你们不觉得她很像秦小姐吗？”

脸可以遮住，但身形遮不住。有些特别熟悉的人，一个背影几乎就能认出来。

徐二叔跟秦苒算不上熟，但因为 ICNE 跟继承人的事，他对秦苒十分关注，虽然是不信秦苒，但不可否认秦苒的实力。

“您没事吧？”护卫队队长看向徐二叔，一顿，“马斯家族的人说空白两年前就在角斗场出名了，那个时间段，秦小姐还在读高中吧，怎么会出现在这里？关键是，她可是研究院的人才……”

一般研究员都是身娇体弱的，他深有体会。

徐二叔没有再说话。这一点也是他的疑虑，按照秦苒的资料，她一直在云城，跟 M 洲能有什么关系……

楼上，程木走后，秦苒扯了扯被子，想再睡一会儿，忽然间猛地睁眼。

房间内挺黑的，窗帘拉得严实，她直接看向窗口的方向。半晌后，她抿抿唇，一句话没说，打开床头的灯，穿着拖鞋慢吞吞地走到窗边，拉开窗帘。

隔着玻璃，能看到半坐在窗户上的清隽人影，正一动不动地看着她。

秦苒心底暗叹一声，什么也没说，伸手按了下保险，打开窗户，让人进来。

“谁告诉你的？”秦苒往后退了一步，抬了抬头。

来人正是程隽。

他看起来跟往常没什么两样，穿着黑色的大衣，双腿修长，眸色敛着。

秦苒本来想着，程隽最近在关注黑客联盟的事情，大概不会分心在她这边。毕竟按照程隽说的，黑客联盟怕是要大换血。

所以她让程木瞒住这消息。程木认出她再正常不过，谁知道，程隽不按套路出牌。

秦苒低头，角斗场这件事，她之前不想让程隽知道。但那天晚上因为她，徐家多少受了连累，跟徐摇光在三楼找她浪费了几分钟有关系。

眼下，除了程隽，秦苒不想跟其他任何一个男性牵扯上关系，徐摇光的这个人情她绝对要还。情况太紧急，她直接替伯特出场，并替徐校长狮子大开口。

空白这身份其实算不上什么，顶多是让瑞金头疼了半年，也不算在 M 洲搅浑水。

只是眼下却瞒不住程隽了，这是秦苒十分遗憾的一点。

她正思索着要怎么跟程隽解释从前的那些事儿，程隽却没有问她，他站在窗边，看着她好半晌，才伸手抱住了她。他低头，脸轻轻地蹭了下她的颈窝："你闹出这么大的动静，我怎么会不知道。"

秦苒有些犹疑，程隽来得也太快了吧，不过她暂时没思索这些，只开口："我……"

她刚想说角斗场的事，外面就有人敲门。

程隽松开手，平静地走到门边。站在门外的是程木跟徐摇光，程木手里拿着托盘，徐摇光落后程木一步。

程隽半开着门，整个人挡住了门缝，让人看不到屋内的情况，他也没看徐摇光，直接朝程木伸手，语气低沉："给我。"

程木连忙把手中的托盘递给程隽，程隽立刻关上了房门。

程木打电话询问过亭澜的厨师，然后给秦苒准备了病号饭，有汤还有粥。程隽一看，就知道粥里加了哪些药材。他抿抿唇，把粥摆在桌子上，盛好，偏头看秦苒，眼神温暖了些许，手放在她的头上，轻声开口："先吃。"从进来到现在，他什么都不问。

秦苒一手拿着勺子，一手拿着碗，吃了一口后，抬头看了程隽一眼，老实地开口："我打过一年黑拳，那时候知道我外婆的病情，受了些刺激，又跟人打了一架……"

程隽从顾西迟那儿得到了大部分答案，还找瑞金要了一些视频。听到秦苒这么云淡风轻地说起，心脏还是像被针戳了一下。

他点头，笑了笑："我知道，空白嘛，很厉害。"

程隽拿出秦苒的背包，翻出来一盒药，倒出两粒，让她吃了。

程隽跟唐均通话的时候，秦苒枕在他的胳膊上睡着了。程隽靠在床头，把棉被往上拉了拉，才压低声音："唐老。"

唐均已经好几日没睡好了，按了下眉心："你明天不来了？"

"嗯，有点事。"程隽的声音十分平静。

那边的唐均只是颔首，他看着漆黑不见星光的天："也好，明天也没什么赢面，趁我还活着多培养几个后代。"

两人心里都有事，聊了两句，直接挂了电话。

程隽伸手把床头的灯关了，这才微微低头，翻开微信。

置顶是秦苒。

程隽点开消息页面，对话框停留在他们最后一次对话上——"连这个都没有兴趣了？你还对什么感兴趣？”

秦苒——“你。”

这种直白又让人不可抵挡的话，让程隽差点在唐均面前失态。

程隽为什么这么快能赶到这里？大概是他看到这句话之后，当场就想走，只是跟唐均的交情，他又留了一天处理唐均的旧伤，才赶过来。

程隽握着手机的手发紧。好半晌，他拿着手机，直接点开程水的头像——“无论用什么办法，联系‘129 侦探所’的孤狼，我要知道灵海镇‘712’事件中被隐藏的一切。”

发完之后，他又点开通讯录，在封楼诚跟潘明月的手机号码间徘徊。他没有立马拨出去，只是低头看了看秦苒，刚要抽出被她枕住的胳膊，秦苒的眉头就拧了一下。

程隽就关了手机，把手机轻轻放到床头的柜子上，另一只手轻轻侧拢住她，轻叹一声，温声开口：“睡吧。真不该让你来。”

睡梦中，秦苒无意识地朝清冽的气息靠近了些许。

与此同时，M 洲影视城。

秦修尘拍完夜戏，正坐在剧组边的一个酒店内，对面坐着的正是唐均的心腹——老李。

“秦先生，我也不跟您周旋了，我这次来是为了秦陵小少爷。”老李直截了当，“秦陵小少爷的天赋，我想你们也不想浪费，说实话，你们秦家除了那位秦老爷子，其他人很一般。秦陵小少爷交给你们，浪费天赋，我们老爷想要亲自培养他。”

秦修尘抬头，没有替秦陵拒绝也没替秦陵答应，语气很有礼貌：“这件事我要询问小陵的意见。”

“询问秦陵小少爷是应该的，”老李点头，神色严肃，推心置腹道，“秦先生，希望您认真考虑，这件事对秦家对秦陵小少爷都是好事。如果您考虑好了，请打我的电话。”

老李知道，秦家秦修尘管事，虽然他们更听秦苒的话，但……老李联系不到秦苒，再者他也知道秦苒并不太管秦家的事。

同秦修尘说完，老李回到唐家，已经是深夜。

今天，唐均没在黑客联盟，一楼的灯还是亮着。

“老爷，大少爷？”老李看向唐家一行人，略显疑惑。

“老李，”唐家大少爷看向老李，十分激动，“你来看看，这是云光财团那位首席工程师刚发的一条动态，二弟从来不说云光财团的事情，今天这个是公开的工程，我们正在研究。”

老李疑惑地往前走了走，朝电脑屏幕看了看。

唐家大部分人都是电脑狂。

“这个Poppy大师，业界清流，那么多机密都敢往外发，云光财团也不阻止。不过也对，这样一个怪人，云光财团怎么会干涉他，他要跑了怎么办？”唐大少爷偏头，朝唐均道，“我对这个大师真是太好奇了，不知道他究竟是什么人。”

唐家这位大少爷扪心自问，若是自己，绝对不会公然发出来。

唐均看了他一眼，没说话，只是转身，示意老李上楼。

老李眼下揪心的是将要来临的黑客联盟问题。

两人来到楼上书房。

“会长。”老李弯腰。

唐均转过身来，眉眼微动：“秦修尘怎么说？”

老李如实禀报。

秦修尘的反应在唐均意料之中，他看重秦陵，但实际上，他更看重的却是秦苒。自从上次陆知行的事情后，唐均就没再联系秦苒，不知道该用什么态度来面对她。

但妹妹有这样的后代，他难掩自豪。

唐均给秦苒发了一条消息——“我觉得你可以走计算机这条路，你从小在计算机方面的天赋这么高，这样太浪费自己的天赋了。”

秦苒的手机被程隽静音了。她看到这条消息时，已经是次日早晨。

她坐在床上，看着这条消息半晌，最后回了一句“谢谢”。

早在机场看到陆知行时，秦苒就知道云光财团的事在唐均那里不可能瞒得下去。

不过……

陆知行说过他爸是黑客联盟会长……程隽跟黑客联盟会长还是忘年交。

秦苒拿着手机，掀开被子下床，微微思索。

程隽刚打开卫生间的门出来，他刚洗了澡。一夜过去，他的表情看起来跟以往一样，带着些许慵懒，靠着门框看秦苒，正擦着头发，眼眸温暖：“怎么？”

“啊！”秦苒抬头，穿上拖鞋，惊呼一声后，说道，“突然想起来，我那个舅爹……”

“嗯，我知道。”程隽点头，他听秦苒说了，不过两人都不在意。

“你不知道，他是黑客联盟会长。”秦苒绕开他，走到水池边，拿了牙刷。

程隽擦头发的手顿了一下，他转头认真地看着镜子里的秦苒好几秒，眉目清然，最后失笑：“不是吧。”那他凭空又矮了多少辈？

秦苒刷牙，挑眉。

“那你今天要去看他吗？”程隽往里面退了两步，伸手从背后抱住她，看着镜子里的人，轻笑，“他今天要退休了，正愁着黑鹰是个反社会人物，要不你去替他接管了黑客联盟。”

秦苒的声音含混不清：“黑客联盟这种存在早该被打击了。”马修恨不得把 M 洲暴力势力一窝都给端了。

程隽也料到秦苒的反应，他手微微收紧：“那今天回国？”

“你没事了？”秦苒诧异。

“昨天处理完了。”程隽下巴抵着她有些乱的头发，淡淡一笑。

楼下，早饭时间，徐摇光有些不在状态。

徐二叔主动询问程木：“要不要给秦小姐送饭？”

程木还没回答，就看到徐摇光朝他背后看过去。

程木也回头，就看到程隽跟秦苒一前一后地从楼梯上下来。

徐家众人对在这里看到程隽，十分惊讶，要是没记错……这里是马斯家族的基地吧，程隽怎会悄无声息地出现在这里？

徐摇光昨晚就见过程隽，此时没有惊讶，唯有沉默。

徐二叔反应过来，连忙给程隽让了一个位置。

“我今天回国。”秦苒坐好，先跟徐摇光和徐二叔说了回国这件事。

徐摇光手一顿，看向秦苒，目光澄澈，半晌后，才抿唇道：“这么快？”

程隽随手倒了杯牛奶，递给秦苒，听到徐摇光的声音，他才微微眯眼，瞥徐摇光一眼。

秦苒颔首：“是。”并不多解释。

程隽让她这么快回国，其中的原因秦苒也猜得到，秦苒自己也不想在这里多留。

一顿饭没什么闲聊的声音。

吃完，徐二叔才看向程隽：“三少，我联系一下卡罗先生。”

这边危险，之前又出了爆炸的事情，徐二叔担心两人的安危，有马斯家族的人护航，要安心一点。

程隽早就联系了程水，他不紧不慢地看向徐二叔，先是道了声谢，才开口拒绝。

徐摇光看他一眼：“确定不让人送？这边不太平。”

“不用，我的人在这边。”程隽云淡风轻道。

听到这一句，徐摇光诧异地看了程隽一眼，点点头，没再说什么。

此时程木已经拿着箱子从楼上下来了。徐摇光还要留下来处理市场的事，等徐家交接的人过来，这个时候他自然不能回去，徐家一行人看着那三人离开。

徐二叔略显迟疑地开口："基地的人竟然没拦程三少？"

徐摇光没回，徐家其他人也面面相觑，尤其是……程隽究竟是怎么悄无声息地进来的，马斯家族不是很厉害吗……

一行人正犹疑着，基地内部，几人匆匆朝这边赶过来。

徐家护卫队大队长认出了领头的人正是伯特，有些激动："伯特大人！"

伯特点点头，朝前方看过去，没看到什么，偏头询问徐家众人："空白人呢？听卡罗说她走了？"

大队长一愣："什么？"

"就是跟你们在一起的那位秦小姐，"伯特有些懊悔地拍着脑门，"她走了？"

徐摇光垂在两边的手捏了捏，他回头朝伯特看了一眼，颔首，语气清冷："她回国了。"

"竟然真的回国了。"伯特看着大门口的方向，目光难掩失望。

而站在徐摇光身边，早就有预料的徐二叔终于倒吸了一口冷气。

他就知道……要不然昨天他们徐家哪能坐在前三排……

他思来想去，也只有秦苒这么一个变数。

伯特皱眉，遗憾地开口："来晚了一步。"

等等……伯特的意思是……

空白就是秦小姐？！

大队长同其他的徐家手下相互看了一眼，目瞪口呆，脑子里乱糟糟的。

A 城跟 M 洲时差相差八个小时。

此时还是晚上，接近十点，天堂会所，二楼一间包厢，里面混迹了不少人，灯光有些黯淡。

"封大哥，"潘明月看了看时间，又推了下眼镜，小声开口，"我想回去。"

封辞点头，他今天来，只是想给几个兄弟介绍潘明月。

"是不是不习惯？"封辞低头看她，"以后尽量不带你来这里。"

潘明月在封辞这里，一直都是埋头苦学的乖乖女，不然封辞也不会现在才带她见朋友，他怕她不习惯。

若不是灯光暗，封辞一定能看到，潘明月黑框眼镜下的那双眼睛十分平静，没有一丝忐忑。

"明月要回去了？"身侧，林锦轩一直淡淡地喝酒。听到声响，他朝这边看了一眼，因为秦苒的关系，他对潘明月一直很好。

潘明月微微颔首。

三个人正说着。

对面拿着烟袋、一头波浪卷的女人终于抬头，她吐了口烟圈，朝潘明月看了一眼，神色慵懒："封辞，你的眼光现在就这样？今天是我的复出局，才刚开始，你们就要走？"

她伸手在桌子上敲了敲烟袋。

"是啊，今天是双宁的复出局，你们俩给她点面子。"一旁的兄弟劝说。

封辞没回，只是低头看着潘明月，大概是等她的回答。

对面的李双宁手攥紧，封辞是封楼诚的独子，云城最出色的年轻一代，向来高傲清冷，就算两人交往过几天，李双宁也没想过封辞会为谁低下头。

潘明月没有给封辞回复，只是看向李双宁还有与她同排的两个男人："你们在干什么？"他们几人正往离开的一个女孩的酒里下药。

"哧——"李双宁喉咙里发出几声低笑，眸色却很冷，"小妹妹，我的事你最好不要管。"

潘明月抬头，一双漆黑的眼睛看向李双宁，没有说话，只是拿出了兜里的手机报警。

"你干什么？"李双宁坐直。

潘明月抬头，声音一板一眼："报警。"说话间，她已经拨通了电话。

李双宁直接站起来，面色一变，拿着烟袋直接朝潘明月砸过去："你有病啊？"

她是一个艺人，要是去了警局，就再也洗不清了，会是永远跟随着她的黑点。

她好不容易脱离言昔跟秦苒的阴影复出！

封辞伸手接过李双宁的烟袋，警告地看她一眼，随手扔掉烟袋，这才低头牵着潘明月的手："我送你回学校。"

潘明月有些抗拒他的接近，封辞能感觉到。

林锦轩跟在封辞身后出去。

发生了争执，包厢内喧闹的声音也渐渐低下去，没人敢说话。

等出了包厢，去车库提车，封辞才笑了一声，看着潘明月："没想到你还有这心眼。"

他以为潘明月是在吓李双宁。

却没想到，听到他这句话，潘明月只是抬头，一动不动地看着他。

封辞敛了笑，低下头，神色严肃："你是认真的？"

"我已经报警了。"潘明月抿唇，阴影中，她的表情模糊不清。

"我知道了。"封辞顿了一下，他点头，认真地看向潘明月，"我以后会跟李双宁保持距离，今天我确实不知道她在这里。"要是知道，他绝对不会带潘明月来。

说完，他打了个电话出去。

“封大哥，我不是因为李双宁是你前女友才报警的。”潘明月抿唇。

“我知道。”封辞打开副驾驶座的门，让潘明月坐进去，自己坐到驾驶座。

潘明月没有扣上安全带，只是偏头，一字一顿，几乎执着地开口：“是他们违法。”

封辞兜里的手机不断地在响，应该是那帮兄弟打来的，他发动车子：“明月，这件事交给我……”

潘明月没再说话了。

车很快开到J大女生寝室，封辞下车，绕到副驾驶，想要开门，却没想到潘明月已经自己开门下车。

“我知道你要考稽查官，这件事我们慢慢说……”

封辞还未说完，潘明月抬头：“封大哥，我先回寝室了。”她直接转身进了女寝。

封辞皱着眉头，站在车边，忍不住拿了一根烟点上，眉宇间有些烦躁。

手机上有不少人打来电话，他基本上都挂了。

最后一个是封夫人打来的，封辞接起。

“你还跟那个女人在一起呢？”封夫人这次提起潘明月，没了以往那种挑剔，只是冷笑，“儿子，你不觉得她的圈子跟你相差得很大？这差距你今天也感觉到了吧。以后，你们之间的矛盾只会越来越多，她那种家庭，就是一个无底洞，总有一天会拖死你。”

“妈，除了她没别人了。”封辞熄灭烟，冷静地开口。

深夜两点，J大边上的一处公寓不远处，红色的跑车内，挑染着一撮紫毛的男人拿着手机：“江东叶，明天别使唤我去送东西，你不睡我还要睡！”

说完，他直接把手机扔到一边。

这个点，路上基本上没什么人，只有车。

车缓缓往前开着，男人在一个公寓大门边看到一道身影，她蹲在路边，头埋在膝盖里。

“刺啦——”刹车声响起。

陆照影停了车，站在那人面前，皱了皱眉：“你这么晚在这里干吗？”

对方没有说话，也没抬头。陆照影意识到有什么地方不对，蹲下来：“潘明月？”

A城时间，早上八点多，秦苒到达机场。

程隽看她一眼："要先去徐家？"

秦苒"嗯"了一声："先去看徐校长。"

程隽点头，让人把车先开到了徐家。他估摸着秦苒到徐家的时间，然后拿出手机，垂眸看了半晌，给封楼诚打了个电话。

徐家，秦苒在飞机上本来想写 ICNE 的后续论文，投到 SCI 期刊上，却被程隽制止了。于是，她又睡了一觉，此时精神看起来挺好。

徐校长站在回廊上，诧异地看着秦苒："为什么回来这么早？"

秦苒的天分跟收服力他知道，只要时间长了，徐家的中坚力量肯定认同她。

M 洲发生的事情，徐校长这边还不知道。主要是百分之一经济中心的授命跟官签还没下来，徐二叔等着今天马斯家族发了官签再告诉徐校长这个惊喜。

"有点事。"秦苒抱歉地看了眼徐校长，她知道徐校长从头到尾都在为她谋划。

徐校长摇头，不再纠结这件事，他手背在身后，沉吟好半晌。秦苒看出他有话要说，安静地等着。

徐校长酝酿好后，开口："苒苒，你外公的事情你知道吗？"

秦苒抬头，挑眉看向徐校长，一直盘旋在她脑海中的疑虑终于冒出头来。

难怪徐校长一直都对她这么信任。

"您知道我外公的事？"她抬头。

"看来你也知道，他当初是被人逼走的，"徐校长沉默了一下，看向秦苒，"事关很多势力，以后你会知道。我今天跟你说的是你外公以前的学生跟部下，有他们在，方震博绝不敢倚老卖老恶心你。"

至于徐家，徐校长看得出来，徐摇光肯定不会忌惮秦苒。他甚至还让秦苒同徐二叔等人一起去了 M 洲，虽然秦苒很快就回来了。

想到这里，徐校长不由得摇头，他以前有撮合徐摇光跟秦苒的想法，可惜当时徐摇光拒绝了。

"外公的学生部下？"秦苒一顿，她对外公的记忆停留在小时候，但依旧记得对方手把手教她做实验的样子，半晌后，她摇头，"我不知道他们。"

徐校长也不知道宁迩当时有哪些学生，宁迩当时秘密研究，连宁迩的家人都不知道他日常与什么人接触，更别说徐校长："当初有几个人为了维护你外公，差点退出研究院。要知道你是宁先生的后代，他们肯定会很激动，也是了却心愿。你外公没给你留下什么东西？"

宁迩后代，几乎不输于他。只要是宁迩一派的人，看到他这个后代肯定会激动。

听到后面这句，秦苒抿唇。

有。

她外婆强行留给她的盒子，至今未打开。还有J大医学实验室的联系号码，她只联系过一次。

J大的医学实验室她去过一次，给陈淑兰鉴定实验用药。之后陈淑兰临终前，留下了几样东西，秦语跟沐盈都没要，宁薇也没拿，几件遗物都在她跟沐楠手上。

秦苒看着徐校长，好半晌之后，她才颔首："我知道了。"

陈淑兰当初宁死都不踏入A城一步，也从来没有跟秦苒提过一星半点A城发生的事。

"既然回A城了，你最近一定要跟着程家三少，没事不要离开他半步范围内。"徐校长一边说着，一边朝门外的方向看了看，"怎么没看到他人？"

"他在外面等我。"秦苒听着徐校长的话，敛下眸子。

"好。"徐校长心里清楚，程隽虽然在A城看起来无所事事，但其实深不可测，否则当初在云城，徐校长也不会请程隽罩着点儿他的继承人。

程隽必然能认清现在的局势。

"老师，那我先走了。"秦苒偏过头。

徐校长还有其他事，把她送出了大门。徐管家站在徐校长身后，看着秦苒的背影，一顿："老爷……"

好半晌，徐校长才喃喃开口："当初秦家那老爷子刚正不阿，暗地里帮宁迩，你看现在的秦家？不知道摇光这一趟M洲之行如何……"

徐校长抬了抬头，看着灰色的天空。A城大部分势力都在猜徐家是为了跟程家争A城第一家族的位置，却不知道，他想通过M洲的势力自保。

"老爷，家族会议那边还在等您。"徐家早上有场会议。听到秦苒突然回来，徐校长把会议时间推迟了三十分钟。

徐校长回到大厅，不出所料，这些管事还在说秦苒的问题。

"家主，我早就说过，一个外人接管研究院不可信，人都会有私心的，秦苒她再高尚，我不相信她对偌大一个研究院不动心。"徐氏一位股东站起来，直接开口，"这还没两天就被小徐少遣回来了。"

徐校长坐在首位上，对这人的话不发表态度。若不是因为当初宁迩离开A城，物理研究院的位置也轮不到他来坐。

"家主，请三思！"

"是啊，家主……"

徐家会议厅的一行人正说着，徐管家从外面进来，他拿着手机，站在大厅门口，脸上的神色似乎有些震撼："老……老爷，小少爷那边打来电话了……"

闻言，原本淡定的徐校长拿着茶杯的手一顿，他看了徐管家一眼，眸色漆黑：

“他怎么说？有没有成功拿下？”

M洲的命脉是徐家最近两年策划的大事。徐管家一开口，所有人的目光都朝他这边看过来，暂时忘了他们忌惮的秦苒。

徐管家顿了下：“小少爷说秦小姐……”

刚刚说话的股东直接一拍桌子：“我就说有秦苒在，根本就没用，还只会帮倒忙！”

“不是，我们徐家不仅拿到了百分之一的市场权，而且还是经济中心的市场权，他们刚拿到官签就给您打电话了，您没接到，所以打到了我这里。”徐管家连忙把手机递给徐校长。

徐家其他人微愣：“百分之一的经济中心市场权？这……这怎么可能？”

就算是百分之一的普通市场权，当初徐家也是花费了很多代价，才取得了马斯家族的信任，这会儿怎么直接就是经济中心的市场权？走狗屎运了？

徐管家深吸了一口气，有些发飘地解释：“好像，大概是因为秦小姐……”

说着，他把徐摇光跟他说的话对着徐家一众领导阶层的人重复了一遍。

“秦小姐没跟卡罗先生要任何报酬，让他们把百分之一经济中心的市场权给徐家。要不是她，别说这百分之一的经济中心市场权，连边角权都没有。”

说完，会议厅里静悄悄的，没人再说什么。谁都知道，这个时候，徐管家跟徐摇光都不会在这种大事上说谎。如果是谎言，肯定很快就会被戳破。

刚刚大拍桌子，死也要把秦苒从研究院继承人的位子上拉下来的大股东也闭嘴了，他面色有些涨红……

徐家大门外。

秦苒进去找徐校长之后，程隽把车停好，直接走到徐家路口，路口站着一道高大的身影。

“封先生。”程隽朝封楼诚礼貌地叫了一声。

男人转过身，神色儒雅，有些硬气，虽然有些年岁，但看起来保养得很好，正是封楼诚。

秦苒一直称封楼诚为封叔叔，程隽对他也非常有礼貌。他一双深色的眸子看向程隽，不卑不亢：“程少。”

“您也该知道我找您什么事，”程隽示意封楼诚往边角站了站，淡淡一笑，“‘712’的案子被人刻意隐瞒了，找了很久都没找到……”说到这里，程隽朝封楼诚微微弯腰，又郑重地开口，“封先生，如果您能告诉我真相，我程隽欠您一个人情。”

闻言，封楼诚的眸光有些悠远，他大概知道程隽找他是为了什么事：“不需要什么人情，”封楼诚从兜里摸出一包烟，先是递给了程隽一根，程隽接了，他才又自己拿了一根点上，“这件事知道的人也有几个，只是被下了封口令。”

程隽拿着烟，却没点上，只安静地听着封楼诚的话。

“‘712’的特大爆炸案，这件事你应该知道，当时死了几个人。”封楼诚垂下眸子，深深吸了口烟。薄薄的烟雾腾起，模糊了他的一双眼睛。

程隽颔首，他查到了这些，仅此而已。

封楼诚这一次停顿了好半晌，才开口：“这一场爆炸案……那个反应堆，最开始是源于她。”

听到这一句，程隽心狠狠颤了一下，捏着烟的手也攥紧，一瞬不瞬地看向封楼诚。

“你应该知道灵海镇是研究基地，陈教授就是宁迩留下的最后一个研究陨石文明的人。我当时是同钱队还有潘明月的父亲追查一个大毒枭，才发现灵海镇的实情。”封楼诚一边说，一边回想当初的情况，眸光晦涩。

封楼诚跟潘明月的爸爸认识，当初去灵海镇调查，就发现了秦苒这个人很奇怪，后来陆续又查到陈淑兰的一些事。

当时潘明宣、潘明月被毒枭抓住，封楼诚一行人抓捕毒枭，但毒枭那边有个黑客扰乱钱队这边的视线。就在进度一筹莫展的时候，秦苒直接拿过了钱队手下技术人员的电脑，攻破了敌方的防线。

只是……最终潘明宣惨死在潘明月面前。

“我的判断失误，再赶回去的时候，就只剩下了苒苒跟明月。”至今，封楼诚想到这些，手忍不住颤抖，脸上是痛恨的情绪，又有些嘲讽，“那大毒枭似乎很欣赏苒苒，说会给苒苒一个机会，让她做了一道选择题，就是她亲自做的反应堆，选择题的内容是什么，你应该知道了。”

一边是潘明月，一边是潘明月的父母。

要不救一边，要不全死。

一边是待她如同亲生女儿的潘母还有大英雄潘父，一边是从小情同姐妹的潘明月。

秦苒当时做的反应堆并不完善，炸下来的泥土把潘明月的父母活埋了。

“我带人赶到的时候，场景很惨烈，我要是快一点……再快一点赶过去……”封楼诚深吸一口气，“在这之后，实验室也发生了特大爆炸，核泄漏出去，陈教授就是那时候不行的，这一切有没有其他势力的参与我并不清楚。”

“潘明宣、潘父潘母的葬礼都是苒苒一手操办的。那一天后，明月的精神出了问题，她也有清醒的时候，自己搬去了那边唯一一家精神病院，苒苒自那之后就一直逃课去看她。”说到这里，封楼诚抿唇，“一年后，明月恢复了很多，苒苒把她从精神病院带出来。然后秦苒把她托付给我，自己就失踪了，谁也不知道秦苒去了哪里。”

路口的风有些冷，程隽站在原地，好半晌没开口。

那张脸没有平日看起来慵懒，没有一丝表情，漆黑的眸子深冽寒冷。

细碎的头发被风吹乱，他低头，指尖略显颤抖地拿起了烟。

封楼诚说得并不详细，甚至还有些模糊，但程隽依然能想象出那个场面。

秦苒的成长视频，她跟潘母、潘家的关系最好，她这种人没把潘明月当作亲妹妹看待没把潘母当作亲生母亲看待，不会耐下性子去录生日视频，不会去配合潘家人……

封楼诚不知道，程隽却知道后面的事……潘明月从她父母、哥哥的死中走不出去，秦苒这个亲自动手的人要怎么走出去？

但秦苒依旧跟陈淑兰处理了他们的后事，并等了精神病院的潘明月一年，确定她没事了，把她交给封楼诚并抹去了潘明月的所有痕迹，才孤身去了 M 洲。

顾西迟说的被人打伤……应该是秦苒当时没有什么求生意识了吧……

后来秦苒又打了一年黑拳。

程隽能想象，她一开始并不是想成为空白，她从第八级擂台直接跳到第十一级擂台，并不是为了越级，可能只是想死在擂台上……

若不是后来顾西迟接到陈淑兰生病的消息，秦苒可能还活在水深火热之中。

所以陈淑兰当时才那么担心她。

——怕自己死了，秦苒真的会不想活下去。

秦苒那时候多大？还没过十六岁的生日吧？

她在潘家人中做选择时心里在想什么？

程隽甚至一闭眼就能想到秦苒是怎样按下了潘父潘母那边的按钮。

难怪明明跟他约好了一起去打职业赛，她却突然消失。

封楼诚说完，才长叹一口气：“这件事徐老也知道，秦苒在那之后不用右手，甚至连物理也不碰了。实际上，她小时候成绩很好，就是不爱上课，老早就跟潘明宣、宋律庭他们约好了一起考 J 大。”

“幸而明月从头到尾都没有一丝怨恨苒苒，”想到潘明月，封楼诚更加叹息，“明月在精神病院……算了。”

当初能跟秦苒一起逃课无忧无虑上天入地有几个哥哥罩着的潘明月，如今变成了 J 大法学院的高才生。

封楼诚想起来却并不觉得骄傲，只有心酸。

潘明月并不想考 J 大，学习成绩也并没有秦苒好。她也没有秦苒的高智商，她后来能考得这么好，完全是因为宋律庭的远程教学，从一中倒数第一，变成顺数第二。

封楼诚笑了笑，再度吸了口烟，淡淡看向程隽："我现在能跟你说，是因为很少看到苒苒现在这个样子，陈姨看人的眼光很准。"

"谢谢。"程隽垂下眸子，没让封楼诚看到自己脸上的表情。

封楼诚伸手拍拍程隽的肩膀，看了不远处一眼："苒苒来了。"

"这件事苒苒肯定不想让你知道，她后来搅了那个匪窝之后，就毁了所有证据，你不要跟她提。"封楼诚脸上恢复了原样，"灵海镇研究基地的爆炸不简单，有一个大势力，我没找到。"

说完，他掐了烟，直接朝另一边走去。

封楼诚今天能跟程隽说这么多，只是希望他在某方面理解一下秦苒，不过……眼下看来也不需要了，封楼诚叹息一声。

"你怎么在这边？"秦苒走来的一路上都在思考徐校长说的问题，看到程隽站在风口，她不由得挑了挑眉。

程隽垂下眸子，没让秦苒看清自己的表情。兜里的手机在响，他也没看。

只是等秦苒走近，他直接伸手抱住了她的腰，把下巴搁在她的头上，不答反问："你这么快就出来了？"

"你有问题，程公子。"秦苒靠在他怀里，伸手戳了戳他的胸口，眉头微拧。

她一向敏锐，能感觉到程隽现在情绪不对。

秦苒另一只手直接把他兜里的手机摸出来，看了眼："是你爸。"

"不接。"程隽低声开口，声音有些不太明显的沙哑。

他这个反应有问题，秦苒看了眼手机，程隽说不接，她就没管，只顿了一下："你跟你爸，没事吧？"

"我十二岁的时候，就知道他不是我亲爸。"程隽顿了顿，顺着她的话开口。

"嗯？"秦苒倒是愣住，她抬头看着程隽。她确实没想到，程老爷子对程隽那么纵容……竟然不是亲生的？这件事程家人知道吗？

这个角度，秦苒能看到程隽那双眼睛似乎有些发红。秦苒想起程温如说的，程隽为了程老爷子的一件陶马古物，还去学了文物修复……

难怪，他一直不愿意接管程家。

秦苒也没怎么查过程家的事情，当初在云城，只知道程隽一直有出入亚洲交通总部。

"没事，"秦苒伸手回抱他，微微抬头，笑道，"别伤心，以后苒姐罩你。"

程隽一愣。

他低头看着秦苒，这个角度，能看到她清晰的睫毛，她整个人被他的阴影笼住，一向挺傲的人，此时却很温柔，眉眼精致好看到让人心颤。

程隽几乎被揉碎的心，此时有些酸涩却又掺杂着无可奈何的疼痛。

他说起程老爷子的事，不过是不想让秦苒察觉到他的异样。谁知道，他还来不及心疼她，她却反过来安慰他。

他低头，安静地看了她半晌，然后伸手捧住了她的脸，微微低头，在她唇上轻轻落下，额头抵在她的脑门上，低笑着开口："好，以后你罩我。"

两人从徐家离开，回亭澜。

回到亭澜，秦苒在玄关换了双拖鞋，一边看微信，一边对程木道："先去看看我的箱子。"

那个箱子里，有她外婆留给她的盒子。

她看着微信上宋律庭的消息——"明月有联系你吗？"

秦苒顿了一下，回了一句——"没。"

宋律庭那边就没消息了。

程木放下手边的游戏机，拿了钥匙下楼："秦小姐，你这次要拿什么？"他对那颗顾西迟送的大粉钻耿耿于怀。

"找点我外婆留下的东西。"秦苒看了眼手机，伸手钩了钩程隽的手指，想着宋律庭的消息，微微拧眉，若有所思地开口。

三人顺着富贵树走到楼下，程木打开玩具房的门，又打开一道暗门跟保险箱，把秦苒的箱子小心翼翼地拿出来，他伸手拍拍上面不存在的灰："秦小姐，东西都在这里了。"

秦苒"嗯"了一声，半蹲在箱子边，随手把拉链拉开，里面一堆东西。

秦苒扫了扫，一眼就看到陈淑兰的盒子在言昔那个格莱美奖杯下面，她随手把一沓还未拆开包装的书放到地上，又把上面的格莱美奖杯放到一边，

这才拿起了那个有些旧的蓝色破盒子。

程木蹲在秦苒对面。

秦苒箱子里的东西，他看过不止一遍了，此时再看一遍也差不多。他估计这些都是有些来历的东西，那格莱美奖杯他还特地上网查了一下。

秦苒手上的破盒子他倒是不感兴趣，反正他也研究不来，他的目光放到秦苒手边她随意放下的一册书上。

"秦小姐，你手边那是什么？"这册书，程木上次看到过，感觉有点像漫画。

秦苒低头看了一眼，不太在意："漫画，你要看吗？"

程木点头，秦苒就随手将书递给他。

程木连忙接过来："这还是包装好的……"

"你尽管撕。"秦苒淡淡开口，然后低头研究了一下这个木盒子，陈淑兰

没给她钥匙，这盒子的锁有些锈迹。

程隽一直靠在几步远的门框上，双手环胸，垂眸看着秦苒。见她看着盒子，他站直身体，本来想要上前帮秦苒一下。

门外，程金回来，他看了眼程隽，沉声开口："隽爷。"神色严肃，像是有事。

程隽看了程金一眼，又看了眼半蹲在原地研究木盒的秦苒，给程金递了个目光。

一分钟后，两人停在程金的书房。门半开着，程隽看着秦苒那边的方向，漫不经心地道："说。"

"隽爷，"程金顿了顿，道，"您父亲……要见你。"

程金说完，程隽没出声，依旧看着门外的方向。好半晌，他才转向程金，淡声开口："他要见我？"

书房很安静，门外也没什么声音，程隽的这句话凸显得有些嘲讽。

"明天，集团总部。"程金垂下眼眸。

程隽笑了笑，看了程金一眼，目光挺淡的，最终也没说什么，只随意地开口："知道了。"

说完，他直接拉开门，朝秦苒的方向走过去。

程金还站在原地，看着程隽的背影，不由得抿了抿唇。

程木的收藏室，秦苒还在研究有些锈迹的锁。这盒子是陈淑兰留给她的，她不想用蛮力破开，但陈淑兰也没给她留钥匙。

就在她想着要不要找个开锁专家的时候，程隽在她身边蹲下来："要开锁？"

"嗯。"秦苒还半蹲在原地，稍微摆弄了一下，这锁挺复古的，也不知道为什么这么多锈迹，"不知道还能不能打开？"

她正想着，程隽伸手抽走了她手中的盒子，看了一下："弹簧珠卡位的，能开。"

他说着，让程木把工具箱拿过来，然后就把这木盒拿到了外面，把它放到桌子上后，又随手拉开了一张椅子坐下。

秦苒跟在他身后坐到他对面，手散漫地支着下巴，挺好奇地看着他："这你也能打开？"

她觉得自己学得够多够乱的了，程隽这学的都是些什么乱七八糟的？谁能把医生跟开锁匠联系在一起？还听秦汉秋说过他经济学好像也还行。

"还行吧，研究过一段时间。"程隽瞥她一眼，不紧不慢地开口。

程木把工具箱拿出来，程隽伸手在里面翻了翻，找出了两根回形针，修长的手指稍微一捏，轻松地扳直，然后把一头弯成一道微小的弧度，又信手拿出了一个扳手，把一端插到锁芯中。

秦苒没研究过这些锁的构造，在她眼里，就没有捶不烂的锁。

此时她也没看他究竟是怎么操作的，一双眼睛只是看着程隽，他平日里做事总是懒懒散散，似乎大部分事都能预料，都不太放在心上。此时他低着眼眸，轮廓分明的侧脸有些淡，挥洒着自信。

“咔嚓——”锁被打开。程隽随手把回形针跟扳手扔到工具箱里，才朝秦苒抬抬下巴，指尖在蓝色的盒子上敲了敲：“拿去。”

秦苒对程隽、程木没什么防备，直接把盒子打开。里面放着一份文件，像是研究报告，还有一块深黑色的金属，也不知道放了几年，却没有任何锈迹。

程木看到这些，没看出来是什么东西。

陈淑兰跟宁薇在云城的时候，程木看出这两人不像是普通人，但也没猜出来究竟有什么地方不对劲。此时当然也看不出来，他只是低头看了眼木盒，就收回了目光，继续回到房间看秦苒给他的一堆书籍。

秦苒看着文件，抿了抿唇，知道这应该是外公最后留下的东西。她翻了一下，把文件跟那块金属扒到一边，在盒子底部翻到了一封略微发黄的信件，刚拿出信件要看，程隽却猛地按住了秦苒的右手。

秦苒抬头，看向程隽，挑眉。

“拿回房间看。”程隽没有看她，目光只是盯着盒子里那块金属，好半晌，才抬了抬头，“你外公……真是……”

他不知道用什么语言形容，漆黑的眸子里却是明晃晃的敬意。

“行。”秦苒也没问什么，她“啪”的一声把盒子盖上，两人一起上楼。

等程隽上楼后，程金才走到程木的收藏室内，看着盘腿坐在地上看漫画的程木，询问道：“欧阳薇最近有联系你吗？”

“没，”程木抬头，惊讶地看了眼程金，“你们都不让我联系她。”他到现在都没想出来为什么。

程金若有所思地“嗯”了一声：“没错，你做得对。”

“啊，对了，哥，你等等，我给你转点钱。”程木想起来一件事儿，他拿出手机，给程金转了两千万。

程木转钱要走很多程序，没程金那么快，两千万，估计要几个小时核实才能到账。但程金看到了程木账目上的一个亿，他顿了一下，有些诧异：“你哪来的这么多钱？”

“秦小姐教我的。”程木抬了抬下巴，眉宇间十分得意。

看程木这样子，程金什么话都没说。他站起来，直接出了房间。

“我去书房处理点事。”回到楼上，程隽看了眼秦苒，伸手摸了摸她的脸颊，

“别想太多，想做什么就做什么。”想了想，他低头，“最近最好紧跟着我。”

秦苒看着程隽，这句话徐校长之前就跟她说过。她点了点头，本来想问问程隽是不是知道这盒子里的东西。但看着程隽的反应，她大概能猜出来，他肯定知道。

她转身，若有所思地往房间走。

“算了，”程隽看着她的背影，想了想，还是伸手把她又拉了回来，“一起去书房研究。”

陈淑兰留下的东西确实是宁迩的研究资料。

秦苒坐在书房的桌子边，看着上面的资料，里面确实如徐校长所说，有一份名单。

陈淑兰一直是宁迩的助手，当初方震博在陈淑兰的葬礼上称陈淑兰为陈教授，显然就是认出了她。

程隽开着电脑，同M洲的程水开了个视频会议。开完会，他又出门接了个电话。

秦苒坐在椅子上，看着程隽的背影，一手敲着陈淑兰留下的名单，略微思索。还没等她想出来什么，放在手边的手机响了一声。

秦苒低头看了一眼，是A城本地的电话号码，她不认识，怕是实验室的人。秦苒伸手接起来，电话那边是一道女声，优雅冷静：“秦小姐，你好，我是欧阳薇。”

这个名字，在秦苒这里如雷贯耳，先是出现在程木、郝队口中，后在“129侦探所”那边频繁出现，连徐校长、秦管家那边都会提起这个名字。

秦苒也动手查过欧阳薇的资料，都挺普通的，完美无缺，看不出任何疏漏。

没有人比秦苒更清楚，越是完美无缺的资料，越是不简单。她在“129侦探所”查过A城秦家没落的前因后果。当初A城四大家族之一的秦家会被一个新兴家族欧阳家取代，看起来好像很合理，但……

秦苒往椅背上靠了靠，她挑眉，直截了当地问道：“有事？”

“没什么，只想约秦小姐见上一面。”电话那边的欧阳薇声音依旧挺优雅的，“我这边有件事，你肯定会感兴趣。”

秦苒低眸，没说话。

从程木和程温如那几个人的反应中，秦苒就知道欧阳薇应该是喜欢程隽的。秦苒情商不太高，但这么明显的事她自然能猜出来。

只是她一直奇怪的是，程隽在A城风评并不好，大部分人对他的评价就是没了程家他什么都不是，欧阳薇在A城人气高得出奇，两个人简直南辕北辙。

这种情况下，欧阳薇这反应和态度……也太奇怪了一点。

“我感兴趣的事，我自己会查。”秦苒跷着二郎腿，不太感兴趣。

那边的欧阳薇半点也不意外，声音依旧优雅：“如果我说，是事关灵海镇实验室的爆炸案呢？秦小姐，你要是感兴趣，明天中心咖啡厅，我等你。”

说完，欧阳薇便挂断了电话。

书房的秦苒坐在书桌边，眼眸微微眯起。

“在想什么？”程隽从门外进来。

“没什么。”秦苒抬头看了他一眼，心里微微思索欧阳薇的话，她不可能全信，但欧阳薇能知道实验室的爆炸案，可能会知道一些蛛丝马迹。

无论什么，她对欧阳薇有了些兴趣。

“明天我要去一趟程金所在的集团总部，”程隽也没坐回去，只是懒洋洋地靠在秦苒身边的椅子上，“你没事跟我一起去吧。”

秦苒“啊”了一声，意识到他说了什么，顿了下：“行。”

欧阳薇说的那个咖啡厅就在程金所在的集团总部不远处，刚好。

秦苒说完，微信上收到一条新消息，是陆照影的——“明月妹妹在我这里。”

秦苒手指一顿，回了一句话给宋律庭，才问陆照影事情的缘由。

陆家。

潘明月待在陆家客房，正坐在床上。鼻梁上的眼镜被取下，她的目光有些迷茫，脸色苍白，没有丝毫血色，拿下眼镜的那张脸干净漂亮，纤细的脖颈却显得有些脆弱。

陆照影在外面给秦苒回了一句话，才敲门进来。向来大大咧咧的他，看到床上的人，脚步顿了顿，然后把托盘放到床头柜上，才若无其事地开口：“是跟那个姓封的吵架了？你有什么事，跟他说清楚吧，说清楚就好了，别一个人藏着。封辞的其他方面我不清楚，但人品很好。”

说完，他抬了抬手，想要拍拍潘明月的肩膀，抬到一半又改道摸上自己的耳钉。

“把饭吃了。”说完，他看了潘明月一眼。

潘明月抿了抿唇，看着陆照影：“谢谢。”

陆照影看了她好半晌后，笑了笑：“没事。”

陆照影转身出了房门，刚带上门，就看到了陆母那张脸，被吓了一跳：“妈，你怎么神出鬼没的？”

“看你屄得啊，”陆妈妈双手环胸，不屑地看了陆照影一眼，“就你这模样，可别祸害人家小姑娘！”

陆照影：“……”

客房内，潘明月手上拿着手机，脑子里回想着陆照影的话。她找出封辞的手机号码，给他打了个电话。

电话响了一声就被接起。

电话那边的封辞等得很急，电话一接通，就认了错，并解释：“明月，我跟李双宁真的没关系，都是高中校友乱传的……”

那时候的封辞跟林锦轩也是意气风发，封辞没有否认传言，就这么乱七八糟地传成了一对。潘明月听了很久，手指动了动：“我报警……”

“这件事就过去了，我们都不说了好不好？是我不对。”电话那头的封辞挠着头，“你现在到底在哪儿？”

听着封辞的话，潘明月不由得闭了闭眼。

她要的不是封辞敷衍的道歉，只一字一句地开口：“可是封辞，是他们不对。”

说完，潘明月就挂断电话，头埋在膝盖内。

电话再度响起，潘明月低头看了一眼，是封夫人。

她有些麻木地接起电话。

“潘明月，既然你现在认清了要离开我儿子，就请你不要再回来打扰我儿子，”那边的封夫人，声音有些居高临下的，且带着些许嘲讽，“你应该知道自己是什么样子，有哪点配得上封辞？”

潘明月闻言，目光有些僵硬地转向窗户那边。她不知道想起了什么，一双冷清的眸子变得无神。

手机里没了声音，电话那头，封夫人皱眉：“你怎么不说话？”

潘明月手滑落下来，喃喃开口：“确实不配。”说完，她不等封夫人回答，直接挂断了电话。

手机从手上滑落，她有些无力地垂下了脑袋。

封夫人也挂断了电话。她皱了皱眉，想起潘明月的最后一句话，她把手机随手扔到桌子上：“还算有自知之明。”

李双宁坐在她对面的沙发上，听到这句话，拿着茶杯的手微顿，波浪卷的头发往旁边滑了滑：“封辞他……”

“在楼上一天一夜没出来了，净折腾自己，”封夫人端着一杯茶，冷笑着开口，“也不知道那个潘明月有什么好的，整个人阴阳怪气。”

眼下这两人间出了问题，封夫人自然开心。

封家来A城半年多，虽然没有在云城那么风光，但也算是站稳了根基。潘明月父母不明，封辞是封家独子，封夫人怎么也不会让封辞娶她的。

两人正说着，封楼诚从门外回来。他满身寒霜，因为跟程隽见了面，整个人情绪不高。

李双宁连忙从沙发上站起来，尊敬地叫了声“封叔叔”。

封楼诚看到李双宁，只淡淡地打了个招呼。

他看到沙发上放的购物袋，不由得按了下太阳穴，看向封夫人：“我让你去给明月送的东西，你怎么没有给她？”

因为之前在云城，他连累秦苒被误会。现在的封楼诚，不会开着车去给潘明月送东西，大学远比高中恐怖。

封夫人看了购物袋一眼，目光变得有些嘲讽：“封楼诚，你干的缺德事还要我去帮你扫尾吗？”

这声音刺耳。

封楼诚一直隐瞒着潘明月的事情，让封夫人怀疑潘明月是他的私生女，他怕毒枭还有余党没有消灭。

这一年，钱队跟郝队在云城扫清了毒枭余党。事情也跟程隽说清楚了，封楼诚不相信，这种时候，程家会护不住潘明月。

如今……

封楼诚淡淡地看了夫人一眼：“你到书房来。”

李双宁一看事情不对，连忙放下茶杯告辞。

封夫人跟着封楼诚到了书房，就站在他的桌边，因为潘明月的知难而退，她的表情要比以往好：“你说吧，我看你今天能说出什么花来。”

封楼诚从书房的保险柜里拿出一沓资料，重重地扔到夫人面前：“自己看。”

封夫人随意地翻了下文件，一翻，整个人微愣。

这是一份缉毒档案，一直被封楼诚保存着。

缉毒警察 0976：姚伟林。

“明月爸爸就是姚伟林，我曾经的手下。”封楼诚看她一眼，冷漠地开口，“明月是孤儿，因为我的一次判断失误，她的父母、哥哥都因为缉毒案件被毒枭报复了。”

“那你怎么说让我待她如同亲生女儿一样……”封夫人一愣，她也不是不讲道理的人，封楼诚对潘明月的态度确实不对，又一直不肯说清楚，她以为潘明月是封楼诚那个初恋情人的女儿。

“姚伟林身份特殊，明月从小就没见过父亲，”封楼诚点了一根烟，“第一次见面也是最后一次见面，我想尽可能补偿她。”

至于明月进精神病院的事，封楼诚半点没说。无论是谁，在精神病院待过，都会被人用异样的眼光看待，除了程隽，封楼诚不打算对任何人说。

“那……”封夫人不知道说什么。

封楼诚在这种事情上不太敏感，没有发现潘明月跟封辞的关系。封夫人知道了这个答案，心情难免复杂，但也不敢把潘明月跟封辞的事情说出来。

“我明天去找潘明月。”封夫人心里挺乱的，她走出书房，又看了眼封辞的房间。她沉吟半晌，最终还是没说潘明月的事。

封夫人回到房间，从梳妆盒里拿出了一份鉴定报告——是潘明月吃的药。

鉴定报告很清晰——精神抑制类的药，潘明月精神有问题。

封夫人把这报告收起来，她虽然同情潘明月，但绝对不会让封辞娶她，潘明月无论是身世还是其他方面……确实不配。

至于事实真相，封夫人也不打算告诉封辞。

# 第四章

## 格局打破，程隽失势

翌日，早上八点。

程金所在的集团总部楼下，程隽将车停好，然后倾身过去，随手把秦苒的安全带解开，朝她这边靠了靠："上去找个安静的休息室待着？"

"不了，"秦苒看了看周围，看到了欧阳薇说的那个咖啡厅，眉目舒展，"我去买杯奶茶。"

程隽看了她半晌，这边是他的地盘，不用担心。他伸手，捋了把她的头发，才道："行，等我下来。"

五分钟后，集团总部办公室。

程隽直接推开门进去。

办公室窗边，背对着门的方向站着一道身影。

程隽抬脚，把门踢上，淡淡地看向那人，双手插兜，眉宇间看不出什么情绪，只是有些锋锐。

"来了。"那人转过身来，朝程隽笑了一下，鬓边有些许白发，声音似乎挺轻柔的，"这么多年没管你，这次你应该知道我为何而来，玩够了就收手，欧阳薇是我亲自培养的完美人选。"

"这就是你扶持欧阳家的原因？"程隽并没有什么动作，只是抬起头。

听到这句话，男人眯眼看向程隽，略微一顿，最后摇头："这么多年，你还是没有长进，当初就不该让程家把你带回去，养成了这么优柔寡断的样子。没想到这么多年你还没动手，你在程家人眼里，甚至还没欧阳薇重要。你是不是忘了我跟你说的，你母亲是死在程家人手里的？”

说到这里，男人微笑着，轻轻吐出一句：“你可真让我失望。”

程隽就这么听着，插在兜里的手微微发紧，一双漆黑的眸子没什么明显的变化：“没其他事我就走了。”

他说着，转身往门边走，手刚搭上门把手，背后的男人微笑着开口：“你现在拥有的都是我给你的，哦，对了，你有个黑客联盟的朋友是吧？他还跟你身边那个女人是亲人，那你应该也听到黑客联盟会长易主黑鹰的消息了吧？

“真是可惜，你的一举一动都掌握在我手里。”

程隽放在门把上的手一顿。他背对着男人，一双眸子冷得发寒，却没回头，只是拉开办公室的门，一张脸清隽淡漠，直接走出去。

程隽离开后，办公室内的男人走到办公桌边坐好。

一个黑衣人悄声无息地走进来。

“主子。”黑衣人低头，恭敬地开口。

男人手指敲着桌子，一张几乎看不到岁月痕迹的脸上却不见半点怒意，只是靠着椅背：“你去让人接管M洲的事宜，至于程隽身边那个女人……”

黑衣人直接把手中的资料递给男人。

“杨家的人，唐均的侄孙，黑客，确实有点能耐。”其他乱七八糟的男人没看，只略微摇了摇头，随手将资料放到一边，“既然不听话，就别怪我了，我能让他站在万人之上，自然也能让他一无所有。”

能耐是有点，但也就仅此而已。

黑衣人低头。

楼下，咖啡厅。

秦苒推开门进去，一眼就看到坐在靠窗边的欧阳薇。

她直接坐过去。

欧阳薇已经点好了两杯咖啡，把一杯推到秦苒这边，朝秦苒礼貌地打招呼，姿态优雅，谦和有度：“秦小姐，久仰。”

这一句“久仰”说得模糊不清，又带着点其他意味。

秦苒找来服务员，让她送一杯奶茶过来。吩咐完，她才坐好，看向欧阳薇，形状漂亮的眼眸微微眯起，对上欧阳薇的目光，她点头：“你好。”

秦苒不急不缓，淡定得有些出乎欧阳薇的预料。

欧阳薇倒是多看了她一眼：“秦小姐果然有些出乎我的意料之外。”

秦苒看了看手机上的时间，直接打断了她：“欧阳小姐，有话直说吧，我时间不多，灵海镇爆炸案的事情你怎么知道？”

“秦小姐看起来很着急，”欧阳薇手上搅着咖啡，看着秦苒，往前倾了倾，她压低声音，“显然你也知道我是‘129 侦探所’的侦探，手里掌握的信息资料很多，倒是可以告诉你一点，当初大批研究员因为爆炸离世，跟你身边的人有关系，至于是谁，你要我点出来吗？”

说完，欧阳薇看着秦苒，微微笑着。

秦苒没有说话。

“您好，您打包的奶茶。”身侧，服务员把一杯奶茶递到秦苒手边。

秦苒伸手接过奶茶，礼貌地朝服务员说了一声谢谢，才瞥了欧阳薇一眼，那一眼平静极了，没有丝毫犹疑之色。

“你不信我？”欧阳薇看了秦苒一眼，她点点头，也挺无所谓的状态，“没事，你可以不信我，我只是把我知道的告诉你而已。”

秦苒拿上奶茶，兜里的手机正好响了一声。她低头一看，正是程隽。

秦苒直接接通电话，开了免提。

那边是程隽的声音，不见平日里的淡漠，反而透了些温和意味，他靠着车门，懒洋洋地笑着：“买杯奶茶这么慢？”

“来了。”秦苒拉开椅子站起来，朝欧阳薇看了一眼，“程少爷，有人告诉我，你跟灵海镇的爆炸案有关。”

那边的程隽一听，眸色严肃，他站直身体：“你在哪儿？没事吧？”

他这反应，也在秦苒预料之中。

秦苒朝玻璃窗外看了眼：“来了，别急。”

她也不等程隽说话，直接掐断了电话，瞥了欧阳薇一眼。

欧阳薇话语里说的是程隽，但秦苒根本不信，因为程隽找过“129 侦探所”调查灵海镇发生的一切……

秦苒对面的欧阳薇根本没想到，秦苒竟然半点不信，就这么直截了当地跟程隽坦白了……

欧阳薇抿了抿唇，伸手按着桌子，看着秦苒的背影，忽然笑了一声，意味不明地开口：“你可以不信我，灵海镇的爆炸案跟程隽就算没有直接关系，也有间接关系。19 个研究员的灵魂呢，你觉得他们现在在看着你吗？”

秦苒脚步没有丝毫停顿，欧阳薇说得没错，19 个人……那场爆炸，死了 19 个人，整个基地全都毁于一旦。

秦苒把吸管扎进去，喝了一口奶茶。她朝停车的方向走过去，看到了有些急躁的程隽。

“你刚刚见欧阳薇了？”程隽正在找秦苒，看到她之后，两只手搭在她的肩膀上，一直都以淡定清冷、手握乾坤自持的程隽，眸底有些慌，一双好看的眉拧起，“她跟你说了什么？你别信她，你想知道什么，我都一一告诉你。”

秦苒抬头看着程隽，笑了一下，把吸管塞到他嘴里：“先喝口奶茶冷静一下。”

当着孤狼的面，说自己是“129 侦探所”的侦探，知道内部信息？

疯了吧。

但凡欧阳薇说点其他原因，秦苒或许可能会相信，但把“129 侦探所”扯出来……

秦苒淡定地想着，日后欧阳薇知道自己就是“129 侦探所”的人，不知道她会不会觉得今天她找出来的这个借口有点蠢。

欧阳薇的话带了点真实性，秦苒不会不信，但也不可能全信。

总之……无论什么原因，欧阳薇要瓦解她对程隽的信任程度，那欧阳薇这一步棋就彻底走错了。

至于欧阳薇到底是个什么人……

秦苒低头，开始想秦家的事情。

秦家从四大家族之一退出就是因为欧阳家，后续因为秦陵的事情，秦苒把秦钊送进了监狱，秦四爷手中的股权被她拿走了百分之十八，后来又转让给了秦修尘……

秦苒当时没有追着秦四爷动手，也没有查到秦四爷帮秦钊的证据，最重要的是，秦四爷背后有欧阳家，秦苒不会在秦陵羽翼未丰的时候主动去找秦四爷的麻烦。

她研究院的继承人身份曝光后，秦四爷心里应该有一杆秤，秦家可以暂时达到一个平衡点，这是当时她跟秦修尘商量出来的。

眼下……

秦苒若有所思，她让程隽拿好奶茶：“我觉得秦家那位老爷，传说中我的爷爷，他的忽然离世有疑点。”

“确实有，”程隽看着她片刻，一直紧张不已的状态，总算放松下来，他一手拿着奶茶，一手把她抱进怀里，“知道唐均是你舅爹之后，我也着手查了一点。以黑客联盟会长的手段，不会查不到你奶奶的消息，但黑客联盟的人却没有查到，背后肯定有鬼。”

程隽抱着秦苒，不由得抬头看了眼大楼，眸光晦涩。好半晌后，他敛起了眸子，松开手：“走吧，先回去。”

程隽开车带着秦苒回去。车子离开好久，欧阳薇才从咖啡厅内出来，站在路口，一瞬不瞬地看着程隽离开的方向。

许久，欧阳薇才略微皱了眉，转身朝大楼走去。

大楼内，程金正送一个合作商出门，看到欧阳薇，他顿了一下，微微弯腰，但声音不见恭敬，显得有点儿疏离：“欧阳小姐。”

欧阳薇眯眼看了看程金：“程金，现在都叫我欧阳小姐了？”

程金低头，没回。

欧阳薇收回目光，直接朝电梯的方向走，她到现在也不明白，金木水火土，当初只有一个程木相信她，她随时能知道程隽的消息，其他四个却对她避之如蛇蝎。

两年前，连唯一相信她的程木也跟她越来越远。

尤其程隽，这么多年，他避着她甚至到了几年不踏入 A 城一步，欧阳薇想不通这一点。

她垂下眸子，掩下了眸底的杀气，按了电梯。

与此同时，秦苒已经回到了亭澜。

回去的时候，程温如正坐在大厅内，同程木聊天，脸上的表情看起来有些疲倦。看到秦苒跟程隽两人回来，她直接站起来，看向秦苒：“苒苒，还没正式地跟你说一声恭喜。”

她感叹着说了好一会儿，才把目光转向程隽。

“三弟，你怎么回事，我打电话给你，你也不接？”程温如看着程隽，微微叹息。

程木去倒了两杯茶过来，一杯递给秦苒，一杯放到程隽面前。

程隽随手拿起茶杯，看了眼程温如，淡淡开口：“没接到。”

秦苒低头，没参与两人的对话，只是低头跟陆照影聊天，询问他潘明月的事情。最近事情太多了，她按着太阳穴。

陆照影没有回她，只是反手给她打了个电话。

秦苒皱了皱眉，程隽跟程温如在谈事情，她想了想，就去楼上接电话了。

楼下，程温如看着程隽的脸，不由得按着眉心：“程隽，你到底在想什么？我跟你说爸他病危，撑不住了，你也不回去看一眼吗？”

程隽目光看向窗外，“嗯”了一声，就没了其他的话。他想伸手点烟，却始终都没下手。

“家族长老、堂主都在选下一任继承人，明天上午，”程温如自嘲地一笑，“爸还活着，大哥就急着选下一任继承人了，你说可不可笑。”

她说到这里，再次看了程隽一眼，程隽还是没有动静。

程温如彻底不说什么了，她拿着包站起来，似乎很生气：“顾医生已经来过了，爸能撑的时间不多，你回不回去看爸，全看你自己。”

说完，程温如直接离开。

程木本来高高兴兴地在一边跟林爸爸聊天，听到两人聊的话题，他不由得一愣。最后，他看了程隽一眼，程隽面色冷淡，看不出什么表情。

他不由得给程金发了一句话——“大小姐说老爷快不行了，隽爷也不回去看他，我要不要劝劝？”

程金让他闭嘴。

程木有些自闭了。

程家，程饶瀚一党人员全都在秘密谋划着选票的问题。

“施厉铭不确定，大堂主跟二堂主肯定会选程隽那个私生子。”程饶瀚坐在书房内，同支持他的一众心腹说话，“不过，那个私生子没有要当家主的想法，我当选的概率很大，那个秦苒……”

程饶瀚皱眉：“她是个变数。”

一行人正说着，外面有人进来通报：“大少爷，欧阳小姐来了。”

“快请她进来！”程饶瀚连忙站起来，欧阳薇是他的头号军师。

不多时，欧阳薇进来，程饶瀚跟他的心腹全都站起来。

“欧阳小姐，”程饶瀚让人给欧阳薇倒了一杯茶，“不知道你现在来所为何事？”

欧阳薇笑了笑：“听说程家正在选举下一位家主，我来给大家送一个好消息。”

说着，她从包里拿出一份文件。

“这是什么？”程饶瀚一愣。

程家其他家主也目光不明地看着这份文件，不确定欧阳薇拿来的是什么。

欧阳薇低头，喝了一口茶：“程大少爷，你看看，就清楚了。”

程饶瀚直接伸手拿起了这份文件，打开来一看。

这是一份鉴定报告，亲子鉴定报告。

一方是程老爷子，一方是……程隽。

鉴定结果——不匹配。

看着这鉴定结果，程饶瀚不由得一顿，脑子里先是一阵恍惚，不太相信，又过了两秒，他大喜：“难怪，难怪！”

当年他就怀疑，爸爸怎么好端端地带了一个私生子回来。如果程隽不是亲生的，那就好说了。

程饶瀚把文件合上，朝欧阳薇弯腰：“欧阳小姐，你真是帮了我大忙！我倒要看看，他没有了程家三少这个身份，还剩下什么！”

“举手之劳。”欧阳薇放下茶杯，看了他们一眼，垂眸敛下眸子里的嘲讽，“在这里我就先恭贺大少爷继任程家下一任家主。”

程饶瀚大笑一声。

书房内，其他人看到这份报告，也松了一口气。

翌日，亭澜。

楼下，程隽站在窗边，跟顾西迟打电话。

“我爸他……撑不住了吗？”他看着不远处步行街上人来人往的景象，不由得抿唇。

电话那头，顾西迟放下手里的研究资料，拧眉：“一直是强弩之末，忘忧草吊了几年命，确实不行了，早前伤了根基，比苒苒外婆多撑了几年，就这两天了。”

“我知道了。”程隽抿唇，随后挂断电话。

秦苒下楼，她穿了件米白色的外套。

“是要去哪儿？”程隽敛下眸子里的情绪，伸手把她揽过来，淡定从容地看着她，低了低头。

“先去一趟学校找宋大哥，再去找陆照影，”秦苒侧了侧脑袋，“明月在他那儿，我不放心她。”电话里陆照影说得模糊不清。

程隽点头，看了秦苒一眼，他记得潘明月，听秦苒提到她，他也正了正神色：“我跟程木先送你去学校，今天程家有事。”

程温如昨天来找过程隽，之前也给程隽打过电话，秦苒知道，她点点头。

两人出发。

程隽没见过宋律庭，但查过宋律庭。之前那种情况下，宋律庭跟魏子杭都能把秦苒跟潘明月护得很好，这个人的能力他信得过。把秦苒送到学校后，他就直接回了程家。

今天开车的依旧是程木。程木看了后视镜一眼，没敢说话。

秦苒跟宋律庭约在 J 大见面。

秦苒到的时候，宋律庭正站在数学系的历史光荣碑前。

秦苒头上戴着鸭舌帽，她在网上的照片少，最近一段时间，她身上那股子邪性没了，多了几分内敛的气息，没几个人认出她来。倒是宋律庭，不少人认出了他，几个女生在一边激动地讨论着。

“宋大哥。”秦苒走到宋律庭身边。

宋律庭没说话，只是静静地看着光荣碑。

秦苒顺着他的目光看过去，就看到排在中间的潘明宣。潘明宣一张脸锋芒毕露，不同于潘明月的内敛，清冷帅气，一双眼睛似乎有光，酝酿着暖色。

“宋学长，你也认识潘学神吗？”数学系有人认出了宋律庭，激动地开口，“也对，你们俩是老乡，肯定认识，果然学神认识的都是学神！”

数学系的学生说到这里，顿了一下，最后可惜地看向潘明宣：“可惜，天妒英才。”

秦苒没出声。

潘明宣跟她一样大，但他六年级跳级，初三就拿了 IMO 国际赛的金牌。

自此以后，他高一、高二又紧接着拿了两年 IMO 金牌。J 大、A 大数学系的院长都找他谈过，高三直接保送 J 大。

不足二十岁的他就参加了 IMO，因为跳级，潘明宣当时是 IMO 比赛中年纪最小的金牌获得者，报道一出来，就在数学界引起了一阵狂风巨浪。

数学系的人都听过授课的教授讲过潘明宣的光辉历史。

秦苒听着身边的人说的话，不由得捏了捏双手，她偏头看向宋律庭：“宋大哥，我们先去找明月吧。”

宋律庭最后看了照片一眼，有些恍惚地收回目光。

他轻声开口：“走吧。”

两人从数学系出来，一路都没怎么说话，直接去了陆照影家。

陆照影跟陆母都等在楼下，陆家的用人把秦苒跟宋律庭带进来。

陆母知道秦苒是唐均的侄孙女儿，看着秦苒，有些局促，目光转向宋律庭，忽然一愣，宋律庭最近在 A 城的呼声也挺高的。

宋律庭礼貌地跟陆母还有陆照影打招呼。

“小苒儿，你终于来了！”陆照影手摸着耳钉，他的精神状态似乎也有些不好，朝楼上看了一眼，“明月妹妹在客房，我带你们上去吧。明月她不让我告诉你，但是我想想，还是跟你说了，她的状态很不对劲。”

电话里不方便说，之前潘明月让陆照影瞒着秦苒。

陆照影说着看了宋律庭一眼，没认出来这个斯文俊雅的男人是谁，不过眼下也没考虑到他。

三个人去了楼上，陆照影打开房门。房间很暗，潘明月手里拿着一本书，头埋在双膝上，不断地翻着书页。

“明月，你在干吗？”秦苒面色一变，直接走过去。

潘明月茫然地抬头：“稽查官，我要考稽查官。”

秦苒眼眶一红，双手紧握，几乎又看到了潘明月在精神病院暗无天日的样子。

潘家三人死后，她的状态跟现在差不多，在这之前的潘明月愿望是当一名摄影师，在这之后她唯一活下去的信念就是考稽查官。

可之前，明月的状态明明恢复了正常。

秦苒转向陆照影，一字一顿：“怎么回事？”

陆照影从兜里摸出了一根烟，面对秦苒的问话，他没抬头，只拧着眉开口：“她没让我去查，你们俩自己看着办吧。”

对于潘明月的事情，陆照影知道得不多，那天晚上见潘明月就知道她状态不对，但她什么也没说。

秦苒看了陆照影一眼。

她去了M洲半年多，陆照影代替她照看过潘明月一段时间，潘明月不打游戏，业余时间几乎全都用来学习。回来后，陆照影跟她还有联系，但跟潘明月联系的时间少了。

“明月，宋大哥先带你回去。”宋律庭蹲在潘明月身边，想把她先带回他在学校边的公寓。

潘明月抬头，一双无神的眼睛渐渐在宋律庭脸上聚焦。

宋律庭没再说什么，只是沉敛着站起来，先跟陆照影道了谢，才带潘明月出去。

秦苒没有跟着宋律庭走，等两人出门了，她才转向陆照影，拧眉：“你真没查出来什么？”

陆照影笑得有些浑不吝的，他往墙上靠了靠：“查了一点，那个封辞。”

封辞？

秦苒低了低眸，她听潘明月说过封辞，他也是封楼诚的儿子，秦苒对封楼诚是信任的，对封辞没有过多关注。

眼下听陆照影的话……

秦苒颔首：“我知道了。”说完，她跟着宋律庭出去。

陆照影却又拉住了她的胳膊：“明月那状态……”

“可能出了问题，”秦苒低头发了条消息出去，也不想骗陆照影，“你知道明月的精神情绪状态向来不稳定。”

秦苒担心潘明月的状态，没跟陆照影多聊，直接离开。

陆照影站在门口，看着车渐渐开远，不由得抿唇。

“苒苒跟明月走了？”身后，陆母出来，双手环胸，瞥了陆照影一眼。

陆照影“嗯”了一声没说话。

陆母看了他一眼，就知道他在想什么，嗤笑一声：“你就装吧。”

说完，陆母踩着高跟鞋离开。

陆照影被噎了一下，有些匪夷所思地看向母亲。

“对了，”陆母走到沙发边坐下，想起另外一件事，面色沉重，“听说程老爷子……”

陆照影收回目光，坐到陆母身边：“身体出了问题，可能撑不到四月。”

“继位的应该是三少爷吧？”陆母沉吟了一下，“若不然，他在A城几乎就没法待下去了。”

程温如有自己的公司，现在还跟云光财团合作了，全球前五百强的企业。程饶瀚跟程隽不和，他要是继承程家，那程隽在程家肯定没有现在好，说不得还要被赶尽杀绝……连带着，秦苒在研究院的靠山都要被牵连。

这不是一个好信号。

陆母担忧，A城……要大变天了。

陆母说完，看向陆照影不太着急的样子，不由得挑眉，打探陆照影的口风：“你看起来半点也不为你兄弟的未来担忧。”

“担忧，怎么不担忧？”陆照影随口说了一句，看到江东叶发来的消息，就直接出了门。

陆照影出去没多久，陆母就接到了电话。

她直接从沙发上站起来，愣住：“程家？程老爷子？好。”

陆母说完，也匆匆挂断电话，直接离开。

这边，秦苒同宋律庭一起回了公寓。

宋律庭把潘明月安排好，才看向秦苒：“封辞是怎么回事？”

“就……”潘明月也只是跟秦苒提过一点，秦苒顿了一下，默默开口，“就那样啊……”

秦苒含糊地说了几句。

要是换个时间，宋律庭肯定要炸，说不定还要去会会封辞。眼下潘明月这个样子，他只是淡淡点头。

秦苒手机上收到了一条消息，她眯着眼看了下：“是封辞那边的问题，宋大哥你找他聊聊吧。”她调查到的封辞联系方式给宋律庭发过去。

秦苒直接去看潘明月。

从陆家出来的时候，潘明月似乎已经恢复了以往的情况。

“苒苒，”潘明月坐在书桌边，看着秦苒进来，她戴上眼镜，从书桌上抬起头，“又麻烦你跟宋大哥了。”

状态变换得太快了，秦苒不放心。她之前把潘明月托付给封楼诚，就是觉得自己这种压抑的性格不适合把潘明月放在自己身边。

眼下封楼诚这边也出了问题……

秦苒微微抬头，她拿着手机，想了半天，也不知道陆照影那边……

她拧着眉头，手里的手机疯狂响着。

潘明月移了移目光，看着窗外，似乎是想通了什么，静静开口："苒苒，你放心，没考到稽查官，我不会死的。我跟封辞没什么事，我跟他……可能真的只是不合适。"

秦苒盯着潘明月看了很久，没从她脸上看出来什么，才点头："好，宋大哥就在这边，我有事先去程家一趟。"

潘明月轻轻颔首，看着秦苒离开，才拿出了兜里的手机，上面是封夫人的消息——"我们约个时间聊聊吧。"

潘明月看着这条信息，好半晌，才闭眼，再度睁开的时候，眼睛又恢复了一片冷寂——"好。"

秦苒下楼时，才准备接程木的电话。

宋律庭在厨房给潘明月煮粥，听到秦苒的电话，不由得抬眸，似笑非笑："姓程的？"

那天徐校长的继承人仪式，他也去了，还听人科普了一番程隽。

宋律庭想到这里，不由得按着眉心，两个都不省事，明月比秦苒还好一点，秦苒简直就是不可控，那个程家一看就极其复杂。

宋律庭关小了火。

"是程木。"秦苒不太敢看宋律庭，她低头，按了接通键。

宋律庭跟程隽碰面，她也不敢想会是什么状况。

那边的程木声音似乎有点儿急："秦小姐，我在程家，你快点儿来，出事了！"

程木说得紧急，秦苒在宋律庭这边也没多留，直接开宋律庭的备用车去了程家。

宋律庭毫不知情，他的车就这么被贴了两张罚单。

秦苒到的时候，程木在程家大门口等她。

"秦小姐，快跟我过来。"程木直接带着秦苒往里面走，电话里他没敢跟秦苒说实话，这会儿秦苒到了，程木直接开口，声音很沉，"老爷子快不行了，他想见你最后一面。"

秦苒解风衣扣子的动作一顿，她猛地抬头看向程木，一双冷沉沉的眸子里，满是不敢相信。

几分钟后。

程老爷子房间，围了一群人，程家老老少少都在，程温如、程隽、程饶瀚在最里面。

程老爷子靠在床头，面色不见以往的红润，甚至有点儿发白，秦苒去M洲前才见过程老爷子一面，那时候的他远没有现在这么瘦弱。

“苒苒来了？”程老爷子一直端着凛然的气度，此时眼睛却有些浑浊。

“你们都出……咳……出去，我有事单独跟他们俩说。”程老爷子指了下程隽跟秦苒。

程饶瀚看着程老爷子，眉头拧了拧，不过最后还是出去了。他手背在身后，半点儿也不担忧。

房间内。

“苒苒，我……这里，还有个东西要给……给你。”程老爷子一边说着，一边艰难地从枕头底下翻出一个血红色的吊坠，他直接递给秦苒。

秦苒抿唇，半蹲在床边，她看着程老爷子，一双清冷的眸中蓄满了泪水：“您……”

“你们俩要好好的，我现在也帮不了你们什……什么了。”程老爷子把两人的手放在一起，“A城旋涡深，我会在天……天上看着你们俩的。”

程隽依旧没有开口。

程老爷子这才看向程隽，艰难地笑了笑：“你……你从什么时候知道的？”

“五岁时，程金他们来找我的时候，我就发现不对了，十二岁自己查到的。”程隽淡淡开口。

“我或许猜错了，”程老爷子笑了笑，他目光和煦地看向程隽，“咳咳……我，我可能做错了，你跟你爸并不像。”

程隽依旧没有反驳，只淡淡地看向他。

“你小时候，我想把你养……养废，”程老爷子自顾自开口，“什么都任你用，你六岁开始就有无数银行卡，你的要求我从来不反驳，后来……我后悔了，可你似乎也察觉到了，几乎不回A……A城。”

程隽小时候，程老爷子并不管他，只是把他给程温如带，连程饶瀚都觉得程老爷子偏心到过度。

程老爷子那么睿智一个人，在程隽身上一而再再而三地打折扣，一开始确实存着把程隽养废的心思，只是程隽那时候事事想着他跟程温如，程老爷子就后悔了。

但那时……程隽已经发现了真相，跟程老爷子渐行渐远。

两人心知肚明，可谁也没有挑破。

“忘……忘忧草也是你提供给温如的消息吧？”程老爷子看向程隽，“温如都跟我说了，还有她……她的公司……”

那时候，程老爷子身体扛不住，是程温如在拍卖场发现了忘忧草，才让他缓解。

“您好好休息吧。”程隽抿唇，垂在一边的手紧紧握着。

“儿……儿子，你会……会原谅我吗？”程老爷子看着程隽，目光似乎带着期待。

程隽看了他半晌，没有说话，程老爷子一双眼睛慢慢变得黯淡。

在他眼睛快要闭上的时候，程隽才抿唇，轻声开口：“那时候，我恨自己不是您的亲生儿子，现在也是。”

他没说原谅。

“好……”程老爷子却满意了，他握着程隽跟秦苒的手，一直苍白的脸上忽然有些红光。

他又陆陆续续说了几句，然后靠在了床头，没了声音，嘴边带着笑。

秦苒跪坐在床边，手里拿着那块血玉，愣了好半晌，才起身，去开了门。

门外离得最近的就是程温如，她看着秦苒的表情，面色一变：“爸爸怎么样了？”

秦苒没有说话，程温如直接冲进去。

房间内是程温如压抑的哭声。

大门外，一众程家子弟面面相觑，低头没有再说任何一句话。

程家老爷子，程家上一辈在 A 城叱咤风云的人物就这么离世了，这无疑是在 A 城丢下了一个超级炸弹。

A 城稳定了这么多年的格局，会因为程老爷子的离世就此打破。

程老爷子的墓地在 A 城西郊。

下葬之日，天空有些细雨。秦苒走在徐校长身边，同一堆人站在山脚下，看着程隽、程温如等人随着灵车下来。

“没想到老程就这么走了，”徐校长脸上也不见之前的熠熠神采，他只是看着送葬队，“程家……”

他想到这里，不由得看向秦苒：“程隽若是不能成功坐上家主位置，你跟他……”徐校长满心复杂。

而在场大多数人，如欧阳家人、秦四爷等人、徐家其他人……看程隽的目光都不一样了。

在场人都知道 A 城的程家太子爷程隽有老爷子宠着，眼下老爷子没了……他可就……

程温如下车，把骨灰盒递给程隽，她面容有些疲惫，脸色也不太好，只轻声开口：“爸生前最喜欢你，你来吧。”

程隽身上披着白色的孝服，他低头看着程温如手中的骨灰盒，还没准备接过，身后刚下车的程饶瀚扬声开口："他不能接！"

程温如拧眉，她气势一向强，听到程饶瀚这样说，不由得厉声开口："住嘴，现在不是你胡闹的时候，也不是说长幼尊卑的时候！"她只知道，程老爷子肯定希望程隽来做这件事。

程饶瀚没有管程温如，只冷笑着看着程隽："我不是胡闹，他，程隽，根本就不是我们程家人！"

山脚下聚集了A城一堆豪门贵族的人。

程温如自然不信，拧眉道："你在胡说什么！"

程饶瀚直接从手下那边接过来一份文件，扔给程温如，似笑非笑："我说什么？你自己看看不就知道了？"

说完，他也不等程温如回答，直接拿走了程温如手上的骨灰盒，径直朝山上走去。

程饶瀚身后的人也跟着他离开。

大堂主跟二堂主面面相觑，直接看向程隽："三少爷，大少爷他……"

程隽低头，额前的碎发遮住了他的表情，衣襟跟碎发都被打湿了，周身寒意凛冽，好半晌后，他才淡淡开口："没错，我不是程家人。"

说着，他抬脚，一步一步往山上走。

人群中的秦苒跟在他身后。

他本人都承认了？

这个消息无疑给还留在山脚的众人投下了一个惊天炸弹！

这些人面面相觑。

"这下可好玩了……"

"竟然不是程家人，依他跟程饶瀚的结仇程度……"

"……"

一行人激烈地讨论着，看着程隽背影的目光变得更加奇怪。

人群中，刚从M洲回来的徐二叔也震惊地看向徐校长："徐老……这？"

徐校长摇头："我也不清楚，但看程饶瀚那个态度，应该不是假的。"

若是假的，程饶瀚也不会拿到台面上来说。

"那程三少现在的处境就危险了。"徐管家也略微变了神色，"我原本以为程三少能稳住秦小姐在研究院继承人的位置，现在看起来，难。"

不只是徐家一行人在讨论，不出一个小时，A城世家，程隽不是程家的亲生儿子这件事就已经盖过了程老爷子去世的热度。

两个小时后，葬礼流程走完，程老爷子的墓边摆满了花。

几乎所有人都走光了。

程隽还站在墓前，没有走。

程老爷子去世这事对程温如冲击很大，只是她现在还担忧着程隽的问题，暂时打起了精神。她拿着一把黑绸伞递给秦苒，声音有些沙哑："我先回程家处理点事情，你在这里陪陪他吧。"

程温如看了程隽一眼。

她还是不肯相信。

程隽虽然不怎么善于表达，但对老爷子的态度她是看在眼里的，千辛万苦地把地下拍卖场拍到的忘忧草摆到她眼前……包括她现在的公司。

程温如挺直了胸，直接转身下山，她回去跟程饶瀚还有一场仗要打。

若是输了……程隽在程家，在 A 城，几乎就是一面倒的情况。

程温如绝对不会允许这情况发生。

秦苒看着程温如下山，才拿着伞走到程隽身边。

程隽仰了仰头，伸手接过了秦苒手中的伞，看着墓碑半晌，才开口："你知道他为什么要我原谅吗？"

秦苒紧紧握住他另一只手。

"我母亲死在他手里，"程隽轻声道，如他所说，"他小时候还想养废我，后来我才明白。但他又养大了我，没他就没今天的我，实际上他也从没亏待我。"

程隽淡淡开口。

所以他知道哪里有忘忧草，也从不会开口。

知道顾西迟，也没跟他说。

但……在秦苒问起他的时候，他还是让顾西迟跟江东叶见了面。

秦苒点头，程隽知道这些的时候大概就是程温如说过的十二岁。十二岁的他知道亲生母亲死在养父手里，养父想养废他，但对他又是真的好。

秦苒握紧了他的手，无声安慰。

"回去吧。"程隽最后看了一眼，才带着秦苒一路下山。他低了低头，看了秦苒一眼，深吸一口气。

秦苒跟程隽两人回了亭澜，两人淋了雨，都回房间洗了澡。

秦苒洗得比程隽快，下楼的时候，程木正要往楼上走，看到秦苒下楼，连忙开口："徐老来了。"

徐校长跟徐二叔都在，徐二叔现在看到秦苒，十分敬畏。徐二叔恭敬地弯腰："秦小姐。"

"徐老师。"秦苒跟他们礼貌地打了个招呼，才看向徐校长。

"你们俩现在没事吧？"徐校长拧眉，看向秦苒，"要不要先搬到徐家这边？"

"不用。"秦苒摇头。

徐校长不太放心："秦家那边你也要注意，欧阳家肯定有动作，你知道我跟你说过，欧阳薇不普通。"

眼下程家出了事，他们肯定会出手。

闻言，秦苒点头："知道。"

她态度太冷淡，徐校长沉声道："现在A城局势大变，你们要小心，欧阳薇那个人……我不是开玩笑的。"

秦苒接过程木递过来的茶杯，伸手往桌子上一磕，笑了下，但一双眸子极冷，看不到笑意："您是不是觉得，我们在程家倒台了，就能被A城随便一个人拿捏？"

徐校长没立马说话。程饶瀚敢在程老爷子的葬礼上说这件事，手里一定有确凿证据。无论是程老爷子的离世，还是程隽不是程家人这件事，对程隽的影响都太深了。

程家绝对不会让一个外人来接任下一任家主的位置。

曾经高高在上的贵公子一下子跌落到最底端。

A城以前表面上对程隽恭恭敬敬的人，现在不少人都抱有幸灾乐祸的想法来踩他一脚。

两件事堆在一起，落差太大，徐校长也担心程隽的状态……

一般人都会受到影响。

秦家唯一能主事的人秦修尘现在也远在M洲拍戏，徐校长这才匆匆赶过来。

程家这件事一出，结局未必会好，江家、陆家还有各大与程家有关系的家族，格局肯定会被打破。

包括现在秦苒稳坐的研究院的继承人位置。

权衡利弊，秦苒跟程隽，尤其程隽现在的地位十分尴尬。他向来不参与A城的任何事，手上也没任何实权，若真要打起来，没有程老爷子在中间周旋，程隽这边肯定不会太好过。

"如果程饶瀚掌权，我不保证他不会对付你们，他那个人心胸狭隘，A城等着看你们俩落马的人太多了。"徐校长看向秦苒，略微思索。

他这句话说得没错。不说程隽，A城等着看秦苒笑话的人就不少。

秦苒颔首："您放心。"

她看向楼上的方向。

程老之于程隽的存在，无异于她外婆之于她的存在，没有程老在，程隽才能真正拿得起"程隽"这两个字，才会想清楚他跟程家的事情，做事情也不会瞻前顾后。

徐校长跟秦苒说了几句现在的局势，才离开。

秦苒跟程木两人把徐校长跟徐二叔送进电梯。

“找人盯着程家跟欧阳家，还有苒苒他们现在的状态。”秦苒虽然说了不用担心，想必她有一点倚仗，但徐校长现在还是不太放心。所幸好的一点是，徐二叔和徐家管理阶层的人，现在能承认秦苒这个研究院的继承人身份。

毕竟……百分之一的M洲经济中心市场的占股，已经能赢得徐家大多数人的拥护。

徐二叔颔首：“我马上安排人手。”

徐校长没再说话，只是脸色很沉，他是真的很担心秦苒。

电梯到了楼下，徐校长走出来，他抬头看了看灰沉沉的天空。

这A城的天，怕是真的要变了。

楼上，秦苒接连接了好几个电话，宋律庭、魏子杭、林思然、叶师兄……基本都在询问她现在的状态。

秦苒索性直接发了一条朋友圈，手机才安静下来。

又过了两个小时，秦汉秋同秦管家等人也赶过来了。

“小程呢？”秦汉秋接过程木倒的茶，也没喝，他急得嘴上都长了燎泡。

自从秦陵出事后，他就一直跟着秦管家在认真学打理秦家跟公司的事情，对A城格局还有各方面深层势力也有了解，知道发生的这一切对程隽是个多大的打击。

“在楼上。”秦苒放下跟秦修尘通话的手机，她看着秦汉秋，大概知道程隽不是程家儿子这件事宣传得有多快了，似乎有人特意在其中作梗。

秦苒正说着，楼上的程隽正往楼下走。他整个人除了表情更清冷一些，其他方面跟以往几乎没什么不同。

“叔叔，秦管家。”他站在一边，头脑十分冷静清晰。

“小程啊，”秦汉秋看着程隽，叹息一声，伸手拍了拍程隽的肩膀，“节哀顺变。”

“谢谢叔叔。”程隽轻声开口，面色有些说不出的寡淡，又带着些怔然，却偏偏又冷静到不行，还能分析现在A城的局势，他看向秦汉秋，“秦家现在怎么样？”

“小程，”秦汉秋正色，“秦家的事情你现在不要担心，一切都好。你这边有什么需要帮忙的，一定要跟我说。”

“那就好。”程隽看了眼秦汉秋，不太相信，但还是点头。

秦陵第一次没有闹秦苒跟程隽，只抿着唇坐在沙发上，没有说话。他心里清楚现在局势不好，程隽的事情不过几个小时就在圈子里被有心人宣扬开了。

但秦汉秋跟秦管家还是避着秦陵，秦陵低头看着手机，手却是紧了紧。

秦汉秋晚上在这里吃了一顿饭，确定好秦苒跟程隽没事，才离开。

三个人去了楼下，阿文在驾驶座开车，秦陵和秦汉秋坐在后座，秦管家坐在副驾驶座。

“爸，”秦陵看着窗外的霓虹灯，一双清澈的眸子渐渐变得坚毅，“我要去 M 洲。”

秦汉秋一愣。秦管家也从后视镜看秦陵，他拧眉：“小少爷，您要跟着舅老爷学习？”

上次秦修尘转达过唐均的意思，只是秦陵没答应。他的天分，然后自己摸索，再加上陆知行偶尔抽空的指导，差不多了。

“嗯。”秦陵慎重地点头。

他自己决定的，秦管家跟秦汉秋也没有左右他，直接拿手机联系了秦修尘，确定后，才打给了唐均。

A 城金融大厦。

欧阳薇同黑衣男人站在办公桌边，面对中年男人，两人的面色十分恭敬。

中年男人坐在书桌边，靠着椅背：“事情办得怎么样了？”

“程水那边被飞豹接管了，程火的情报堂也由其他分堂的人架空了，他们两人正在飞机上，明天早上回 A 城。”黑衣男人低头，恭敬地开口，“少主跟程家的关系也被公开了，现在 A 城想要打压他的人不少。”

“你那边也加快点步伐，”中年男人温和地看向欧阳薇，“他们俩那边撑不了几天，就会回来求我。”

程隽之前有程老爷子罩着，为人可不算低调。以前 A 城一些人物会忌惮程隽的身份，他一个月一次的手术大部分人都会容忍。

现在……

中年男人点了一根烟，微微笑着，这些消息他已经放出去了，光是这些求医的人，程隽就难以接受，更别说其他。

“是。”欧阳薇严谨地答道。

“你在‘129 侦探所’查到了些什么？”中年男人说完这些，才看向欧阳薇。

“卡在中级会员，不过……”欧阳薇略微思索，“‘129 侦探所’的五个元老，都不想参与到这些事情中来，除了常宁，其他一个比一个神秘。”

常宁现在金盆洗手了，光明正大地示人，但他的人脉还在。

巨鳄只闻其名不闻其人。

其他人就更不用说了，基本上都不太清楚。

“有把握拉拢他们吗？”中年男人沉吟半晌，看向欧阳薇。

“129 侦探所”，全球最神秘的侦探组织，消息网遍布世界各地。

常宁从小混迹 F 洲，巨鳄混迹边界，晨鸟身手强到可怕，专注国内跟混战区，渣龙据说是国外某个皇族后裔，至于孤狼……谁也不知道对方属于哪个势力。

五个人倒不算什么，主要是常宁跟巨鳄、渣龙背后的势力足以震慑其他人。

谁也不知道这五个八竿子都打不着的人为什么会碰在一起，但因为这五个人组成的可怕组合，别说中年男人，M 洲的几个势力都想收服。

欧阳薇摇头：“很难，别说晨鸟、渣龙，就算是常宁，都很难攻破。”

毕竟 F 洲的组织还等着常宁回去。

“那他们为什么驻扎在 A 城？原因查到了没有？”中年男人手敲着桌子，看向欧阳薇。

“应该……也是因为陨石坑吧。”欧阳薇略微思索了一下，“我在‘129 侦探所’是中级权限，仅次于几大元老，‘129 侦探所’一直在收集二十年前陨石坑的消息。”

中年男人点头：“那倒不奇怪，云光财团的原因你查到没？”

“云光财团防备比较强，冷家已经派人作为实习员工进去了，但具体是什么原因，不清楚。”欧阳薇摇头。

她说的那个实习员工，自然就是冷佩珊。

两人聊了几句，欧阳薇才出门离开，她没去其他地方，而是打了个电话给冷佩珊，才去了秦家老宅，找到秦四爷。

“欧阳小姐？”秦四爷十分震惊，虽然他这一脉已经投诚欧阳家，但先前欧阳家也就是随意找两个人来说两句指令。

没想到今天欧阳薇会亲自找来。

欧阳薇一向优雅，她坐在左边的位置上，接过秦四爷恭敬递过来的茶杯，朝另一边抬了抬下巴：“你先坐。”

“是。”秦四爷毕恭毕敬地坐下。

“程家的事你现在也知道了。”欧阳薇淡淡开口。

闻言，秦四爷面色变了变，又连忙站起来：“让欧阳小姐失望了！”

“无妨，眼下是你拿回百分之十八股权的好时机。”欧阳薇笑了笑。

闻言，秦四爷顿住：“可，徐家那边……”他的手段向来狠辣，眼下程隽失势，他算是松了一口气，但……秦苒现在还是徐家研究院的继承人，看她面子的人也很多。

秦四爷现在极其低调，只要秦苒不注意到自己，就安心了。眼下欧阳薇让他对上秦苒，他确实瞻前顾后。

“徐家？你以为研究院继承人的位置那么好坐？”欧阳薇摇头，徐家又不是做慈善的，秦汉秋那边有那么大的窟窿，徐家会傻傻地去填？“放心，徐家还不敢得罪我，这件事他们也参与不了。”

徐世影不是傻瓜，为秦家这件事得罪欧阳家，他是不会做的。A 城风暴中心的人，哪个不玩心眼？做慈善也要看自己有没有做慈善的实力。

“你上次说，秦家主系那边有一桩大合资案？”欧阳薇伸手介绍了身侧的冷佩珊，微笑，“这是我表妹，冷佩珊，你们俩可以商量商量对策。”

秦四爷本来也是有理想抱负的人，不然也不会从弱小的旁支混到今天这个位置，他有魄力，有胆量，眼下又有欧阳薇撑腰，甚至连自己的表妹都塞过来，他的心思活络起来。

好半晌后，他定定地点头：“好，欧阳小姐，我定不负你所望！”

欧阳薇嘴角勾了勾，低头喝了一杯茶。

秦语这边，这段时间她的日子不好过。她转了系，知道她事情的人少了很多。沈家人跟林家人表面上因为秦四爷的关系恭维她，但她心里也知道，这些人心里肯定嘲笑她失去了秦汉秋、秦修尘，尤其是秦苒……

宁晴这段时间越来越恍惚，宁晴的个性秦语知道，以后她会越发偏向秦语，甚至把错怪到自己身上。

直到今天，程隽的消息传出来，秦语的心情才稍微好了一点。她拿着手机，看着收到的消息，不由得笑了起来：“没错，就是这样，这样才符合你们的身份……”

门外，宁晴显然也收到了这个消息。她拿着手机进了房间，看向秦语：“我要不要给他们打个电话……”

宁晴现在说不后悔是不可能的。她更知道，她现在在沈家地位这么高，跟秦苒不是没有关系。

秦苒跟她几乎没了母女之情，这一点，宁晴不敢跟沈家透漏半点。

“打什么电话？”秦语看向宁晴，她知道自己不该这么跟宁晴说话，但心里的嫉妒无法去描述，口中更是忍不住嘲讽，“你以为你还能跟秦苒修复关系吗？实话告诉你，爸那边都快倒台了，欧阳家帮着秦四爷出手了，这个电话要不要打，你看着办。”

“小心东窗事发，秦四爷他们会怪罪你，秦苒会帮爸，可你觉得她会帮你吗？”尽管知道就算秦汉秋他们倒台，自己还是不如秦苒，秦语还是忍不住尖酸刻薄，因为她明白宁晴唯利是图的心。

果然，听到秦语这么说，宁晴拿着手机的手顿了顿。她看着手机，刚刚从秦语那里知道秦四爷要对付秦汉秋。可要不要告诉秦汉秋……她很纠结。怕像秦语说的那样，秦四爷真的会找她麻烦。

想了好半晌，宁晴还是关了手机……

秦汉秋把宁晴的电话拉进黑名单了，至于秦苒，宁晴从未打通过秦苒的电话，秦苒或许都不知道，宁晴借着她的名头在沈家、林家混……

“真的很危险吗？”宁晴看向秦语。

秦语看她一眼，冷笑：“秦苒一向不管你，你也知道你现在靠的是秦四爷的名头，秦四爷若是对沈家、林家出手，你觉得秦苒会帮你？”

宁晴回到房间，想了好半晌，还是没有想办法联系秦汉秋。

秦语的问题，她不用想就知道答案——不会，秦苒不会管她。

秦苒小时候就是这样的个性，在云城时秦苒说了以后不再跟她有任何关系。从那以后，她连秦苒一次正面都没见到。

甚至于陈淑兰逝世，她也没有跟秦苒说上一句话……

翌日，亭澜。

秦苒一早从床上起来，准备去研究院报到，她已经好长时间没去研究院了。她刚从楼上下来，就看到程水跟程火坐在餐桌上。

“大……”程火性格急躁，看到秦苒，连忙站起来，“咳咳，秦小姐！”

秦苒迟疑了一下：“你们两个怎么回来了？”

程火看了眼程水，没先开口。

“从彼岸庄园出来了。”程隽从书房出来，帮秦苒拿了杯牛奶，今天他的状态似乎恢复了，淡淡开口，“彼岸庄园是那人的地盘，当初那边好接管F洲的钻石，我就把程水、程火放在了那里，前些天他们俩被那人遣出来了。”

好在程水管理人很严格，彼岸庄园信服程隽的人不在少数，知道程隽跟钻石之间的事情，也就只有马修，关键马修死都找不出证据。

“没事吧？”秦苒喝了口牛奶，拧眉。

“没事。”程隽云淡风轻的，“吃完，我送你去研究院。”

程隽向来不会跟她客气，要是真有事不会不找她，秦苒点头，放心了。

本来今天她想让程木送她，但程隽开口要送她，她也没说什么，吃完在门边换鞋。

程隽吃得快，站在门口等她换鞋。等她换好了鞋，两人才一同出门。

电梯还没下来。

秦苒披好大衣，才偏头看了看容色清冷的程隽，有点不大像他以往的风格。

程隽伸手握住她的手，不紧不慢地扣入指缝，目光深沉地看向电梯楼层。

很久之前，他就料到会有这么一天。

他的亲生父亲将他当作一个筹码，养父是他的杀母仇人，还曾经想养废他，甚至于他自己都自暴自弃了一段时间。他曾经也跟秦苒一样，觉得世间没多大意思，被人打伤了，去云城养伤。

但他唯一没有料到的是，这一天来得很快，他却比以前多了十二万分的从容来面对，因为会有一个人一直同他一起。

“叮——”电梯门打开。

他从前是没想争，可现在……程隽走进电梯，眸色越来越深。

“晚上我就不去叔叔那边了，帮我跟小陵问声好。”程隽把秦苒送到研究院门口。

秦陵明天就要去唐均那边，这一去不知道是多久。

程老爷子刚离世，程隽也觉得自己晦气，不想带着这些去云锦小区，至少要等出了头七。

“我知道。”秦苒点头，“晚上让程木过来接我就行。”

傍晚五点，秦苒跟程木到达云锦小区。

以往这个时间段，秦汉秋一定在厨房做饭，今天秦苒一进门，却没有听到熟悉的锅碗瓢盆声，只有炖汤的香味。

秦管家也不在，只有秦陵从房间跑出来看她。她不由得看向给她倒茶的阿文，微微眯眼：“我爸呢？”

阿文面色正常，恭敬地回答：“二爷他回总部处理事情去了，应该马上就会回来。”

秦苒去厨房看了一眼，秦汉秋像是匆忙间离开的。她看了看阿文，直接走出来，看向程木，言简意赅：“去秦家总部。”

阿文还站在原地：“小姐？”

秦汉秋之前是接了电话就走了。

秦氏总部秦修尘手握百分之十八的股份，在总部的地位也已经趋于稳定。

虽然秦苒并没有说要回秦家，但因为她现在在A城占据的地位，总部的大部分股东跟高层多多少少会看秦苒的面子。

阿文不知道秦氏总部发生了什么事，但他觉得秦四爷应该不敢再闹事。

“阿文叔叔，我姐姐她……”秦陵刚见到秦苒，只说了一句话，秦苒就又匆匆出门。

这种融入不进去的感觉，让秦陵不由得抿了抿唇。

“应该不会出什么大问题，”阿文想了想，摇头，“四爷他也不敢乱来，我去看看二爷的汤到时间了没？”

阿文匆忙地低头看了下手表上的时间：“二爷说二十分钟后就要关火……”

这边，秦苒让程木把车开到了秦氏总部。这会儿已经接近七点，但总部大楼的灯还是亮着。

秦苒知道秦汉秋自从秦陵受伤之后，就在总部上班，但并不知道他在哪一层，哪个办公室。

她站在玻璃大门前，玻璃大门感应到有人自动打开。她目光一扫，直接朝前台那边走去。程木大马金刀地走在她身后。

秦苒屈指敲了敲前台的桌子，礼貌地询问：“秦二爷在哪层楼？”

这个点总部人不多，前台也在加班。听到声音，她猛地抬头，一眼就看到了秦苒，伸手指着秦苒“你你你”了好半晌才反应过来。

秦苒现在在秦家的知名度不低。

“在 19 层。”前台开口。

“谢谢。”秦苒颔首，直接朝电梯那边走去。

程木已经按了电梯的按钮，秦苒到的时候，电梯门正好打开，她走进去，电梯门合上。透过门缝，能看到她有些漠然的脸。

秦苒不愿意在尔虞我诈中花费时间，但不代表她不懂。

程隽的身份在 A 城被揭开，她在研究院都受到了些波动，秦汉秋这边，徐校长跟程隽都问过，可能会出问题。

毕竟……向来锦上添花多，雪中送炭少。

秦氏的事情只要不触及秦苒的底线，她基本都不会多管。毕竟偌大一个家族，总有自己的章程，除了上次秦陵受伤，那百分之十八的股份她动了手脚。

其他的她都没插手，但这次不一样。

“叮——”电梯门再次打开，秦苒抬头。

19 层整个呈环形，中间是服务台，一大半的办公室的灯都关了，只剩下几个。秦苒直接朝最大的一间办公室走去。

办公室内，秦汉秋跟秦管家郑重地坐在会议桌边，桌边的人不少。

秦汉秋的团队，秦四爷的团队，秦部长等人都在。

自从秦苒把股份转给秦修尘之后，秦汉秋就开始参与公司的工程，这次是大型搜索引擎的开发合资案。秦氏中了标，秦汉秋跟秦四爷在其中都占有分红比例，两人虽然面和心不和，但这件事涉及秦氏的总体利益，所以合作。

却没想到这个时候，秦四爷临时变卦——他要带着他的人退出这合资案。

“四爷，你是在开玩笑吗？”秦管家看着秦四爷身边坐着的年轻女人，眸底一沉，自从程雋的事情出来后，他就知道秦四爷这边肯定不会安定，“你带领你的团队退出合资案，损害的不仅仅是秦氏的利益，还有秦氏的信誉。你到底在想什么？”

“不，”秦四爷微微笑着，他看了秦管家跟秦汉秋一眼，“我跟冷小姐有了新的合资案，是大型网络安全系统，至于引擎开发这个项目，这是二哥签的，自然由你们负责。”

秦四爷笑得非常儒雅：“我记得你们已经投了五个亿吧，现在手上的资金还够吗？不够可以用百分之十八的股份跟我做个交换，我不会亏待你们，按照市场价来。”

“你！”秦汉秋认真起来，学得也不慢，对公司的事情也有了些了解。听到秦四爷的话，他紧紧握住手里的文件，手背青筋突起，一向挺憨厚的表情此时看起来如同困兽。

秦四爷现在已经淡定了，今天A城半点也没有程雋的风声，他不是程家人已经落实了。

“二哥，你想好没？”秦四爷微微笑着。

“想让我把股份卖给你，不可能！”秦汉秋摇头。

秦四爷点头，他淡淡地喝了一口茶：“行，那就看看，会不会有人跟你一起做这个合资案，想要短时间内找到一个团队，秦管家，你知道这难度究竟有多大吧？”

涉及五个亿以上的投资，就算有人做慈善，也不会这么大方。

秦苒就算跟程温如有交情，但哪有那么深厚的交情值得如此挥霍？

秦汉秋跟秦管家都没有说话，尤其秦汉秋，他漆黑的瞳孔，在头顶的灯光下映照得明明灭灭，脑子在迅速运转——大不了银行借贷，最差的后果就是合资失败，秦修尘的百分之十八股份被拍卖。

秦汉秋在权衡利弊，他正想着，大门被推开，这声音惊动了办公室内的其他人。

看到秦苒，秦汉秋愣了一下：“苒苒，你怎么来了？”

秦苒这名字在秦家知名度太高，随着秦汉秋的声音，所有人都朝大门的方向看过去，一时间面面相觑。坐在秦四爷身边的冷佩珊也看了秦苒一眼，目光落在秦苒背后的程木身上，面色变了变。

早先她就知道程木的存在，只是那时候她没在意，以为那是秦苒的男朋友，谁知道后续发生的事情没有一件在她的预料之中。

秦苒直接走到秦汉秋身边，拖开空的椅子坐下。她跷着二郎腿，扫了办公室内其他人一眼，下巴抬起：“没事，你们继续，我就听听。”

秦苒并不知道发生了什么，只看了秦管家一眼。程家现在发生的事情也挺糟心，秦管家本来不想让秦苒管这件事，秦苒问起，他也就简略说了一下。

秦苒扫了冷佩珊一眼，听完秦管家的话，她略微点头。

坐在对面的秦四爷看到秦苒，面色变了变。纵使现在程雋倒台，秦四爷还是怕秦苒的。就算背后有欧阳薇支撑，秦四爷也怕徐家，能由一个外姓人爬到研究院继承人的位置。

秦四爷怎么可能会小看秦苒？

欧阳薇的话语犹在耳边响着，不成功便成仁，秦四爷硬着头皮开口，再度重复了一遍：“你想好了没有？”

秦汉秋拿着笔，没立马开口。

秦苒伸手敲了敲桌子，她把手搁在嘴边，轻声开口：“同意他退出这个合资案。”

秦汉秋点头，他也是这么想的。找银行贷款，也是一条出路，左右都只是百分之十八股权的问题。

秦汉秋一边想着，一边看向秦四爷：“好，我们的合约就此结束。”

两方干脆利落地解除了合约。

或许有秦苒的参与，秦汉秋过于干脆利落了，让秦四爷忍不住怀疑。

秦四爷拿好合同，眯眼看向秦汉秋。好半晌，他才收回目光，同冷佩珊一起出去。

“冷小姐，”秦四爷总觉得秦苒是这里面最大的不确定因素，他迟疑地看向冷佩珊，“秦汉秋那么冷静，这件事不会出问题吧……”

冷佩珊摇头，长长舒出了一口气：“她可能不缺钱，但这么多流动资金，就算是银行都要时间来调动。最主要的是，他们的团队需要硬件工程师和软件工程师，这可不是一时半会用钱就能解决的，我们先做自己的工程吧。”

冷佩珊说到这里，想了想，看向秦四爷：“这种人我们也缺，你去跟秦氏总部其他人说，无论是哪位技术人员，只要他们愿意过来，你都收。”

这手段可是真狠了，釜底抽薪。

愿意来的人肯定不会少，毕竟想要往上爬的人太多了。

再加上，秦汉秋他们团队资金紧缺的事情很快就会传开……

秦四爷看了冷佩珊一眼，然后着手让人去安排这件事。

这边，秦苒还坐在办公室，秦汉秋在跟秦氏工程部的人商量后续的事，她则是拿过策划案翻了翻。

策划案很厚，从实地调查到资金、人员调动……有四十多张。

秦苒一目十行，等秦汉秋他们商量完，她就看得差不多了，明白了秦汉秋他们现在最为棘手的问题。授人以鱼不如授人以渔，秦苒一直知道这个道理，紧缺的资金她拿得出来，但拿出来的用处不大。

她手指敲着桌子，心里有了对策。

“苒苒，我们先回去吧。”秦汉秋伸手拍拍秦苒的肩膀，然后皱眉，“我的汤不知道阿文有没有看好？”

他看起来还挺急的，直接拿起外套，回云锦小区。

秦汉秋一行人离开，办公室内其他人面面相觑。

秦汉秋……确实是有点不着调。

这些人收拾东西，一边思索着，一边准备回去，冷不防门又被人打开了。是秦四爷的心腹，他礼貌地看向办公室的人，把冷佩珊的意思转达了一下：“冷小姐说了，希望大家好好考虑，我们欢迎你们的加入。”

说完，他朝众人点点头，直接离开。

好半晌，一个工作人员才回过神来，他看向工程部的秦部长，顿了一下：“秦部长，这……”

秦部长没有说话，沉默着离开。

其他人都低着头，认真思考秦四爷的心腹的那句话。

这一边，秦汉秋回去后又做了好几个菜，虽然秦氏现在出了问题，但秦汉秋还算淡定。

秦家这一顿饭吃得也还算开心。

“小程喜欢吃这个排骨，还有汤，他今天没来，你给他带回去。”菜是秦汉秋早就留好的，他抬了抬下巴，“这次比上次的还好吃，你让他一定要试试。”

秦苒没让程木拿，自己拿了食盒，低头看了看：“好，我会转告。”

“最近我恐怕也有些忙，”秦汉秋拿着毛巾擦了擦头，眉头拧了拧，“应该没有什么时间去看你们，你们两个照顾好自己。”

秦苒只安静地听着，听完秦汉秋的叮嘱，小声跟秦陵说了几句话，才同程木一起回去。

去了秦氏总部一个来回，到达亭澜的时候，已经是十点多了。

这个点，程木就没跟秦苒上楼，直接在下一层下了电梯。秦苒回去的时候，大厅里的灯还是亮着的。

程隽坐在沙发上等她，手里无意识地拿着遥控器，沙发对面的挂壁电视无声地放着。

听到声音，他眼睛抬了抬。

“我爸给你带的排骨跟汤，”秦苒把食盒放下，又去厨房拿了碗筷出来，看向程隽，“吃吧。”

程隽这几天都没怎么吃东西。

秦苒则是径自去楼上拿了电脑下来。她坐在程隽对面，伸手打开了文档。她看了眼，直接在文档每一页的右下角添加了罂粟花标志。

程隽喝了一口汤，抬头看了她一眼：“写论文？”

“不是，帮我爸写个东西。”秦苒伸手敲了几个字，她在写同秦汉秋的合作案，这其中有很多问题需要咨询陆知行跟程隽的意见。

忽然又想起来一件事，她给陆知行发了一条消息——“我的公章还在吗？”

陆知行先是回了个“？”，才又紧接着回了句——“嗯，你还记得你有公章？”

Poppy 的私人公章。

秦苒瞥了眼，也顿了一下——“明天让人拿给我吧。”

回完，秦苒放下手机，不紧不慢地敲着键盘，面色沉冷。

她以前是觉得没什么可留恋的，所以对一切都很淡，尤其那时候知道了陈淑兰的伤势，她对很多事情的热情全都熄灭了，包括游戏，包括“129 侦探所”，包括云光财团……

可现在不一样。

秦苒敲着键盘。

对面的程隽把秦汉秋带给他的饭吃完了，就去了厨房洗碗。他吃得慢，秦苒却没弄完，看到他吃好了，她就撇下写到一半的文档，关了电脑，跟着他走到厨房。

厨房内，程隽已经洗好了碗，又拿着干毛巾把手擦干净，这才转身看向秦苒。

“不用担心我，”他往这边走了两步，停在秦苒身边，低头倾身，伸手环住她，似乎是轻叹了声，“我早就预料到会有这么一天，不算太意外，也有了准备。”

他没说，这种情况已经是他预料到的最好的情况。

又过一日，秦苒终于拟完了所有的策划跟合同，她看了一遍，确认没有问题便打印出来，用订书机订好，才下楼。

楼下，程木、程火、程金和程水都在，只缺了一个秦苒从未见过的程土。

“秦小姐！”看到秦苒，程水等人立马站起来。这四个人也奇特，尤其是程水跟程火，明明被架空了，这会儿却半点儿也不急，每天该吃吃该睡睡。

“秦小姐，是要去云锦小区吗？”程木看到秦苒穿好了外套，就知道她要去哪里，“等我下去换件衣服。”

秦苒就坐在程隽身边等程木上来。

程木刚下去没多久，门铃就响了。

“谁啊，现在过来？”程水一边说着，一边去开门。自从程隽的事情发生后，A城看笑话的居多，程水想不到还有谁会在这个时候过来。

他刚打开门，就看到了站在门外的程温如。

程温如一身气势依旧强，穿着一身素衣，看得出来她的精神状态不是很好，整个人消瘦了很多。

“大小姐？”程水惊讶地看向程温如。

程温如看到他，也微愣：“你怎么回来了？”

“没事情，就回来了。”程水说得模棱两可，他侧身让程温如进来，并同程隽说话，“老大，大小姐来了。”

“我今天不是来找他的。”程温如瞥了程隽一眼，似乎不太想理会他，而是看向秦苒，按了按眉心，“苒苒，我刚刚才听人说起秦家的事。”

程老爷子刚逝世，最近程家很乱。秦苒确实没有想到，程温如还注意到她的事情。

“竟然都传到你这里来了。”秦苒低头，慢条斯理地将扣子扣好，淡淡开口。

看来，等着看笑话的人还真不少。

“秦家那边缺的不仅仅是资金，”程温如思忖了半晌，她在处理这方面的事情总是格外敏锐，“我会放出消息来……”

“不用了，程姐姐，”秦苒伸手举了举手里的文件，面容也温柔了不少，“你先处理程家的问题，秦家那边有我。”

她刚说完，程木就换好衣服跟鞋子上来了，他拿了车钥匙。

秦苒同程木一起离开，想了想，又侧身看向程隽：“你陪程姐姐好好聊聊。”

闻言，刚想起身的程隽顿了一下。

他抬眸，眉眼清隽地看向程温如，好半晌，才开口：“有什么事，去楼上书房说。”

这一边，程木安稳地把车开到秦氏总部。

今天星期六，秦陵昨天就去M洲了，最近秦汉秋手边的案子有问题，所以，即便是星期六，也照常去总部上班。

秦苒到的时候，秦管家正在跟人打电话。

“李总，这个合资案……”他坐在办公桌边，拉合资。这些合资人都是以前说好的。

“抱歉，秦管家，我们公司最近实在是周转不开……”电话那头的李总抱歉地开口。

秦管家挂断电话，这已经是他今天第三次被婉拒了。他心知哪里是周转不开，不过是看秦氏最近形势变了。不过商人就是这样，重利。秦汉秋的这个引擎开发项目风险太大。

“您怎么来了？”匆忙中，看到秦苒，秦管家一愣，他挂断电话，“您先坐，我去找二爷。”

秦苒还没说不用，一个工作人员急匆匆从外面走过来，急忙开口：“秦管家，工程部一组的人离开我们的团队了！”

秦管家一愣，他的脚步顿了一下，点点头，眸色暗了暗，没说什么。这件事最近就有风声，他不算太意外。

他抬脚，刚要出门找秦汉秋，背后的秦苒叫住了他：“秦管家，人该走的都走了吧？”

秦管家回头，不知道她这话什么意思。

秦苒轻笑一声，低低呢喃：“我也想知道，四维虚拟搜索引擎做出来，会有怎样的效果呢？”

她看向秦管家，把文件递给他。

已经两年了，她都没再继续引擎的研究，今天她就重新捡起来，试一试，跟智能管家同时代的四维虚拟搜索引擎会掀起怎样的波浪。

“这是什么？”秦管家没听清秦苒的话，只低头看了看秦苒递给他的东西，是密封好的文件。

秦苒没回，只是反问：“你们的发布会在什么时候？”

秦家投资这么大的工程，又因为秦汉秋第一次正式露面，将有一场新闻发布会。不仅是为了秦汉秋的第一次露面，还是宣传这次工程的首要程序。只是眼下这种情况，这场发布会的存在不知道有没有必要……

不说A城，就只是秦家，也有很多双眼睛盯着秦汉秋，等着看他们出丑。

秦管家顿了一会儿，才缓缓开口：“下个星期三。”也就是四天后。

秦苒看了看时间，笑道：“好，你先去处理办公室的事。”

最近两天秦管家确实头疼这些事，没多想，拿着文件同秦苒说了一句，就往办公室的方向走。

办公室内有不少人，秦汉秋双手撑着桌子，他的眉眼染了些许锋锐的气息。

“许组长，你们这两天把工作任务交接一下，有几个新人。”秦汉秋内心烦躁，面上却不动声色地看向为首的一组组长。

许组长是秦汉秋手下一组的组长许云豪。

"二爷，抱歉，我们手头有其他工程，"许云豪四两拨千斤，"你让部长他们交接一下工作，我们组的人很忙，没有时间。"

"许云豪，什么叫没时间，"秦部长拿着U盘站在秦汉秋身前，此时一听，愤怒地开口，"你连职业道德都不顾了吗……"

秦部长还想说什么，被秦汉秋伸手打断了。秦汉秋抬手，拍拍秦部长的肩膀："许组长，你们把位置腾出来让给新人就行。"其他的没多说。

许云豪笑了笑："谢谢二爷。"

他直接转身离开，脸上还有些不以为意，果然同秦四爷说的一样，现在的秦二爷，不过是强弩之末。

许云豪离开之后，秦部长不由得看向秦汉秋："二爷，你就让他们这么走了？"

"留住他们也没用，"秦汉秋摇头，心里知道许云豪是铁了心地要离开，"算了，让他们交接也不会尽心。"

秦部长一听，也没再说话，秦汉秋说得也不无道理。

秦汉秋坐回到沙发上，神色变化不断，秦家虽然落魄了，但瘦死的骆驼比马大，想要招人，依旧能招一批新人。但短时间内想要挖许云豪这样的精英工程师，太难了。

眼下不仅仅是资金问题，团队里的精英工程师都被秦四爷拉拢过去了。

"秦部长，星期三的发布会流程……"秦汉秋沉吟半晌，抬头询问，"邀请函发出去没？"

他在思考有没有取消的可能性。

"邀请函已经发布出去了，还邀请了记者，这个时候想要取消发布会不是不可以……只是……"秦部长知道秦汉秋在想什么。

这发布会一取消，秦汉秋在秦家就更难混了，毕竟看笑话的人太多。

听了这句话，秦汉秋不由得抿唇。他拿着手机，下意识地想要找程隽，想想程家现在的状态，他又放下手机。

秦管家透过百叶窗已经看到许云豪带着人把自己的办公室物品收拾好离开了，知道事情没有回转的可能，才开口："二爷，苒苒小姐在外面等你。"

秦汉秋听到秦苒的名字，直接站起来，出门去找秦苒。

他走后，秦管家才看向秦部长等一堆技术人员，问起了现在全公司上下都关心的事："发布会出问题了？"

"许云豪走了，团队少了一个精英工程师，招新人简单，但新人没名气，您应该清楚，银行贷款也还没下来，我看二爷的意思，是想取消发布会，这个时候取消发布会比强行开发布会要好。”秦部长摇头叹息，转身就看到了秦管家手中拿着份文件，“秦管家，你手中的是什么？”

“秦小姐刚刚给我的，”秦管家抬了抬手，“我还没看，不知道。”

说着，他伸手拆开了这个密封文件。因为秦苒把文件递给他的时候，表情太过淡定了，秦管家也就没多问，以为是什么资料，就随意拆开。

“秦小姐啊……”秦部长点头，没再说话。

提到秦苒，秦部长心里十分惋惜，他一直想让秦苒加入总部。

但……跟徐家抢人，秦部长认为自己做不到。

“这不会是给小少爷的文件吧？”秦管家翻开第一页，随意地看了一眼，顶端是加黑的英文单词，后面是“合约”二字，“合约？她这是什么合约……”

秦管家推了下老花镜，他看得有些慢，就一字一字地看下去。

前面几张是合约，再往后面就是学术性的数据以及分工，秦管家没看后面，只单独拎了这份合约。

秦部长跟秦管家说完，就准备回去处理招新人的事。他的脚刚踏出门，就听到了秦管家的声音：“等等，秦部长，你帮我看看，这……这东西……”

秦部长停下来，转身折返，随意地开口：“我看看。”

他知道秦管家不懂这些东西，就凑过去看了一眼。

合约只有三张。

秦管家翻到最后一页，下面的盖章签名处，是一个黑体的飘逸签名，还盖着一个公章。

这种签名公章是看不出来什么的，然而秦部长整个人却为之一顿：“这是……”

“你认识？”秦管家年纪大了，对工程界的事情不太懂，但看秦部长这样子，就知道可能不简单。

然而秦部长没有说话，他也不往外走了，十分激动地直接坐到秦汉秋的电脑旁，打开网页，链接到云光财团的内部论坛，打开一个人的资料。

这是个专业性的论坛，跟微博这些社交软件自然不能比。但秦管家还是看到了上面 3.9 万的粉丝关注量。

再往左边看了看，秦管家一愣，这个 ID 账号是一串很简单的英文字母——Poppy。

“这是云光财团的人？”秦管家肃然起敬。

秦部长摇头，不说话，他只在一串网络链接中找到一张截图，放大，然后对比秦管家手上合同的签名，直接坐到椅子上。他伸手拿过这份合约紧紧握着，手指肉眼可见的颤抖，手背青筋毕露。

“我去找秦小姐。”秦部长“腾”一下站起来，连秦管家也顾不上了，直接去找秦苒。到了休息室，他却发现秦苒跟秦汉秋已经离开了。

秦管家紧跟着秦部长过来，心里也着急：“秦部长，你倒是告诉我，秦小姐给我的究竟是什么东西？”是什么能让秦部长震惊成这样？

“一份就算是云光财团也想不到的东西，”秦部长转身，指尖颤抖，他用自己毕生最大的力气按捺住激荡的心，眸中光芒四射，“秦管家，我们应该不需要取消发布会了！”

楼下，秦汉秋同秦苒一起下楼，两人正在说秦陵的事情。路上遇到的人都非常恭敬地同秦苒、秦汉秋打招呼。

“大小姐！”

“二爷！”

秦苒上次参加继承人考核通过的事情，只有内部人员知道，但这些高层，包括秦部长、秦四爷对秦苒都挺恭敬的，上行下效，底下的工作人员都是人精，自然打起了十二万分的精神。

程家的事情在顶层的那个圈子闹得特别大，普通工作人员连四大家族的事情都不清楚，更别说程家的内部事宜。他们远远地就让出了一条通道。

同秦语一起来找秦四爷的宁晴被保安拦在一边。

“闲杂人等请让让，二爷跟大小姐来了。”

宁晴跟秦语就这么被拦在人群外面，看着秦汉秋送秦苒出门，他穿着黑色的西装，没有以往的憨厚，只剩严谨，看起来颇有气势。

尤其是秦苒……

这半年多，宁晴更多的是在电视上看到秦苒的新闻，这是时隔这么久第一次看到她本人。这一次的感觉比以往更清晰，不仅是秦苒，就连秦汉秋也变得跟以前不一样了，同她之前认知的完全不同……

“有什么好看的，不过就是靠着程家太子爷一路上位而已。”秦语站在一边，目光阴鸷，“秦四爷都说了，这一次……爸要是不配合，他们连发布会都召开不了。你要是想去找秦苒，就去找吧。”

眼下程隽倒台，秦汉秋也坚持不下去了，她倒要看看秦苒还要怎么装下去。

保安等秦苒跟秦汉秋离开了，才让开一条道，让其他人进去。秦语抿唇，看了离开的黑车一眼，直接进去找秦四爷。

秦四爷眼下在20层的办公室，正听着属下汇报秦汉秋那边的事，有些诧异地挑眉：“他们竟然还要继续开发布会？”

这种时候，银行贷款不拨下来，工程做不下去，开发布会不就是等着丢人现眼？

刚从 19 楼上来的许云豪满脸谄媚：“可能想垂死挣扎一下吧。”

秦四爷觉得不对，秦管家跟秦部长他们不像是没脑子的人，他想了想，一个电话打给了欧阳薇，询问：“欧阳小姐，您确定徐家跟程家没有插手？”

“放心，这边我都盯着，程家现在一团乱，至于徐家，他们插不上手。”欧阳薇的声音笃定。

听到这句话，秦四爷放心了，他松了口气，只要程家跟徐家不插手，事情就好办了：“欧阳小姐，事情我已经办好了，秦汉秋他们坚持不了多久的。”

挂断电话，秦四爷伸手敲着桌子，思忖半晌，然后抬眸看向面前的心腹：“秦汉秋他们的发布会是在下周三吧？”

属下一听，就知道秦四爷在想什么。他一顿：“四爷，您是想把我们的发布会提前？”

“对，他们是在友尚帝国酒店举办发布会吧，他们不到黄河心不死，我们就在他们的隔壁厅举办。”秦四爷不太在意地开口。到时候闹出来笑话，秦汉秋自此在这个行业都会背负着这个笑柄。

商场如战场，圈子里的人都是人精，这种时候，不少人都打着跟秦四爷一样的主意，觊觎秦汉秋手中的股份。

门外，许云豪带领一组的人入驻秦四爷的团队。

“许组长，”他的组员看了眼秦四爷的办公室，有些迟疑，小心翼翼地开口，“我们这样离开二爷的团队是不是……”

“因为我知道内情，”许云豪看着手下众人，压低声音，“你知道四爷手里有什么工程吗？”

“什么？”

“云光财团内部的合作案，”许云豪轻声道，“四爷身边那位冷小姐，就是云光财团的业务员……”

所以，秦四爷这边的工程，跟连资金都拿不出来的秦汉秋这边相比，谁更重要，几乎不需要用脑子来想了。

亭澜，程隽的书房。

程温如看向程隽，目光清明，之前所有的疑点现在终于理清了：“三弟，你早就知道了吧？”

“嗯，一直没说。”程隽指了下对面的椅子，面色平静，只是一双眸子深了些，冷了些，“坐。”

即便事情真相被程饶瀚抖出来了，两人之间也不见丝毫的生疏。

“不准备回去了？”程温如抿唇。她最近跟程饶瀚斗智斗勇，身心俱疲。

“看情况吧。”程隽打开电脑，收了一份文件，“下任家主什么时候竞选？”

这是程温如一直回避的问题，她下意识地不想跟程隽提起这个，怕引起程隽的伤心事，眼下程隽云淡风轻地主动提起，她顿了一下，才开口：“还有半个月。”

“好。”程隽点点头，没再说话。

书房的门没关，程水从外面进来，他手中拿了一份文件：“这是程土发过来的一份数据，巨鳄那边……”程水看到程温如，声音顿住，含糊开口，“你看看，程土听到了这些事，想要回国。”

程隽接过文件，扫了一眼，抬眸：“都皮痒了是吗，一个个都想回来？”

程水想了想程土跟巨鳄干的那些勾当，不由得咳了一声，没敢说话。

“程金应该也要被他们从水陆空三部赶出来了吧，”程隽站起来，神色自若，“让他直接递交辞呈，接着回去卖衣服。”

程水一愣，被“卖衣服”三个字惊到了。过了好几秒钟，他才反应过来，程隽说的卖衣服是什么意思……

原来程隽他们管这叫卖衣服……

两人语气平稳，不急不躁，半点儿也没程温如想象中的落寞。

程温如若有所思地下楼。

实际上，这么多年以来，她知道程隽的一点底细，最匪夷所思的就是他的钱几乎是取之不尽。

想到这里，程温如松了一口气，情况应该没她想象的那么复杂。

路过正在围观程木的花盆的程金和程火，她想了想，然后看向程金：“程金，你现在……改行卖衣服了？”

程金：“是。”没有改行，他一直是。

程温如：“也好。”她张了张嘴，想要说什么，最终还是没有开口。

程隽送程温如下去。等他们离开后，程金、程水三人才围在程木身边。

金木水火土五人除了程木，其他人很少回程家，对程家没什么归属感，此时程木正在跟他的几个兄弟得意扬扬地介绍自己的新型花种。

“看到没有，我研究出来的新型耐寒花种，比老园丁的更耐寒一个月。”程木抬着下巴，一直面无表情的脸上多了一丝骄傲。

其他三人看了一眼这盆花，沉默半晌，想说什么，最后还是没说。

程水叹息一声，拍拍程木的肩膀。

最终，好兄弟还是成了一个园丁。

# 第五章 重新出山，惊天波澜

几日后，秦汉秋举办工程发布会。

秦苒起得很早，坐在桌边吃早餐。

程火跟她隔了个位置，嘴里叼着一块面包："秦小姐，程土昨天晚上的那个安全系统真的没有漏洞吗？"

"没有绝对安全的系统，但是……"秦苒抬眸看了他一眼，"你们最少要找到他们的 IP 跟一点痕迹。"就算攻击国外的安全系统，她也需要主机链接，没有端口她也进不去。

"好吧，"程火叹息一声，"我再试试能不能让他们点进我的木马。"

两人说话间，程水、程金两人跟着程隽从书房出来，程水还在跟程金说着什么，秦苒没在意，只是咬着牛奶的吸管，看向程隽，一只手随意地支着下巴："今天我爸有一个工程发布会。"

陈淑兰去世那段时间，秦苒也一直浑浑噩噩，大部分行程都是程隽帮她安排，到处"玩"。

程隽坐在秦苒身边他们刻意空出来的位置上，闻言，也没思索，直接道："好。"

两人吃完饭就出去了。

秦苒外面就套了件风衣，帽子一扣，就什么也看不见了。

程隽外面是黑色的大衣，骨相清癯，最近几日越发清瘦，越发衬得犹如落风清。

秦苒侧身，看了他一眼，想了想，从兜里摸出了黑色的口罩，给他戴上。口罩是她买的秦修尘同款，黑色，有点儿丑，很大，遮盖得只剩一双清冷的眸子。

秦苒笑了："走吧。"

今天两人出门，程木没有跟着出来。

不多时，两人就到达酒店。

秦苒一向怕人多，会烦躁，今天若不是想带程隽出来，她是不会来这里的。

她提前同秦汉秋打听过地址了——酒店二号厅。

程隽握着秦苒的手，两人走到二号厅边缘，正巧看到对面的一号厅，里面的巨大屏幕上也写着"发布会"三个字，这个时间点，已经有不少记者进去了。已经快到发布会开始的时间了，再看看秦汉秋这边，人数稀少，秦苒挑眉。

秦汉秋这边的工作人员认出秦苒，迎她进去。

见秦苒看向对面，工作人员不由得苦笑："四爷提前举办了他的发布会，正好与我们同一天，大部分记者都去他那里了……"

对面的一号厅，秦语坐在第一排边缘。发布会已经开始，她往后看了眼，正好看到秦苒，不由得舒出一口气，笑："妈，我们去爸他们那边看看吧。"

秦语也就在沈家这种连A城圈子都挤不进的家族里还能说得上话。

实际上，没有秦苒跟秦汉秋，她在秦四爷这边连一条狗也比不上。

秦四爷能留着她，完全是因为她非常了解秦苒跟秦汉秋，秦语智商不低，无论在学校还是在小提琴协会，她都是话题中心。

可惜的是……每次她都能遇到秦苒，只要有秦苒在的地方，她就几乎没了存在感。

到A城这么久以来，这应该是秦语第一次看到秦苒处于下风。

她有些迫不及待了。

今天这两场发布会开完，秦汉秋在秦氏在整个圈子可能都要沦为笑柄，尤其是还有秦四爷的衬托。

"真的要去吗？"宁晴站在一边，目光有些胆怯，她有些不敢正视秦苒。

"去看看爸爸他们那边怎么样了。"秦语起身，绕过一众几乎将门堵住的记者直接离开去对面的发布会现场。

秦汉秋的发布会现场真的冷清，除了一些内部人员，记者也就那么几个，空位不少。

秦苒没拉着程隽往第一排坐，只坐在了第二排一个女记者身边的空位上。

程隽虽然戴着口罩，但周身低敛着的矜贵却遮掩不了，一双漆黑的眸子被几绺吹乱的黑发遮住，锋锐又冷漠。

秦苒扣着帽子，坐在女记者身边，程隽在她身侧坐下。

这两个人是明星？

女记者百无聊赖地摆弄着摄影机，首先看向程隽，这种气质的若是明星，不可能没听过。

紧接着，她的目光转向身侧的女生。那女生扣着大衣的帽子，遮了大半边的脸，只能看到冷峭的下巴，一身孤冷。

若是以往，女记者不可能这么没礼貌地盯着一个人看，但是今天不一样……

她看着秦苒，震惊地站起来，目光很亮："你你你……你是秦苒吗？"

秦汉秋的发布会已经开始了，秦苒正看着现场，听到声音，她顿了一下，然后侧头看着女记者。还没说话，女记者语无伦次地开口："我、我叫陈妮，是你跟秦影帝的粉丝。"

说着，她掏出随身携带的笔跟纸："你能给我签个名吗？"

秦苒的综艺节目就两期，热度过了，网上也没了讨论，但粉丝还是不少。在这种真爱粉眼里，别说秦苒没有戴口罩，就算戴了口罩，她们也能认出来。

秦苒顿了一下，然后伸手，给陈妮签了名。

"谢谢！"陈妮拿着手机，还在想要个合影会不会有点过分。

"你是记者？"秦苒看到她胸前挂着的工作证，把签好名的纸递给她，轻笑，"怎么不去对面？"

她跟程隽进来的时候，看到的几个记者都是去秦四爷那边，毕竟记者也是需要热度的。

这个记者倒是奇怪。

陈妮总不能说，她来秦汉秋这边，有一部分原因是秦修尘跟秦苒。

追星追到这种地步，她也是很拼的。

当然……也有一点，秦四爷那边人太多了，那么多人，她到时候拿第一手标题资料就行。

但她不可能在秦苒面前说这种话。

"其实我觉得秦二爷的发布会也有看点。"陈妮郑重地收起了签名，说得一本正经。

秦苒倒是诧异起来："确实有看点，你好好看。"

秦苒说什么，陈妮没太注意听，她的注意力都在秦苒同她身边的那个男人身上。

发布会已经开始了，秦部长打开了影像开始介绍。陈妮拿起摄像机，随意地拍着，有些心不在焉的，注意力都在身侧的秦苒身上。

秦汉秋跟秦四爷的工程预告早就出来了，陈妮踏进这个发布厅的时候就已经做好了今天在这里不会有什么大新闻的准备。

陈妮就是在这个圈子里工作的，秦汉秋这个工程出的问题早就爆出来了。在陈妮看来，今天的发布会大概就这样了。只有第一个出来的秦部长在业内还有些名气，其他都是新人，没什么报道性。

不过秦部长看起来却十分淡定，今天这边门可罗雀，他还能这么淡定自如地说话，可见心理素质很好。

陈妮正想着，大屏幕上的计划合资案出来了，加粗的黑体字——“四维引擎虚拟搜索”。

这是什么新名词？跟流程上的软件工程不太一样啊！

陈妮一愣，这是个新型合资案，还是只是噱头？

她这样想着，不由得拿起摄影机拍了一张。

这倒也是个新闻。

秦部长侧身郑重地介绍参与新型虚拟搜索引擎开发的人员：“这都是我们团队的人员。”

秦苒身边，程隽似乎有所领悟地看了秦苒一眼。

看秦部长这么郑重，陈妮又拿起摄影机拍了一张大屏幕上的人员。

以秦汉秋为首，秦部长排第二位，后面都是他们团队的技术人员。许云豪走后，一组的组长变成了一个新人，没什么看点，不过能做成这样也不错了。

陈妮一边想着，一边放下摄影机。

就在这时，屏幕又显示了下一页。

还有？陈妮一愣。

秦汉秋他们在这种情况下还能请来什么人？新人？

她抬头，看向屏幕。

陈妮本来以为这一页还是满满一页的不认识的名字，然而出乎她意料的是，这一页只有一行字，末尾是一个名字——“技术入股：Poppy。”

“天啦！”陈妮见到秦苒都抑制住没有惊呼出来的声音，在这个时候却没有忍住，她站起来，瞳孔不由得放大，怔怔地看向屏幕，浑身鸡皮疙瘩都起来了！

来这里的都是各大报社掌握一手资料的记者，不是业界人士，他们可能不知道 Poppy 这个人，但他们都是做了功课的。尤其是半年前的 EA 代机器人面世，以及云光财团忽然入驻 A 城的事。

云光财团低调，没什么新闻，但陈妮对云光财团的事情如数家珍，自然也清楚云光财团 28 层的 Poppy！比陆知行还要神秘好几倍的人物！在云光财团声名远播，用一个 EA 代的机器人外加几个公开超前代码就站到那个位置上的人！

他从头到尾只参与了云光财团大型客户端跟机器人的合作案，从此以后就神隐了。最近一次出现还是在去年七月份，直接引爆了整个 IT 行业。

眼下他又出了新的技术吗？四维虚拟搜索引擎？

陈妮忍不住激荡的心，她原本打算今天划划水就回去，没想过会有什么大新闻，然而拍完这张照片，她就忍不住心潮澎湃了。

谁说秦汉秋这边没有大新闻来着？！这新闻可大过所有 IT 类的大新闻。

首先第一点，找到能等同于陆知行、Poppy 这等级的大神就少。

更别说这大神还是很少出现的神秘 Poppy 大师！

陈妮拍完照片，直接给总编发过去："总编，大新闻！我们要发了！独家拥有的大新闻，你快点出，我相信明天的报纸要脱销了！"

除了陈妮，在场还有其他寥寥几个没有挤进秦四爷的发布会的记者。此时他们都没忍住站了起来，拿着摄影机拍下来，然后激动万分地把照片发出去。

圈子里的消息根本就控制不住，秦部长死死捂住这个消息，就是为了等今天的发布会。

"秦部长！请问这个消息属实吗？ Poppy 为什么会跟你们合作？你们是直接跟云光财团内部合作吗？"

"秦部长，请问 Poppy 本人会露面吗？"

一开始连话都不想说的诸位记者这个时候忍不住了，一个个站起来，激动地把话筒递过去。统共只有五六个记者，但噼里啪啦的声音跟闪烁着的灯光如同满堂记者。跟在记者身后原本无精打采的摄影师也打起精神来，一个个扛着摄影机，激动到不行。

秦部长微笑，一一回答："属实，我们的合约已经签了，这是大大的公章……"

两分钟后，大门口的地方，出现了第一个闻风赶来的记者。

与此同时，秦四爷这边，他拿着话筒，说了几句场面话，就让策划部的人上台介绍他们的工程跟后续产品，还有几个主要共事人员。

在场的都是 IT 网络工程专业研究方面的记者，他们都有内线情报，要拿到第一手新闻稿回去才有业绩。秦四爷这边的新闻明显比秦汉秋那边要高，他们自然会留在这边。

不知道内线情报的小记者就跟在大记者后面跑，总归大记者的渠道多。这就跟外面的饭店一样，大部分人都喜欢去排队的那一家吃，因为人多，肯定好吃。

许云豪站在人群里，看着冷佩珊已经上去介绍合作案，不由得深吸一口气，好在几天前自己做了明确的决定。

秦四爷作为总裁，说了几句话之后就下来了。他的手背在身后，看着对面门可罗雀的发布厅，不由得挑眉："秦汉秋他们还真的开了，许组长都离开了，他们还能请到撑起门面的硬件大师？"

"我刚刚去看了一眼，"秦语站在一边，似乎是笑了一声，"都是些新人，现场记者也就五六个吧，具体几个没仔细去数。"她看了一眼，就回来了。

"最少也要请十个演员充当记者撑个场面吧，要是我根本就没脸将这个发布会开下去。"秦四爷手背在身后，不由得笑着摇头。

"四爷再等等，二爷他们熬不了多久了，估计这场发布会结束之后，他们就该来求你了。"秦四爷身后的心腹开口。

秦四爷不动声色地笑笑，没再说什么。他心里不由得庆幸，好在听了欧阳薇的话，赌了一把。程家跟徐家没帮忙，秦苒和秦汉秋那一行人翻不起什么浪花。

而身侧不远处，许云豪等人也面面相觑，心里也怀着庆幸。

一行人正说着。

这时，中间的一个记者的手机响了一声，他低头看了一眼，然后猛然愣住，立马抄起采访器材就往对面跑。

"他们这是干吗？"一旁，一直不敢说话的宁晴此时终于开口。

别说宁晴，连秦四爷跟许云豪等人都没反应过来。

眼下他们这边正是冷佩珊在介绍工程，这是整个发布会最高潮的阶段，大部分记者都在等从冷佩珊这边传的云光财团的内部消息，这应该是所有人激动的时候，怎么会有记者这个时候退出？去的还是秦汉秋那边？

"不会被您说中了，"秦四爷的心腹顿了顿，开口，"二爷那边可能真的买记者了吧。"

除了这个，他们也想不出还有什么情况。

秦四爷微微颔首，对这个说法也比较认可，也就一个记者，他倒没太在意，手依旧负在身后，让人准备明天的新闻。

"秦氏嫡子举办发布会门可罗雀，嫡系一脉凋零，这新闻不错。"秦四爷吩咐着心腹。

他刚说完，人群中，又有五个记者扛着摄影机离开了。

与此同时，似乎是打开了一个机关，本来拿着新闻稿的记者们络绎不绝地往对面跑。

也就五分钟的时间，秦四爷这边只剩了十几个记者，他们正拿着话筒询问台上的冷佩珊。

"请问，你们这次合作的理念……"一个戴着眼镜的男记者问着冷佩珊，问到一半，兜里的手机疯狂响起。这是他给上司调的手机铃声，男记者连忙接起电话。

还没说话，电话对面就传来一声咆哮：“你现在在哪儿？其他报社都报了Poppy 的独家消息，你那儿怎么一点动静都没有？！”

男记者一愣：“什么？”

他说着，往后一看，身后本来密密麻麻的记者瞬间都消失了，只剩了寥寥几个。

“秦氏二爷那边的合作案！Poppy 技术入股！你在一线，这种新闻还要我告诉你吗？还不给我赶紧去要个独家采访！”

“什么！”男记者也不准备继续询问冷佩珊问题了，直接扛着话筒就往对面跑，难怪身后那些记者都跑光了，“不是说他们没新闻吗？！”这又是哪里来的世纪独家大新闻？

如同秋风扫落叶般，秦四爷这边一下子就空了。

冷佩珊那里本来还有个在提问的记者，接了一个电话之后，也匆匆离开了。她化着精致的妆容站在展台上，整个人都有些蒙。

不说她，门边的秦四爷等人都没反应过来。

“什么情况？二爷那边把记者都买过去了？”秦四爷身侧的一个手下开口，可……看那些记者匆匆忙忙的架势，不太像啊。

秦四爷的脸色漆黑一片，他朝心腹抬抬下巴：“你去看看对面什么情况？”

隐隐地，秦四爷内心有点不安，但又开始自我安慰——欧阳薇说了，不会出什么岔子，程家跟徐家都没插手，还能有什么意外出现？

秦四爷抿唇，紧扣的手指略显不安。

“等等，四爷，好像不用问了。”身侧，拿出手机准备联系人的心腹正好看到一条推送的新闻，他直接点进去，愣愣地开口。

秦四爷拧眉：“什么？”

心腹直接把点开的新闻给他看。

眼下距离陈妮发出的第一张照片已经过了十分钟，陈妮所在的报社在网上发了有关秦二爷合作案的第一条新闻，标题就很引人入胜——

“IT 界大师 Poppy 联手秦氏集团，再创辉煌 IT！”

秦四爷死死盯着这条新闻：“云光财团内部？这不可能，应该是标题党。”

就是一个普通的新闻稿而已，秦四爷不会相信。就秦汉秋现在的状态，手下除了秦部长连个像样的人都没有，Poppy 会与他共同合作？

Poppy 是谁？J 大、A 大计算机系教授几乎每节课都提起的人。他的成功不仅仅是在机器人上，连同云光财团，领导着电子 IT 行业向前推进了十年。这种历史性的进步，每个 IT 技术人员都心中有数，尤其对四维投影人工智能的推进。

只可惜这之后，Poppy 再也没有了消息。

但他在 IT 界依旧有无数狂热的粉丝。

这种连云光财团都控制不住的人会跟秦汉秋合作？

秦四爷觉得不可能，这种网上的新闻半点也不可信。

心腹没有说话，直接打开秦汉秋那边的官方网站，首页上没有任何新消息。

他往下拉了拉。

“唰！”官网首页上更新了一条消息，只有两张图——

“技术入股：Poppy。”

“合约后半部分的签名。”

白底黑字，一字一句，非常清晰。

秦四爷连同他身侧的股东跟合资人们都愣住。

“竟然真的是 Poppy？”众人眸子里涌起了震撼。

许云豪也往后退了一步，看了对面一眼，难以置信。

“这下可好玩了，”第一排座席上，本来由上司派来跟秦四爷合作的经理秘书也收到了这个消息，“联系 Boss，情况有变！”

她身边的中年男人直接掏出手机：“快，快给我联系总裁！”

女秘书也斩钉截铁：“这秦家二爷……接线董事长！”

现场来的人都是知道内情的，大多数人都等着看秦家嫡系的笑话，却没想到秦汉秋还能拿出这样的底牌。

云光财团是连程家都想要合作的对象，虽然平日里低调惯了，但不妨碍其他人对它的敬畏。眼下这个消息一出，让这些投资人有了清晰的方向。

不仅他们，连剩余的几位秦氏高层的股东代表都拿出手机向上司汇报这个情况！这种情况下，什么欧阳薇欧阳家都不重要了。

“你不是说程家、徐家都不会插手吗？现在这是什么情况？”秦四爷也接到了站队他这边的老股东的电话，那边劈头盖脸的就是一顿骂，“我现在被你害惨了！”

说完，老股东也不等秦四爷回答，直接挂断了电话。

宁晴不懂这些，但不代表她看不懂其他人的脸色，秦四爷跟众人的表情她看在眼里，此时也看出了不对，不由得转向秦语：“语儿，这……”

秦语也拿出手机看了新闻。陈妮撰写的独家采访已经出来了，在 IT 界引起了轩然大波。秦语不知道 Poppy 是谁，但从新闻稿下面的评论看得出来些什么，更何况秦四爷的反应。

此时的她脸上一片青白之色，其他的都没有心思再听，她只是看向秦四爷：“四爷，我……”

秦四爷站在原地，心沉到谷底。好半晌，他才回过神来，抬了抬头，看着对面大厅拥挤的人群，身体一阵发冷。

“你好自为之吧，我现在都自身难保。”他看了眼秦语，直接开口。说完，也不等秦语回答，直接看向心腹。

他心里很清楚，程家跟徐家都没有插手。程家也就是程温如跟云光财团有个合作案，距离 28 层中心机密差得远。这两家要是有这个能耐让 Poppy 出山，也不会把这个机会让给秦汉秋。

唯一的可能……秦四爷深吸了一口气，脑子里只闪出一道孤影……

秦苒！

“把发布会撤了，”秦四爷转身，当机立断地对身侧的心腹开口，“去跟秦二爷的秘书商量，我会再让百分之五的股份，当作贺礼。从今天开始，集团内部谁也不要给我去研究针对他们的方案。”

百分之五的股份，于秦四爷来说，无异于割肉。说是贺礼，不如说是对秦汉秋低头。

这百分之五的股份拿出来，秦四爷就不是秦氏的最大股东了，他很清楚自己在做什么，更清楚秦汉秋拿出这份合约意味着什么！

如果可能，他也不愿意拿出这百分之五的股份，可如果不拿，等待他的……

“是，我这就去！”心腹连忙拿出手机去处理这件事。

秦四爷现在没心情处理其他事，也没有联系欧阳薇，直接离开。

他走后，剩下的人面面相觑。

秦语扶着门框，直接坐到了地上。

她明白，连欧阳薇都拿秦苒没有办法……秦苒那个阶层，她是怎么也融入不进去……

不远处，许云豪低骂了一句。

“许组长，我们现在怎么办？四爷这边的项目要停工了……”一组的成员看着对面挤爆了的记者，悔得肠子都青了，前几天不该跟着许云豪一起离开秦汉秋那一组的。

许云豪抿唇，恍恍惚惚地开口：“先回去把交接工作做完。”

眼下 Poppy 的消息一出，冲着他去秦汉秋团队的 IT 大师络绎不绝。他倒是想回去，但秦部长不可能会再要他的。

他也是没有想到，秦汉秋还有这种运气。

此刻不只是秦四爷，连许云豪都意识到，秦苒怕不是仅仅表面上看起来那么简单。

发布会结束，秦苒戴着帽子，安安静静地等着秦汉秋同秦部长接待完所有人，才同他们一起去了秦氏。

至于程隽，一直跟在秦苒身后没有说话。他的气质太过特殊，秦汉秋还一口一个“小程”地叫着，秦部长等人已经认出了他。

即便现在A城有关程隽的传言太多，秦部长等人对程隽还是非常恭敬。

秦汉秋的办公室，他终于挂断了最后一个电话，看向秦部长，站起来弯腰鞠躬：“秦部长，这次多亏有你。”

其他人都在办公室的沙发上坐好。

闻言，秦部长摇头：“主要还是秦小姐拿的合约，我只不过是给他们打了一个心理战。”

不过，这效果显然不错，因为这个，清出了不少秦四爷埋入秦汉秋这边的人。

“对，主要是因为小姐。”秦管家没有坐下，只是抬头看向秦苒。

办公室内，寥寥两个从头到尾都站在秦汉秋这边的股东也看向秦苒：“好在我们有秦小姐，以后秦部长你不用孤军奋斗了。”

一行人好奇地看向秦苒，心中有无数疑问，但对着秦苒那张冷淡的脸，却没敢问出口。

秦苒压了压手，没说什么。她接了个电话，听那边说了一句后，抬了抬头：“到了？行，到19楼，报我爸的名字就行。”

“苒苒，是谁来了？”秦汉秋看向秦苒。

秦苒看着门外，想了想：“是我之前的合作人，今天你们先见见吧。”

“哦。”秦管家点点头，没太注意，“我下去接他吧。”

这毕竟是秦苒的朋友，让人自己走进来，多多少少有点儿不太礼貌。

“不用。”秦苒摇头，看向大门外，“他不喜欢这些，马上就要到了。”

听秦苒这么说，秦管家想了想，还是没有出去，天才的朋友怪癖一向多，秦苒的那个合作伙伴可能喜静。

一行人正说着，门外有人敲门。

“小少爷的老师这么快就来了？”秦管家直接去开门。

来人却不是秦陵的那个老师，而是许云豪一行人。

秦管家跟秦部长对许云豪这行人的印象不太好，至今还记得前几天他们咄咄逼人的样子。

“二爷，秦部长，我们今天是来交接工作的。”许云豪姿态放得很低。说起来讽刺，前几日他们还高高在上连工作都不愿意交接，今天却主动前来交接。

秦部长淡淡点头，不冷不热的。许云豪等人也没有半点觉得被怠慢，反而恭恭敬敬地弯腰：“那我们就去帮忙做交接收尾。”

说完，他带着两个人刚要出门，门外就进来一个人，戴着金丝边框眼镜，眉眼沉敛，可能因为人多，眉宇间有隐隐的不耐烦。

秦苒一直在同程隽、秦汉秋等人说话，似乎是感觉到人来了，她直接站起来："他来了。"

这人是秦陵的网上老师，秦管家、秦汉秋对他自然是十足的尊重，直接站起来。

"您……"秦汉秋往前走了两步，秦管家连忙去泡茶了。

秦汉秋一句"您好"卡在喉咙里没出来，反而惊喜地开口："二表弟？"

"表哥。"看见秦汉秋这么咋咋呼呼的，陆知行也差不多了解了。

陆知行一张脸没什么表情，但看得出来，心情很好。

"二爷，"既然是亲戚见面，秦部长跟两位股东就不再打扰，站起来，"我们就先离开了。"

说完，几个人终于看向陆知行，顺便跟他打个招呼。

"先生……"秦部长心里还在想秦汉秋什么时候多了一个表弟，转身看向陆知行的时候，整个人顿住了。

停在他身后的股东面面相觑，不知道发生了什么事，连秦汉秋也转向秦部长："秦部长？"

"您……"秦部长心里万马奔腾，他看着陆知行，语无伦次地，好半晌才回过神来，"陆、陆、陆先生？！"

陆知行性格孤僻，不太爱接受采访。云光财团28层其他工作人员都进不去，知道陆知行长相的人不多，但他的大名在IT界盛行。

其他人不太熟悉，但秦部长这种在业内也算知名的人士怎么可能不认识？

"你好。"陆知行顿了一下，然后礼貌地朝秦部长伸手，"我是陆知行，这次来是跟你们谈谈四维虚拟搜索引擎的问题。"

秦部长擦了擦手，才敢伸出来，同陆知行握手，有些不知所措地说："陆先生，您……您会亲自参与？"

两个股东以为来的就是秦苒的朋友，眼下听秦部长一说，也面面相觑。

这来的竟然是云光财团那位大佬工程师？在国际上都赫赫有名的陆知行？

别说两个股东惊骇不已，就连站在门边，刚要离开的许云豪也呆若木鸡，不知道该说什么，呆滞地看向陆知行的方向。

等等……刚刚秦汉秋还叫他表弟来着？

许云豪恍恍惚惚，最近A城传言太多了，有人传言程隽这边倒台，秦苒在研究院继承人的位置也要倒……现在A城局势复杂，别说秦家，就连程家、徐家都不敢说能跟云光财团有这么紧密的联系。

有Poppy跟陆知行在，这份合作案一开始，就奠定了秦家在IT界不可撼动的地位。别说一个欧阳薇，就连整个欧阳家都拿秦家没有办法。

欧阳薇现在也就给秦四爷画大饼而已，从没有什么实质性的动作。这次之后，加入秦汉秋团队的工程大师也会越来越多……

许云豪想到这里，不由得全身颤抖，秦家恢复二十年前的巅峰，必定不难！

他恍恍惚惚地走出办公室，忽然停在走廊上，不由得蹲下来捂住自己的脸，心中仿佛有一把刀在不断割着。

其他人震撼，秦汉秋却没想那么多，只是挺兴奋的："原来是你，难怪苒苒能拿到合作案……"

秦汉秋这么一说，秦管家跟秦部长几人也明白了。

之前他们就猜想秦苒到底哪里来的这么大能耐能找来 Poppy 合作。

原来是因为陆知行……那就能想得通了。

秦苒没参与他们的话题，只是侧了侧头，看向程隽："我们回去？"

见程隽颔首，秦苒就直接站起来，看向办公室的众人："你们好好聊，我先走了。"

"你走吧。"秦汉秋摆摆手。

秦部长跟两位股东也匆匆跟秦苒打了个招呼，就再度把注意力转到陆知行这边："陆先生，P 神真的会出现吗……"

面对一堆问题，陆知行没有回答，只是看着秦苒离开的背影，见她真的要离开办公室，不由得顿了一下："你就这么走了？"

秦部长同两位股东面面相觑，不知道陆知行这是什么意思。

陆知行慢条斯理地推了下眼镜，看了秦部长一眼："你叫她 P 神是吧？行。"陆知行转向秦苒，"你搞出来的事，现在却要当甩手掌柜？"

陆知行眼里带了些惯有的沉郁，不太赞同地看着秦苒。对于她抛弃软件工程，转向物理这件事，他一直耿耿于怀。

秦苒伸手按了按眉心，为什么每次都会在陆知行这里出现问题？

"我没有当甩手掌柜，那个四维虚拟搜索引擎我还需要解代码。"秦苒有些郁闷地转身，看向陆知行。她每次都是把自己的那部分工作做完，才转给陆知行。

陆知行瞥秦苒一眼，显然是知道她心里的小九九。

以后要专攻物理？不可能的。

"行吧。"秦苒仰了仰头，"你们这次有什么计划？"她想了想，还是把程隽拉进来，抬脚把门关上，坐回沙发上，看向秦管家，"你拿台电脑过来。"

秦管家反应有些慢，看不懂现在的情况，不过还是把电脑拿过来了。

"系统带不动，你上次说的 EA9 级的系统可以试试。"陆知行坐到秦苒对面，这才端起秦管家之前倒的茶，淡淡开口，“我昨天晚上试过，有一点小瑕疵。”说着，他一边把U盘递给秦苒，一边瞥向她，“看你也不忙，28层有个人天天等你来，都等两个月了。”

秦苒低头：“我不是退出幕后了？”

“你现在不是重出江湖了？”陆知行反问。

秦苒：“……”行，算你厉害。

办公室内，除了程隽，其他人都一脸蒙地听着，每个字都听得懂，但连在一起，就不太明白了。

秦苒把U盘插到电脑上，打开源代码查看，微微眯眼：“有些漏洞，秦部长，你过来。”

她开口，语气有些云淡风轻。

“哦哦。”秦部长愣愣地应了一声，僵硬地走到秦苒身边，低头看着烦琐的代码。

陆知行坐到程隽身边，抿了一口茶，提醒秦部长等人一句：“没人录像吗？她耐心不好，说完一遍，很难再说第二遍。”这行人资质都没程火好，陆知行很怕他们看不懂。

两个股东立马反应过来，开始录像。

“听说庄园没了？”陆知行一边看着秦苒的动作，一边瞥程隽一眼。

程隽点头，脸上的表情有些寡淡，不太在意：“是吧。”

“你……”陆知行压低了声音，略微皱眉，“你们小心点，最近A城势力多，避着点。”

“我知道，”程隽的表情一如既往的淡定，他看着秦苒的方向，眉眼深邃，“您不用担心。”

程土之前就要回来，只是被他拦住了。

云光财团去年就在A城驻扎了。这些势力来A城是为了什么，程隽怎么可能不知道？

这都用上您了？

陆知行又瞥程隽一眼，继而收回目光，神情复杂地点点头，不再聊这个话题。他对程隽的印象没杨殊晏好，一是因为他跟杨殊晏熟，二是因为……程隽做的生意太危险了，每一样都被马修盯着。

杨殊晏最近几年收手了，眼下……

想着以后，程隽可能要跟着秦苒叫自己表舅，陆知行面无表情地想着，其实好像……也不错？

秦苒编辑代码的速度一向很快，这一点，秦氏一族的人在她参加继承人考试的时候就知道。眼下她已经把系统梳理清楚，才看向陆知行：“确实有点问题，我晚上回去重新换个通道。”

“行。”陆知行点头，目的达到，他也不再拦秦苒了，直接站起来，看向秦苒身边僵硬的秦部长，“以后有什么事，首先找她，这些内容基本都是她负责的，我有很多也一知半解。当然，从今天起，你们需要在秦氏给我留一个办公室。”

秦苒捏了捏有些酸的手腕：“那我先回去？”她也有些头疼，最近手边积攒的事情太多了。

秦苒同程隽一起离开，这次陆知行送她到了门外，没再拦着她。

“刚刚陆知行同你说什么？”电梯口，秦苒看着程隽按电梯门，不由得抬了抬头。

程隽看着电梯门打开，里面有人出来，他伸手把秦苒拉到一边：“说A城最近的势力。”

想到这里，程隽手敲了敲手机。半晌后，他打开微信页面，给程水发了一条语音——“让程土准备返回A城。”

听到程隽这一句，秦苒也顿了一下，若有所思的，准备待会儿找常宁问问情况。

她在云城的时候，就查过程隽，没查出来很多，只知道他背后势力复杂。

眼下看来，确实复杂到不行。

她的那些底牌……

秦苒和程隽走后，陆知行返回办公室时，大部分人还是没有回过神来。秦部长僵硬地看着电脑，他想了想，转头看向身侧的股东：“我刚刚是不是听岔了，我……我听陆先生的意思，他说……他说秦小姐……”

两位股东脑子里也火花四溅，轰鸣不断，相互对视一眼：“好像说……秦小姐就是你们口中的那个P神？”

秦氏一族的人这会儿没人敢说话了。

几个人面面相觑，好半晌，一位股东终于开口说了一句话：“如……如果秦小姐是P神的话，其实也不是那么意外……”

毕竟秦苒是这么多年，唯一一个通过继承人考核的人。

“不那么意外？”秦部长一脸“你是在开玩笑”的表情。

刚刚说话的股东闭嘴，不敢再说了。

办公室内的几个人头脑发热，这个时候难以冷静下来。

“打电话告诉六爷，”秦部长很快反应过来，他拿着手机，郑重地开口，“大家也不要开心太早，秦小姐毕竟……没有认祖归宗，还是徐老爷子看重的人。”

A 城现在谁不知道秦苒是物理界新星？不管她能不能成为研究院的继承人，研究院的那些老研究员都不会让她转到其他行业。

毕竟，刚刚连陆知行的声音里都有些怨念……

只是眼下，秦苒是秦家复兴的希望。

“秦家上下百年都很难再出这样一个人，”股东看向秦管家，他冷静下来，“你能不能同六爷说说这个问题，她学物理……”太浪费她在电脑方面的天赋。

以前秦管家跟秦修尘并不管秦家的事，对 IT 界了解得不深。眼下听了他们的话，也清楚了些许，闻言，秦管家顿了一下。

在秦部长跟两位股东希冀的目光中，秦管家摇了摇头：“六爷跟二爷对她都抱有愧疚之心，不会跟她提起这点的，她也没有想回归秦家的想法，尤其是……有徐老跟云光财团在，你们凭什么认为她会待在秦家？”

“她如果能在物理研究上走远，我跟二爷他们都会高兴。”秦管家笑了笑，看着窗户外。

当初第一次在 J 大见到秦苒的时候，他就觉得她有秦老爷子的风范。

秦家这么多年被几大研究院抛弃，秦管家当初还在想，秦家子弟什么时候能光明正大地考入物理实验室、研究院。

眼下才过去半年多，秦苒不仅考入了物理实验室，还成为物理研究院的继承人。

秦家却不能为她护航。

听秦管家这么一说，其他人也顿了一下。

“眼下 A 城局势复杂，我们秦家人微言低，说不上话，”秦管家眸色微深，“A 城这浑水……”

只恨秦家老爷子不在，若是秦家当初鼎盛时期，有他在，秦苒这条路不会走得这么难……

欧阳家，欧阳薇正坐在大厅内，欧阳家上上下下一行人都在听她说话。她拿着茶杯，脊背挺得很直，坐姿优雅闲散，淡然地一边听着一边撇着茶沫。

“小姐。”门外有人匆匆进来，声音有些急切。

欧阳薇抬头，微微皱眉，姿态依旧优雅，气场也依旧很足：“什么事这么匆匆忙忙的？”

“是秦汉秋那边出问题了！”中年男人弯腰，急忙开口。

“秦汉秋？”欧阳薇随手把杯子放下，微微眯眼，想起这个人是秦苒的父亲，不太在意地开口，“怎么，他还在挣扎？”

秦家别说单是秦汉秋一脉，就算是整个秦家团结起来，也不过是任由她拿捏。

欧阳家当初能把如日中天的秦家从四大家族拉下马，眼下对付一个秦汉秋自然也不在话下。

她此举不过是为了警告秦苒而已。

想到这里，欧阳薇不由得嗤笑一声。

“冷小姐那边的工程进行不下去了，秦汉秋他们拉来了云光财团内部的帮助！”中年男人摇头，“云光财团是亚洲 IT 界的龙头老大，秦家能跟他们签约，听说还是某个大神亲自签的约。有他们在，别说动秦汉秋，现在稳住秦四爷在秦家的身份都不可能！”

欧阳家确实厉害，欧阳薇效忠的人也厉害。

但……对上 IT 行业的龙头老大云光财团，跨行业向云光财团施压？这基本不现实。

IT 界有 IT 界的规则。

这种情况下，想要扳倒秦汉秋，无异于登天难度。

“啪——”听完中年男人的话，欧阳薇砸了桌上的茶杯。

她单手撑着桌子站起，眸色微沉：“没用！”

欧阳家其他人全都低下头，没敢说话。

“薇薇，你说秦家会不会重新……”欧阳家家主也有些怕了。毕竟当年秦老爷子惊才绝艳，眼下秦家又出了个秦苒。

秦家要是重新崛起，A 城就没欧阳家的地位了。

欧阳薇重新坐好，用人又给她上了一杯茶，她捏在手里，平息了怒火：“不会，秦家蹦跶不起来的，这次不只是 A 城的势力参与，至于秦苒，呵……”

“她借了谁的势？徐老爷子？”欧阳薇端着茶杯，抿了一口茶，掩下了眸底的戾气。

听着欧阳薇的话，中年男人微微抬头：“也有可能是云光财团？”

“云光财团？那些残暴之徒会为她出手？”欧阳薇放下茶杯，倏然抬眸，“那就让我看看，究竟是不是徐老爷子借给她的势。”

“你是要？”欧阳薇的爸爸一愣，连忙开口，“薇薇，不可，徐家现在跟 M 洲有联系！”

“M 洲？你是不是忘记了当初秦家是怎么没落的？”欧阳薇淡淡一笑，“徐世影以为这样就能躲过一劫了？”

可笑。

程家明先生看在程隽的面子不会动，但徐家……

欧阳薇低眸，手指紧握茶杯。

秦氏的事情如同龙卷风席卷了整个 A 城，一众等着看热闹的人此时也难免震惊不已。

秦苒同程隽一起回去。

程隽开了大厅的门，程水三人还在大厅。

秦苒兜里的手机响了一声，她低头看了一眼，正是巨鳄的电话。她一边换鞋，一边按了接听键。电话那头的巨鳄声音倒是悠闲，他笑道："好兄弟，我也要来A城了。"

秦苒换鞋的动作一顿，继云光财团、程隽亲爸那边的人之后，巨鳄也要来A城了？

她抬了抬头，眸光很深："什么时候？"

"我会直接去常宁老大那儿，咱们五个终于可以聚齐了。"巨鳄笑了笑，"我就是来凑凑热闹。"

秦苒本来就打算去询问常宁A城发生的事，听着巨鳄的话，她稍顿："你确定你能安全到达？"

A城不比M洲，巨鳄要是没遮掩好身份，防空部可不是开玩笑的。

"你帮我遮掩行踪，其他的常宁老大能搞定，你忘了常宁老大以前是干什么的？"巨鳄咬着烟，"我手下的情报人员调查到，最近去A城的人有些多，等我到了再跟你细说。"

电话里说不清楚，这些人向来是哪里热闹往哪里钻，秦苒也不意外。

秦苒在门口站了一下，没有进去，只是朝屋内看过去，微微偏了头，冷静地开口："我要出去一趟。"

程隽正在同程金说话，神色也很严肃。听到秦苒的声音，他微微抬头，眉色舒淡，想了想，才开口："程水。"

"是。"程水点头，他了解程隽的意思，站起来，拿起车钥匙带秦苒出去。

秦苒跟程水两人走后，程金的神色越发严肃。

"程土晚上到，据他了解的消息，巨鳄似乎有异动。"说到这里，程金拧眉，"傅老那边一直在打'129侦探所'的主意，还特地把欧阳薇送到了'129侦探所'……"

程金摸不准现在的局势。

程土跟巨鳄也交过手，双方都没探到对方的底。

听到巨鳄这个名字，程隽顿了一下，他手敲着桌子，然后抬头看向程金："巨鳄那边暂且不管。"

不管巨鳄？程金一愣。要是欧阳薇真的跟"129侦探所"背后那几个人有交情，事情就更复杂了。

不过程隽这么说，肯定有自己的倚仗，他点点头，没再多说巨鳄的事。

这边，程水坐在车上，朝后视镜看了一眼：“秦小姐，去哪儿？”

“黑街。”秦苒目光看向窗外，一只手搭在车窗上，眸光淡定。

程水一愣，他在国内待得少，却也知道黑街是哪儿，那是一个很复杂的地方。

还有一点……黑街是“129 侦探所”的驻扎地。

“停在路口就行。”秦苒收回目光，眼眸垂下。

程水把车停在黑街路口，看着秦苒离开的背影，略显诧异。这种时候，程水自然不会觉得秦苒是来黑街玩的。结合上次程温如去 M 洲发生的事，程水手指敲着方向盘，微微思索，心里更加确信了一点——秦苒跟“129 侦探所”肯定有关系，难怪前段时间程隽没再让人盯着巨鳄。

只是这深层的关系是什么，程水还没想出个所以然来。

秦苒这边，她戴着口罩跟帽子，直接走到常宁的办公室。

比起 A 城其他势力的胆战心惊，常宁这边却很悠闲。他靠在椅背上，手边的收音机在播放着小调儿，正跷着二郎腿喝咖啡，像是个普通的老师，没有半点儿戾气，悠闲到不行。

“你来了，坐。”看到秦苒，常宁笑了一下。

门外很快就有人端了一杯茶给秦苒。

秦苒坐到常宁对面，白皙的手指捏着茶杯，眼眸一抬，瞥见这么悠闲的常宁，挑眉：“你看起来像是在看热闹。”

“当然，”常宁手握全球最强情报局，A 城大部分势力的一举一动他都了如指掌，“亚洲四大佬都要来这里，A 城四大家族就有点危险了。”

秦苒默默看了常宁一眼，她确实没想到，常宁竟然真的听着小曲儿看戏：“所以你让巨鳄来凑热闹？”

“人多混杂，让他来搅个浑水。”常宁十分理直气壮。

行，可以，看热闹不嫌事大。

只是听常宁这么一说，秦苒也大概知晓了局势：“你这边有明海的资料？”

“你说明海？”听到这一句，常宁暂停了音乐，他顿了下，凝眸。

秦苒往椅背上靠了靠，低眸喝了口茶，没否认。

常宁看向她：“这件事你要参与进去？”

“我撇不开的。”不管是因为程隽，还是徐家或者秦家。

常宁沉默半晌，放下茶杯：“明海手中有水陆空三大权限，M 洲那边你也清楚……”

“是啊。”提到 M 洲，秦苒也有些恍惚。

她希望没人会把她逼到那一步。

常宁看着秦苒淡定的表情，伸手按了下眉心：“行，我给你。”

明海，资历很老的一个人，业内知道他的人很少，他成名的时候，秦苒都还没出生，常宁有他的消息，秦苒知道得却不多。

“谢谢。”秦苒朝他举了举茶杯。

常宁瞥她一眼，又伸手把收音机打开，跟着哼了两句，才开口：“有事情尽管找我，‘129 侦探所’不惹事，但不怕事。”

他认识秦苒比其他人更早。

常宁成名是在 F 洲，后来金盆洗手，眼下对待秦苒跟看自己的亲生女儿没什么两样。

“好。”秦苒笑了笑。

“还有你之前查的事情，有些头绪了，秦家的事情跟欧阳家有关。那欧阳家不简单，你应该也知道了。”常宁了如指掌，“以你现在所处的位置，程家那小子……啧，不说他，他是没问题，不过徐家要注意，马斯家族对徐世影来说不算后盾。”

秦苒抿唇，脸色变得严肃：“了解。”

徐校长一直担忧她的安危，秦苒也帮徐家争取到了最大的利益……

但听常宁说的，徐家怕是要成为下一个秦家……

“巨鳄过两天就能到，”常宁哼到一半，又想起来一件事，“到时候让他直接找你跟何晨，有什么事直接吩咐他。”

常宁金盆洗手后就不太喜欢掺和这些乱七八糟的事儿，但巨鳄可以用来当个打手。

常宁完全没有半点心理负担。

“129 侦探所”这五个元老之间都有着过命的交情。可以这样说，这五个人不管是哪个出了问题，其他四个都会毫不犹豫地出手。

毕竟……孤狼护短也是出了名的。

秦苒拿到了信息，站起来准备离开。

常宁看着她的背影，不由得开口：“女孩子，还是少碰这些。”

秦苒敷衍地“嗯”了一声，她又想起来什么，懒洋洋地朝背后挥了挥手：“最近不接单。”

“知道了。”常宁随意地开口。

徐家，徐老爷子坐在大厅里，对面坐着欧阳薇。

“苒苒？不瞒你说，苒苒是我选的唯一一个继承人，这一点不会改。”徐老爷子不动声色地看着欧阳薇。

欧阳薇没有喝茶，只是笔直地坐在椅子上，笑：“是吗？既然如此，我就不打扰了。”

说完，她直接出去了。

徐管家把她送到了门外。

直到坐到了车子上，欧阳薇才沉下眸光，她是真的想不明白，A 城这些家族的人都是怎么回事。

程温如没有道理地护着秦苒，徐老也没有道理地护着她……

尤其程隽……欧阳薇的指尖掐入掌心。

好半晌，她才打了个电话。电话响了几声被接通，她恭敬地开口：“明老，我见过徐世影了……好。”

欧阳薇走后，徐家大厅坐着一批人。

徐二叔担忧地看向徐校长：“徐老，这欧阳薇是什么意思？她跟秦小姐……”

“应该是针对苒苒，”徐校长眉眼沉着，“无论如何，苒苒研究院继承人的身份不会变，这该是她的。”

他谋划了这么久，M 洲的关系也找到了，就是程隽那边出了点问题。

几十年前，他不敢冲，这么多年过去，他羽翼渐丰……该是秦苒的，徐校长不会有半点退让。

“最近好好看着苒苒那边，”徐校长看向徐二叔，不知道为什么，他心底有些不安，“有情况立马告诉我。”

“是。”徐二叔看着徐校长，欲言又止。

他心底也有些不安，但又说不上来哪里不安。

当天晚上，徐家又有一支护卫队出现在亭澜。

两日后，物理研究院。

研究院的资料很多，秦苒来了这么多天，查了不少编年史，找到了不少“129 侦探所”都没有的资料，但大部分都跟研究有关，她只能从研究结论中推断一些信息。

秦苒把一份资料扣上，准备回去找程隽问问。她刚把资料放好，就收到了巨鳄的消息——“我已经准备出发了。”

秦苒拿出电脑，帮他遮掩了一下行踪，这才继续自己的实验。

“小师妹，”叶师兄从里面拿过来一份报告，递给秦苒，“这是我们最新研究出来的，你晚上拿到徐家询问一下他们的意见。”

秦苒伸手接过来，这是徐家要拿到 M 洲市场的研究品，她颔首：“行。”

因为常宁的话，她也有些事情要找徐老爷子说清楚。

晚上，依旧是程水、程木两人来接她。

秦苒先去徐家。

“老大去见程土了，秦小姐，等你回去程土差不多也到了。”程水想了想，开口。

秦苒微微颔首，程土是巨鳄的死对头，这两人都要来A城……

半个小时后，车停在徐家大门前，秦苒直接进去找徐校长。见她的却是徐管家，徐管家对秦苒十分恭敬：“秦小姐，老爷子去接小徐少了，您要等他吗？”

“不了。”秦苒点头，她把研究资料递给徐管家，又叮嘱一番，才离开。

秦苒离开后，徐二叔才焦急地开口：“你忘记了秦小姐在M洲角斗场待过，你怎么不跟她说？”

徐管家抿唇：“说什么？说老爷子因为不想撤去她研究院继承人的身份，被人暗害？你以为以她的性子，她会去做什么事？直接找上欧阳薇？老爷子跟秦老爷子保了这么久的人，我不会让她跟欧阳薇杠上！联系小徐少，让他回来。”

徐二叔不知道，徐管家却是很清楚。徐世影找秦苒回研究院不仅仅是因为秦苒的天分，还因为她是宁迩的后代。自上次秦苒从M洲回来，徐管家就知道了徐世影的打算。

“秦小姐像她外公，又像她爷爷，”徐管家摇头，“从她把M洲的市场份额给徐家就能看出来，更何况，欧阳薇此举是针对谁，你看不出来？”

徐世影保秦苒，那徐家就会保秦苒。现在徐家在M洲有根基了，上次去M洲，带了不少精英骨干过去，徐家也没了后顾之忧。

“可……”徐二叔看向徐管家，嘴角动了动，欧阳薇明显是针对秦苒，这一点他自然能感觉到。

欧阳家背后的势力A城没人知道。但光是欧阳薇在“129侦探所”占据的分量，徐二叔就不敢懈怠。看秦苒在M洲的表现，徐二叔就觉得秦苒不简单，才会有找秦苒的想法。

可听徐管家的话，他却反驳不了什么。

“最近A城一直不太平，A城四大家族，这一次怕是真的要……”徐管家的心猛沉，“小少爷出发没有？”

徐二叔眼眶红了红：“他已经在飞机上了！”

“好。”徐管家点头，他手背在身后，“徐老已经联系了M洲物理研究院跟魏大师，明天我会找机会联系秦小姐去M洲，有M洲物理研究院，还有马斯家族在，就算是欧阳薇背后的人，也不敢动秦小姐，只可惜……”

徐校长一开始为秦苒铺的路走不通了，程隽不是程家后代的事情爆出来，局势就已经开始崩溃。

秦苒这会儿正同程水一起回去。

回去后，秦苒就把背包里的资料拿出来给程隽看。

“什么？”程隽放下手中的古文，接过秦苒手中的资料。

“研究院关于我外公的消息就这么一点，”秦苒接过程木端过来的一杯茶，眼眸半眯着，“让我感觉到奇怪。”

这上面记载的都是各项研究。

程隽听秦苒提过她外公，实际上，在陈淑兰死后，方震博找到云城，程隽就猜到了陈淑兰的身份，此时也不算太好奇。他翻开研究院记录的编年史，一页页翻看着。

这编年史主要是记录物理研究院的创建人宁迩的消息，上面写得很清楚，国内陨石坑被发现，当即就引起了世界各方人马的注意，记录也是旁观人写的，陨石坑谁也不知道是怎么发现的，但宁迩在里面研究出来了一项物质。

当时的宁迩是J大的一级研究员，他制作出的反应堆超越了当时世界上其他人的水平。他研究的东西不仅仅限于武器，还有各种超前的设备。

程隽看到最后一行黑体字的时候，不由得坐直身体，整个人顿住。

“怎么了？”秦苒喝了一口茶，注意到他的目光不对。

“你外公……”程隽抿唇，干净漂亮的手指指着这行黑字，抬头看向秦苒，“瞳孔验证合金门，是你外公的作品？”

“噗——”对面，程水成功地把自己给呛到了。他也抬头，震惊地看向秦苒。

秦苒没立马说话，好半晌之后，她才笑了笑，眸光有些温和，又带着些说不出来的自豪：“是我外公。”

当时同程隽一起去M洲停机坪，看到停机坪那扇黑色的机械门，秦苒就认出来那是她外公的作品。这门，顾西迟的大本营也有一扇。

听完秦苒的话，程隽点点头，他也不算太意外，只是捏了捏手指。

好半晌，他舒出一口气，把这些资料合上，才开口道：“有些蛛丝马迹，你外公当时应该被人胁迫研究重武器，按照他当时的天资，如果不是被胁迫，不会……”

不会就这么毫无波澜地离世。

以秦苒的外公在物理上的造诣，最少也要在物理界留下点什么东西。

“奇怪的一点，”程隽指尖敲着桌子，“这上面有一点，秦家老爷子找过你外公。”

“秦家？”秦苒猛然抬头，看向程隽，脑子里乱七八糟的线终于开始明朗。

程隽当初也奇怪，秦汉秋怎么偏偏就在灵海镇，还成了陈淑兰的女婿。

“秦家当初的没落不简单，跟你外公外婆有关。”程隽一下子就想到关键点，一双眸子极其冷峭。

有一点他没说出来，灵海镇几年前的爆炸案，肯定不像表面上那样简单。

秦苒拿着杯子，沉默地坐好。程隽推断出来的猜测，她丝毫不意外，当初陈淑兰能让宁晴嫁给秦汉秋，还丝毫不介意秦汉秋搬砖，她就觉得不对劲。

陈淑兰已经死了，但程隽七拼八凑出来的真相，让秦苒也有些明了。

秦老爷子保了她外公……陈淑兰也一直在保秦汉秋……

甚至于后来同意宁晴跟秦汉秋离婚，也是为了不让秦汉秋参与进来。

想到这里，秦苒不自觉地就想到徐校长。

那徐校长又是为了什么在云城等了她三年？

秦苒捏着茶杯的手微微发紧。

徐家这些年一直要在M洲立足，前段时间还特地让她跟徐摇光一起去M洲……到底是为了什么？

没道理的，徐家在研究院如日中天，徐校长明明知道她对研究院不太感兴趣，还非要把她送到继承人的位置……

她跟程隽在思考这些问题，门外程木跟程金已经把程土带回来了。

“老大！”程土一把络腮胡，直接往里面走，目光一扫，停留在秦苒跟程隽身上，显然十分激动。

秦苒抬头，看了眼程土，程土来了，那巨鳄估计也快到了。

“秦小姐！”看到秦苒，程土拱了拱手，十分尊敬地开口。

秦苒本来想跟程土聊几句巨鳄的事，但因为先前跟程隽聊的内容，她此时也没有心情询问程土，只是起身同程土打了个招呼，就往楼上走。

“老大，秦小姐，她没事吧？”程土是个大老粗，大大咧咧的他也顿了下，看着楼梯上秦苒的背影，略微思索。

程隽知道秦苒现在心情很复杂，摇了摇头，问：“你那里情况怎么样？”

“A城现在的局势，我还能把控，但是……”程土皱了皱眉，略有些迟疑，“但我来的路上发现了巨鳄的踪迹，‘129侦探所’要是参与进来，那就复杂了。”

“129侦探所”的五个元老，每一个都不好惹，要是他们真参与进来，那就真的是一场混战。

“你们说常宁他在想什么？他的大本营F洲他不待，来A城凑什么热闹？”程火这个暴脾气忍不住了，“主要看他们参不参与，‘129侦探所’就交给我来查。要是能有‘129侦探所’的端口，我肯定能查出来些什么。”

“程土，你跟巨鳄交手了这么多年，你觉得他有可能会同我们合作吗？”程水看了程火一眼，没说话，只是转向程土。

毕竟同其他势力相比，程土至少跟巨鳄有交情。

“不知道，可能性不大。”程土摇头，“不过，他应该不会跟任何一个人合作。”

程隽手指搭在桌子上，没接话，只淡淡开口：“按计划行事。”

“是！”其他五个人颔首。

楼上，秦苒打开电脑桌的抽屉，从里面拿出她厚重的黑色触屏手机。

“四维虚拟搜索引擎，”秦苒一手把手机随意地放到一边，一手打开了电脑，“把源代码输入到我的电脑。”

黑色厚重的手机非常欢快地“嗡”了一声。不到一秒，秦苒的电脑就收到一份源代码。

秦苒暂时撇开外公、秦家还有徐家的事，先把这份代码研究好。

她心里清楚，程隽的猜测 80% 没错。

若是这样……她外公外婆欠秦家的就太多太多了。

秦苒抿唇，指尖不断地在键盘上敲着，开始研究这些源代码。

这手机自她出生就在她手里，陈淑兰只说是外公留给她的。

发现手机不正常是她第一次跟宁晴冷战的时候，那天她一个人坐在楼梯上，手机自行亮了，接着就出现了虚拟投影还有一些代码。

秦苒最开始对电脑感兴趣，实际上是源于这部似乎是成了精的手机，她从来没有给它充过电，但它的电量却源源不断。

秦苒一点点编辑代码，照这样的速度，估计还要一段时间才能把这些传给陆知行。

好半晌，她兜里的手机响了一声。

秦苒拿出来一看，是魏大师。

她一愣，魏大师怎么会这个时候联系她？

“老师？”秦苒一只手把耳机塞到耳朵边，另一只手敲着键盘没有停下。

听到秦苒的声音，那边的魏大师顿了一下，才笑着开口：“苒苒，你没事吧？”

秦苒这个时候正专心研究代码，没听出魏大师语气里的异样。

她挑眉：“我能有什么事？”

“没，只是听说了程家的事，”魏大师点头，“你没事就好，要有什么事，记得直接跟我说。”

“好。”秦苒点头。

两人又说了几句 A 城最近发生的事，才挂断电话。

M 洲，魏大师这边。

汪子枫看向魏大师：“老师，您不是说让师姐来 M 洲协会吗？还想让她震一震您手底下的那群学生。”

听完，魏大师摇头，侧身道：“A 城似乎有事情发生……”

“师姐不会有事吧？”汪子枫一愣。

魏大师说的有事，肯定不是什么简单的事。

“你师姐明天就会来 M 洲。”魏大师拧眉，他拿出手机，给马斯家族那边打了个电话。

翌日，秦苒从床上爬起来，就接到了徐管家的电话。他的声音跟以往没什么不同，只是略带焦急：“秦小姐，您能不能同小少爷再去 M 洲一趟？老爷这边也实在没有办法了，不然我也不会觍着老脸求您……”

“M 洲？”秦苒下楼，走到餐桌边时，顿了下。

听到秦苒的声音，程隽把牛奶推到她这边，抬头看向她。

“只有您能帮徐家了，”徐管家顿了一下，叹了一口气，“您……”

这段时间，A 城局势复杂。若是早几天，秦苒不一定会去。

但昨天晚上刚听了程隽的分析，秦苒对徐家、秦家感觉十分复杂。

尤其是徐校长。

她喝了一口牛奶，才道：“等我一个小时。”

说完，她挂断电话。

程隽又把烤好的面包放在她面前：“待会儿要去 M 洲？”

“徐家有事，”秦苒眯眼想了想，也没想出来 M 洲究竟还有什么事，她看向程水，“M 洲最近有什么事吗？”

“倒是有一件，听说黑客联盟会长换人了，”程水坐在另一边，他咬了口面包，微微拧眉，“马修又有的忙。”

秦苒点头，这些都跟徐家扯不上什么关系。

“放心去吧，A 城有我在，秦家我会帮你看好的。”程隽看了她一眼，不紧不慢地开口。

对于秦家这边，秦苒倒不是特别担心，有云光财团跟陆知行在。

她担心的是徐家……

吃完早餐，秦苒收拾了一个小箱子，程隽把她送到机场。程木拖着秦苒的小箱子，跟在她身后。

秦苒在机场入口处看到了等她的徐管家。

“秦小姐，程少。”徐管家微微弯腰，语气略显恭敬。

程隽看他一眼，也略略打了个招呼。

秦苒伸手把帽子往下拉了拉，看向程隽：“你先去找程姐姐吧。”

今天程家进行继承人选拔，秦苒本来要跟程隽一起去的，但徐家这个时候也突然有事，她只能先去一趟M洲看情况。

“好。”程隽点头，伸手抱了下秦苒，“小心。”

M洲有马修在，程隽倒不是特别担心秦苒的状况。

“秦小姐，把您的证件给我，”徐管家朝秦苒微微弯腰，笑着开口，“我去帮您取票。”

秦苒去候机室等徐管家，一进去就看到了一堆人。除了徐摇光，还有好几个徐家的年轻人，她一顿，微微眯眼，看向坐在角落的徐二叔：“这次去这么多人？”

听到声音，徐二叔连忙抬头，看向秦苒，眼睛里满是血丝，好半晌，嘴角动了动，才开口：“老爷子说了，让他们去见见世面，以后M洲就是主战场了，反正有您在，不用担心他们的安危。”

这听起来，倒像是徐校长说的话，秦苒颔首，没再说什么，坐在一边的位置上。

徐摇光这个时候也看过来：“我怎么没有看到爷爷？你们不是说A城这边有事情吗？”

“确实有事，”徐管家从外面进来，把秦苒跟程木的机票递给程木，“秦小姐这边的研究品已经出来了，还要等您定夺……时间到了，你们快上飞机吧。”

徐管家一边说着，一边低头看了看手机，笑着开口。

时间确实不早了。九点半的飞机，这会儿已经八点五十分，提前半个小时登机。

秦苒跟徐摇光都登上了飞机。

徐管家站在登机口，看着他们全都进去。等到九点半，徐二叔跟他发了飞机起飞前最后一条消息，徐管家才走到外面，抬头看着头顶的飞机，笑了笑。

徐管家把手中秦苒的证件收起来，走到车内，沉稳地吩咐司机：“开车。”

M洲，晚上九点，秦苒等人到了南部经济中心，经济中心这边还停留了不少驻扎的人。

“小徐少，秦小姐！”看到秦苒二人，这些驻扎的人都十分激动，大队长直接跑过来，“秦小姐你怎么来了？”

而一同从A城来的精英骨干都好奇地到处看。

秦苒手负在身后，看着凑过来的大队长问：“M洲这边不是出了问题？”

闻言，徐摇光也暂时放下正吩咐的事，看向大队长，目光中也含着询问。正是因为接到了M洲的紧急通报，他跟秦苒才会赶过来。

“这边没问题啊！”徐家护卫队大队长不由得伸手挠头，他看着秦苒，也有些蒙，“瑞金大人很照顾我们，还有拳王在，我们徐家在经济中心地位十分稳，怎么可能会出事？”

此言一出，徐家这一行年轻人也面面相觑：“徐管家不是说M洲出事了吗？”

秦苒脸上的情绪千变万化，她并不傻，此时已经感觉到不对劲。

她直接转身，厉声开口：“程木，准备一下，回A城。”

程木点头，连忙拿出手机开始联系。

“秦小姐！”人群中的徐二叔笑了笑，“秦小姐，你就在这儿玩几天再回去……”

秦苒脚步顿住，她表情冷冽地看向徐二叔：“我老师呢？”

听了她的话，徐二叔此时终于忍不住“扑通”一声跪下来，眼睛通红，硬是憋着快流出的眼泪：“徐管家让我转告你，徐老他们都希望你好好活着，你外公没达到的位置，希望你能做到！”

秦苒往后退了一步，她双手攥成拳，脑子有些混乱了，只重复：“我老师呢？”

徐二叔头磕着地板：“徐老他！已经不行了！”

“轰——”秦苒的脑子瞬间炸开。

A城几大研究院的资料记载得都不太清楚，秦苒只能从细枝末节分析事情的真相，徐家、秦家这两家绝对逃不开关系。

然而，此时秦苒却什么也想不下去了。

陈淑兰当初不想让她去A城，在她放弃物理的时候也没有劝她……

她外公外婆躲到灵海镇，都逃脱不了死亡的命。

秦苒闭了闭眼，她无法控制自己脑中的想法，徐校长完全是因为自己才受到牵连。

“程木。”她听到自己毫无情绪的声音响起。

程木跟在秦苒身后这么久，早就知道了她的脾气，他直接点头，严肃地开口：“已经联系程土了！”

A城程老爷子已经去世了，这个时候徐校长再出事，就算是程木也明白，背后这人明显是针对四大家族来的，周家也是强弩之末。

徐二叔看着秦苒的样子，就猜到秦苒肯定会回去的。他摇头，此时再也装不出来笑容，只能说徐校长没有保错人。

“秦小姐，徐管家把你的证件留在国内了，”徐二叔看向东边的方向，“等这段时间过去你再回吧。你在马斯家族跟M洲几大势力挂着身份，到时候就算回国，也没人敢动你。老爷几天前就预测到这种情况了，他希望你不要有负担。”

程木闻言一愣，然后掏出包里的证件一翻，他跟秦苒的证件全是空白页。之前在国内，徐管家要帮他们取票，程木只以为徐管家是谄媚，哪里知道徐管家会有这样的操作。

M 洲对通行令检查得很严，程隽现在又暂时退出 M 洲。

程木直接看向秦苒："秦小姐……"

秦苒看了徐二叔一眼，什么也没说，直接拿出手机，拨了一个电话出去。

电话只响了一声。

电话那头，马修正在追查黑鹰等人的踪迹，他的手机有安全系统，普通人是打不进来的，每天接到的陌生电话也不少。

此时看到一个海外电话，他随手接通，声音十分冷硬："你好。"

秦苒捏着手机的手指几乎在颤抖，她深吸了一口气，才勉强冷静下来："我要回国，没有证件。"

话语又冷又酷，很熟悉的命令式语气。

马修顿了一下，他放下手边的事，摆手让身边的人散开，然后往外面走了两步，扬眉，声音也没刚才那么冷硬了："Q？"

之前程隽跟马修说过秦苒的事情，马修虽然相信了，还给秦苒送了一份文件。但真正听到秦苒的声音，他还是沉默了好半晌，才吐出一个字母。

"是我。"秦苒脸色沉下，"让我回国，黑鹰那边我帮你对付。"

黑鹰这个人从不低调，道上知道他成为黑客联盟会长的人很多。由神出鬼没的 Q 对付黑鹰，肯定是没问题。

重要的是，就算秦苒不提交换条件，马修也会帮这个小忙。他也没有纠结，直接开口："地址给我，我带你出边境。"

M 洲现在的情况，除了马修，没有第二个人能让秦苒短时间内回国，就算是马斯家族也不行。

秦苒可以改航班信息，但这需要时间，尤其是……M 洲停机坪的系统是她当初在 M 洲亲自改过的，想要破解太难。

只能让马修出马。

她给马修报了一个地址，就挂断电话，看向徐摇光："你回国吗？"

此刻徐摇光心里承受的冲击绝对不比秦苒少，但是作为徐家下一任的继承人，他勉强稳住自己，只抬头看向秦苒："我的证件也被管家换了……"

"回不回？"秦苒重复了一遍。

听了她的话，徐摇光抬头："回。"

"好。"秦苒点头，"跟我过来。"

徐摇光和程木直接跟着秦苒走出了大门。

"秦小姐？"门外，知道秦苒来了 M 洲，角斗场大队长卡罗跟拳王伯特都找过来了。看到秦苒凛冽的样子，两人不由得顿了一下。

秦苒一身冷气，直接越过了他们，停在了徐家在M洲的驻扎地大门外的空地上。

“这是发生什么事了？”卡罗看向徐二叔。

徐二叔看秦苒的样子，像是铁了心要回国，他不答反问：“没有证件，能出得了M洲吗？”

秦苒太自信了，徐二叔有点慌。

卡罗摇头：“不行，M洲对这方面的管控一向很严格，就算是我们家主短时间内也没办法办到。”

“那就好。”徐二叔松了一口气，只要秦苒跟徐摇光回不去，那就好。

卡罗看着徐二叔，微微眯眼：“究竟发生什么事情了？”

“一言难尽。”徐二叔长叹一声。

这边两人在聊，而秦苒还站在大门口等着。

卡罗一开始还有些好奇，半个小时后，他有些按捺不住性子了。

与此同时，不远处有一个车队往这边开过来。

为首的是一辆军绿色的车，右边的后视镜上插了一面旗子。

驾驶座的人直接下来，朝秦苒看过去，直接拱手：“秦小姐，老大让我来接你！”

秦苒点点头，朝后面看了一眼，身后几乎全是徐家的精英骨干。

徐世影真的是存了破釜沉舟的决心，把徐家这些骨干都送出来了。

秦苒一向自负，可这个时候也不敢拿徐氏整个家族的人冒险。她能保住徐摇光一个，但不敢保证保住所有徐家人。

“三个人。”她收回目光，看向马修的手下。

马修的手下认识程木，此时也不说什么，直接点头：“行，老大匆忙间安排了十人的舱位，完全够了，先上车。”

“上去，回国。”秦苒瞥向徐摇光。

徐摇光现在脑子里都是徐世影，对马修的手下的出现有些怀疑，却没有多想。

等三人上了车，徐二叔才从呆愣中反应过来，他连忙往前跑了一步：“秦小姐！卡罗大人都说了就算马斯家族暂时都没有办法回国，你别……”

“能回。”秦苒定定地看他一眼，然后“砰”一下关上了车门。

在她说话间，马修的手下已经把车开走了，只剩下了尾气。

M洲大大小小势力不少，徐二叔并不了解M洲的局势，也没研究过马修一方的势力。看到秦苒和徐摇光被陌生车子带走了，他不由得看向卡罗，十分惊慌：“卡罗大人，小少爷他们不会有事吧？秦小姐还说能回国……”

卡罗没说话，他身边的伯特却是一脸淡定：“徐先生，你不用担心，刚刚那人是马修的人，若是他都没有办法让人出M洲，整个M洲也就没有其他人能办到了。”

“马修？”徐二叔跟徐家其他人又听到了一个熟悉的名字。

“M洲第三方势力，国际刑警，”卡罗终于收回目光，他沉默了片刻才道，“如伯特大人所说，如果连马修都没有办法，那就再找不出其他人了。不过，秦小姐怎么会认识马修……”

两人说话间，徐家其他人面面相觑，国际刑警马修？这又是个新名词。

徐二叔听到卡罗说秦苒他们真的能回A城，整个人有些慌了，也来不及想秦苒跟马修之间的关系，直接打电话给徐管家，通知了这件事。

机场，马修停在一架飞机前，等着秦苒。

马修最近几天胡子刮得挺勤，只是这一次秦苒看着他，情绪并没有太大变化，只满脸冷意。

“你……”马修看到她的表情，也不聊程隽跟Q的事，只拧了下眉，“没事吧？”

因为Q当初帮助一个花国人的事件轰动世界，马修直接给她标上了好人标签，而且最近两年Q还帮自己破了不少案子。

两人虽然说纯属合作关系，但因为有顾西迟在，情分也往上升了升，若秦苒真的有事，马修不可能不帮忙。

“没事。”秦苒抬头，看着飞机的方向。

她说没事，应该是能解决，马修也不多问，往后退了一步：“直接上飞机吧。”

“谢谢。”秦苒同马修道了一声谢，就上了飞机。

# 第六章 交锋

到达 A 城机场的时候，也恰好是深夜。

秦苒在飞机上的时候关了手机。下了飞机，她低头，打开手机，在 M 洲的时候她就和程隽通过电话了。

程水直接在 A 城机场等她："程金现在在医院，"他又朝徐摇光点点头，"徐老现在人在医院，老大也看过了徐老，他现在在处理程家的事。不过顾先生在医院，你去看看就知道了。"

程隽知道了徐老的消息，肯定会去看他。然而他却没告诉她徐老的消息，还把顾西迟都请来了，秦苒不由得握紧手。

"先去医院。"她当机立断。

深夜没什么车，不到半个小时，秦苒就到了医院。

医院，徐管家和顾西迟都得到了消息，在大门口等秦苒。看到秦苒跟徐摇光双双下车，徐管家不知道说什么，该说徐老没看错秦苒，还是该骂秦苒？

"秦小姐，君子报仇十年不晚，老爷好不容易才把你们送到 M 洲，避开这次祸端，您怎么这么不听话？您再回 A 城，老爷要拿什么保您？"徐管家抿了抿唇。

"他人怎么样了？"秦苒没回徐管家，只问顾西迟。

顾西迟摇头，在前面带路："不好，徐老体内本身就有余毒，跟程家那位体内的毒性差不多，又被人刻意拷问。”

顾西迟说得不乐观，秦苒没说话。

他按了电梯，徐校长的病房在19楼。

秦苒到达19楼病房的时候，徐校长正靠在枕头上，嘴边带着微笑看她。

“我以为你不会赶回来的，真是糊涂。”徐校长摇头，看着秦苒，嘴唇嗫嚅着，说不出什么话，脸色还挺红润的。

秦苒的心却凉了。

这状态跟之前程老一模一样。

“欧阳薇，还是明海？”秦苒指尖掐入掌心，一双眼睛通红。

徐校长抓着秦苒的手：“没事，苒苒，这一切跟你没关系。程老头死的时候，我就知道我的时间也不长了。实际上，我也有对不起你的地方，当初你外公被赶出M洲，退出A城，又退出物理界，我们徐家袖手旁观，我愧疚了几十年，你外婆失望至极，死也不想回A城，如今我终于找到了机会弥补……”

说到这里，徐校长握紧了手：“我预料错了，原本以为过了这么多年，那些人不会再追究你，你继承研究院只有方震博这一个敌人……

“苒苒，你答应我，把你外公的研究完善并带到全世界。你是他唯一的继承人，不要冲动。你一旦冲动了，我们这么多人的牺牲就白费了！”

“我本来就是该死，此时也算是解脱了。”徐校长叹了一声，“我就怕程隽不能保你，才让你出国，可你偏偏又回来了，那就跟着程隽吧。我也只能相信他能把你保护好……”

徐校长咳了一声，他的声音有些微弱，又转向徐摇光：“没想到死前还能见到你们俩，若这次徐家能幸存，你……你的能力我也放心。”

秦苒的掌心几乎被掐出了血。

徐校长说完这些，搭在床边的手也慢慢往下滑落。他看着秦苒跟徐摇光，眼里满是担忧。

“爷爷！”徐摇光跪在了床边。

秦苒抬头，愣愣地看向窗外，视线一片模糊。

徐管家也随着徐摇光半跪在病床边。

病房里有压抑的哭声。

好半晌，秦苒才开口：“徐管家，是欧阳薇吗？”

徐管家没有说话。

秦苒点点头，也没再说什么，只扯了扯嘴角，几乎喃喃地开口：“那就一个一个来吧。”

她往后退了一步，直接往门外走。

“秦小苒！你干吗？！”顾西迟直接开口。

跪在地上的徐管家也反应过来，他抹着眼泪朝秦苒看过去：“秦小姐，您不要再冲动了，老爷子的话您没有听明白吗？他们就是故意的，不是欧阳薇，是明海的心腹，可是我们没有任何证据。当初秦家老爷子也是这么不明不白地死了。现在就是因为老爷死也不肯撤去您研究院继承人的身份！”

“在老爷眼里，你就是天定的继承人，只要有你在，方震博他们就永远也没有机会。他为了你做到这样的地步，你为什么还要这么冲动，浪费他的苦心？！”徐管家直接开口训斥秦苒。

实际上，徐世影的死跟秦苒有些关系，但徐管家知道，就算没有秦苒，徐世影也难逃这个命运。

他这么说，完全是因为想要秦苒惜命。只要秦苒不要这么冲动，在程隽身边待着，就算是欧阳薇跟明海都不敢下手。

可秦苒冲动了，露出的破绽一多，徐世影这一死，谁都保不住她……

“因为我？”秦苒终于从徐管家口中了解了一些事情，她从来不知道，自己的身份这么重要。

她在门口停下，没有什么表情地看了病床一眼：“明海的心腹是吗？我知道了，你们等我回来。”

说完，她拿着手机，朝电梯走去。

她错了，陈淑兰也错了，避开那些人并没有用。

就算外公躲到了灵海镇，还是躲不开一场爆炸案。

躲不开那些研究员的惨死。

躲不开徐校长的离世。

甚至连宁薇都受到了牵连。

陈淑兰死也不踏入A城，还是躲不过。

那为什么还要躲呢？

“秦小姐！”徐管家站起来直接追了出去，他没想到都这个时候了秦苒根本就听不进去任何话。

程木也没想到秦苒直接离开了。

身后，顾西迟跟程水都不是傻子，从徐管家嘴里听出了一些门道。

这两人多多少少都是知道秦苒性子的——宁为玉碎，不为瓦全。

能去地下角斗场打黑拳的人能是简单、退缩的人？

眼下秦苒就这么跑出去，肯定是找欧阳薇或者明海那些人了。

两人面面相觑，脸色多少都有些变化，也随之追了出去。

“秦小姐，您先别冲动，等老大回来。”程水拦在电梯前，他对欧阳薇也是有些忌惮的，才会拦住秦苒。

秦苒直接抬头，脸上一片冷色，眸子又出现了初见时的血光：“你们打不过我的，让开。”

程水想拦着，然而秦苒说得没错，地下角斗场的拳王，程水确实拦不住。

在秦苒冰冷的目光中，程水张了张嘴，几乎是叹息着让开一条路。

秦苒直接走进电梯。

程水和顾西迟虽然不知所措，也都跟了过去。

徐管家担心秦苒的安危：“秦小姐，您再这样，程少都保不住您……”

“叮——”电梯门打开。

秦苒目不斜视，直接往医院大门外走。

程水沉默地跟着，已经联系了程隽、程火等人，徐管家还在苦口婆心地劝。

一行人出了医院大门，就看到医院门口站满了两行身上几乎都沾了血气的黑衣人。

徐管家面色一变：“肯定是他们的人，秦小姐，用不着意气用事，我早说了您跟小少爷就不应该回来。”

秦苒直接绕开了徐管家，走到一众黑衣人面前。

为首的黑衣人往前走了一步：“青林待命！”

青林，巨鳄手下第一大将。

秦苒在M洲的时候就同青林、巨鳄见过一面。她在巨鳄那边的威信很高，虽然巨鳄没明确说，但他的手下知道，巨鳄是把秦苒当作兄弟看待的。

秦苒回A城的路上，巨鳄早就到了，两人的默契在。

秦苒到达医院没多久，青林就赶过来了。她抬头看着青林，脑子里已经没了其他想法，只有一股早先就被压抑在内心的血气，外婆曾经警告过的，外公曾经叮嘱过的……

她曾经好不容易遗弃的，今天都要一一地捡回来。

“留一队人在医院，”秦苒手紧握成拳，她侧身看向青林，“其他人去欧阳家！我要活的！”

“是！”青林转身，向后挥手，“出发！”

这种事青林也不是第一次做了，在常宁跟秦苒的刻意隐藏下，巨鳄这次带过来的人马都是万中挑一的人物，队伍杀气凛然，浩浩荡荡地朝欧阳家的方向前行！

程水往前走了一步，想要跟上，却被青林拦住了。

“先生，请止步！”青林毕竟是上过战场的，目光如刀刃。

从他阻拦自己的力道中，程水就能看出来，面前这个男人的实力丝毫不比自己弱！

“砰”！车门关上！只留下青林的一队人马守在医院。

这行人一看就不简单。

徐管家除了先前出了大门时跟秦苒说上一句，其他一个字都没蹦出来，只呆愣地看着秦苒等人离开的方向。

程水看着秦苒所坐的车离开的方向，眉微微动了动：“A 城什么时候多了这些人……”

青林他们一看就不简单，绝对不会比彼岸庄园的那些人弱。

秦苒跟他们走了，程水有些担心，准备打电话给程隽。

程水看向徐管家：“你先上楼，处理后事。”

徐管家着急地看着程水：“秦小姐她不会有事吧……”

“不会！”程水瞥徐管家一眼，然后拿着手机直接离开。

电话打通，那边的程隽一改往日的慵懒，惜字如金：“说。”

“徐老爷子离世这事有点可疑，”程水眯眼，抬抬下巴，让程木开车，“秦小姐去欧阳家了，带的人……不像是普通人，为首的那个人身手同我差不多。”

程隽这边，听完这话的程火立刻站起来，他看向程隽，连忙开口：“我们带些人马过去！”

“你带人去，”程隽起身，眸色沉敛，“我先去一趟医院。”

程隽看起来似乎并不着急秦苒的事情，他自己开车去了医院。

身后，程火也打了电话给程水。他站在程家大门口，看着程隽的背影，不由得瞪眼：“老大都不去看秦小姐的吗？他没事吧？”

竟然要先去医院？莫不是徐老的死打击到他了？

电话那头的程水也正开车去欧阳家，对于程火的问话，他沉默了一下：“你人不要带太多……”

与此同时，欧阳家。

欧阳薇正在房间内跟人通话。

“明先生，”她坐在书桌前，翻了翻资料，恭敬地开口，“巨鳄已经确定来了，他没那么低调，但他来 A 城的原因我不知道。”

“‘129 侦探所’目前有什么想法？”电话那头的明海语气很淡，“能尽量合作，就不要与之为敌。”

对于之前混迹在 F 洲的常宁，明海十分忌惮。

“好，不过……”欧阳薇皱眉，“129 侦探所”太过古怪，她能考到中级会员已经是顶尖了，“我不知道‘129侦探所’内部会员有什么规定，但至今常宁他们没有任何一个人联系我。”

“正常，”明海倒不奇怪，“他们五大内部会员都不是好惹的，除了常宁跟巨鳄，其他三个人都查不出来一点东西，尤其那孤狼跟晨鸟，你想要参与内部，还差点距离。”

不过短短两年就能到中级会员，已经很优秀了，也为明海收集了不少资料。

“谢谢明先生。”欧阳薇笑了笑，说话间，她又顿了顿，“程少那边……”

“他快要顶不住了，”明海淡淡开口，“等他发现没有我，连身边的女人都护不了，就会找回来了。”

听到这一句，欧阳薇面色变了变，觉得“身边的女人”这几个字听起来十分刺耳。她挂断了电话，然后坐到书桌前，打开“129侦探所”的官网，开始查看最近巨鳄的消息。孤狼、晨鸟、渣龙她暂且放下，巨鳄是最好攻克的一个。

欧阳家门外，现在欧阳家作为四大家族之一，虽然底蕴及不上其他家族，但护卫不少。

青林这行人杀气腾腾，一看就不是什么普通人。看门的两人立马拉起了警戒线，警惕地堵住大门：“站住，什么人，敢私闯欧阳家？”

秦苒眸中杀意凛冽，她想不通这些人暗害徐校长的目的，但此时她已经顾不了那么多了。她连余光都没有给两个护卫，直接闯入大门。

两个护卫想拦秦苒，却连秦苒的衣角都没碰到，就被青林跟另外一人，一人一个被扔到了门内。

秦苒一路往屋内走。

欧阳家的院子里有些灯光，冷佩珊同欧阳家家主一行人正从屋内出来。

“秦家的事情就暂且别管了，最近IT界对他们的工程有很高的关注度。”欧阳家家主眯了眯眼。

冷佩珊上次在发布会上丢了大脸，此时听着欧阳家家主的话，极其不服气，却也不敢说什么，只抿着唇，面色不爽。

两人正说着，前院人影混乱，忽然隐隐约约传来警报声。

“什么事？”欧阳家家主拧眉，侧身看向管家。

事发突然，管家也没收到什么消息：“好像就在校场，应该是意外。”

欧阳家家主皱眉，往前面走着。如今这个情况，A城敢打欧阳家主意的人没有几个，程家老爷子死了，如今程家如同一盘散沙，料也不敢在欧阳家动土。几个人都不太在意，没觉得会有什么事情发生。

转过一道长廊，他们出现在欧阳家前面的校场。

此时是夜晚。

欧阳家家主跟冷佩珊到的时候，校场上几盏白炽灯猛然亮起，一束束灯光打在校场上一众喋血的人马身上。

冷佩珊看到站在所有人前面的秦苒，她手背在身后，应该是在想什么事情，听到有人来了，她缓缓抬头，眉眼没有往日的散漫，只有无边无际的冷，像是看不到头的夜空："不想死的话，就让欧阳薇出来。"

秦苒是A城最近的新锐，不说其他人，欧阳家家主都对她有所耳闻。

听到秦苒的话，欧阳家家主一顿，以为自己听错了，觉得有些可笑："秦苒，你再说一遍？"

如今程家失势，秦苒跟程隽在A城的影响力小了一半，就是新出来的云光财团让人捉摸不透。

秦苒没说话，青林直接抬手，手下众人的激光武器全都亮出来："不想死的话，让欧阳薇出来！"

"嘀嘀嘀——"与此同时，校场上数十个倒计时计数器瞬间响起。

欧阳家家主也不是没有见识的人，听到这些声音，再看看秦苒冷酷没什么表情的脸，就知道她不是开玩笑，是认真的！

"让小姐过来。"欧阳家家主自然是不敢惹秦苒，直接往后退了一步，偏头吩咐管家。

不用欧阳家家主说，身边的人已经通知欧阳薇了。

如今欧阳家虽然说有家主，但实际上所有人都知道，做主的还是欧阳薇。

没过多久，欧阳薇就出来了。她刚给明海打过电话，心里对秦苒也有些郁气，看到秦苒，她眯了一下眼睛。

秦苒身边的人对她来说，都十分眼生。

秦苒来者不善，欧阳薇能感觉到，她面色却是淡定，笑得优雅："秦小姐？"

"徐校长……徐老的事你有参与？"秦苒脸上没什么表情，一双深寒的眸子看向欧阳薇。

虽是疑问句，却是肯定语气。

欧阳薇表情一僵，徐老爷子的死讯她还没有收到，但看秦苒的样子，她有些明白过来，不由得皱了皱眉："你什么意思？"

"没什么意思，"秦苒转身，看向青林，"把她跟欧阳家家主带走。"

欧阳薇心机深，但身手却不行，根本就不是青林的对手。

"秦苒，你想干吗？"欧阳家家主一愣，没想到秦苒是来抓欧阳薇走的，更没有想到这个节骨眼上，秦苒的胆子竟然那么大！

她还敢这么嚣张？她不怕死吗？！

"合法拘留，"秦苒看了欧阳家家主一眼，直接转身离开，"带走！"

至于欧阳家其他护卫，还没近秦苒身，就被青林等人清扫开了。

"没事，爸，"欧阳薇不动声色，脸上半点儿也没有慌，"我不会有事，他们不敢动我们的。"

听了欧阳薇的话，欧阳家家主心情稍微平静了一点。

秦苒一行人来得快，走得更快。

等程火带着一行人赶到的时候，秦苒刚出门，欧阳家只剩下了一行苟延残喘的败兵。

程火有些蒙，他转了转头，看向刚赶过来的程水，现在他终于知道，为什么程隽等人一点也不着急了："程……程水？"

程水也缓缓地松了一口气，他拧眉，略微思索："秦小姐应该回别庄了，一起去。"

程隽除了在J大周边有个公寓，在靠近郊区的地方也有别庄。

程火点头，秦苒的车队就在前面不远处，他沉默了一下，看向程木跟程水："你有没有觉得，秦小姐有点嚣张？"

程水没说话。

程木倒是冷静，他淡淡地看了程火一眼，直接踩了油门。

别庄。

青林一行人身上的血气实在太重，欧阳家家主心底有些不安。青林等人没有铐住他，他拿出手机偷偷打电话。

青林一把将他的手机拿过来："秦小姐。"

秦苒下车，看了欧阳家家主一眼："让他打！"

青林对秦苒的吩咐没有任何意外，把手机又扔给欧阳家家主。

见秦苒让自己打电话，没有没收手机，欧阳家家主连忙拨通了电话。

"秦苒……"电话那边的人接到报警，本来在记录消息，在电脑上输入"秦苒"两个字之后，顿了一下。

接警人员看着电脑上显示的消息，深吸了一口气："欧阳先生，秦小姐是执行任务，抱歉，您可能要找大队那边。"

电话被挂断。

欧阳家家主一路上都不是特别紧张，这个时候，终于有些忍不住了。

"薇薇，我们没事吧？"他看向欧阳薇。

欧阳薇心性很好，她的动作依旧优雅，不显半点儿慌乱，只是笑了笑："爸，你放心。"

“关进地下暗室。”秦苒没听两人的对话，直接吩咐。

这件事青林他们做不了，这里毕竟是程隽的地盘，程水连忙往前走了一步：“把他们带下去，顺便带两个兄弟下去审问一番。”

徐世影的事情满是疑点，秦苒既然带回欧阳薇，程水自然不会袖手旁观。

“秦小姐，还有其他吩咐吗？”青林左看看，右看看，没有其他事情，朝秦苒拱手。

秦苒摇头，顿了一下，才开口：“谢谢。”

“不敢不敢！”青林挠挠头，连忙往后退了两步，“这算什么，您要还有其他事情，直接吩咐我。老大还在跟那边喝茶，特地让我跟着您的。”

他说的那边，自然是常宁。

“用不着了，你先回去吧。”秦苒朝他点点头。

“行，有事您联系老大。”青林一挥手，让人撤下，“医院那边的人就留在那里。”

青林提到医院。

秦苒抬头，看向程水：“你先审问，我去一趟医院。”

医院。

“程少。”看到程隽，徐管家不由得低头弯腰。

程隽先是看过了徐校长，闭了闭眼，然后深吸了一口气：“你跟我出来。”

这句话是跟徐管家说的。

此时，医院走廊上的人络绎不绝。

程隽走到走廊尽头，他手里捏着一根烟，骨相清瘦，侧着身体，眉眼很深：“徐管家，徐老这么大的事情，之前为什么没人告诉秦小姐？没有半点风声？你不知道，徐老不该不知道她的性格。”

徐家一大家子的人都瞒着秦苒。

陈淑兰死的时候程隽就能感受到秦苒内心的痛苦，现在又出了徐校长这件事。

程隽不由得抿唇。

他不敢想象，不弄清楚这件事，秦苒会有多自责。

这声音把徐管家的思绪拉了回来，他摇头苦笑：“还是瞒不过您，是老爷自私了……”

程隽知晓这件事有内情，他眯眼看向徐管家。

徐管家直接朝程隽跪下：“程少，您应该知道徐家能走到如今这个地位是靠物理研究院。”

这件事程隽也是最近才知道的，物理研究院他关注得不多，大部分信息都是从秦苒带回来的研究院的资料上了解的。听徐管家这么一说，程隽想到了一个可能，他不由得握紧了拳。

“宁迩先生当初是物理研究院第一人，身怀机密，被人逼迫，当初徐家为了掌握物理研究院袖手旁观，反而是秦家人出手相助。宁迩先生跟秦老爷子是兄弟，两人都是惊才绝艳的人物，却都没有好下场……”徐管家朝程隽重重地磕了一个头，“老爷……老爷他愧对秦小姐，眼下秦小姐进了研究院，他的遗愿就完成了。”

程隽的指尖有些凉意，没有开口。

徐管家再度重重地磕了个头：“当初在云城，老爷找了秦小姐，秦小姐不答应，他再三思索之下，在陈教授临死之际，才敢找了陈教授……这一次，老爷知道了当初徐家先辈做的事情，宁死也不来医院，最后是我跟诸位管事求着他来的。”

徐家踩着宁家人的人血馒头上位，徐世影一身清高，除了把研究院还给宁家后代，也不知道能做什么。

徐世影一心求死。

把这件事告诉秦苒？别说徐世影，就连徐管家，也没有这个脸。

徐家先辈踩着宁家人上位，在宁迩被逼迫的时候甚至都不敢出来。徐世影最想得到宁迩跟陈淑兰两人的谅解，只是两人已经离世……

程隽任由徐管家跪着，他没有说话，只看向走廊尽头。

好半晌，他才开口：“你起来吧。”

徐管家跌跌撞撞从地上爬起来，他似乎有所感觉地朝背后看了一眼。

对面，电梯门缓缓合上。

徐管家没看清电梯里的人。

别庄，程火坐在大门口，看到秦苒跟程木回来，不由得惊讶地抬眸：“秦小姐，你这么快就回来了？”

秦苒周身的气息似乎比刚刚更冷了，她抬头，满脸寒霜：“问出来什么没有？”

“郝队也来了，目前没进展，我带你下去。”程火一边说，一边带着秦苒往地下走。

“嘴巴很硬。”程水跟郝队看到秦苒下来了，都往外面走，透过单向玻璃看里面的欧阳薇，皱眉。

郝队看向秦苒：“而且，她背后的人太多，不好动。我似乎收到巨鳄的大批人马来A城的消息……”

“是吗……”秦苒喃喃开口，她点点头，直接推开玻璃门进去。

“秦小姐……”程水跟郝队等人连忙追进去。

秦苒看向欧阳薇：“你是怎么拷问徐老师的？断十指？”

她朝身边的人抬抬下巴，这里的人都是程隽的心腹。

“秦苒，你敢？！”欧阳薇把玩着手机的手顿住，面色一变。

“我为什么不敢？”秦苒手撑着桌子，慢慢逼近欧阳薇，眸色冷清，“你还想仗势欺人？谁？欧阳家？明海？他们敢在A城动手吗？我想想，还有‘129侦探所’是吗？”

秦苒低头，看着欧阳薇的手机上“129侦探所”官网上巨鳄的页面，她伸手一个数字一个数字地按了一串号码：“这是巨鳄的电话，我帮你打了。”

跟着秦苒进来的还有郝队跟程水等人。听到秦苒的话，这两人面面相觑。

巨鳄？这位是今天A城一部分势力的话题中心人物。

秦苒要打巨鳄的电话，一边正思忖着的程火都愣了一下，他张了张嘴，然后惊愕地看向跟着进来的程木，无声地询问——“秦小姐究竟是哪个势力的？”

秦苒自然不可能说谎。

欧阳薇查过秦苒的资料，不止一次。但她都没有查到太多内容，网上关于秦苒的消息不少，但大部分传言都被删除了。此时看到秦苒在她手机上按的号码，欧阳薇顿了下，才抬头，目光落在秦苒身上：“你以为你说一句我就会信你？”

巨鳄是谁？先不说他是“129侦探所”的元老，就算在M洲也有他的一席之地！

他做的不是什么小生意，同他有过交易的势力数不胜数。眼下也是A城局势不稳，四大家族濒临危机，若不然，他们决不敢放巨鳄这种危险人物进边界。

欧阳薇动用了那么多种办法查找，至今连巨鳄的联系方式都不知道。对于秦苒的话，欧阳薇半个字也不相信。

但是巨鳄今天才到，秦苒竟然就知道巨鳄的消息，还知道她在找巨鳄，欧阳薇低了头……手指却是微微攥紧。

实际上，欧阳薇表面淡定，心底却有些慌了。

秦苒今天的表情异常冷静，她微微眯眼：“是不是假的，你很快就知道了，你看今晚有没有人敢来捞你。”

“我等明海，等你的势力，你的电话我也不会关机。”秦苒冷静地看向欧阳薇，目光平静到如同看着一个死人，“我等着，看看是你能出去，还是我比你先死！”

“啪——”秦苒把欧阳薇的手机扔到桌子上，然后转身出门。

她扔手机的时候，手里的电话被她拨通了。

“喂——”对面一道低沉，又带着点异域风情的声音响起，听起来有些冷漠。

暗室内，程水、程火、郝队、欧阳薇跟欧阳家家主都在。

此时每一个人心中都想着同一件事——这不会真是巨鳄吧？

欧阳薇紧抿着唇，没有说话，倒是程水往前走了一步，他若有所思地开口：“您好？”

“没钱，不买房，有车险了，暂时也不缺车位，不投资，投资找渣龙，只缺飞机，还缺火箭，没事我挂了。”对面的人声音听起来极有素质，声音又小了点，“怎么刚到A城就有营销电话给我推销，我电话号码什么时候又被渣龙卖给广告商了？”

然后，他就直接挂断了电话，语速不快，还带着点狠意。

欧阳薇的手机通话时间不足一分钟，但暗室内十分安静！

提到渣龙了……秦苒不会那么无聊，会找人来演这出戏。

欧阳薇本来还有点笃定的脸，此时也白了起来。

等程水一行人离开，欧阳家家主才看向欧阳薇：“薇薇，我们……那人是不是真是巨鳄，就是……是边境那……”

欧阳薇手指紧握着手机，没出声，但掌心的手机几乎要被她捏爆。

“薇薇，秦苒想知道什么你跟她好好说！”欧阳家家主脸色微微发白，“巨鳄不是好惹的啊，难怪大队那边不敢管……”

“闭嘴，怎么可能是他！”欧阳薇冷喝一声。

与此同时，常宁这边，巨鳄正坐在沙发上，把手机关了随手扔到一边，拿了罐啤酒仰头喝了半罐。

常宁瞥他一眼：“广告？”

巨鳄表情一如既往地不高兴：“不知道。”

没备注的，一律当作广告处理。

主要是渣龙坑他的次数太多了，巨鳄还找秦苒帮他清理过手机软件。

“孤狼那边情况怎么样，”因为秦苒没来，常宁也没带他们去黑街地下酒吧一类的娱乐场所，只在自家开了一箱啤酒，“要帮忙吗？”

“她那边情况不清楚，青林已经回去了。”巨鳄随意地摆手，他再度喝了一口酒，看向对面坐着的何晨，微微抬眼，“你看起来有点心事，我记得你的家族没有陷入A城这场战争吧？”

“没，”何晨靠着沙发靠背，淡淡抬眸，“我在想着离婚的事情。”

“咳咳……”

“咳咳……”

这话一出，巨鳄跟常宁两个非常正经的人都呛到了。好半晌，常宁抽了一张纸擦了擦嘴角。他看向何晨，抿唇，匪夷所思地问：“你……结婚了？”

这是什么时候发生的惊天秘闻。

“好兄弟，你都不吱声的吗？”巨鳄放下啤酒，不由得惊讶地看向何晨。

“协议结婚，有点原因，时间要到了。”何晨搭着腿，把啤酒罐捏瘪，瞥两人一眼，“别激动。”

“好吧。”常宁点点头，他装作淡定地低头喝啤酒，眼神却还是忍不住看何晨的方向。

何晨将啤酒罐直接砸到常宁那边：“看什么看？！”

她懒得理会这两个人，想起来什么，坐直身体，直接拿了手机，发了条微信给秦苒——“M洲拳击场，你露马脚了。”

发完这条微信，何晨又重新拿了罐啤酒，单手拉开拉环，一边看着微信，一边喝着。

“129侦探所”五个元老中，何晨是那个“酒桶”。

微信上，瞿子箫询问了她一句，何晨瞥了一眼，直接忽略没回，她在等秦苒的电话。

果然，没过两分钟，何晨手里的手机响了。她低头看了眼，正是秦苒。

何晨随手接起来，本来想往沙发靠背靠着，又想起来什么，看了对面的两个男人一眼，她不由得顿了一下，然后站起来，走到阳台上，并关了阳台门。

“晨姐。”电话那边，秦苒站在别庄二楼程木给她收拾的房间里。

房间内灯没开，秦苒站在落地窗外，看着楼下程隽的车缓缓开进来。

何晨比秦苒要大六岁，在何晨的强烈要求下，秦苒叫她一声晨姐。

“我得到的消息不多，”那边的何晨趴在阳台上，“但因为关于你，我查案子的时候，顺便查了一下M洲地下联盟？”

听到这一句，秦苒就知道何晨得到的消息不会有假——毕竟一般人也查不到这一层。秦苒停了好半晌，才缓缓点头：“没错。”

“那就没查错，”何晨笑了笑，“小妹妹，小心点，资料也得抹干净点。啧，真没想到啊。”

“还有痕迹？”秦苒拧眉。

何晨摇头：“不清楚，不过应该还有你的心腹吧？”

听到这一句，秦苒没出声。

何晨等了好久，都没有听到秦苒的回答，她也就不问了，秦苒身上牵扯的东西太多，多到她都不想去查：“行吧，不过，我想提醒你一件事，A城最近发生的事，未尝不是有人想要逼迫你。”

“我知道了。”秦苒一双黑漆漆的眼睛看着楼下。

楼下程隽也在打电话，似乎感觉到有人看他，他微微抬头，朝窗口这边看过来，顿了一下，然后挂断电话往楼上走。

“知道就行。”何晨知道秦苒一向有自己的想法，“我就提醒你一下，最近A城有什么事交给巨鳄，常宁老大应该跟你打过招呼了吧？”

“嗯。”秦苒点点头。

两人说了几句，就挂断电话。

秦苒刚切断电话，就听到了不轻不重的三声敲门声。秦苒没转身，只依旧站在窗外：“没锁。”

程隽等她应了声，才推门进来。

“刚刚在医院……徐管家的话，你全都听到了？”他站在她身侧，也没开灯，就着外面不怎么明显的光线，看着她。

秦苒只点了点头，没说话，脸上连表情都没有。

她一开始是谨遵陈淑兰的吩咐，不答应徐校长。但这几年，徐校长在她心中的地位仅次于魏大师。

徐世影在她心里的分量很重。

直到现在，即便徐世影一心求死，秦苒也不敢相信，明明前些天，还信誓旦旦要护着她护着程隽的人，现在怎么就冰冷地躺在了床上。

“徐老他就是这样的人，”程隽叹息一声，伸手把人抱住，看着外面的灯光，“从他把你定位成唯一继承人的时候，你就该知道他是一个多么清高自傲的人。他知道了当初你外公离开A城的真相……他、他是去找你外公外婆了。”

知道徐家的崛起是靠什么，徐世影只能这样做。

“我有点不能原谅他什么都不说，”秦苒从知道徐世影去世之后一直都没哭，这个时候，却是忍不住了，她苦笑，“更原谅不了自己……”

她若不是专注秦家的事，若不是专注找自己外公死亡的原因，至少会发现徐家的不对劲！至少能阻止徐校长！

“你阻止不了他，”程隽松开手，他的两手按着秦苒的肩膀，低头，语气前所未有的认真严肃，“徐老风骨多傲，你不知道？他以前看不惯方震博的作风，但徐家人当初比方震博更加恶心。徐老的死是道歉，也是明志，这对他来说是一种解脱。他跟你外婆不一样，你外婆当初是放心不下你。”

程隽还有一句话没说……

徐老的死……歉意是一回事，可……他同时也在刺激秦苒。

很明显，徐老目的达到了。

程隽抿唇，看向门外，眸色冷沉，若是早知道徐世影这么多心思，他怎么也不会让秦苒去拜师的！

徐校长离世的消息很快就在A城炸开。

葬礼是徐管家跟徐摇光两人操持的。

先是程老爷子，再是徐校长，这一切同当初秦家相似，A城老牌家族都记得，当初秦家覆灭，就是因为秦家老爷子因未知原因死亡，才让欧阳家族后来居上。

而徐校长的死，又给A城的人敲响了一个警钟。

与此同时，A城，金融中心高层办公室内。

黑衣男人敲门，恭敬地进去："先生，欧阳小姐她……"

"什么？"明海微微转身，看向黑衣男人。

黑衣男人单膝跪地："欧阳小姐被秦苒抓走两天了，而且……我们进去寻找的人，都消失得无影无踪！"

"秦苒？"明海把茶杯放下，挑眉，"我还真小看她了？"

黑衣男人没敢说话。

明海手指敲着茶杯，忽然笑了笑，声音平淡："行，我亲自会会，她到底有什么好的，是什么三头六臂。"

"您要亲自见她？不过就是秦家的余孽，"黑衣男人一愣，"完全没必要。"

A城四大家族，在明海这行人眼里，确实不算什么，所以那天欧阳薇半点也不着急。

"无妨，我倒要看看，"明海一阵冷笑，"我那儿子到底在想什么。"

黑衣男人看明海似乎是决定了，也不再劝说，只略微颔首。

翌日，徐家。

"少爷，您真的不应该回来。"徐家几位长老看着徐摇光，不由得叹息。

徐家大部分的人都被遣散去了M洲，如今留下的不过是中坚力量。这一次徐家也是元气大伤。

徐摇光跪在牌位前，不说话。

"几位长老，接下来的事情还要麻烦你们，"徐管家朝几位长老拱手，"这一次我们徐家也步入秦家的后尘，打我们主意的人不少，葬礼流程，需要好好注意，别被人乘虚而入。"

尤其是欧阳家这一类的家族，还有不少想把四大家族踩到脚下的一流家族。

这一次对徐家来说，是一次前所未有的浩劫。

徐家所有人忧心忡忡。

"秦小姐。"就在一行人说话的时候，外面的护卫扬声道。

大厅内的徐管家跟几位长老负责人连忙停了话语，朝外面看过去。

秦苒第一个进来，她身后一步远的地方跟了一个年轻人。

“秦小姐，这位是……”徐管家看向那年轻人，认出来，这不是程木，而是昨晚在医院看到的那人。

“青林。”秦苒偏头，对着徐管家介绍，“从今天开始，由他负责徐家人的安危，徐管家，你们有事直接吩咐他。”

“徐管家，”青林朝徐管家拱手，“把我们当保镖就好！”

说着，他挥了挥手，从院子外进来了一行人，都是穿着黑色衣服的铁血青年，身上别着白色的花，训练有素地站成了两排！

秦苒越过徐管家，跪在了灵位的另一边，恭恭敬敬地磕了三个头。

“徐管家，这些人……”另一边，几位长老张了张嘴，看向徐管家，“这些人是谁？看起来不像是普通人……”

“我也不清楚，”徐管家顿了顿，“好像是秦小姐的朋友。”

秦苒没有具体介绍，只说了青林的名字。

青林？徐管家跟几位长老都非常陌生，没有听说过。

秦苒在徐家待了两个小时，徐摇光从昨天到今天都不在状态，秦苒帮着处理了一些琐事，才从徐家离开。

门外，程木坐在车内等她。秦苒还没走到停车场那边，就有一个黑衣男人拦住了她：“秦小姐，我们老爷想找你聊聊。”

“滚。”秦苒声音很冷。

她最近几天都没有睡好，眼底氤氲着血气，又邪又冷。抬头的时候，她眸底的锐气几乎化成刀子。

黑衣男人不由自主地往后退了一步，他完全没有想到秦苒会是这个态度。

秦苒直接越过他离开。

黑衣男人愣了半晌，才开口：“我们老爷子，是明海先生。”

秦苒的脚步猛然停住，她抬了抬头。

十分钟后，几条街外的咖啡厅。

程木将车停好，抬头：“秦小姐，你要去见朋友？”

“嗯。”秦苒淡声道。

程木难免有些好奇，他先去停车，没立马进去，只是停车的工夫，朝咖啡厅的方向看了看，一眼就看到了坐在窗边的中年男人。程木脸色不由得变了变，他坐直身体，立马给程隽发了一条短信，然后迅速停了车，用最快的速度进去。

几乎是秦苒刚进去，程木就站到了她身后，

秦苒伸手拢了拢外套，也看到了坐在窗边的中年男人。她直接走过去，在他对面的椅子坐下，态度有些随意不羁，只是眉眼聚拢着不怎么明显的狠劲儿。

“你找我？”秦苒往椅背上靠了靠，抬眸看向明海。

明海从秦苒一进来就开始打量她——坐姿随意，举止不雅，身上一股子市井流氓气息，他下意识地皱了皱眉：“秦苒是吧？”

秦苒有些不耐烦了，声音清冷：“别废话。”

她按着眉心，已经很久没有出现这个症状了。

“是你带人抓了欧阳薇？”明海端起咖啡，喝了一口，声音平稳。

他若有所思地看向程木，程木这个样子……对秦苒太恭敬了。

秦苒猜到明海是为了这件事，她半点儿也不意外，只是提起这个，她脸上覆了层寒霜。

“我已经让人去程隽的别庄了，大概再过两个小时，欧阳薇就能安然无恙地出来。纵使你知道徐世影的死跟她有关系又如何，你不敢动她。”明海看着秦苒，微笑着开口。

听完，秦苒没什么动静，程木脸上倒是出现了愤怒之色。

明海看着程木的脸色，不由得笑道：“何必生气，你们应该早就能预料到结果。”

程木连忙看秦苒：“秦小姐，你……”

他原本以为秦苒会生气，却没想到秦苒笑了。她手搭在桌子上：“明先生，我想你还没有收到消息，欧阳薇她现在在哪儿吧，嗯？”

明海有些出乎意料，他看着对面的白瓷杯子，再抬头看着秦苒，嘴边扬起的笑容一点一点地敛下。

秦苒这话……“129 侦探所”名下的刑侦工作室？“129 侦探所”在刑侦界不是歇业许久了？

“欧阳家现在什么情况？”明海抿了抿唇，心里有点不确定，秦苒跟程隽的情况他知晓得七七八八，云光财团跟 M 洲物理界那边都有联系。明海的心腹不用明海去说，已经让人联系欧阳薇那边了。

欧阳薇昨天是笃定秦苒不敢动自己，所以没有立马联系明海。毕竟被自己向来不放在眼里的秦苒扣住了，这对欧阳薇来说无异于一个耻辱。

直到感觉不对的时候，欧阳薇才开始联系明海。

明海的心腹打完电话，一张没有表情的脸也变了变。

明海注意到心腹的脸色，不由得抬眸，抿唇问：“出问题了？”

心腹抬头，脸上有些惊疑：“欧阳小姐因为涉嫌谋杀罪，被扣押在刑侦大队……”

对面的秦苒听到这个回答毫不意外，她右手按着桌子，直接站起来。然后，她拿起自己一直没动过的咖啡杯，朝明海举了举，才喝了一口，脸上并没有什么笑意，一如以往的冷淡，就连声音也冷淡：“感谢招待。”

随着她的声音，杯子“啪”的一声被她放到了桌上。

杯子是瓷白色的，里面的咖啡还有小半杯，浓香的褐色咖啡在杯子里晃晃悠悠。

除非特定的人，在秦修尘、陈淑兰还有几位老师面前秦苒会收敛一点。现在能让她收敛的人越来越少，她也向来是嚣张惯了，明海想要在她面前装腔作势地碾压，只能说找错对象了。

“走。”秦苒看了程木一眼，转身径直离开。

素色的风衣随着她的转身，划出一道弧度。她容色冷酷，动作干脆利落。

程木一愣，还没怎么反应过来，但下意识地随着秦苒离开。

咖啡厅本来就被明海包了，没什么人，此时气氛更冷。

秦苒刚出咖啡厅，就看到程隽裹挟着一身寒气走过来。她脚步停了一下，抬头看他。

“先去车内等我。”程隽一双眼睛漆黑深邃，寒意逼人，只在看到秦苒的时候稍微柔和了些许。

“你进去？”秦苒抬头，询问地看向程隽。

程隽表情淡漠地看了眼咖啡厅，顿了下，才道：“你等我两分钟。”

“行。”秦苒颔首。

“这是欧阳薇交代的事，我刚刚去了郝队那里一趟。”程隽把手里的密封文件递给秦苒，“你先看看，我马上回来。”

秦苒点头，随意地朝他挥了挥手。

咖啡厅窗户边的座位上。

明海面色沉郁，看到程隽过来，半点儿也不惊讶，只若有所思地看着程隽：“这么着急？看来这个秦苒对你的影响确实很大。”

明海笑了笑，人就怕没有缺点。

“以后不要找她。”程隽没有坐下，也没有纠结明海话里的深意，只居高临下地看着明海。

“那你得防住我。”明海笑道，沉默半晌，他才眯眼问，“你们把欧阳薇怎么了？儿子，我倒是小看你了，不过……”明海说到这里，又笑了笑，拿出一根烟来，“你们是有点名堂，但你身边那个姑娘太过自负了。程隽，你说我今天会让她离开吗？”

程隽这么好的软肋，明海不抓住，那也不是他狠辣的作风。

明海朝心腹看了一眼，心腹连忙点头，他按了一下耳边的蓝牙耳机：“抓住她！”

咖啡厅门口有明海的人。

“咔嚓——”明海打开打火机，点了一根烟，这才抬头看向程隽，他嘴边挂着一丝漫不经心的笑，却发现程隽脸上没有丝毫惊慌之色，只面色淡定地看向门外。

明海一愣，程隽这反应倒出乎意料。

他下意识地顺着程隽的目光看向咖啡厅外。

不远处，秦苒跟程木正往车边走。兜里的手机振了两下，她拿出来看了看，是何晨的电话，她随手接起来。

门外站着四个明海的得力保镖，没有明海的吩咐，他的手下自然不会放秦苒离开。秦苒刚接起电话就被人拦住，她似笑非笑道：“确定要拦我？”

四个保镖眯眼看着秦苒，没让开：“秦小姐，请留步！”

秦苒点点头，对电话那边的何晨说了一句：“等我一分钟。”

那边何晨把手中的摄影机放下，听到秦苒这边的声音，不由得挑眉：“没事吧？”

“没事。”秦苒淡淡开口。

“好，你先把手边的事忙完。”何晨拿着手机，也没挂断。

秦苒抬头，把手机随手丢给程木。

程木非常了解地拿好手机，往旁边退了两步。

秦苒把风衣的扣子一粒粒扣上，很平静地看向面前的四人，一点一点收起了脸上的漫不经心，她抬了抬手：“一起上吧。”

一分钟后。

“砰砰砰——”明海的四个保镖四仰八叉地躺在地上。

秦苒还站在原地，她低头把袖子一点一点放下。

上午的阳光不算炽烈，映照在她精致的脸上，周身冷酷的气息更加慑人。

“秦小姐。”程木平静地走过来，把手机重新递给秦苒。

秦苒一边往街口走，一边接何晨的电话。

程木在原地停了一会儿，他低头面无表情地欣赏了一下这四个保镖的现状，才摇了摇头。

咖啡厅内，程隽收回目光，看向明海，淡淡开口：“你是没有收到消息吗？用四个保镖就想留住她？”说完，程隽朝明海拱了拱手，“不要动她。”

他轻飘飘地说完这一句，直接转身离开。

身后，明海的脸色一点一点地黑下来。

“这秦苒有点怪……”身侧的心腹看了外面躺着的四个人一眼，面色变了变。

他们这次来A城，带的都是得力干将，这四个保镖就算是他也打不过。

秦苒这么简单就打败了……心腹的面色不断变化着。

别说是他，就算是明海，也不由得眯眼：“帮我联系一下杨先生……”

车内，秦苒坐在副驾驶上，一边戴上耳机同何晨说话，一边翻着程隽给她的资料。

“欧阳薇我准备放到你那边。”秦苒冷静地开口。

电话那头的何晨挑眉：“你确定？”

这小丫头有点狠啊。

秦苒的声音很平静：“确定。”

“行，我给你发个公函。对了，云城那边我帮你盯着了，”何晨那边在开车，她笑了笑，“最近也不太平，你让我盯着的沐家我也盯着，不过还是接到A城吧。云城相距甚远，鞭长莫及。”

听到何晨这一句，秦苒翻着文件的手一顿：“我再想想。”

沐楠好说，但是宁薇那边……秦苒不确定她会不会来A城。

秦苒挂断了电话，思考了一下这个问题，才继续翻着文件。

昨天晚上秦苒离开后，就再也没有人去找欧阳薇，后来欧阳薇绷不住了，交代了徐校长的事情。

事情与徐管家说的没什么两样，确实是欧阳薇对徐校长说出了当年的实情。

欧阳薇知道的内情显然比徐校长多。

当年宁迩天纵之才，针对陨石坑他研究出好几个专利文明，本来靠这些他可以在A城跟M洲闯出一条路，但是好几方势力在背后搞动作，方震博在宁迩的一场实验中动了手脚，宁迩被辐射了。

在诸多家族逼迫宁迩的时候，徐家没有出手相助。

墙倒众人推，人人都想要宁迩手里研究出来的东西，但宁迩最后即便退出了A城，他们拿到的也只是物理实验室的地下三层的半成品。

后来的事情秦苒也推算到了。

宁迩跟陈淑兰回灵海镇隐姓埋名，但没有停止研究。

再往后，灵海镇的实验室发生特大爆炸案，好几个研究员死亡……

这一系列案件牵扯了无数条生命，跟徐家确实有些瓜葛……

秦苒面色毫无波澜地看完，已经听徐管家讲过一遍，此时再看到这些文字，她没有那么震动。

她也不能说徐家做得不对，毕竟那个时候徐家就算帮忙也无济于事，但……徐校长处处为她谋划也是真的。

秦苒闭了闭眼，她没有想到，徐校长性格会这么极端，宁可死也不愿意对她说出实情。

车停在了郝队所在的大队。

程隽下车，走到副驾驶开了车门："先下车，徐家怎么样了？"

秦苒合上文件握在手里："我让人去了徐家，能镇住场子。"

"那就好。"程隽点头，同秦苒一起往屋内走，"你小姨那边怎么办？"

他在车上也听到了她跟何晨的通话。

"我晚点问问小姨，"秦苒面色冷静，"不然我亲自回去找她。"

宁薇要是不来 A 城，她是真放不下心。

"程姐姐那边没事吧？"秦苒转而询问起程温如的事。她记得程家预备选举家主，遇到徐老爷子这件事，程家肯定要暂且停下选举……毕竟，眼下 A 城顶级家族的人都知道，再不团结，四大家族只能成为历史了。

"那边再看情况。"程隽摇头，他伸手推开门，直接进了办公室。

办公室内，程水跟郝队都在。

"老大，秦小姐。"一行人正在开会，看到秦苒跟程隽进来，连忙站起来，大队里的一行人看到秦苒多多少少都有些拘束。

"遇到难题了？"程隽看了他们一眼。

郝队把文件合上，摇头："通缉令无法执行……"他皱眉，有明海施压，就算暂押了欧阳薇也无济于事，A 城的局势该乱的还是得乱。

秦苒坐到郝队对面，抬头："不用，我有其他去处。"

秦苒一边说着，一边看手机。

手机上，何晨还是没发来公函，她那边调动公函跟人手还需要一段时间。

"哪里？"郝队一愣。

没有收到消息，秦苒没有立马回，只摇头："再等等，先带我去看欧阳薇。"

郝队直接转身，让人带秦苒去看欧阳薇。

等秦苒离开了，办公室内，郝队的这些手下才松了一口气。

"隽爷，徐老的死你有头绪没？我总觉得还有另外的势力在里面搅和。"郝队转身，看向程隽，"你这次要归队吗……"

"嗯。"程隽低头翻了翻卷宗，另一只手手指敲着桌子，一下又一下，认真又严肃。

这次要是没有程隽，欧阳薇交代得也不会这么快。

程隽能查出来的有关欧阳薇的资料很多，但她大部分都是在国际上作案，国内确实拿她没办法。

徐老这边，也没有什么证据。

“先去看看她说什么。”程隽合上资料。

郝队点头，带着程隽去关押欧阳薇的地方。

秦苒正在里面跟欧阳薇说话，通过监控室，能很清楚地听到两人的对话声。

房间内，欧阳薇面容有些许的崩溃，却还维持着优雅的坐姿，只看着秦苒，笑了一下，似乎还挺开心的：“徐老的死，我确实没想到。”

秦苒一双黑漆漆的眼睛看着她。

“我该交代的都已经交代了。”起先的惊慌之后，欧阳薇已经维持淡定了，她闭上眼，“你们可以起诉我，当然，你也可以打我，这里有监控。”

“老大，”程水放下手里的资料，若有所思地说，“欧阳薇跟徐老的死可能只有间接关系，幕后主使另有他人，所以她才不怕，全盘托出。”

“这女人！”郝队身侧的手下猛地捶着桌子，咬牙切齿，“摆明了就是知道自己不会出多大事，顶多名誉受损！”最多以嫌疑人的身份，被关押一段时间。

至于欧阳薇的其他罪证，国内不受理。这才是郝队刚刚说拿她没有办法的原因。

欧阳薇这种人，怎么可能会不给自己留后路。

何况还有明海在，欧阳薇就算被关押了，以明海对欧阳薇的看重程度，也会动用势力去救她。

“其实有一个地方可以……”郝队倒是想起了一个地方。

程水看向郝队，他摇了摇头：“你是说边界的国际监狱？那里面都是穷凶极恶之徒……程土同巨鳄交易的时候，还特地去过一次，那里铜墙铁壁的，他连大门都没能进去。”

在场的人都是听说过那个地方的，该监狱成立二十八年，没有犯人逃脱过。

对于这个国际监狱的存在，还真没人知道它的历史，特别神秘。不过，它能在战乱中安然存在，显然也不简单。

程隽微微颔首，拿出手机，指尖敲了几下，然后联系了程土。

程水看向郝队，又开口：“麻烦你待会儿删一下监控。”

监控室内的一行人，包括程水都觉得秦苒真的会动手打欧阳薇，秦苒这急性子也不是一天两天了。

郝队点头：“好。”

一行人说完，却发现视频内的秦苒没有丝毫动作，她只拍了拍衣袖，问完自己想知道的事情后，直接起身，出了询问室。

监控室内的一行人面面相觑。

程隽拿着卷宗往门外走，正好看到从对面出来的秦苒。

“秦小姐，你别跟她那种人生气……”程水看向秦苒，他推了推眼镜，安慰了一句。

秦苒把玩着手机，翻了翻邮箱，还是没消息，她摇头：“不生气。”

“我先去徐家。”虽然还有几个黑手没查出来，但徐校长死亡的具体原因，秦苒还是要同徐管家和徐摇光说一声。

还有宁薇的事情。

这种情况下，秦苒也不知道云城什么情况，不把宁薇跟沐楠接到A城，她不放心。

翌日，程隽把车停在徐家大门口。

徐校长的葬礼今天举行，今天来徐家的人很多。

秦苒下了车，停在徐家门前没有进去，程隽陪她一起站在徐家大门前。

好半晌，秦苒手里的手机终于响了一声。她低头看了看，手机上出现了一条新邮件的消息，是何晨发的。

秦苒的手顿了一下，点开看了一眼，是个公函通知。

她低头，翻开通讯录，直接找到郝队的电话，打过去：“把……”

“秦小姐？”电话那头，郝队有些意外。

秦苒轻声开口：“把欧阳薇送到国际监狱。”

这对郝队来说，是一件几乎不可能做到的事情，他顿了下，才苦笑着开口：“秦小姐，我们能拘留她，但……”

“公函已经有了，”秦苒抬头看着头顶不算炽烈的阳光，“我转发给你。”

说完，她挂断电话，把何晨发的公函发过去。

发完这条消息，秦苒才关了手机，一步一步往徐家大门口走。

电话另一边，郝队还坐在办公桌边，摆手让手下先把文件放下，点开了秦苒发过来的文件。

是一份公函——

逮捕令

20×9年公捕第196号

……

此令！

边境国际监狱

何晨

实际上，欧阳薇这个案子让郝队特别头疼。

如今A城跟国内的形势都偏向欧阳薇，各项条律对欧阳薇来说不痛不痒。

秦苒跟程隽都调动了人脉，但形势如此，就算是郝队也没办法。

“队长，我去调资料，”郝队的手下直接把文件放下，看向郝队，“程土先生那边我要过去一趟。”

他说完，郝队却没动。

“队长？”手下又叫了一声。

郝队猛地抬头看了手下一眼，却没说话，而是直接拨通了秦苒的视频电话。

秦苒这个时候已经站在了灵堂里，来往的人多，她站在徐家一众人中央，安静地看着中间徐校长的黑白相片。沉默许久，她才接了郝队的电话。

郝队回忆着刚刚看到的文件，心跳速度很快：“秦小姐，你刚刚发给我的是……边界国际监狱的逮捕令？”

“嗯。”秦苒看着灵位，没有收回目光。

“你是怎么拿到这份公函的？”郝队很清楚他们跟边界国际监狱没什么联系，倒是国际那边跟其联系得要多。那里面关着的都是国际要犯，铜墙铁壁，滴水不漏，成立二十八年，还从未发生过越狱事件。

“具体情况再说，”秦苒目光沉冷，“大概还有半天时间，那边会有人过来交接，你派几个人跟他们一路过去就行。”

“我知道。”郝队点头，顿了一下，才又问道，“那……我们大队可不可以跟他们签个合约？平日里抓捕那些跨境逃犯太难了。”

以前这种情况有程隽在，眼下程隽退出刑侦队，郝队越来越难了。眼下好不容易有了个关系户，郝队不想放过。

“我到时候帮你问问。”秦苒淡淡地回。

“谢谢秦小姐！”郝队惊喜地道谢。

秦苒挂断电话。

与此同时，身侧的程隽也收到一条消息。他看了一眼消息内容，顿了一下，才看向秦苒那边。

“小徐少，节哀。”不远处，前来吊唁的人络绎不绝。

徐摇光从最初的崩溃慢慢缓过来，眼下几天已经越来越平静了。

陆照影跟江东叶祭拜过徐校长，才往后退了一步，在人群里寻找秦苒跟程隽，但是找到人了他们也没有上前去打扰秦苒。陆母也沉默地祭拜完徐校长，不敢直视灵堂周围的黑衣保镖。

“徐家这些都是什么人？”陆母收回目光，压低声音，问陆照影。

A城不少人都知道陆照影跟秦苒熟，眼下听到陆母跟陆照影之间的对话，都看了过来。

之前所有人都以为程隽落马，接下来他的生活一定大不如从前，多的是人来打压他，谁知道他现在还活得好好的……

至于秦苒跟秦家，不仅没有被压制，秦汉秋这一脉直接拿回了主要掌控权。

徐世影这件事发生得突然，徐家内部不乏倒戈的人。

可今天一来，两排站着的黑衣人让人惊骇，找遍四大家族的人，也很难找出类似气势的人。

陆照影最近一段时间对四大家族的事情关注得不多，跟秦苒有些脱节。他摇头，没说话。

倒是他身边的江东叶若有所思地开口："不像是隽爷的手下，倒像是秦小姐的朋友的人……"江东叶是见过程水等人的，那个庄园的人同眼下这一行人气势相差太多。

一番话说完，旁边几个家族的人面面相觑，没敢再说话。

这下……A 城真的有意思了。

秦家，秦四爷这边，他现在已经不是秦家的第一股东，徐校长的葬礼他没去，是秦汉秋去的。

此时的他在书房内走来走去。

他心机很深，对 A 城的局势能猜到一点，对于欧阳薇那边他也有点预料。毕竟他也是欧阳薇的拥护者，欧阳薇很多事不会瞒着他。

"四爷，您别真怕了秦汉秋和秦苒他们，"停在中央的几个手下看向秦四爷，拧眉，"越是这个时候，越要向欧阳小姐表衷心。你现在避而不见，白白把机会让给了秦苒和秦汉秋！我们好不容易赢回来的局面全被打乱了，这样以后欧阳小姐还怎么信任您？！"

谁都知道，没有欧阳家，秦四爷这个分支是不可能扳倒嫡系一脉的。

"是啊，秦四爷……"其余的人纷纷开口。他们都是知道欧阳薇身份的，撇去欧阳家，欧阳薇最重要的是她背后的势力，还有"129 侦探所"的人脉。

秦四爷看了说话的几人一眼，摇头。眼下徐家发生的事虽然复杂，但他也能估算到徐家此次出事……肯定跟欧阳薇有点关系。

但再让他跟秦苒对上，他是真不敢了。

秦四爷脚步顿住："再等等。"

"还等什么？"几个手下匆忙开口，"您又不是不知道欧阳小姐背后是谁，你看徐家就知道得罪她的下场……"

就在这时，门外有人敲门。

秦四爷看向门外："进来！"

门外是他的心腹。

"四爷，"心腹一进来，直接单膝跪地，震惊地开口，"欧阳小姐被抓到边界国际监狱了！"

这句话一出，办公室内还要说话的几个手下直接顿住。

连秦四爷自己都没想到，他抿唇，看向心腹："消息来源可靠吗？"

上次秦氏发生的内战只有IT界跟几个家族注意，A城大部分的目光都被程家发生的事情吸引了。

大多数家族只收到了秦汉秋这一脉的消息，对于具体过程跟商业机密不清楚。但秦四爷却异常注意，他是做这一行的，更知道……能让云光财团和核心人员出手，徐家根本就做不到，所以在这之后，他彻底蛰伏了，不再帮着欧阳薇做事。

"我亲自在大队那里盯着的，"心腹点头，他深吸一口气，"眼下她已经在军事机场登机了。"

听着心腹的回复，秦四爷没有太大意外，只转身看向书房内的几个手下："你们现在知道我为什么不去找欧阳小姐了？以秦苒跟秦汉秋的傲气，不可能同意徐家或者程温如帮忙。"

这两个人都十分傲气，所以，无论是云光财团还是其他，人脉只能、也只会是秦苒的。秦修尘要是有这个人脉，也不会到现在才放出来。

在这方面跟秦苒斗，无异于以卵击石。

几个手下哑然失声。

一行人面面相觑，好半晌，中间一人才茫然地开口："秦苒到底跟他们有什么关系？四爷，嫡系这一脉算是复出了吗……"

"可能吧。"秦四爷看向窗外，想起了秦老爷子，"毕竟是秦老爷子的血脉，秦家可能真的要复出了……"

"你们听好，"秦四爷也是个当机立断的人，"从今天开始，谁都不要去招惹秦汉秋，我会跟他修复关系。至于欧阳家那边，我们保持距离！如果秦苒他们愿意放过我，那更好！"

A城金融中心总部，明海坐在办公室的老板椅上，背对着门吸烟。

门被敲了三声，他掸了掸烟灰："进来。"

门外，心腹进来，把欧阳薇的事情说了一遍。

边境国际监狱行动保密，秦四爷是一直盯着欧阳家那边才知道。他们能打听到，那这些自然也瞒不过明海的手下。

明海抽烟的动作一顿，他抬头，猛然看向心腹："边境国际监狱？"

边境国际监狱，外面都称它为重型监狱，如果真是如此……

办公室的气氛猛然下降到冰点，心腹跪在地上，没敢抬头。

"好！"明海一挥手，手边的白瓷杯被他扫落，青色的茶水顺着桌子边缘流到地毯上，"很好！"

他转过办公椅，没有说话。好半晌，他才拿出手机打了一个电话。

他打的是大队那边的电话，询问欧阳薇的事情，那边只恭敬地回答了一句："抱歉先生，这件事已经归边境那边管，我们插不了手。"

明海阴沉着脸。

办公室内，心腹连大气也不敢喘。

明海"啪"的一声把电话挂断，看向心腹："现在情况怎么样了？"

"边境国际监狱那边您也知道，只要进去了就不能出来，除非有那边的人，但我们的势力大部分在这边……"心腹的声音压低。

明海在这方面确实没什么人脉，所以才让欧阳薇去联系"129 侦探所"。欧阳薇是他计划中的重要部分，更是他花了很大代价培养出来的，绝对不能出事。

明海看着窗外，又过了一会儿，心情逐渐平复。他拿着手机，终于拨通了秦苒的电话。

电话那边的秦苒一向冷淡："喂？"

"秦苒，你应该知道我是谁，"明海的声音顿了顿，"也应该知道我来找你什么事。"

"你说。"秦苒站在徐家大门口，跟随徐摇光等人的脚步。

话都说到这个程度了，一般人都知道明海是什么意思，却没想到秦苒避而不谈。明海面色冷了冷，声音却还是一如既往的清冷："欧阳薇，我希望你放了她。"

听到这一句，秦苒的脚步顿了顿，她看着来往的人群，轻声道："做梦。"

没再给明海说话的机会，秦苒直接挂断了电话。

"啪——"明海把手机扔到桌子上，一双眼睛黑得深沉："我还真小看了我那个儿子！小看了秦苒！好，很好！"真是半点面子也不给他留。

"你先下去。"他捏着烟的手发紧。

心腹应了一声，全程没敢抬头，低垂着脑袋出去。

门"咔嗒"一声被带上。

明海冷静了片刻，他打开办公桌上的电脑，打了一个视频电话。

视频很快被接通。

"明海？"视频那边是一道略显苍老的声音，"你找我？"

“杨老先生，”明海看向视频，他坐直，先是打了个招呼，才开口，“想必你也知道我找你是为了什么事。

“你的义女，我希望你收回她在云光财团的所有权限。”

# 第七章 撑腰

云光财团搅乱了 A 城的局势。

无论是秦家还是欧阳薇那边，都有云光财团的影子。只要秦汉秋没复出，秦家就会被欧阳薇当作傀儡掌控，继而徐家、程家也会一一落网。

至于周家……明海不在意。

明海野心很大，他计划了这么多年，不仅想要把四大家族一网打尽，还要更新换代，把这些家族全变成他的傀儡。

秦苒是他这次行动中最大的一个阻碍。

“你说我的义女？”那边，杨老先生抬头，摇头笑道，“不行，她在集团内部很重要。”

“你提条件。”明海重新点了一根烟。

闻言，杨老先生看向明海：“要是能找到那份研究结果，共享。”

明海捏着烟的手发紧：“你胃口未免太大了！”他计划了这么多年，对方简简单单就说共享？

果然无商不奸。

“那我们就达不成共识了。”杨老先生可惜地开口，他微微笑着，“当然，你还有其他什么需要的，我可以帮忙。”

明海眸光晦涩：“你认识边境国际监狱的人吗？”

杨老先生颔首：“我倒是听说过，不过人脉不多，倒是知道有几个人跟那边很熟。”

“谁？”

“巨鳄，还有F洲的几个人……”杨老先生列举了几个人，又抬头道，“巨鳄跟马修最熟，不过这两个人都很难搞，巨鳄你联系不到，马修铁面无私，希望你顺利。”

挂断电话，明海深深地吸了一口烟。他看着电脑，若有所思，明里暗里探了一拨，云光财团跟边境国际监狱并没有联系……国内跟那边也没有联系……

明海拧眉，思索秦苒跟程隽究竟是有什么通天本事跟他们搭上的。

明海起身，拉开办公室的门：“召开紧急会议。”

欧阳薇跟欧阳家是他下的一步重要棋子，眼下欧阳薇脱轨，他在把欧阳薇捞出来的同时，还要找人填补上欧阳薇这个空缺。

会议桌上，坐着的都是高层人员：“我倒是找出了几个小家族，能够完美掌控。”

当初欧阳家也是名不见经传、连A城圈子都够不上的小家族，却在短短时间内把秦家踩在脚下。

明海很享受这种成就感。

“你说。”明海抬头看他。

“聂家、瞿家，还有一个沈家，”会议桌上，那人笑道，“再加上欧阳家，A城新的四大家族就凑齐了，还全都是我们的人。”

明海接过这份调查资料，看了一眼：“只有瞿家能看，其他两家……”

“沈家没什么得力的人，市侩又巧言令色，但这一家人好掌控，绝对不会背叛您。”

听完，明海手指敲着桌子，确实好掌控：“行，你去联系。”

这几天，明海这边忙着捞欧阳薇，又忙着四大家族的事。

秦苒也没休息，徐校长死后，她就一直维持在最紧绷的状态，完成了好几个研究，同时还帮着处理徐家的事情。这几天她都没怎么睡，也睡不着。

她从研究院回来，把一份资料发给徐管家，又同何晨说了一句郝队的事情，才联系了沐楠。

沐楠在那之后还是跳级到高三了。不过，他并没有放弃物理竞赛，他的年纪符合竞赛的要求。

“你跟小姨来A城吧。”秦苒坐在别庄大厅内，抿唇说。

手机那头，沐楠放下手中的笔，他往门外看了一眼：“出什么事了吗？”

A 城这边翻天覆地，云城那边的高中还是风平浪静，至于云城中心发生的波澜，沐楠一个高三学子，知道得也不多。但秦苒在这么重要的时候让他去 A 城，肯定有什么事发生。

“有点问题，”秦苒按着太阳穴，“你跟你妈好好聊聊，能劝她来最好，不行的话，只能我回去了。”

说得有点严重，沐楠眼睫垂了垂，挂断电话，想了一会儿，才出去找宁薇。

宁薇刚从外面回来，在厨房忙活。沐楠一边帮忙，一边说了秦苒的事。

“A 城？”宁薇切菜的手停下，她抬头看向沐楠，“小楠，你去吧。”

沐楠一愣：“妈？”

“我就算是死，也只能跟你外婆一样，死在云城。”宁薇收回目光，“你记着，你外婆留给你的东西，还有我给苒苒的单子……让她收好。”

沐楠还想说什么，宁薇却不愿再谈，把厨房门关上，让沐楠出去。

门外，沐楠拿出手机，给宋律庭打了个电话。

A 城，别庄。

秦苒挂断电话，朝身侧的程隽看过去：“程姐姐最近没事吧？”

最近 A 城确实不太平，徐家的生意跟势力也在波动。

程隽把电脑搁在腿上，在处理事情。闻言，他垂眸，声音挺淡的：“没问，不过应该不太好。”

“秦小姐，隽爷在跟程饶瀚杠，”对面的程木开口，“程饶瀚说老大不是程家人，不配去程家……”

程隽瞥程木一眼，程木闭嘴。不远处的程水拿着一份文件过来，听到程木的话，他不由得顿了一下。

他敬程木是条汉子，竟然还没被隽爷弄死。

“老大，”程水把文件递到程隽身边，“大小姐那边不太好，您再不管……”

与此同时，程温如这边，她正在待客室接待聂家的交接人。

“大小姐，我们只是想找程隽帮我们老爷子看看病，顺便签下这份文件，就交出你们被扣的货物。”聂家的交接人笑了笑，“我们虽然敬佩程老爷子，但不代表我们任由你们踩。”

这聂家，程温如也不知道他们是什么时候忽然冒出来的，而且背后有人斥资资助。

程温如不是什么都不懂的豪门千金，对于聂家的攻势她慢慢理出了一条思路，惊悚地发现程家跟徐家在走秦家的老路。

一直走得好好的货物，在F洲莫名被扣了，背后的人该有多大的势力，能干扰F洲的事？

程老爷子在世时，程家跟徐家都是这个圈子的霸主，如今两个家族发生大动荡，有人甚至动到了程家的头上。

这个时间段程家还在发生内战。

程温如手上拿着茶杯，她就坐在聂家那人对面，闻言，她抬头看了聂家那人一眼，没出声。这份合约明显就是要割程家跟她集团的肉，一经签署发布出去，程家的声势要一落千丈。

程温如手指在发抖。

“程大小姐，再拖下去，你们的货物可就回不来了，好几十亿的合资案，参与的家族不在少数，拖得越久……”聂家的人见程温如不说话，再度温和地开口。

“大小姐，先签吧，再不签，我们损失的只会更多。”办公室内，两个股东在劝程温如。

虽然股东也觉得在割肉，但实在没辙。

任他们四大家族在A城再厉害，对于F洲、M洲依旧没有办法。

程温如内心煎熬着：“你们确定能让那批货物安全到达吗？”

“大小姐，你觉得我们聂家会拿人命开玩笑？”聂家人看了程温如一眼。

程温如点头，往后靠了靠，呼出一口气。撇开程家不说，这个公司她跟程隽都付出不少心力，一开始大部分事宜都是程隽一点一点教她的。

眼下那批被拦截的货是医学实验室的器械跟大批医疗物资，全国上下好几万病人等着救命，程温如心在滴血。

“其他的我都能答应，但让我三弟出诊，不可能，”程温如抬头，“你们应该知道他的要求。”

没有办法！程家掌管着全国的医疗组织，为了这批货物只能向聂家低头！

程温如担忧得更多，这之后A城会一直盛传程家没有老爷子不行了，会同秦家一样被其他家族取代。

她很清楚，这可能只是一个开始。

其他的她能退缩，唯独程隽这边，程温如不会有半点退让。

闻言，聂家人抬了抬下巴，讽刺地开口：“大小姐，早就听说你们姐弟感情好，现在看来确实如此。不过就是让程隽帮我们家主看看病而已，这么小的条件想必他一定不会拒绝。”

A城现在想要踩程隽，想要看程隽笑话的人太多了。这个附加条件本来就是聂家人想要看看向来高高在上的程家太子爷低头的样子。

“你们别太过分！”程温如猛然抬头，眸色如冰。

“大小姐，看起来你们是不想合作？”聂家人丝毫不慌，只讽刺地看向程温如。

“程温如，”程温如身侧的程饶瀚一拍桌子，怒声开口，“程家养了程隽这么多年，让他去给聂家家主看病这件小事也办不到吗？”

说完，程饶瀚转而又看向聂家人，声音放轻：“聂先生，这件事我一定亲自跟程隽说。”

“不可能，公章在我手里。”程温如摇头。

聂家的交接人微笑的表情终于变了，他脸色沉下来：“看来大小姐不愿意合作，F 洲的货物看来你们也不想要了。还有，程温如，叫你一声大小姐是给你面子，没让人去抓程隽让他给我们老爷子看病，也是看在你的面子上，你以为我们聂家现在还需要请程隽？”

此言一出，程温如猛然抬头。从聂家主动找上门来要帮他们疏通关系，程温如就知道聂家背后一定有人，至于是哪个势力，她没有查到。

“再给你们一天时间，你们好好想想！是让我们去‘请’他，还是你自己跟他说？”聂家的交接人拿着合约，直接出门。

聂家人离开，办公室内气氛却不好。

“大小姐……”股东跟程家人都看向程温如。

程温如抬手，摇头：“你们让我好好想想。”

好半晌，她抬头看了程饶瀚一眼：“你既然跟三弟闹崩了，现在就不要打电话给他！”

程饶瀚拿着手机的手一顿，他面色黑了黑：“行，程温如，现在我看你怎么收场！”

程饶瀚摔门而去。

“李秘书，聂家背后的势力查出来没？”程温如看着手机，有些无力地靠着椅背，眼睛微微闭起。

李秘书推了下鼻梁上的眼镜，沉声开口：“查到了，亚洲五大巨头之一。”

程温如心又凉了半截，程家就算是鼎盛时期，也比不了这五大巨头……难怪，难怪他们能轻易拦住程家在 F 洲的货物。

第二天，别庄。

“苒苒，最近还好吧？”程温如进到大厅，她的表情跟以往没什么两样，“你是不是要继承物理研究院了？研究院那边方震博他们有施压吗？”

徐校长死了，物理研究院的负责人空缺。他死前选了秦苒做继承人，可现在没有他在后面撑腰，她接管研究院……程温如想要帮她，但心有余而力不足。

眼下程家也有个巨大的难题……

尤其是……程温如看向秦苒，她觉得徐家也跑不掉。徐校长死后，秦苒就要赶鸭子上架。

“没事儿，”程隽在楼上书房跟程水商量事情，秦苒给程温如泡了杯淡茶，七分满，摇头，“程姐姐，你不用担心我，你们最近还好吗？”

秦苒看向程温如，程水等人谈事情向来不避着她，故而她也知道程家最近遇到了麻烦。

程温如扯了扯嘴角：“我能有多大事，倒是你，研究院的事情，要是实在顶不住，就退了吧。那不是个好地方，没有徐老在，我真的担心你。”

她看着秦苒，秦苒身上有些叛逆的乖戾跟匪气，那一双好看的眼睛带了些血色，朦朦胧胧的，又充满着程温如从未见过的锋锐杀气。即便那张脸皎如明月，也让人不太敢接近。

最近发生的事情太多，连程温如本人都压力巨大，更别说两位老爷子死后，留了多大重担给秦苒，徐家一顶，研究院一顶。

秦苒向来话不多，她只是看向程温如，略微点头。程家的事，她相信程隽能办好。

“就这两天接管了，程姐姐，你放心。”提起物理研究院，秦苒的目光更加锋锐。

既然徐校长想让她好好接管物理研究院，想让她带着外公的研究成果跟物理研究院走向M洲，那她就一定会做到。

两人说了几句。没多久，楼上的程隽就下来了，秦苒兜里的手机正好响起，她低头看了看手机号码，是M洲的一个未记名号码。

秦苒眸色顿了顿，才拿着手机，同程温如打了个招呼，去了楼上。

程温如有事情要跟程隽说，也没关注秦苒的神色。倒是不远处的程木看了秦苒一眼，略显惊讶地对程金道：“秦小姐避开人去接电话，电话那头一定不是普通人。”

程水、程金正在想刚刚跟程隽商量的事，闻言，只瞥了程木一眼，没理会他。

楼上，秦苒关上门，才按了接通键。她眸色清冷，淡漠的嗓音里多了几许礼貌：“干爹。”

“苒苒啊，”电话那头，杨老先生的声音带着笑意，“听说你要接管A城的物理研究院了？”

“是。”秦苒站在窗边，她拉开窗帘，听到这一句，声音又干又冷。

杨老先生一笑："这么大的事情，都不邀请干爹？哪天接管？干爹来给你庆祝。"

"您要来？"秦苒一愣。

杨老先生一直在国外，云光财团的事情都交给了杨殊晏，十几年没回国了。

"不欢迎？"杨老先生挑眉。

"倒不是。"秦苒叹了口气，她就是觉得太乱了，怎么一个两个的都要来A城。

"您什么时候到，我去接？"秦苒想了想，开口。

"不用，有你哥帮我就行，他在国内待的时间比我长。对了，杨非也要跟我一起回来。"杨老先生笑了笑。

"他不是在国外打比赛吗？"秦苒算算时间，现在正值春季赛。不过，她最近忙到头疼，并不知道准确时间。

"今天是最后一场，打完他就跟我一起回来，不参加庆功宴了。"杨老先生淡定自若。

秦苒头疼地按着太阳穴，她跟杨老先生又说了几句，才挂断电话。

凑热闹的人太多了。

她想了想，又发了消息给徐管家——"接管仪式上，我这边还有几个人。"

收到秦苒消息的徐管家正在徐家召开的紧急会议上。

"方震博已经有动作了，现在把物理研究院这个烫手山芋交给秦小姐，合适吗……"徐家一位管事摇头，"这次真的麻烦秦小姐了。"

"爷爷不在，徐家还在，"徐摇光目光冷冽，表情比以往任何时候都要冷，"所有人都记住，即便爷爷不在了，秦苒也是研究院的继承人，徐家鼎力支持的继承人。"

"徐家当然支持秦小姐，但现在没有老爷子的震慑，我怕接管仪式出问题。"徐家一位长老也开口，目光担忧。

这句话一出，会议室安静了。

这次会议是为了商量物理研究院的事，徐校长一死，物理研究院的人就认为徐家群龙无首，开始蠢蠢欲动。这个时候只能让新任继承人出场，压力全在秦苒身上。

秦苒原本有程家这个后台，如今这个后台倒了，徐校长也不在，只剩了最近似有崛起的秦家，可想要镇住方震博……还不够。

一行人忧心忡忡地散会。

散会后，徐管家才拿着手机走到徐摇光面前："交接仪式，秦小姐那边还有几个人，我去准备。"

"好，具体事宜麻烦您了，招待好。"徐摇光颔首，转身回书房。

徐管家满腹忧思地转身离开。

别庄这边，程隽看了程温如一眼，伸手拿了外套："我三个月没去公司了吧，今天去看看账。"程隽当了甩手掌柜。

以往听到程隽的这句话，程温如肯定高兴，此时却半点也高兴不起来，心绪很乱。但程隽向来聪明，程温如怕他看出来什么，没找借口不让他去，只低头喝了口茶："好。"

秦苒打完电话，从楼上下来，程隽跟程温如正好要走。

"去公司，一起去吗？"程隽看向秦苒。

秦苒还在想杨老先生的问题，她有些拿不准对方是来看热闹的，还是也想参与进来？闻言，她抬头，眸子微扬，漫不经心地"嗯"了一声。

程隽又折回来，帮秦苒拿了件外套。

不多时，一行人来到程温如的办公地点。

"隽爷，秦小姐。"看到程隽两人，李秘书停下来，他注意了下程隽的神色，有些诧异。

"你去把季度账册拿来。"程温如只瞥了他一眼。李秘书连忙收回目光，去拿账册。

"这里就是我的办公室，苒苒第一次来吧？"程温如让人给秦苒倒了杯牛奶，"坐。"

三人坐在窗边的黑色沙发上，程隽腿微微搭着，将账册随意地搁在腿上，骨节分明的手指翻着，翻看的速度有点快。

秦苒拿着牛奶，盯着看。

"要看？"程隽翻到一半，抬头瞥秦苒一眼，询问。

秦苒摇头，喝了口牛奶。

两人说话间，外面有人敲门，是程温如的助理，他站在门口道："大小姐，聂先生来了。"

程温如直接站起来，干脆利落："你们去会议室等我，我马上就来。"

助理应了一声离开。

门被关上，程温如才抬头，看向翻着账本的程隽，酝酿了好半晌的话终于说出来："三弟，你带苒苒去M洲吧。"

秦苒喝牛奶的手一顿，长睫颤了颤："程姐姐？"

"最近发生了这么多事，让他带你去M洲散散心，能帮程家多拉几个势力，更好。"程温如伸手把鬓边的头发别到耳后，容色一如既往的淡定，气势一如既往的强。

聂家让程隽去看病，肯定不只是看病这么简单。程隽以前在A城嚣张惯了，想要对他动手的人数不胜数，只有M洲才能避祸。

秦苒拧眉，她张口正要说什么，被程隽直接打断："姐，你先去会议室，我好好考虑。"

"你能考虑就好。"程温如略微松了口气，转身离开办公室。

走到门外，她的脸色才沉下来。

办公室内，秦苒伸手拽了下程隽的衣领："程姐姐她有事情……"

程温如这想法，跟之前徐校长的做法简直不谋而合。

秦苒经历过徐校长的事，如今对身边所有人的异样都非常在意。

"我知道。"程隽把账册递给秦苒，耐心地等她分析完，才低头捧着她的脸，"我出去一下，你看看账本，等我回来。"

说完，他出了门。

门外，程水跟程金在等着。程水刚挂断电话，看到程隽出来，直接开口："是明老。"

程隽漫不经心地点头："先进去看看。"

会议室里，依旧是昨天那行人。

"今天是最后期限，"聂家的接管人看向程温如，笑道，"大小姐，你考虑好没？再没考虑好，这一批货物……"他的意思很明显。

程温如抬头："其他能答应，我三弟那一条不能。"

"程温如！"程饶瀚皱眉。

聂家的接管人面色也变了："行，看来这批货物你们不想要了。"

他正说着，"砰——"一声，会议室紧闭的门，被人直接推开。

这次会议内容相当机密，里面都是股东，在A城也是有头有脸的人物，门外还有助理在看守，谁会在这个时候进来？

所有人都不由自主地看向门口的方向。

程隽手负在身后，浅淡地看着会议室内的众人，一步一步，不紧不慢地往里面走。

从程老死后，几乎没在公共场合出现的假太子爷出现了，会议桌上的人面面相觑。聂家的接管人也惊吓了一番之后，才意识到如今这位已经不是能在A城横行霸道的程隽了。

"大小姐，原来你已经把你三弟请来了，那我们可以坐下来签合约了。"聂家人道。

"什么合约？"程隽停在程温如身边的空位上，却没坐，只伸手拿起合约看了看。内容不多，他一眼就看完了。

“你怎么来这里了？！”程温如抿唇，她还记得昨天聂家人说要向程隽动手的话，“你先回去，这件事我到时候再跟你详说！”

程隽看完，似乎是笑了笑，然后一点一点慢条斯理地，把合约捏成一团，随手把纸扔到不远处的垃圾桶：“不签，滚吧。”

聂家人原本以为能看到程隽低头，谁知道这个时候了，他还这么嚣张，顿时气得面目扭曲：“好，很好，程隽，别怪我们不留情面！”

程隽不紧不慢地看向他，挑眉，温和有礼：“你随意。”

聂家一众人摔门离开。

“你……”程饶瀚面色狰狞地看了程隽一眼。

办公室内只剩下公司的人跟程家人。

“三弟，买张票，赶紧去M洲。”程温如打开手机，“算了，我帮你跟苒苒订票……”

程隽抬手，抽走了她的手机：“不用。”

程饶瀚冷笑着开口：“程隽，聂家人想要逼迫你，也趁机威胁程家！你知道他背后是什么人吗？亚洲五大巨头之一，你还以为自己是程家太子爷吗？别做梦了！”

程温如看着程隽，也苦笑着摇头。程家就算是巅峰时期，也不够这五大巨头看。更别说现在，正是局势动荡的时候，她拿回手机一握：“三弟，你带着苒苒先去M洲，聂家这边我再处理。”

程隽看了程温如一眼：“不用担心，我来处理。”

“你处理？程家的货物在F洲被劫了，这批药物运不回来，程家名下的医院多少病人短缺药物，你能怎么处理？去F洲送人头？”程饶瀚嘲讽地开口。

他嫉妒老爷子偏爱程隽许久，向来不饶人。

程温如也有些急了：“三弟！”

程隽只偏头，看向程水：“程土到F洲了？”

“到了。”程水笑了笑，拨通程土的视频，然后看向程温如，“大小姐，程土就是在F洲发家的，你们货物是被哪个劫了？马修、F洲恐怖团伙，还是雇佣兵啊？”

说话间，视频拨通。

程水这话倒没错，程隽手下的矿脉就在F洲。

程土比五行其他人要凶，经常游走于各个团伙间，他这边接触的都是巨鳄这种势力集团。

程水跟程土走的不是一条路，他主要是跟程火待在M洲，但程水对程土日常干的事情却是非常清楚。

程水正说着，他的手机屏幕上，程土的络腮胡出镜。

“老大。”程土似乎是待在一条挺宽的马路上，正侧身操着一口标准的外国本地方言同对面的人说话，见视频接通了，他收回目光，恭谨地开口。

程水也不跟程土客气，直接询问：“查到大小姐的货没？”

“不是其他团伙，我之前跟他们做过生意，刚刚问了他们，”程土的声音透过手机传过来，他那边有信号干扰器，不是特别清晰，但还是能听清他说的主要内容，“是雇佣兵，说起来……这群雇佣兵好久没劫我们的货了，我正联系人找他们谈判。”想了想，程土又嘀咕一声，“不会真想开烤肉店吧？”

比起混战的M洲，F洲各势力还是挺平衡的。程家这件事在程温如跟聂家人眼里算是顶了天了，但在程土他们那里，就是一个需要谈判的事。

“大小姐在吗？”程土想了想，询问。

程水点头：“在。”

他把镜头转到程温如那边。程土先是跟程温如打了个招呼才询问：“大小姐，你们的货物特别急吗？有些程序要走，估计要两天才能空运到A城。”

空运回来的药品走的程序确实不少，聂家给程温如保证的时间是七天，相较七天来说，两天已经是神速了。

程温如听到这一句，愣了下才有些茫然地道：“当然可以。”

“那我去交接。”程土说了几句，就挂断电话了。

会议室内，其他人都没什么反应。

程温如去过M洲，也知道M洲的一些势力，自然知道马修是谁，对于其他的雇佣兵跟团伙她不知道，但也能猜出来，能跟马修相提并论的，肯定不是什么简单人物。

至于程饶瀚和其他股东对F洲那些顶尖的势力并不清楚。他们不了解雇佣兵究竟是个什么组织，至于马修他们倒是听说过，一个他们程家根本就惹不起的巨擘……

程水云淡风轻吐出的三个词，都是他们十分陌生的词。

“两天后，带人去机场接货物。”程隽没有看其他人，也不管办公室内看向他的目光，直接站起来，礼貌地朝所有人颔首，“账册我也看完了，你们继续开会，我还有其他事情，我会让程水留下来协助你们。”他说完就转身出了会议室，并轻轻带上了房门。

程隽回到办公室。

办公室内，秦苒还在翻看文件。听到声音，她抬了抬头，看向程隽：“处理完了？”

“嗯。”程隽随意地点头，“我们回去吧，你是不是还要跟徐管家商量研究院的事？”

秦苒把手中的账册放下，听程隽说起这个，她就想起了杨老先生，顿了下，才道：“接管仪式在大后天。”

“我把程土也找回来？”程隽若有所思。

“别，”秦苒按着太阳穴，“可别都回来了。”

现在已经够复杂了。

隔壁的会议室内，直到程隽修长的身影消失在门边，其他人才回过神来。

程温如看着会议室的人，面容沉冷：“今天的事，谁也不能说出去。”

“你是……”程饶瀚拧眉。

“钓鱼。”程温如侧身，气势尽显，“程家内部跟附属家族，也该清洗清洗了。”

股东看看程饶瀚，又看看程温如，欲言又止，脑子似乎有烟花在炸。

程家二堂主等人去了M洲待了接近半个月连马修势力的边缘都没能靠近……程隽和程土他们……

不仅是股东，程饶瀚也反应过来，他能听得出来，程隽他们对那群势力很熟。

“大小姐……三少他……到底是干什么的？”好半晌，终于有人问出了口。

程饶瀚没说话，他面上没有什么表情，但手紧紧握着，内心迫切地想要知道这个答案。

程隽做什么的，程温如不知道，只知道程隽十二岁之后不拿家里一分钱，钱却依旧是取之不尽一般……

A城老牌四大家族，最近多多少少都遇到了问题。

所有人都知道，有一方大势力要清洗四大家族，以前的秦家就是一个典型的例子。

实际上，从两位老爷子相继离世，A城的人心就开始波动了。眼下又一个惊天的消息传出来，程家旗下所有医院的器材跟一批救命药物被扣押，程家旗下的股票大幅度下跌，连续两天跌停，其名下所有股票，一片飘绿。

这个消息一出来，惊爆了整个A城。

谁能想到程家支柱程老爷子刚死，就出了这档子的事？

然而除了徐家跟秦家、江家、陆家在背后支持程家，大部分人都是看好戏的状态……

有风声传出来，有人要动四大家族，A城四大家族要改名换姓，一些合资商纷纷抛售股票，谁也不想股票在这个时候变成废纸。

程家人却半点也不慌，这让一些人十分惊讶，尤其是程家二堂主，还飞去了M洲一趟，去做生意，半点儿也没有程家要不行的态度……

A城各大家族站队也越来越明显。

陆家，因为唐均跟程隽的关系，陆照影这一脉在陆家影响很大，此时的陆家也在开紧急会议。

程家的消息已经不是秘密了，连程家内部人都说货物被扣押，能动得了程家的人，不是陆家这种小家族能惹得起的。

陆家这边决定明哲保身。

陆照影直接推开门进会议室，他拉开空着的位子，坐下，一手摸着耳钉，下巴抬起："作为陆家下一任继承人，我的立场很简单，陆家无论什么时候都会选择支持程家，谁不愿意，可以现在分出陆家一脉。"

"黄口小儿，你要带着陆家一起没落吗？"陆照影这句话一出，就有人站起来，面色很沉。

陆照影腿微微搭着，他看着说话的人，笑容猛然敛起："三叔，不同意，可以退出。"

会议室陷入沉默。

好半晌，陆三叔才站起来："退出就退出，我看你带着陆家能走几年！"

他站起来，摔门离开。

等陆三叔走后，陆照影才看了看办公室内其他人，左边的耳钉在灯光下反射出冷芒："还有其他人要退出吗？"

陆陆续续地又有几个人离开。

陆照影从头到尾都安然地坐着，给秦苒发消息询问她现在程家有没有事。

程温如消息瞒得紧，陆照影并不知道程家的事情。

此时的他，不过是明显地选择了站队程家。

这一幕，江家与其他家族也同时在上演，大部分家族选择不掺和进去。

聂家人等了两天，都没有等到程家人来求自己。原本势在必得的聂家的接管人这几天都有些发慌，尤其是程隽那日的表现，他看向聂总："聂总，会不会出了问题？我让人盯着程家人，他们没有任何异常，今天还要照常开发布会。据程家内部人说，货物已经到了，程家毕竟是四大家族之一，我们……我们就不要强行让程三少来给老爷子看病了吧。"

这接管人有些怕了，若是没有明海，他们连见程温如一面都难。

眼下程家这态度确实不在他们的意料之内……

聂总拿着茶杯，闻言，摇头自负地笑道："程温如就是那种性格，不过是佯装淡定，程家也就一个程温如能看，其他的都拿不出手。明先生亲自吩咐的，还能有假？等着吧，看程家今天如何收场。四大家族也该换了。"

货物到了？做什么美梦？

说着，聂总按了下遥控器，电视打开，正是聂总先前调的程温如的直播频道。

视频上，程温如没有半点儿聂总想象的落魄，反而精神奕奕，脊背挺直，气势极强，雍容大方："新型药物已经投放到各省级、市级、县级的医院，后续……"

"啪——"聂总手中的茶杯掉在地砖上，嘴边的笑容瞬间凝固。

"聂……聂总？程家他们……"聂家的接管人也感觉到不对劲了，他不由得打了个寒战，看向聂总。

聂总原本信誓旦旦的表情，此时也维持不住。他脸色瞬间煞白，跌坐在老板椅上，有些不可置信："怎么会这样？那……那是明先生跟F洲！"

程家要有这势力，怎么会到现在还没打入M洲？！

聂家的接管人心里早就不安，此时新闻公布了事实，他手抓着头发："聂总，我之前就说过不要逼程家那么狠，程三少那里不要逼，他可能不简单，现在怎么办？要如何收场？"

今天这场发布会之后，聂家就要彻底成为A城的饭后谈资。明海以后管聂家还好，要是不管，聂家就没了存在的必要了……

不仅是聂家，A城其他势力也出乎意料，却又一点儿查不出什么来。

别庄，程温如开完发布会直接过来。最近两天她跟程饶瀚暂时放下了干戈，一同处理程家的事情。一直疲于奔波的她，此时终于有了喘息的机会。

"苒苒，"程温如看向秦苒，想起她听到的消息，不由得眯眼，放下茶杯，"徐家那边，是不是要举办接管仪式了？"

秦苒捧着茶杯，点头回道："明天。"

"这么赶？"程温如喝了口茶，眉头拧起，手指敲着桌子。

物理研究院的事情程温如也知道，徐校长一死，徐家肯定同程家一样群龙无首。秦苒这个时候赶鸭子上架，没有程老爷子跟徐老爷子这等分量的人帮她震场子……

"研究院那边有异动了，"秦苒抬头，眉眼极清，"徐管家定的日子。"

程温如点头，没再说话，只是手指敲着桌子，想着自己的人脉有没有能镇住场子的。她想来想去，只找到两个稍微有点资历的人，都是医学实验室的。

"接管仪式上，徐家有什么要请的客人吗？"程温如侧过脸，看向秦苒。

秦苒手顿了下，才道："不知道，但我有两个国外的朋友。"

程温如一边思考着自己的人脉，一边看向程隽，微微沉思："三弟，你能不能再把姜老跟博物馆馆长请过来？"

听到"姜老"两个字，秦苒抬了头，她记得程隽之前给她的字帖就是那位姜老的笔迹，如今她学得也有三分像了。

程隽坐在秦苒身侧，腿上搁着笔记本电脑。闻言，他略微抬了头，若有所思："请他们？"似乎在认真考虑。

"不用！"秦苒仰了仰头，有些无力地看向程隽，"隽爷，求您，别请了。"

"为什么？"程水往这边走，看向秦苒，"秦小姐，你得让研究院那群人看看你背后是有人的。"

秦苒伸手扶额："我有客人了，好几个。"

"客人？"程隽看了她一眼，有些意外，这些天发生的事情多，两人都没太反应过来，在一起也就安静地坐着，各自处理自己的事情，今天才从秦苒口里听到关于接管仪式的事。

"不能说是客人，"秦苒头往后靠了靠，"我干爹。"

"干爹？"这一句，不仅是程隽，连程温如、程水、程木都十分意外。

程隽默默地看了她一眼，也不看电脑了，不紧不慢地把电脑扣上："苒姐，你还有个干爹？"

"我跟他也没见过几次，记事时，外公就告诉我，我有个干爹。"秦苒说着，低头看了看手机，手机上是巨鳄的消息，她一边看着，一边回，"他常年住在国外，这也是第一次回来。"

"什么时候到？"程隽了解秦苒，看她这副状态，就知道她对这位干爹很尊敬，他也正了神色。

程温如也暂时放下了研究院的事："干爹第一次来A城吧？三弟，你要好好招待。"

"晚上到A城，有人会去接他，明天接管仪式就能看到。"秦苒摇头。

"行。"程隽点头，不再说要去接人的事情。

秦苒捏着手机，她想了想，还是站起来："我先上去打个电话。"

程隽也压低了声音："去吧。"

秦苒去了楼上，她给巨鳄回了个电话。

"兄弟，今晚出来喝酒吗？"巨鳄的声音一如既往的，普通话不太标准，"何晨包场。"

"不了，明天有事。"秦苒坐到电脑边，"等我忙完，再去找你们。"

"129侦探所"的五个人还没聚齐过。

“就常宁说的那个物理研究院接管仪式是吧？”巨鳄显然也听说了，他有些遗憾，“好，青林你尽管用。”

挂断电话，巨鳄才看着何晨跟常宁：“她有个仪式。”

常宁点头，端着酒杯，不太在意：“料到了，物理研究院还有场大仗，徐老离世，对她影响有点大。”

“接管仪式？”巨鳄若有所思，“我兄弟她好像挺喜欢古玩意儿的，我这次又给她带了两个好东西。”

上次之后，巨鳄就又给秦苒搜罗了好多东西。这次来A城他也带过来了，只是一直没有见到秦苒。

“我就不随礼了，”何晨腿搭着，又放下一个空酒瓶，“我刚给了她一份大礼。”

常宁看着两个有备而来的人：“你们俩跟着凑什么热闹？”

巨鳄瞥他一眼：“F洲那倒卖团伙的消息查到没有？”

“人家好好一商人被你说成倒卖？最近一次在F洲，你们两个别打了。”常宁吃了口菜。

“你不如我兄弟有用，”巨鳄拧眉，只是秦苒自上次之后，就不帮他对付那倒卖团伙，“我自己再去找她，顺带把礼物也给她。”

巨鳄吃完，就询问了青林秦苒现在的地址，得到了回答，他就去找秦苒。

别庄，程温如在跟程隽商量秦苒跟物理研究院的事。

好一会儿，程土从外面进来：“老大，我回来了！”

他依旧是满脸络腮胡，手里拿着台电脑，还跟程温如打了个招呼：“大小姐。”

因为前两天发生的事，饶是程温如，此时看到程土，也忍不住站起来，略显拘束：“程土，货物的事情谢谢你……”

“别拘束，都是自己人，他这次是随同你的货物回来的。”程隽又把电脑打开，他看了程温如一眼，又指了指对面的沙发，对程土道，“先坐。”

程土直接坐下：“大小姐，别跟我客气，一句话的事情。”

两人刚说完，外面就又有人进来，是庄园的用人：“隽爷，有人找秦小姐。”

秦苒在A城的朋友不少，眼下又逢物理研究院的事，程隽本来就在跟程温如说物理研究院的事情，听用人这句话，略一思索，觉得来人很可能是徐家的。

“徐管家吗？”程隽看向门外，站了起来。

这个庄园的人都是程隽的心腹，对几大家族的人自然都有些眼熟。用人闻言摇头：“不是，看起来像是个外国人。”

“外国人？”程隽一顿，他想了想秦苒那边的事情，略微沉吟。

程温如现在除了想明天秦苒的交接仪式，就是在思考程土在F洲的问题。

她想问程土到底是做什么的，但又不好打探，只看向门外："不是徐管家他们，那会是谁在这个时候找来？"

"不知道。"程隽伸手拿起茶杯，朝用人开口，"请他进来。"

程隽此时也摸不准了。

用人点了点头，直接出门。

程木站在程土身后，听到用人跟程隽的对话，他整个人顿了一下，略微沉吟。

身侧的程水看他一眼，小声询问："怎么？"

"我在想，外国人会不会是那烤肉的，毕竟程土刚找过他，"程木大胆猜测，"讲个鬼故事，马修？"来找秦苒的，程木就没见过有正常的。

程水显然是听说过秦苒壮举的，听到程木这一句，他没有立马说话，也在思考这个可能性。毕竟在M洲，马修把人抓了，还恭恭敬敬地把她给送回来了。要真是马修，那可真是个鬼故事。

听着两人的对话，坐在沙发上的程土看两人一眼："程木，你怎么回事？这两人来A城，你自己算算概率，他们找秦小姐干吗？"

程木木着一张脸，看了程土一眼，没回他，直接道："我上去叫秦小姐下来。"

程温如低头喝了一口茶，听着几个人一口一个马修的，说得轻松无比，她从头到尾就听懂了马修的大名，不由得问了句："烤肉的是……"

"就是这次劫你货物的雇佣兵老大，他以前帮秦小姐烤过一次肉。"程水跟程温如解释，"实际上，这次程土能这么快联系到他，也是因为秦小姐有他的联系方式。"

程温如："……"

听程水这么一说，她不仅觉得秦苒在她眼中的形象更高大了，甚至觉得程木的猜测是对的。

来人不会真是那个传说中的雇佣兵老大吧……

程温如想着，放下茶杯看着门外。

"我去倒杯水。"程土懒得跟这两人说，雇佣兵头子正在F洲做大生意，不可能这个时候回来的，他直接拿着杯子去厨房倒水。

与此同时，门外，用人带着一个高大的男人进来。

男人长着一张异域风情的脸，眸中略带了点浅浅的蓝色，五官极其分明。他的眉毛很浓，极具特色，一般人见过绝对不会忘，手里还拿着一个黑色描着金边的精致盒子。他脸上的表情很淡，看不出来什么，只那一双眼睛，颇让人觉得有些压力。

"你们好，我找秦苒，她在吗？"巨鳄朝四周看了看，没看到秦苒。

程隽看着巨鳄，略微顿了下，才道："还在楼上，马上下来。"

楼上，听程木说有人找自己，秦苒也有些意外，她也想不出来会有谁这个时间段找自己。

不会是杨老先生吧？

秦苒拿上外套披好，放下手边的电脑，同程木一起下去，程木“嗒嗒”地跟在秦苒后面。

刚到楼下，秦苒就对上了巨鳄正好看向楼上的目光。

秦苒：“……”

“你怎么过来了？”秦苒伸手，按了下太阳穴。

“问件事情，顺便祝贺你。”巨鳄在现实中比网络高冷，言简意赅。

秦苒仰了仰头，她朝程隽他们介绍了一下：“这是楼月，之前我的网友。”

程温如若有所思地看着巨鳄，她之前在M洲那家难喝的咖啡厅匆匆见过巨鳄一面，再加上巨鳄的长相太过异域风格，当即就想起来，她轻缓地笑了笑：“原来你是苒苒朋友！”

巨鳄没想起程温如，不过她能叫秦苒的小名，他还是非常礼貌地同程温如点头示意。

程隽朝巨鳄伸手，眉头微挑，嗓音极其缓慢：“楼先生，久仰。”

巨鳄看他一眼：“彼此。”

似乎有硝烟。

秦苒有些头疼地看了下巨鳄，巨鳄找自己，肯定不是什么正经事，她看了眼程隽：“我带他上去聊。”

程隽点头：“去吧。”

两人一同去了楼上。

程木看了巨鳄好几眼，不是他熟悉的雇佣兵老大，也不是上次送他们回国的马修。

程木略显失望，竟然跟他预料的不一样，看起来真是网友。

程土端着一杯水从厨房出来，只看到楼梯上的一个背影，看起来有点眼熟。他没怎么在意，只瞥了程木一眼，挑眉，似笑非笑的：“怎么，是雇佣兵老大吗，还是马修？”

程木没开口。

程水笑了笑：“好像是秦小姐的网友。”

程土本来想说那人的背影挺眼熟的，听了程水的这句话，他就没说了。

楼上，秦苒把巨鳄带到了书房，接过巨鳄手中的礼盒，才看向他：“你怎么这个时候来找我？”

"就上次的事情。"巨鳄看了秦苒一眼。

"这个真不行。"这边程土求她，那边巨鳄求她。

这也太难了。这两个有利益牵扯关系，背后涉及的团队势力都很大。秦苒不想干涉他们之间的交易跟博弈，不过对上程火的攻击，巨鳄这边确实找不到什么人。她想了想："这样吧，我帮你找个人，电脑技术绝对不低。"

"好吧。"巨鳄虽然遗憾，不过能让秦苒说出电脑技术绝对不低的，肯定不是什么简单人物，他也勉强同意了。

"A 城的局势我跟常宁老大帮你分析了一番，青林你接着用，我最近一段时间不回去。"巨鳄坐在空着的椅子上，"还有，徐世影的死有其他原因……"

"我知道，"秦苒把玩着礼盒，还是上次那种机关盒，她没抬头，"我还在想。"

"你清楚就行。"巨鳄没再多话。

两人又聊了几句，秦苒才看着巨鳄："你……算了，我们下楼。"

她本来想让巨鳄从二楼跳下去的，想想还是算了。

"你找的是黑客联盟的人？"巨鳄记得秦苒虽然不是黑客联盟的人，但跟黑客联盟有点关系。

"是。"秦苒打开门，同巨鳄往楼下走，"他参加过两次黑帽子大会，能给你帮忙。"

沙发上，程土还在跟程温如等人聊天，听到楼梯上浅浅的脚步声，他喝了口水，随意地朝楼梯上看了一眼。

"咳咳……"一口水没喝下去，程土直接呛到了。

"你没事吧？"程木放下游戏机，看他一眼。

程土抬头，面无表情地道："那就是秦小姐的网友？"

"是啊，是楼先生，之前在 M 洲跟秦苒见过面的。"程土的动作太大，连程温如都朝他这边看过来，"怎么了？"

这句话一出，程土没再说话了。

先前，程土从厨房出来，看到楼梯上的背影只觉得眼熟。但听程木说那是秦苒的网友，程土就收起了怀疑。

毕竟巨鳄这种人看起来高冷得不行，不像是会上网的人。

巨鳄这人比较神秘，"129 侦探所"把他的资料藏得很好，但程土跟巨鳄交锋过这么多次，也算是对手，怎么会不知道巨鳄长啥样？

眼下看到秦苒身边的高大男人……程土"唰"的一声站起来。

他的反应太大，原本在跟秦苒说话的巨鳄也朝这边看过来，一眼就看到了站起来的程土。

巨鳄眯了眯眼，警惕地看向程土："你怎么会在这里？"

程土似乎是磨了磨牙，抹了一把脸："你就是秦小姐的网友？"

巨鳄不知道秦苒竟然是这么跟其他人介绍自己的，不过说是网友，倒也没有错。他脑子转得极快，之前一直不知道秦苒为什么拒绝查收，眼下……终于知道了。

他跟程土面面相觑，双方都没有说话。

巨鳄身侧的秦苒也咳了一声，她看向巨鳄："你先走吧。"

"好。"巨鳄顿了顿，也没多留，同大厅里的人打了个招呼，就离开了。

程木还非常礼貌地把人送出去了。

"程土？"巨鳄走了，但大厅里的其他人还没反应过来，程水看了程土一眼。

不仅是程水，程温如也奇怪程土的反应，她看了看程土，腿微微搭着，略显疑惑："你认识楼先生？"

"我的老对头——巨鳄，你说我能不认识他吗？"程土捏了捏手指。

程木把巨鳄送出去，回来就听到这一句。

程土看向程隽："老大，我出去一趟。"

程隽的电脑还搁在腿上，修长干净的指尖敲着键盘，没抬头，不紧不慢地说："去吧，别闹事。"

程土应了一声，没再多说，直接出门。

大厅陷入沉默，大概过了一分钟，程温如才开口："程水，刚刚程土说什么来着，我怀疑我耳朵出问题了。"

"他说楼月是巨鳄。"程隽抬头，看了秦苒一眼，才朝程温如说了一句。

"原来他就是巨鳄，'129 侦探所'的那五大元老之一，还挺年轻的。"程温如把茶杯里剩下的茶全都喝了下去。说完这一句，就再也没说出话来。

她身边的程水也有些面部抽搐。

全场除了秦苒跟程隽，只有程木看起来淡定一点。程木有些恍然，难怪他觉得不对劲，从他认识秦苒到现在，就没见过秦苒身边出现一个正常人，秦小姐果然还是没让他失望："原来是巨鳄。"

程木的语气平淡到让程温如、程金、程水都忍不住看向他——你是怎么做到这么淡定地说出这句话的？！

程木说完，还朝秦苒看过去："秦小姐，你怎么和巨鳄是网友？巨鳄的朋友，不应该是'129 侦探所'元老那种人吗？"

听到程木这么说，程隽按着键盘的手一顿。

程隽抬头，也看向秦苒。

这边的程温如等人也看向秦苒，等她的回答。

"就以前帮过他一次，隐藏了他的 ID。"秦苒眯了眯眼，话语有些含糊，"我先上去了，明天仪式上还有流程要走。”

“哦，”程木点头，“原来巨鳄也会上网。”

杨非他能理解，巨鳄……大佬也会上网的吗……

大厅里其他人没再说什么，沉默得很，连程隽似乎也在想着什么。

好半晌，程温如才吐出一口气：“难怪上次巨鳄他会接我的单，是苒苒做的吧？”

她就觉得奇怪，“129 侦探所”五个元老之一的巨鳄怎么会接她的单子……

不过，那可是巨鳄，“129 侦探所”的巨鳄，程温如还是觉得有些飘忽。

程隽和程土他们就算了，秦苒怎会跟巨鳄认识……

秦苒给程温如的惊喜太大了，比起 A 城人人都知道的欧阳薇……若是换成欧阳薇，这件事早就尽人皆知了吧。

第二天是秦苒继承物理研究院的仪式，她起得很早。

程温如昨天晚上没走，因为记挂着秦苒今天的仪式。

“秦小姐，你要是把巨鳄请过来，”饭桌上，程木吃了口面包，“我保证研究院的那行人一句话都不敢说。”

“太夸张了，”程隽喝了杯水，淡淡开口，“巨鳄他不适合出席。”

巨鳄要真光明正大地出现了，A 城怕是要炸了。

巨鳄的身份敏感，行踪一向都隐藏得很好，出现在这种场合没意义。

“好吧。”程木略显遗憾，他又看向秦苒，“秦小姐，你跟巨鳄那么熟，那他有没有说过‘129 侦探所’内部的事情。那个孤狼到底是男的还是女的，他们那群大佬每天都在干吗……”

“喝酒。”秦苒忽然开口。

程木：“？”

“我说，他们每天大概就是喝酒。”秦苒重新回答了一遍。

吃完饭，一行人都到了物理研究院。今天物理研究院全面开放。

秦苒到的时候，徐管家跟徐摇光早就来了。

接管仪式就在大礼堂举行。

“秦小姐，这是时间表。”徐管家同程隽等人打了招呼，才拿出一份时间表递给秦苒。

秦苒看了看，仪式九点开始，那个时间段，她同方震博交接方印。

徐世影死后，物理研究院的方印暂时交给了方震博保管。

徐管家张了张嘴：“秦小姐，今天这场交接仪式不太平，我们徐家……您如果退出，我们也能理解。”

秦苒漫不经心地“嗯”了一声。

徐家长老也郑重地开口：“老爷子死了，没人帮你镇场子，到时候发生的意外肯定很多，物理研究院的管理阶层多是些见风使舵的，但是我们徐家只会支持你。”

徐家最近出的乱子也多，后劲不强，想稳住秦苒这个负责人的位置……也难。

“放心。”秦苒伸手，拍拍那位长老的肩膀，不太在意地开口。

徐管家点点头，不得不承认，徐老的眼光很好：“对了，秦小姐，您说的几个客人，他们到了吗？礼宾那边没有接待到。”

秦苒看了看手机上的时间：“不用管他们，他们就是来看热闹的。”

杨老先生肯定不会那么早到。

“好。”徐管家点头，“我跟其他人说一声。”

接管仪式即将开始。

今天这场接管仪式，来的人不少。

物理研究院的高层管理跟徐家管理阶层的人物全都到了，A城最近几天发生的事情太多，聂家同几个家族忽然冒出来，站队越发明显。

九点，接管仪式开始。徐管家站在最前方的台子上说了几句场面话，才请了秦苒跟方震博出来。

“请方院长给秦小姐颁方印。”徐管家退到一边。

秦苒两只手垂在两边，她看了穿着长衫的方震博一眼，垂下长睫，还算礼貌地开口：“方院长。”

方震博没理会秦苒，他的声音有些嘶哑，手上没拿方印，只是朝徐管家看过去：“徐管家，秦苒同学年纪太小，无法担此重任，我跟物理研究院各位管理人员的决定是让我代管。”

徐管家面色一变，他原以为方震博会做做表面功夫，没想到他竟然这么直接！在徐老在世、程老在世，程隽还是程三少的时候，方震博还有所顾虑，眼下他连装都不装了。

“三弟，”程温如坐在大礼堂的第一排位子上，拧着眉头对程隽道，“我让你请的人，你请了吗？”

程隽只看着秦苒的方向：“嗯。”

程温如点点头，面上一片凝重：“但是不够，这方震博明显不怕，明显就是欺负苒苒！”

程隽的手指敲着椅子的扶手，脸上没什么表情，一双眼眸极黑。

台上，徐管家的面色也不好，他忍着怒气：“方院长，那您觉得什么时候合适？”

“等秦苒同学达到一级研究员，自然会移交方印给她。”方震博不卑不亢的，“你看徐家这情况，秦苒同学也管不好物理研究院，你说她能管得了谁？”

这一句，让徐管家跟徐家人还有程温如等人都气得脸青。

一级研究员是要履历的，没几年哪那么容易达到，几年后，谁知道物理研究院会是谁的天下？

方震博看着秦苒，笑了笑：“不信你问问底下的研究院管理人？这是他们的联名请求。”

他伸手，从兜里拿出了一堆纸展开。

台下，各大家族的代表人对此没有任何意外。徐家、程家如今不齐，秦苒背后基本上唯有一个秦家，方震博发难一点也不奇怪。

徐管家抿唇，看了看台下坐在第二排的研究院管理阶层的人员一眼，他们全都低下了头，不敢同徐管家对视。

方震博身侧的秦苒伸手把他手里的纸接过来，看了看，然后随手撕成两半。她眸色低敛，动作是惯有的嚣张。

方震博抬头，不敢置信：“你敢？！”

秦苒看向方震博，似笑非笑：“你不会以为徐校长不在了，我就会向你妥协吧？”

“不，我看你是不想在研究院待下去了。”方震博笑了笑。

就在这个时候，大门口传来一道浑厚的声音：“好热闹。”

这声音出现得太过突兀，所有人都看向大门口的方向。

门口的几人缓缓朝这边走来，中间的是一位穿着灰色外套的男人，年纪约莫六十，板寸头，头发微微泛白，一双眼睛寒光毕露。他左边是一道修长的身影，十分年轻，穿着干净的白色毛衣，头上还扣着顶黑色的帽子，头微微低着。

一进大门，毛衣少年就取下了帽子，朝最前方看过去。

右边站着一位冷漠的中年男人，或许因为人多，他锋利的眉宇间还夹杂着几分不耐烦。

“陆先生？”秦家的代表一眼就认出了右边那人是陆知行，连忙站起来。

陆知行作为云光财团的核心制作人之一，在圈内圈外知名度都很高，他的采访照片、视频虽然不多，但云光财团入驻 A 城，不少势力都特地搜集了陆知行的资料。就算那些老总认不出来，他们身边的助理秘书也能认出来。

“陆先生，您也来了。”云光财团手握亚洲 IT 跟酒店两条命脉，大部分同陆知行有过接触的人都纷纷打招呼，才看向陆知行身边的老人，“这位是……”

“杨老先生。”陆知行话不多，只稍微侧了侧头，介绍了一句。

此话一出，围在他身侧的人面色一变，连忙开口问好：“竟然是杨老先生。”

云光财团的创始人，可不就是姓杨吗？只是道上都有传言，杨家背后那位一直在国外，神龙见首不见尾。谁曾想到，他会出现在这种场合。

但这并不妨碍A城这些大小家族拥护他。比起物理研究院跟徐家的事，杨老先生公开出现在A城，才是真正的大新闻。

云光财团，五大巨头占据两席之地，跺跺脚整个IT界都要震一震。

连程温如都暂时放下了方震博那边，她看着杨老先生的方向，眉头紧锁："云光财团到底是什么意思……连杨老先生都回国了？"

"确实可疑，"程水略微沉吟，看向程隽，"老大，秦小姐有没有提过这件事？"

他知道秦苒是云光财团内部的人。

程隽手背在身后，摇头，然后转身看秦苒的方向。

现场的接管仪式不得不暂停。

徐管家看到方震博也下去找杨老先生了，他连忙看向秦苒："秦小姐，这杨老先生应该就是云光财团的人，我们虽然不接触IT，但方震博明显是要向他靠拢，我也去接待一下。"

毕竟，今天这里，徐家才是主场。

秦苒也随着徐管家下来，她没同徐管家一起去见杨老先生，只是朝程隽这边走。

"这方震博，"程隽靠近秦苒，声音很轻，大概只有他们两个人能听到，"我帮你解决了？"

耳边都是他身上的清冽气息，秦苒心中涌起的不耐烦与戾气消散了一点，她摇了摇头："不用，不过……这方震博背后有人。"不然他不敢这么明目张胆地做。

程隽就耐心地等她说完，闻言，他颔首，语气浅淡："他背后肯定有人，这件事你不用管。"听起来像是知道背后那人是谁似的。

秦苒随意地点头："哦。"没有任何怀疑地回应，也不问为什么。

程隽也没再解释，只伸手紧紧握住秦苒的右手，说了非常郑重的两个字："放心。"

"苒苒，那个方院长接近云光财团，没安好心。"程温如收回看杨老先生那边的目光，她伸手拍拍秦苒的肩膀，表情严肃，"我跟陆先生也有合作案，我带你去见他！"

"不了。"秦苒看着方震博拿着酒杯去找杨老先生，眼眸微微眯着。她离开座椅，去长桌边给程温如拿了杯酒，"程姐姐，你先喝酒。"

秦苒准备待会儿找个没人的地点单独找杨老先生。

虽然她名义上是杨老先生的义女，但……她跟杨老先生真的不是很熟。

不远处，方震博拿着酒杯，同物理研究院的一行人要去找杨老先生。

“方院长，你看徐管家也去找杨家人了。”方震博的助理小声开口。

“没用，”方震博淡淡开口，“徐家同云光财团根本就没有来往，不用管他们，我们去跟杨老先生打个招呼。”

闻言，方震博的助理同物理研究院其他人点头，一行人朝杨老先生那边走过去。

看着这两人聊得开心，旁边，欲要接待杨老先生的徐管家面色更沉。

“徐管家，这下……”徐管家身侧的长老看到秦苒跟程温如走过来，喃喃开口，“这位杨老先生怎么会看中了方震博……现在这局面，秦小姐今天的接管仪式可能不会特别顺利……”

“你是A城物理研究院的院长？我前几天刚跟M洲研究院那边研究过，你们A城物理研究院最近很冒头。”杨老先生看着方院长，笑得非常温润。

方震博完全没有想到，这么多人，杨老先生竟然会跟自己说话。他连忙弯腰，颇有些受宠若惊：“是的，杨老先生，没想到您还关注物理界的事情。”

“我的义女跑去学物理了，我这做父亲的，自然要多看看。”杨老先生一边说着，一边朝人群看过去，笑着招招手，“快过来，躲人群里干什么。”

“您的义女？”脸上挂着笑容的方震博一愣，然后朝杨老先生说的方向看过去，试探着道，“您的义女是谁？”

杨老先生看的那个方向人多，是座宾席，男女老少都有。方震博依照杨老先生的年纪，没推测出来他说的那一位义女是谁。

“说起来她在物理界还是个新星，”杨老先生依旧笑着，他朝秦苒那边挥了挥手，声音中气十足，“苒苒，过来。”

杨老先生的声音很大，他说话的时候，其他人也不太敢说话，众人听得清清楚楚。

若是叫其他名字，在场的人或许还真不知道，但秦苒是最近A城的热门人物，一听“苒苒”两个字，所有人都朝秦苒的那个方向看过去。

一边喝酒，一边思量着什么的程温如，僵硬地抬了抬头，看着秦苒的方向。

她心里有一万句震惊，却不知从何说起。

秦苒一手拿着一杯果汁，一手拿着手机，跟程隽说话的同时，似乎还在跟什么人发消息。听到杨老先生的话，她有些茫然地抬了抬头。

她身边，程隽拿着白水的手也顿住，一双眼睛漆黑深邃。全场的目光都朝这边看过来，程隽脸上的情绪没有特别明显的变化。顿了顿，他才抬头，一双清润的眼睛看向秦苒，似乎是低笑了声：“苒姐，叫你呢。”然后伸手，不紧不慢地把秦苒手中的果汁接过来，微微叹了叹，“难怪你说不用去接你干爹，去吧。”

“不是，”听到程隽这一句，秦苒没马上走，只转了转手中的手机，微微侧头看他，这个角度能看得清他眉眼清隽的轮廓，“我跟他们交集不多。”

程隽挑了下眉：“回去再说。”

“啊。”秦苒摸了摸耳朵，好烦。

看着秦苒慢慢走过来，方震博瞳孔骤缩。

杨老先生口中的那个义女……是秦苒？这是什么天方夜谭？！

方震博猛然转身，看向杨老先生：“杨老先生，您说的是……”

“就是秦苒，”杨老先生看向方震博，笑道，“我的义女，也是你们研究院的人。”

方震博整个人都乱了。

秦苒怎么会跟云光财团有关系？为什么A城半点消息也没有？

方震博脑子里闪过无数片段，他虽然大部分精力都放在物理研究院，但对A城的局势也关注。程家、徐家、秦家、欧阳家……这些家族的大事他都略有耳闻，方震博能到达如今这个位置，自然也十分聪明，瞬间就把一切联系在一起。

难怪秦汉秋能绝地反击拿到云光财团核心的合资案，赢过秦四爷！

难怪连欧阳薇都略输秦苒一筹！

难怪徐校长死后徐家还有一批势力驻扎！

难怪程隽倒台后两人半点儿不担忧！

秦苒是云光财团杨老先生的义女，这样一来，一切就说得通了！

“我听说，苒苒是要接管研究院的方印，”杨老先生脸上笑意不变，转向方震博，“她年纪小，可能还需要你多多照顾。”

方震博僵硬地扯了扯嘴角。

杨老先生都这样说了，他敢说什么？

程老爷子跟徐老爷子不在，他手握研究院的重权，可以不怕徐家和程家，但不代表……他不怕杨老先生跟云光财团。秦苒是杨老先生的干女儿，很少出现在公众面前的他忽然出现，方震博猜测秦苒在杨老先生这里可能很重要。

今天这件事不说清楚，方震博怕……云光财团不会放过他。

他看着杨老先生，沉默好半晌，才嘶哑着声音道：“杨老先生，可否借一步说话？”

“去那边。”杨老先生挑眉，他跟秦苒说了一句，才指了个没人的方向。

“您应该知道，背后没人我不敢这么做，”方震博顿了顿，才开口，“实际上，我背后的人是明海先生。”

杨老先生安静地听着，脸上是一如以往的和蔼："嗯。"

"这方印我会给秦苒。"方震博就算再不甘，这个时候也不敢再有什么动作。

A 城无论是谁都觉得秦苒和程隽两人只能任人宰割，谁知道到绝境之中又出来个云光财团！

两人聊了一段时间，等回到原地，方震博一反起初盛气凌人的样子，把手中的方印递给秦苒："秦苒同学，以后物理研究院的兴盛荣衰都要靠你了。"

现场人很多，大部分人都不动声色地看着这一幕。

秦苒接过银色的方印，低头看了看。

"谢谢。"她将方印一握，眼睫垂下，道谢，语气淡漠。

方震博深深地看了秦苒一眼，从他知道秦苒是谁的时候，就知道她不会太简单，才会各方面压制她的成长……很可惜，徐老的计划太周密了，以至于他在防备秦苒成为各位一级研究员的徒弟的时候，她却直接成为物理研究院的下一任负责人。

方震博的表情，秦苒没有多管。她拿好方印，又翻着手机，给常宁发过去一条消息——"撤回。"

常宁那边先是发了个问号，接着又发了个句号——"好。"

秦苒低眸，看了看手机，原本她今天是另有计划拿下方印的，没想到杨老先生会帮她……她拿着手机，若有所思。

"秦神，"杨非见事情了了，终于凑过来，努力用平静的语气说着，"听说你很快就忙完了，忙完之后，你还会打《九洲游》吗？"

秦苒也有些恍惚，这段日子都没有同林思然他们一起打游戏。知道她忙，陆照影跟林思然也不会每天骚扰她。猛然提起游戏，秦苒有种恍如隔世之感。

"打啊！"她手插进兜里，偏头看向杨非，"等我忙完，就跟你们打。"

"好！"杨非脸上多了些笑意，他往下压了压帽子，"那我们等你。"

秦苒给他比了个"OK"的手势。

"杨非，你做点儿实事，别一心扑在游戏上。"杨老先生数落了杨非一句，才同秦苒道，"那边是程家人吧？"

秦苒颔首，她拿着小方印，若无其事地回去。杨老先生同她一起。

"杨老，您好，我是程隽。"程隽一直注意着秦苒这边，看到杨老先生过来，他把酒杯放下，谦谦有礼，不见丝毫落魄样儿，风神俊朗，矜贵清华。

"程家三少爷，"杨老先生看着程隽，笑得意味深长，"果然年少有为。"

程隽抬手，只稍微侧了侧眸："我已经不是程家三少爷了。"

接管仪式流程不少，来找杨老先生说话的人更是络绎不绝。

直到这场接管仪式结束，杨老先生才去巡视总部。他站在物理研究院大门前，看了看秦苒："你要回去看看吗？陆知行说你好几个月没回总部了。"

秦苒摇头，声音挺冷静的："等下次。"她该处理好的事情早就同陆知行说过。

杨老先生闻言，也没说什么，带着杨非一行人离开。

"秦神，我们等你回来。"杨非关车门前，还朝秦苒挥了挥手。

"砰——"车门被关上。

"那我们也回去了。"程隽盯着那辆车看了好一会儿，才把目光转向程温如跟徐管家等人。

程温如一直盯着秦苒，程隽说话的时候，她才"嗯"了一声："开车慢点。"

等秦苒跟程隽走了，程温如这一行人仍在门口站着，还在思考人生。

程温如刚刚喝了酒，没法开车，她还有两个找来给秦苒撑场子的贵客要招待，自然不如程隽走得那么潇洒。

好半晌，徐管家找回了自己的声音："我得告诉他们这个好消息，秦小姐接到方印了。"

话是这样说，可徐管家还是没有动静。他不是程木，程木是经历得多了，才那么淡定。好几天前，秦苒就跟他说过会多几个客人，徐管家怎么也没想到，这客人会是杨老先生等人。

"我记得秦小姐……以前是住在灵海镇吧？"徐管家看向程温如。

云光财团之前在国内连总部都没有，秦苒怎么会同杨老先生有关系？

程温如看了眼徐管家，不由得顿了一下。要是再说一句，巨鳄还是秦苒的朋友，徐管家心脏能不能承受住？

"程大小姐？"看着程温如的目光，徐管家不由得叫了她一声。

程温如回过神来，她摇摇头，本来想学着程隽问问徐管家心脏好不好，但又想到了程老爷子，她的情绪又低落下去。她看着身后凑上来的一众各大家族的企业负责人，轻声开口："徐管家，看来你又要忙起来了。"

这些人自徐校长死后，就几乎避开了徐家，同最近崛起的瞿家交好。

谁知道今天又发生了秦苒这件事。

徐管家感慨万千，从容应对。

"老爷子要是在天有灵，可能都想不到。"徐管家累了一天，他坐到车子上，眸光悠远，喃喃开口，"他一直计划着替秦小姐铺路，谁知道，现在徐家是靠着秦小姐。"

身侧的长老点头："杨老先生让秦小姐去看总部，早就听说云光财团管理严格，你说秦小姐她是不是云光财团的……"

除了云光财团的高层，徐家长老也想不到，为什么杨老先生会让秦苒去巡查总部。

但……想到这里，徐家长老又摇了摇头："我在乱想什么。"

秦苒回到别庄，就同程隽一起去了楼上书房。

"他们没事吧？"程金没有同程水一起去，不知道发生的事情，只看了眼楼上书房。

程水若有所思地摇头，眸光复杂，开口回道："怕是有点事。"

很少看到程水这么郑重的样子，程金跟程木都凑过来，程金把手里的电脑放下："研究院出问题了？我去搞定。"

"倒不是，"程水摇头，他的目光飘得有些远，"就是看到了秦小姐她干爹。"

"秦小姐的干爹？"程金点点头，收回紧张的情绪，"看你这个反应，应该不是什么普通人，说吧，他是谁，总不可能还是巨鳄。"

一个巨鳄，他觉得自己的承受能力已经够强了。

程水"哦"了一声，才不轻不重地开口："云光财团那位杨老先生。"

程金："……"他面无表情地伸手，擦干了不小心喷到电脑屏幕上的水。

一行人瞬间无话。

楼上，书房。

秦苒正等着程隽问她有关杨老先生的事。

"问。"她用脚关上书房的门，拖开程隽对面的椅子，下巴抬起，看起来像是不再挣扎。

程隽拿了一支笔，手搭在书桌上，气定神闲地看向秦苒："你联系小姨了没？"

秦苒等着他问杨老先生的事，已经准备好把一切说出来了，谁知道他突然提起宁薇。

"还没，等我忙完徐家的事，就去云城接她。小姨她性格倔，说动她来A城不容易。"秦苒已经决定好要跟小姨抗战，她手指敲着桌子。

程隽嘴角勾起，看着秦苒："好，我就在A城等你回来。"

秦苒听到这里，忽然抬头，对上他的眼睛，敲着桌子的手指一顿："你留在A城？"

"嗯，总得有人镇镇场子。"程隽放下手中的笔，撑着桌子站起来，看着秦苒，眉目舒展开来。他看着秦苒似乎在思考的样子，不由得笑了笑。他往外走了两步，双手撑着对面椅子两边的扶手，微微倾下身，脑袋抵着她的额头，看着她的眼睛，似乎是轻笑了声："你去好好把小姨接回来。"

# 第八章 你觉得我一直在你的掌控之中吗？

因为要回云城，秦苒这几天就加班加点地处理物理研究院跟徐家的事情。即便有程隽帮忙，她最近几天休息的时间也少。

她跟杨老先生的关系已经在圈子内部传开，这个圈子里的秘密向来不是秘密，金字塔稍微往上一点的都知道这件事，A 城格局又因此动了。摇摇欲坠的程家跟徐家不仅稳住，还同 M 洲来往密切，有更上一层楼的意思。

秦苒更是如日中天，明海的计划彻底被打乱。

A 城金融中心，杨老先生办公室。

明海坐在他对面，直截了当：“杨老，你知道我找你是为了什么事。”

“我也说了，秦苒不可能跟云光财团分割，她在里面占据了非常重要的地位。”杨老先生唇微抿，脸上的笑意少了几分。秦苒跟陆知行缺一个，云光财团的 IT 部都没有今天。

“那我要是告诉你，秦苒不仅是宁迩的后代，她手里还有当初宁迩的研究内容。宁迩当初根本就没有毁掉那份文件，他导了场空城计。”明海端着茶杯，不紧不慢地开口。

闻言，原本漫不经心的杨老先生猛然顿住。他双手撑着桌子站起来，看着明海，目光晦暗不明：“消息属实？”

“我跟你说假的，能有什么好处？”明海继续笑，“就在云城，你也可以好好查查宁迹的后代。”

杨老先生重新坐回到椅子上，他晦涩地看了眼明海：“知道这个消息，你会这么好心告诉我？”

“杨老先生，信不信由你。”明海反而不急了，他拍拍衣袖站起来，“你也可以选择不信我。”说完，明海也不等杨老先生回答，朝杨老先生拱了拱手，“再会。”

明海走了，杨老先生心绪却不宁了，不得不承认，明海确实猜到了他想要的是什么。杨老先生坐在位子上半晌，才拿起办公桌上的电话，接通内线：“给我好好查查云城宁迹一家。”

杨老先生有自己的情报队伍。

不过半个小时，秘书就敲门进来：“杨董，这是技术部传过来的文件。”他神色间有些迟疑。

“拿过来，”杨老先生伸手，“宁家人的资料出了问题？”

“是出了问题，也不对，您看看就知道了。”秘书把里面的文件拿出来。

杨老先生直接翻了翻，眸色低敛。其实也不用翻，宁家这么多人，可查的资料，加起来也就两页纸，资料更是简单到不行。

宁薇，女，身高：168，前化工厂工人。

宁晴，女，身高：170，林家继室。

秦语，女，身高：167……

除了这些，再没多一个字，简单到可怕。

与此同时，国外，渣龙刚上飞机，他穿着双破板鞋，坐在靠机窗的位子上，小桌子上摆着电脑。他敲了最后一个 Enter 键，然后打了个响指，按着耳朵上的耳麦：“搞定。”

耳麦那头，秦苒的声音冷清：“谢了。”

“小问题，听常宁老大说你跟马修认识？”渣龙跷着二郎腿，破板鞋又脏又破，飞机上都是外国人，他毫不在意地说着中文，“帮我劝劝他，让他的人别抓我了。”

电话这头的秦苒还在研究室，她把一份文件递给南慧瑶，闻言，伸手扶额：“你干什么了？”

“倒也没啥，就帮着巨鳄转手了一些小玩意儿，”渣龙“啧”了一声，“马修他死追着我不放，他又抓不到我，都没查出来我是谁。何必呢，还耽误我泡吧飙车。”

“你别太嚣张了。”秦苒拿了个杯子，接了杯水。

“还行。”渣龙谦虚，又想起来一件事，“你要的东西我带回来了，回国就给你。”

“正好赶上了，”秦苒明天要回云城，她喝完水，把杯子放下，“常宁那儿见。”

“行。”渣龙干脆利落地挂断了电话。

这边，秦苒看了看时间，早上六点，渣龙要下午三点多才到。

她沉下心思投入研究。

下午三点。

“苒苒，”南慧瑶拿了份记录过来，“你看看用量，我调了几遍都不对。”

秦苒正在进行同M洲合作的B计划。她如今也有办公室，褚珩、南慧瑶、叶师兄、邢开这四人都在，除去他们，还有廖院士。

“明天我要出门一趟，B计划进展到关键时刻，”秦苒把自己的工作都做完，她看向廖院士，“廖院士，麻烦您多照看他们一下。”

这B计划不仅是秦苒上任的第一把火，更是南慧瑶、叶师兄他们往上爬的关键。研究院连那几个一级研究员都想参与到这个项目中来。方震博朝秦苒发难，说到底，也是想要这个项目，可见这个项目的重要性。只是秦苒固执，她一开始选好的团队，想要中途插进来非常难。

廖院士低头，连忙看秦苒刚刚打印出来的研究结论，对秦苒的话只随意地摆手：“好。”

研究室内其他几人也忙着手边的研究，几乎没时间搭理秦苒。

秦苒摸了摸鼻子，才拿着手机离开去找常宁。

秦苒把脸上的口罩往上拉了拉，直接朝“129侦探所”大厦走。

五分钟后，常宁的办公室。

渣龙比秦苒早到两分钟，正跟何晨在说话。看到秦苒从门外进来，他眼睛亮了亮，先是痞痞地打了个招呼，才从兜里摸出来一个东西，往秦苒那边一扔：“给你。”

秦苒也没看，抬手，精准无误地抓住了渣龙递给她的东西。

“什么玩意儿？”何晨放下手中的杯子，朝秦苒那边看了看。

秦苒垂下眼眸，摊开自己的手心——是一张金色的手机卡。

何晨同常宁都瞥了秦苒手中的卡一眼，沉默了下。

“大神，你不知道，我为了你这张卡奔波了多少地方，还好我毛里求斯未来之星还是有点面子的。”渣龙看向秦苒，喋喋不休。

秦苒若无其事地把卡塞到兜里，往身后的桌子靠了靠，腿微微交叠着，偏了偏头，眼白的血丝还挺明显，莫名带了点邪气：“谢谢，下次有事直接吩咐。”

“那倒不用，不过你这张卡有点酷啊，我感觉自己调查过。”渣龙摆手。

身边，常宁递给他一杯水，打断了他：“渣龙，喝水。”

“哦。”渣龙喝了一口水，继续看向秦苒，“是M洲的卡，你在M洲是混什么的？我早就说你这么厉害，肯定不是单枪匹马一人。听说你现在又去学物理了……”

秦苒站直身体，她掏了掏耳洞：“我明天回云城。”

“回云城？”常宁没料到秦苒这个行动，这个节骨眼上他以为秦苒不会离开的。

秦苒眼眸眯了眯：“接我小姨。”

秦陵在唐均那里，地点还在M洲，她不担心。她担心的是宁薇跟沐楠，尤其是当初云城那些逼到宁薇家里的人。宁薇从来不跟人说她到底在做什么，这大概是宁家人的通病，宁迩到死都还在跟秦苒出谜题。

“大神，你要回云城，我最近没什么单子，我跟你一起去玩……”渣龙张口。

“不用，谢谢。”秦苒单手插进兜里，脸微抬，整个人看起来有些不近人情的酷，“有急事联系我。”

“小心！”何晨靠着沙发，眉宇间有些淡淡的笑意，“你那边有问题尽管找我，我最近到处流浪。”

“好。”秦苒拉开办公室的门出去，听到两人的话，也没回头，只朝背后挥了挥手。

“她就这么走了？”渣龙又喝了一口水，“常宁老大，你说我要不要跟着孤狼一起去，我还没跟她并肩作战过，我还能保护她，说不定能英雄救美……”

“常宁老大，”何晨也放下杯子，站起来，“我先回去跑新闻。”

“好。”常宁朝她挥了挥手。

何晨拿起放在一边的大衣，直接离开。

“哎——不是，”渣龙朝何晨离开的方向看了一眼，“我们五个人不是要一起喝酒？”

“你对外说你是渣龙，有人相信吗？”常宁满脸复杂地看了他一眼。

秦苒离开“129侦探所”总部，也没回去，而是转去徐家一趟，跟徐家人说了一句她要离开几天。却没想到，刚去徐家就看到了徐二叔。

徐二叔看到秦苒，顿了顿，才朝秦苒俯身：“秦小姐，这次徐家多亏有你。”

秦苒摇了摇头，她避开了徐二叔的这个鞠躬。

“M洲的生意处理完了？”秦苒对生意上的事情不太关心，她给徐家的只是研究院的研究结果。

“没错。”徐二叔给秦苒和徐摇光都倒了茶，稍微笑了笑，“多亏有你秦小姐，不然我们谈得没那么顺利。”

“对，”徐管家也点头，“徐家这次算是稳住了。”

“那就好。”秦苒喝了一口茶，同徐家人告别，才转向一直站在门口的青林，“聊聊。”

青林直接跟着秦苒离开，徐管家送他们。

徐二叔看着秦苒跟青林的背影：“那是谁？”

“青林先生，”徐摇光放下茶杯，看了徐二叔一眼，“没有他，我们徐家不会这么稳。”

徐二叔没有说话，只顿了顿：“小徐少，你有没有觉得……徐家的存在感越来越低，甚至连徐管家都只听秦小姐的话了，这个青林也只听秦小姐的话，在徐家这么受敬仰，人都有私心……”

“别胡说。”徐摇光直接站起来，他拧眉，扫徐二叔一眼，“不管你听谁说了什么，忘掉，没有下一次，不然我会执行家主权力，赶你出家族。”

徐摇光神色向来清冷，一身气势强大，他重重放下茶杯。

徐二叔低头：“是。”

秦苒第二天就回云城了，身边跟着的依旧是程木。

程隽送她上了飞机，他站在登机口，直到那趟航班起飞了，眉眼才动了动。

“老大，”程水站在程隽身侧，“我们该回去了。”

已经看不到飞机的影子了，程隽收回目光，转身后脸上唯一的暖色褪去：“人跟上去了没？”

“这个点，程土和程金他们应该到了云城。”程水说完，张了张嘴，还想说什么，但还是没有说出口。

程隽点头：“那就好。”

与此同时，云光财团总部。

陆知行正坐在办公室一边敲着代码，一边同秦氏的阿海交流接下来的合作方针，大方向秦苒已经写好了。

门外有人敲门，也不等里面的人回答，直接进来。陆知行推了推眼镜，他向来喜静，眯眼朝门外看了看。

大门外，正是杨老先生，陆知行站起来，恭敬地开口：“杨老，您怎么来了？”语气略带诧异。

云光财团 IT 部，几乎是秦苒跟陆知行带出来的，杨老先生跟杨殊晏根本管不住。

阿海本来坐在陆知行的对面，听到陆知行的话，连忙站起来，朝身后看过去，更为恭敬："杨董！"语气里还略带惶恐，这是云光财团的大老板，他想见都见不到的大人物。

"你们在谈四维搜索引擎的问题？"杨老先生手背在身后，依旧笑眯眯的。

"是。"陆知行第六感敏锐，听着杨老的语气，他略微皱眉，感觉到有些不对劲。

"那就不用忙了，"杨老先生谦和地看着阿海，"云光财团单方面终止合约。"

此话一出，阿海还没反应过来，陆知行直接抬头："杨老，整个工程都是以 Poppy 为核心！ IT 部，她有一半决定权！"

"我知道，所以从今天开始，云光财团同秦苒解除一切关系。"杨老先生依旧淡淡笑着，他很礼貌地对阿海说了声抱歉，"官方很快就会宣布这条消息，来人，把他带出去。"

门外很快有保安进来，把阿海带了出去。

杨老先生此话一出，陆知行就知道有什么地方不对。他脑子里思绪万千，眸光更沉："杨老，为什么？"

陆知行想破了脑袋也想不出来，杨老先生会因为什么样的原因，要跟云光财团 IT 部打下了半边江山的秦苒撕破脸。

"EA 代机器人够了，"杨老先生拍拍陆知行的肩膀，笑了笑，丝毫不在意，"云光财团就算没了秦苒，还有你。"

第一次明海让他把秦苒赶出云光财团时，杨老先生犹豫了。

明海手里确实没有什么好东西能够吸引杨老先生，因为秦苒在云光财团 IT 部门确实很重要。

但前几天明海跟杨老先生说过秦苒手里有宁迩藏着的那份文件后，杨老先生就不犹豫了。说到底，他也没有想到，宁迩没有毁掉那份文件，还敢把它留给秦苒。他查不到秦苒的机密资料，但杨老先生派人明里暗里去云城私底下调查了许久，终于也找出了一点门路。实际上，秦苒在各类物理比赛上打破过许多常规。

杨老先生心里有底，秦苒手里肯定有东西，明海犯不着拿这个来骗他。

"云光财团能走到这一步也不只是靠秦苒一个人，别吹得太过了。"杨老先生笑着看向陆知行，"你放心，我绝对不会亏待你。"

云光财团 IT 部大部分事情都是陆知行跟杨殊晏打理。杨老先生虽然知道秦苒在其中占据了一点地位，但秦苒的年龄摆在那里，他也不混 IT 圈，不知道秦苒究竟占据了多大的分量。

说完，也不等陆知行说什么，他拿着手机，一边同宣传部的人打电话公开这个消息，一边往外走。

拿秦苒同明海合作换取那份研究，很值。

杨老先生从不做亏本买卖。

办公室内，陆知行垂眸，眸底敛着戾气。他也没有再同杨老先生说些什么，只是打开电脑，看了看电脑桌面上所有他跟秦苒未完成的半成品，丝毫不留情地删掉，并打开了文档。他一个字一个字地，很慢地敲下了——“辞呈”。

云光财团自从杨老先生露面，就是A城的热点。杨老先生也是有意宣传跟秦苒脱离关系这一点，不到半个小时，该知道这个消息的人全都清清楚楚。

程水这边自然也知道了。他走到程隽的书房，把这件事原原本本说了一遍。

“杨老先生？”听完程水的汇报，程隽一顿，他抬头，对于程水的这个消息有些不相信。

他知道，秦苒对杨老先生是尊敬的。这个时候，无论是谁打压秦苒他都能理解，除了杨老先生，他不能理解。

“这个消息让程土那边瞒住，”程隽手指撑着桌子，指尖微微屈起，一双眼睛满是凉意，“在苒苒回A城前，别让她知道。”

程隽经历过，知道被亲近的人欺骗甚至于背叛，那种心灰意冷甚至厌世的感觉。

“好。”程水点头。

“云光财团出了什么事？”程隽眯眼，他想不出理由，几天前还给秦苒撑腰的杨老先生，今天会做出把秦苒逼到绝路上的事。

程水顿了下，才开口：“明会长在这之前去找过杨老先生。”

程水还想说什么，兜里的手机响了，他低头一看，愣了下，才接起来。

通话时间很短，程水接完电话，直接看向程隽：“是明会长，他让你去找他。”

闻言，程隽抬眸，眉眼越发清冷，也越发显得有点儿前所未见的狠劲儿。他收起了撑在桌子上的手，声音冷漠：“那就去找他。”

“老大，他明显没安好心。”程水跟着程隽一起，眼神严肃，“所有人都被你派去保护秦小姐了，你自己要小心。”

程隽伸手，扯了扯扣得规规矩矩的领结，眼睫垂了垂，没说话。

A城金融中心，程隽进了办公室，明海就坐在办公桌边。

程隽也没站着，他看看四周，直接踢了一张椅子过来，坐下。

秘书给程隽倒了一杯茶。

明海这才抬了抬头，他放下笔，笑眯眯地看向程隽："想通要回来了？那女人对你影响太大，不能留。只要能回来，你还是我的儿子。"

"云光财团那件事是你做的？"程隽没有回，只是看向明海，声音很轻。

"果然是我的儿子，还是聪明的。"明海低头，笑了笑，"我不过是骗了云光财团那老家伙，告诉他秦苒手里有他要的东西，他还真信了。狗咬狗，真是一嘴毛。"

明海自然知道秦苒不是那么简单，他也怕云光财团，这两个人成为对立面，他渔翁得利。

他一边说着，一边拿起茶杯，淡淡喝了一口。

程隽忽然笑了笑，从十二岁以后，他就没有体会过这种从骨子里透出的寒意了。从出生起，他就是所有人手里的棋子，活在所有人的掌控之中，走的每一步都是别人安排好的。程老爷子在算计，明海在算计，甚至于五行一开始都在算计……

明海有控制心，想让所有人被他掌控。

程隽这态度让明海感到不舒服，明海皱了皱眉："我之前跟你说过的，欧阳薇才是我的人选，你只要老老实实的，我手里的一切都是你的，包括以后新的A城四大家族。"

程隽点点头，他倏然收起笑容，起身，居高临下地看向明海："明海，你觉得我一直在你的掌控之中吗？"

明海猛然抬头。

程隽手负在身后，淡淡开口："爷不跟你们玩儿了。"

说完，程隽伸手把衣袖抚平，朝明海礼貌地点点头，直接离开。

身后，明海拍着桌子，愤怒地开口："程隽，你不要命了？"

程隽没回头。

A城物理研究院，秦苒的实验室。

廖院士跟叶师兄等人都收到了云光财团的这个消息。这群人里，廖院士年龄最长，他不太爱说话，但论分辨局势的能力，他比世家子弟褚珩都要稍高一筹。

"秦苒能接管研究院继承人的方印，是因为云光财团公开保她。"廖院士召集了众人，他微微眯眼，"方震博他们盯秦苒很久了，我们手里的B计划也是那些人眼红的，我们301实验室将面临一场危机。大家把手里的研究资料能带走的都带走，电脑上的全都销毁，然后离开，其他的交给我。"

事情一波三折，廖院士也没想到，仅仅几天，秦苒这边又出了问题。他因为熬夜研究，精神状态不算好，但依旧冷静、有条理地吩咐下去。

“廖院士，您呢？”南慧瑶看了廖院士一眼。

廖院士看了看实验室，没有说话，只忽然道：“秦苒有没有跟你说过她家里人？”

“秦影帝他们我是知道的。”南慧瑶不知道廖院士怎么忽然转到这里。

廖院士点点头：“那她妈妈呢？”

“我知道，”邢开举手，然后挠挠头，“我跟林思然打游戏的时候，听她说过，她妈妈不太好。”

廖院士的目光看着实验机器：“她妈妈……是姓宁吗？”

“廖院士，您知道啊？”邢开诧异。

廖院士听完，忽然点点头：“我知道了，你们先走。”

邢开没有想太多，听廖院士的话，把资料拷到U盘上，带走，却发现南慧瑶跟褚珩没有动。

“你们俩怎么不走？”邢开一愣，又挠了挠头。

南慧瑶拉开一边的椅子，坐下，手中的实验仪器转了转：“廖院士，我们是一个团队，不是只靠苒苒一个。就算她不在，我们也会撑住研究院。”

褚珩没说话，只是坐在电脑前，表明了自己的立场。

越是这种情况，他们越要稳住。虽然他们是因为秦苒才有今天在实验室的地位，但不代表他们本人没有实力。

廖院士看着他们三个人，嘴角动了动，向来冷冰冰的脸略有了些温度：“你们……好，你们要留下，就听我的……”

廖院士低声吩咐。

秦苒被云光财团除名的这个消息传得很快。秦家好不容易打造起来的团队，因为云光财团这一下，瞬间又跌入谷底。

“秦总，眼下情况不好，”秦部长拿着文件，匆匆找到秦汉秋，“秦小姐那边是不是出事了？”

不然秦部长想不到，为什么云光财团会做这个决定，还公开宣布。

“我也不知道，”秦汉秋拿着手机，摇头道，“小程不让我告诉苒苒这个消息，技术部怎么样了？”

“不好。”秦部长摇头，没了云光财团的合资案，工程就进行不下去了，“从消息出现到现在，有四个人辞职了。其实这样也好，我们不能什么都靠秦小姐。”

辞职人数还在递增，这件事对秦汉秋这边是个非常大的打击。

“我去安抚公司里的人。”秦管家开口，“世态炎凉，我们得准备好后路。”

上次的事情，已经给秦家一个教训了。

云光财团中心总部，杨老先生坐在办公室里，同总经理说着管理方面的事。

就在这时，28 层工程部的经理敲门进来。

28 层是云光财团的核心部，28 层工程部的经理杨老先生自然认识，他停下谈话，笑着看向经理："什么事？"

"杨董，我是来递交辞职信的，交接已经安排给助理了。"他伸手，把信放在杨老先生面前。

"为什么忽然辞职？"杨老先生正襟危坐。

经理低头："私人原因。"说着，他低头看了看手表，快到下一场面试的时间了，他朝杨老先生告别，直接离开。

杨老先生看着手中的辞职信，微微拧眉，他拆开来看了看，很官方的辞职信。

放下信，杨老先生拿起手边的电话，想要打去人事部问问。他还没碰到电话，电话就响了。

正是人事部的经理，那边声音挺惊慌的："杨董，28 层 IT 部，七名大将辞职了！"

"七个辞职？"杨老先生直接站起来，眉头一拧，"究竟怎么回事？你们怎么办事的？去给我好好查查！"

云光财团 IT 部大师级别的工程师就十二个，这一下走了七个，IT 部要怎么维持下去？

他"啪"的一声挂断电话，站起来，眉眼严肃，要去 28 层楼看看。

他刚起身，门外又有人进来，陆知行一手拿着个纸盒，一手拿着封信。

杨老先生沉默地看着陆知行手里的辞职信，抿唇："为什么？你在 IT 部动的手？"

"您什么意思？"陆知行拧眉。

"IT 部七名大将离职！"杨老先生厉声开口，加上陆知行这个首脑，八个！

听完，陆知行抬了抬头，虽然才刚知道这个消息，但他半点儿也不意外："原来是这样。"

他把辞职信放在杨老先生的桌子上，然后淡淡地看向杨老先生："您不会真以为，云光财团 IT 部有今天是因为云光财团的大名吧？"

"什么意思？"杨老先生微顿。

陆知行推了下眼镜，淡淡开口："抱歉，昨天忘了告诉您，IT 部的精英成员，基本上都是 Poppy 的粉丝，冲着她来云光财团的。您把他们的偶像赶出云光财团了，还想让他们留下为您卖命？"

陆知行这句话倒不是在刺激杨老先生，Poppy 在 IT 界声名远播，不仅仅是实力问题，更重要的是她无条件地共享好几个核心代码。这些人尊敬她，还有一大部分原因是敬重她的人品。

像 28 层的经理，像秦修尘之前给秦陵找到的老师库克……冲着秦苒这个人来的精英大将，真的不少。

这些人一走，对云光财团的损失就太大了，尤其是其中还有个陆知行。

“冲着秦苒？”杨老先生盯着陆知行，声音微顿，有些难以置信地开口，“这么多人都是冲着她来的？”

这一点，他确实低估了秦苒。

杨老先生一直身居高位，能让他放在心上的也只有明海那一类人。秦苒这类的人，他还真没怎么放在心上。

秦苒跟陆知行是 28 层的两个核心人物，尤其秦苒，年纪太小，再往后十年杨老先生或许会高看她一些。如今这些事，杨老先生除了想要逼一逼秦苒之外，还是想通过这件事告诉她，让她收敛一下身上的锋锐，也想拔光她的爪子，凡事以他为尊。

公司少了一个秦苒，对他来说不是亏本的买卖。

谁知道昨天才刚宣布这个消息，今天 28 层八名大将集体离职！

不得不说，向来运筹帷幄的杨老先生小看了秦苒，也下错了这步棋。

陆知行为人冷漠，此时也不想摆出生气的表情，只礼貌地跟杨老先生告别，然后直接拉开门离开。

杨老先生也没时间管陆知行，只偏头，看身后的总经理：“陆知行说的是真的？”

“杨董，您看看公司的官方论坛，我们公司总部才多少人，但是秦小姐年初才挂到论坛的账号，就有十九万的粉丝，28 层几乎每一个面试者的备注都是她的粉丝……”总经理连忙站起来，战战兢兢地开口。

杨老先生言辞犀利：“这件事为什么没人跟我提？！”

“杨董，昨天您要赶人的时候，陆先生劝过您，我们不敢多说。”总经理摇头，他顿了顿，“还有，这件事整个 IT 界的人都知道，秦小姐在官网论坛的账号也给我们带来了知名度……”

他还有一句话没说，没了秦苒跟陆知行，亚洲 IT 巨头……可能要换人了。

秦氏，秦汉秋坐在办公室，刚给秦修尘打完电话。接近五个月，秦修尘的电影终于接近尾声。

与秦修尘结束通话，他才又按着键盘给秦苒打了个电话。

电话响了一声就被接起。

办公室外，秦管家敲门进来。秦汉秋抬手，向秦管家做了一个噤声的手势，才笑着对电话那边道："苒苒，听说你回云城接你小姨了，什么时候回？"

他声音一如既往地带着点憨厚的笑意。

电话那头的秦苒还在沐家客厅，她背靠着桌子，看着厨房内宁薇的方向，头仰了仰，声音微微压低："还在交流。"宁薇是死活也不想去 A 城。

昨天程隽跟秦汉秋说了，让他不要把云光财团的事情透露给秦苒，秦汉秋就有些担心秦苒那边的情况。眼下听着秦苒的话，秦汉秋觉得秦苒的状态还可以，他终于放下心。

"你好好跟你小姨交流，别跟她急。"秦汉秋知道秦苒的脾气，他嘱咐了一句。

"知道了。正好你打给我，合作案的最后一个代码我发给陆叔叔了，"秦苒直接钩着手边的茶杯，"你让阿海跟他好好讨论一下。"

虽然秦苒现在跟陆知行是亲戚关系，但她还是偏向于叫陆叔叔。

听到秦苒的这句话，秦汉秋顿了一下："你最近不是一直在忙研究院的研究……"

"在飞机上写的。行了，我挂了。"秦苒打完招呼，就挂断了电话。

她把手机"啪"的一声扔到桌子上，然后朝厨房看了一眼，也没进去。她往后退了一步，伸出一根手指，朝程木勾了勾："程木，你过来。"

程木正在另一边看沐楠翻译英文。他低头，不敢看秦苒。但秦苒叫他，他还是慢吞吞地挪着碎步，朝秦苒这边走过来，小声开口："秦小姐……"

"嗯。"秦苒漫不经心地点头，"说吧，有什么事情瞒着我。"

秦苒本来没怀疑什么，只是……秦汉秋的反应太热情太夸张了。

尤其是她说代码的时候。

"隽爷跟程水都让我不要说……"程木脑袋垂得更低。

秦苒双手环胸，嘴角淡淡勾着，似笑非笑地看着程木："你听你们隽爷的，还是听我的？"

"自然是听秦小姐你的。"程木木着一张脸，"事情是这样的……"

秦苒不怎么刷网页，也不看新闻，又远在云城，自然不知道 A 城已经翻天了。

程木是在五行群中看到这件事的，程隽和程水还特地嘱咐了他……但秦苒问起，他自然不敢隐瞒。

说到最后，程木小心翼翼地看向秦苒："秦小姐，你没事吧？"

秦苒低着头，眼睫垂下，覆盖住了眸底的神色。好半晌，她才抬了抬头，没回程木，只云淡风轻地往回走了两步。她抬手把桌子上的手机拿起来，点开陆知行的微信头像——"公司怎么样了？"

陆知行那边不紧不慢地回——“你的小迷弟们辞职了。”

秦苒眉眼深了深——“拉我进你们的内部群。”

陆知行直接拉她进群。

云光财团几个大师级别的工程师是有私人群的，陆知行将秦苒拉入的是一个今天刚刚建起来的微信群。群里都是刚辞职的失业者，知道这些大将辞职的陆知行把人都拉到一起。这群人离开了云光财团，多的是大集团抢，此时他们正悠闲地在一起聊天。

一群人正聊着，忽然间一条消息蹦出来。

“Q加入聊天群。”

28层经理：“陆先生，这是谁？今天还有谁辞职了？”

陆知行还没回，秦苒直接把群里的马甲改了——秦苒。

群里沉默了一瞬，然后瞬间活跃起来。

外界人不知道，云光财团内部跟秦苒一起拼搏过的大将们却是清楚，Poppy本名“秦苒”。

“大神你现在在哪儿？！”

“你要去哪家公司？！”

“我们依旧跟着你混！”

秦苒看着聊天群内的几人，眸底的戾气消散了些许，良久，她笑了笑，才不紧不慢地回——“秦氏。”

打完，她关了手机，塞回兜里，直接朝厨房走去。

另一边，秦汉秋听完秦苒的话，坐在椅子上沉默着。他知道最近一段时间秦苒很不好过，两位老爷子对她来说都很重要，研究院跟徐家两座巨山都压在她身上。

秦苒一直是无拘无束、散漫又不羁的性格，秦汉秋甚至有点儿想念她嚣张的时候。

他无论如何也想不到，会有她这么拼的一天，连陆知行都说秦苒最近半个月都交不出来代码，没想到她这么快就做好了……

但现在，秦家怕是要辜负她的一番苦心跟精心策划。

“秦管家，我真的没用。”秦汉秋苦笑着开口。

“二爷，千万别这么说，公司大局还等着您主持。”秦管家正了神色，“楼下人事部明天要面试新人，您到时候把把关。”

秦汉秋沉默着点头。

翌日，秦氏 IT 部因为云光财团慕名而来的程序员也走了不少，人员紧缺，才有了这场面试。

如今这场面，必须要有秦汉秋镇场子。

秦汉秋收敛了神色，点点头，同秦管家一起下去。

人事部面试办公室，秦部长、IT 部的两个组长等人都在，特地给秦汉秋空了一个中间的位置。

秦汉秋到的时候，面试已经开始了，此时是第二个面试者，一个年轻男人。

秦汉秋翻了翻面试者的资料，很普通的程序员，IT 部门一抓一大把。

办公室里气氛沉默，第三个、第四个面试者几乎都是差不多的水平。

等第五个面试者面试的间隙，秦部长叹息一声，给秦汉秋解释："因为时间太紧张了，昨天晚上才在官网上宣布招人，这么短的时间，我们找不到什么好苗子。"

"除非天上掉馅饼。"人事部经理道。

其他人没说话，今天整个秦家气氛低沉。

正说着，第五个面试者进来，是一个金发外国人，眸子带了点浅浅的绿色。

看到人，秦部长一顿，诧异："还有外国人？"

身侧，秦汉秋却猛地站起来，不敢置信："库克老师？您怎么来了！"

来人正是库克，两个月前他才被云光财团录取。

秦汉秋这反应，让秦部长等人愣住："秦总，您认识这位先生？"

"库克老师是M洲大师级的程序员，"秦汉秋看向库克，略显迟疑，"库克老师，您是不是走错了……"

"没。"库克的普通话不错，他看向秦汉秋，严肃地开口，"秦总，我就是来面试秦氏的程序员的，我们走正常流程吧，后面还有很多面试者等着。"

"不了，库克老师，您要是来，哪还用得着面试。"秦汉秋跟秦管家连忙接待库克，"您能来秦氏，是我们的荣幸！"

"这样吗？"库克眼前一亮，"那我是被录取了？"

秦汉秋跟秦管家两人面面相觑，库克这资历，国际上任意一家公司任他挑，为什么他看起来还这么高兴……

秦汉秋和秦管家忙着招待，库克却摆手，笑道："不用，后面还有面试者，那我明天就来上班。"

说完，他背着手出去。

办公室内的秦部长已经翻开了库克的简历，上面第一行的介绍就是大师级别的工程师。

"大师级别的程序员……我没看错吧……"秦部长喃喃开口。

这天上还真掉馅饼了？！

一行人没来得及多想，因为下一个面试者已经进来了。面试者是一个普普通通的中年男人，衣着简洁。他手里拿着份简历，微微欠身，在这么多人面前，丝毫不怯场，非常自如地自我介绍：“各位领导，你们好，我叫邵天文，今年三十七岁……”

秦氏这些面试官，包括秦汉秋的心思都在库克那里，只一边略微点头，一边伸手心不在焉地翻着简历。

映入眼帘的就是邵天文的工作经历——

M洲IT总部中心第一大组组长，任职六年

F洲ture集团总部开发者，任职五年

云光财团IT部总经理，任职四年

“啪嗒——”秦部长手里的笔掉下去了。

邵天文的话刚说完，办公室里没有其他人说话，安静到连秦部长手中的笔掉下去的声音都很清晰。

云光财团IT部总经理？放在之前，秦氏再发展十年都没有跟云光财团28层IT部总经理坐一起谈生意的资格。

刚刚一个库克老师，办公室的秦家人就坐不住了。眼下来个无论是工作经历，还是头衔，都比库克老师还要高的邵天文？

秦家这行人风风雨雨经历了这么多年，最近一段时间更是一波三折，心性都算是坚定了。

此刻从上到下，每个人都处于宕机状态，淡定不了。

邵天文介绍完自己，却没有听到秦部长他们询问的声音，不由得抬了抬头：“几位领导，你们有什么需要问我的吗？”

他寻思着自己面试的方式有没有什么不对。毕竟他从来没有面试过，他年少成名，前面两个公司，他都是被人挖过去的，后面是他同陆知行认识，直接进了云光财团核心，对面试也不太了解。

听到邵天文的声音，秦部长率先反应过来，他连忙站起来，瞬间有些飘了：“邵先生，您……确定是来我们秦氏面试吗？我们是A城秦家。”

以邵天文在IT上的成就，绝对担得起秦部长一个“您”字。

“A城秦家，是有一位秦汉秋先生吧？”邵天文十分有礼貌地问。

秦汉秋也忙站起来：“正是我。”

“那就没来错，”邵天文点点头，十分好说话，“我对工资什么的完全没有要求，遵从公司的安排，就职意向是部门经理，合同你们准备好了吗？我可以现在就签，签个十年八年没问题。”

还要主动签这种不平等合约？

这种合同公司是早准备好的，一开始是为了给面试者看看秦氏的合约内容，谁知道现场就能用上。

看着邵天文十分干脆利落地签了合约，办公室内的一行人已经彻底麻木了。

“邵先生，我送您出去。”库克老师跟秦汉秋熟，秦汉秋对他要稍微随意一点，但邵天文不一样。这种全世界 IT 集团都想要挖的大神来了自己公司，秦汉秋、秦部长这行人怎么可能会摆架子，十分恭敬有礼貌，又有点飘忽地起身送邵天文出去。

秦氏的面试场地中规中矩，外面就是一个宽敞的长廊，还有休息室。为了照顾面试者，还放了一排凳子，面试者是按照抽到的号码进行面试的。

秦汉秋先一步伸手亲自开门，让邵天文出去，秦部长等人紧跟在他后面。

“邵先生，您要不要跟工作人员先看看工作环……”秦汉秋对 IT 不太了解，是秦部长在同邵天文聊天。

一行人往外走。秦部长一边说着，一边抬头，却看到了坐在左边第一个位置上的陆知行，他正拍了拍袖子站起来。

“你们出来了？”陆知行一张脸一如既往的没什么表情，甚至有点儿郁色。

“环、环境。”看着陆知行的脸，秦部长彻底说不下去了。

这……陆知行不会也是来面试的吧？！

“你们不用送我了，”邵天文朝秦汉秋等人抬了抬手，“陆先生是下一个面试者，后面还有好几个。”

秦汉秋终于反应过来了，他看向陆知行：“表弟，你这是……”

“既然你出来，我也就不跟你走这个形式了。”陆知行侧了侧身，指了指身后剩余的六个人，“我们都是跳槽来的，你们看看能要吗？要的话就进去签合约。”

秦汉秋脑子转得快，陆知行一说完，他直接开口，有些语无伦次：“要，怎么不要，你们先进来！”他侧身让路，让陆知行等人全都进去。

陆知行这边有七个人，再加上邵天文、库克，一共九人。秦汉秋带着他们签约。秦氏的几个负责人就跟在秦部长身后，面面相觑。先前陆知行一直都跟阿海、秦部长沟通，几个负责人并不认识陆知行，秦汉秋也从来没有在秦家公开说过他跟陆知行的关系。

看着那一行人的背影，有人低声询问秦部长，带着些好奇：“秦部长，他们是谁啊？”

秦部长没有说话，又看着前面那几个背影好半晌，才收回目光。

“这是他们的简历，你们自己看。”秦部长伸手，把秦汉秋放在桌子上的一沓简历递过去。

秦氏剩余的几个负责人凑到另一边，翻了翻简历。

“卢西恩，M洲国防部门系统嵌入式工程师，任职六年，云光财团核心技术软件工程师，任职三年。”

“贾瑄，true集团首席工程师，任职七年；云光财团次席工程师，任职四年。”

“……”

“陆知行，云光财团IT部首席工程师。”

几个负责人彻底石化，脑子里瞬间有一万只苍蝇在飞。

等签好了合同，秦汉秋带陆知行等人上去看看工作环境，询问一下陆知行需要改善的地方。

“秦部长，剩下的事情你处理，我先带他们上去看看。”秦汉秋争取了陆知行的同意，才同秦部长说了一声，带着陆知行这几个人出去。

秦部长点头：“您放心。”他虽然也想跟陆知行他们一起上去，但后续还有面试者要处理。

陆知行跟在秦汉秋后面，走了几步，他又想起了什么，往后退了一下，把一份单薄的纸交给了秦部长：“我这里还有份简历，她人没来，合同可以代签，你们先看看，要是没问题，等我下来就签。”

陆知行说完，就跟上了秦汉秋。

等他们走后，办公室内又安静了好半晌，才有人开口：“秦部长……云光财团的人为什么集体跳槽到我们秦氏啊？”

疯了吗？这群大佬来他们这个连世界排名都没有的秦氏……

秦部长摇头，他也不知道。

“秦部长，看看陆先生给你的又是哪个大佬的简历。”又有人盯上了秦部长手里的简历。

经历过邵天文，再经历过陆知行这行人逆天的简历，秦氏的几个负责人觉得自己已经刀枪不入。

毕竟连IT界公认的大神陆知行都来他们秦氏了。

一行人正想着，秦部长已经拆开了简历。

这份简历是所有人前所未见的简洁。

资料上只有一行字——

“秦苒，云光财团Poppy。”

办公室内寂静无声。

秦部长早就知道Poppy是谁，他看着这份简历，还是震了一下，好半晌，才缓缓开口：“我大概知道陆先生他们为什么要来秦氏了……”

陆知行这一大拨 IT 界大佬级别的人物全去了秦氏，这个消息根本就瞒不住其他人。

云光财团稳定了这么多年，第一次股票跌停。杨老先生纵横商场多年，第一次犯这样技术级别的错误。

他低头，看着云光财团官网上秦苒的账号。好半晌，他才拨通了明海的电话，语气挺沉，带着些许冷意："明海，你故意的？"

"杨老，我可不敢算计你。"那边的明海站起来，上次他也被程隽的话惊到了，但后续又查了一堆资料，查到的东西却有限，"不过，我看你是有麻烦了，我们要不要合作？"

"合作？你不是一直在针对我那义女？"杨老先生走到窗边，淡淡开口。

"所以我说合作，"明海点燃了一根烟，"秦苒交给你解决，她对我儿子的影响太大了。"

"你确定？"杨老先生听完，眼眸眯了眯。一双浅褐色的眼眸闪过一道狠色。

云光财团横霸这么多年，不仅仅是因为产业领先，其中还有个最大的原因，是他们背后的地下联盟。

杨老先生跟明海说完，才挂断电话。他手负在身后，站在窗边好半晌，才做了个决定，秦苒这个人……不能留。

电话那头，明海也放下手机。他偏了偏头，看向身侧的人："联系到'129侦探所'的人没？"

"依照欧阳小姐留下的信息，我们找到了巨鳄。"心腹弯腰。

"很好。"明海眼前微亮。

别庄，程隽正在跟秦苒打电话。

"小姨听劝了吗？"程隽坐在书房里，把笔记本电脑随手推到一边，挑了挑眉。

"嗯，她答应我去 A 城待一个月。"秦苒站在登机口，背微微靠着栏杆，一双漆黑的眸子终于亮了亮，"快上飞机了。"

程隽手指敲着桌子："行，住处我已经安排好了，待会儿去接你。"

两人都很默契地没有提云光财团跟杨老先生的事。

两人正说着，程隽桌子上的电脑亮了一下，他看了一眼，是唐均的消息。

程隽微顿，不动声色地开口："我先接个电话。"

挂断秦苒的电话，他才接通唐均的视频通话。

"唐老？"他微微挑眉。

"有件事需要你帮忙。"电脑那头，唐老的声音十分严肃。

唐均很少有求自己的时候，程隽坐直："您说。"

"我在F洲，这是我的侄孙，秦陵。"唐老把视频偏了偏，对准秦陵，"黑鹰他们一直在针对我，我们被人盯上了，我还能拖一天，思来想去，大概也只有你能让我信任了。我无所谓，但小陵他不能有事。"

"小陵？！"程隽直接站起来，惊道。他万万没有想到，会在唐均的视频内看到秦陵。

唐均也愣住："你们……"

程隽手撑着桌子："唐老，把地址发给我，我赶去F洲。"他关了电脑，又拿起手机，给程土等人打电话，"送秦小姐回到A城后，其他人回A城保护，你直接转到F洲。"

A城有巨鳄在，程隽没有那么担心。

至于秦陵那边，他不亲自去，不放心。

金融中心，办公室，明海吐了道烟圈，听着属下的汇报，他坐直身体，眯眼，十分意外："你确定程隽去F洲了？"

"没错。"心腹拱手，"两个小时前上了飞机，还带走了程土跟程火。"

"竟然亲自去了，看来他跟唐均感情不错，很好。"明海站起来，看着外面闪烁的霓虹，嘴角勾出一道意味不明的笑容，"通知杨老先生，动手。"

不可否认他对程隽有些忌惮。再不动手，明海也怕发生什么意外。

他跟杨老先生本来就不是什么正经的商人，能用武力解决的事情在他们眼里都不是麻烦。

整个A城，能让他稍微忌惮的，只有"129侦探所"跟巨鳄。

程隽勉强算一个。

眼下程隽离开，只剩一个秦苒，任她怎么也翻不出什么浪花，明海真没怎么放在心上。

晚上九点，秦苒到达机场。宁薇跟沐楠走在她两边，程木拉着个行李箱。

秦苒看了看出口，只看到了程水，她脚步稍微顿了顿。

"小姨，这是程水，你叫他程水就行。"秦苒向宁薇介绍了一句。

宁薇连忙开口："程先生，你好。"

"秦小姐。宁夫人，您不用客气，叫我程水就行。"程水淡定自如地跟秦苒打招呼，并接过程木手中的一个行李箱，才对秦小姐好声好气地解释，"隽爷有事去F洲了。"

至于什么事，程水就没说了。

秦苒看了程水一眼，双手环胸，眼眸微眯：“F 洲？”

“有生意。”程水淡笑一声。

“行吧。”秦苒暂且信了。

“程水，你先带我小姨他们回去，我去一趟研究院。”秦苒想了想，偏头又说了一句。

云光财团发难，秦家有陆知行一行人顶着，不仅没有元气大伤，反而蒸蒸日上。但研究院没有人顶着，秦苒担心研究院的情况。

他们跟 M 洲合作的 B 计划，研究院不少人都在眼馋。

程水伸手把金丝边眼镜戴上，然后看向程木：“程木，你带宁夫人他们回去，我陪秦小姐一起去研究院。”

程隽走之前，吩咐过程水要寸步不离地跟着秦苒。

“这么晚还去研究院？”宁薇看向秦苒，“已经九点多了。”

“没事，我实验室里的人几乎都住在那里的。”秦苒伸手拿了个口罩出来，给自己戴上，“今天不方便，过两天我带你们去看看实验室。”

听秦苒这么说，宁薇也没有再劝，只垂了垂眼眸。

抵达 A 城之后，宁薇整个人就十分沉默，不知道在想什么。

秦苒知道宁薇心情复杂，她转向另一边的沐楠：“你的转学手续，是程金在处理，等会儿回去让程木带你去找程金。”

吩咐完所有事情，秦苒就跟宁薇等人分开。

A 城机场有点大，花了一段时间秦苒才出发。

这会儿虽然已经晚上十点了，但机场依旧不少人，程水正在排队出去。秦苒坐在后座，她也没做什么，只拿出了手机，换了另一张卡。

她刚打开这张卡的权限，就有无数消息涌进来。

秦苒看着这堆信息好半晌，才回了其中一条。

刚回完，电话就响了，正是常宁的号码。

秦苒看了看，随手接起来，将手机搁在耳边：“你找我？”

“喝酒？”秦苒眯了眯眼。

“倒不是，”常宁的眸色略微暗沉，“今天 A 城又多了一个势力的人，来头有点大，你现在在哪儿？”

“云光财团的人？”秦苒往后靠了靠，长睫垂下，不答反问。

“你知道？”常宁有些诧异，“既然你知道，就不用我多提醒了，需要我们的人手，直接说就行。”

“放心。”秦苒看着外面闪烁的路灯。

两人说完，直接挂断电话。

出了机场，外面的车就少了很多，一路畅通无阻。

半个小时后，车子停在研究院门口。

这个点，研究院大部分的楼栋都是关着的，停车场很安静，只有大灯孤寂地亮着，看不到什么人。

安静到有些过头了。

程水率先下车，他警觉性很好，眼眸微眯，目光扫了停车场一圈。他一边拿起兜里的手机，一边对车内的秦苒道："秦小姐，好像有点问题。"

他正说着，秦苒已经下来了。她"砰"的一声关上门："放心吧，暂时没什么事。"说完，她单手插在兜里，往实验楼层走。

程水小跑着跟上秦苒，往背后看了看，确实没感觉到什么人。不过，他还是通知手下带人来研究院。

秦苒停在楼下，看了看301室，灯是亮着的。南慧瑶跟廖院士他们应该还在，她直接抬脚进去。

没等电梯，她径自走上三楼。301室很热闹，除了南慧瑶、褚珩、叶师兄三人，还有其他两个一级研究员，盛院士跟鲁院士。另外还有两个院士的学员，此时两人正在观察秦苒跟廖院士布置的试验台跟实验内容，并吩咐着南慧瑶："把左边那个电压表拿来。"

"倒杯温水。"

"叶明桥，你给我解释解释，这个步骤什么意思？"

"……"

301实验室是秦苒在研究院的专属实验室，不说廖院士，南慧瑶、褚珩、叶师兄这几个人都是秦苒要培养的人。秦苒停在门口，眯了眯眼。

"秦苒师妹，你来得正好，"单独在一个试验台上的女人抬头，朝秦苒这边看了一眼，"帮我把这份资料打印一下。"

她把一个U盘扔到秦苒这边，正是许久没见过的左丘容。

"啪嗒——"U盘落在地上。左丘容拧眉，带着些嘲讽："秦苒，你什么意思？"

秦苒的脸彻底冷下来，还没说话，刚倒了杯水的叶师兄连忙走过来捡起U盘："我帮你打印。"

左丘容看了几人一眼。叶师兄一边说，一边伸手拍拍秦苒的肩膀，示意她淡定。

这是叶师兄，秦苒暂且按捺住。

叶师兄打完文件，才走到秦苒这边："聊聊？"

褚珩跟南慧瑶也跟上来。

"廖院士呢？"秦苒扫了实验室一眼，淡淡开口。

“云光财团的事情之后，欧阳家就拿到了研究院的一半股权，B计划这么多人想要，他们一早就计划着霸占了……廖院士手里有核心内容，在方院长那栋楼。”叶师兄回。

“欧阳家？”秦苒点点头，“我知道了。”

“小师妹，”叶师兄看她这表情就知道她固执，“你别冲动，褚珩说欧阳薇背景厉害，后面是黑街的人……”褚珩是世家子弟，自然知道欧阳薇背后的“129侦探所”。

南慧瑶疯狂地点头，她跟上来：“苒苒，B计划让了就让了，没什么的。”

“核心技术我们已经按照廖院士的吩咐转移了，你别莽撞，我们一步一步慢慢来，再想想办法，欧阳薇是什么人，你应该比我更清楚。”褚珩也往前走了一步。

几人说话的声音小，但隔得近的左丘容听到了。她讥诮地看了秦苒一眼，内心的郁闷舒缓，十分畅快。她嘴边的笑容有些冷，想办法？你们还能想什么办法？

门口，秦苒倏然停下！她偏了偏头，笑了笑：“我寻思着，你们可能不知道，欧阳薇她前两天才被我送到边境国际监狱。”

实验室的人都不由得惊诧地看向秦苒，面面相觑，完全被吓蒙了。

这个节骨眼上，秦苒自然不可能说假话。

边境国际监狱……这又是什么？

欧阳薇这件事，涉及的势力有些隐秘。边境国际监狱的存在普通人知道得不多，郝队他们也不会大肆宣扬。

“带我去找廖院士，”秦苒说完，只偏头，朝叶师兄淡声道，“后天徐家有一批货物要运到M洲。”

“啊？”叶师兄也算见过世面的人，此时也有些反应不过来，他“哦”了一声，然后跟着秦苒一起出门。

南慧瑶跟褚珩相互对视了一眼，也跟了上去。他们走后，实验室内剩余的人才敢吭声，左丘容擦了擦额头的冷汗：“鲁院士……秦苒说的是真的吗？那欧阳薇……”

“她没有必要撒谎。”鲁院士看着玻璃窗外渐渐消失的人影，微微摇头。

左丘容听完，不由得往后退了一步，喃喃开口：“怎么会，那可是欧阳家的人……”

欧阳家取代了秦家之后，想要拿下A城第一家族的想法不是一天两天了。他们背后的明海虽然没有公开出现，但暗地里却是帮着欧阳家解决了不少麻烦。

徐老死后，徐摇光手段不够，徐家群龙无首，研究院这边方震博早就靠拢了明海。之前继承人的接管仪式，是因为有云光财团参与，方震博才不得不交出方印。他再厉害，也不敢对杨老先生的义女下手。

前两天云光财团宣布了秦苒的事，方震博跟明海就第一时间动手了。

左丘容他们眼里的欧阳家基本上是不可撼动的存在，尤其是欧阳薇，在A城如日中天。

左丘容他们这些不关注时势的人都知道“129侦探所”的欧阳薇，A城名门大少，追求欧阳薇的更是不知凡几。

眼下秦苒说……把欧阳薇送去了那什么监狱？

左丘容牙齿都在打战，秦苒到底是怎么做到的。

“我早就说了，不要参与方震博他们的博弈。我们安安静静地做我们的研究，之后不管研究院是姓秦还是姓徐或者姓欧阳，都跟我们没关系。”盛院士放下研究记录，在实验室内转来转去，眉头紧紧拧起，“鲁院士，你应该也知道秦苒恐怖的潜力，就算这一次她博弈输了，只要她没死，都是个威胁！现在怎么办？我们是不是得罪了秦苒……”

两个人除了是研究员，也是研究院的负责人。能爬到如今这个位置，不仅仅是因为他们拿到的功勋，也是因为他们趋炎附势，功利心重。

闻言，鲁院士当机立断，他一拍桌子：“方院长他老了，眼光也不行了，去给秦苒还有廖院士道歉。”说完，他声音略带缓和地看向左丘容，“小左，那秦苒是你小师妹，这中间需要你周旋一下，好在我们没有彻底得罪他们，没有对廖院士动手，一切都还来得及。”

这是左丘容第一次在研究院被重视，没想到还是因为秦苒。

她抿了抿唇：“鲁院士，那秦苒她当真……”

鲁院士并不知道明海跟杨老先生暗里的势力，也不知道秦苒的底牌，他只是凭着自己的感觉：“她有点难以捉摸，如果徐老爷子还在，给她五年，她能站在M洲研究院的金字塔。之前我摇摆不定，现在我决定冒一次险！徐老能这么安排，肯定有他的用意。国内物理界这么多年，谁看到过二十岁就敢带着三个大一新生去ICNE，还拿了冠军的？”

尤其是今天秦苒说的这句把欧阳薇送去了监狱这个秘辛。

鲁院士偏了偏头：“帮我准备一份大礼。”看他这么果断，盛院士也低头沉思了几分钟，做了与鲁院士同样的决定。

方震博办公室，他坐在办公椅上，不紧不慢地看着面前的廖院士，声音低沉嘶哑，犹如砂纸一般，听得人十分难受。

“廖院士，核心内容你真的不交出来？”方震博低头，喝了一口茶，“虚的就是虚的，你看没有云光财团、徐老，秦苒她还剩什么，不如跟我混。”

廖院士平日里话就不多，此时坐在方震博对面，只抬头看了他一眼，脸上表情很淡。

见他不说话，方震博拧眉，随手放下茶杯，一张威严苍老的脸上，神色渐渐变冷。

办公室外突然传来了喧闹声，方震博的助理在门口拦着，他认识秦苒：“秦小姐，你不能进去……”他还没拦住秦苒，就被程水拎着脖子扔到一边。

秦苒用手推开门，目光对上廖院士，才松了口气：“廖院士。”

廖院士拉开凳子，站起来，眉眼挺平静的，声音清淡：“我们回去。”

他什么也没有多说，带着秦苒等人一起回实验室。

背后，方震博看着一行人出了办公室，他瞳孔缩了一下：“廖高昂，你想变成第二个宁迩？他是怎么众叛亲离的，你不会不知道吧？”

这句话一出，秦苒脚步顿住。

南慧瑶等人也惊了一下。

宁迩这个名字他们是知道的……

廖院士也停下，他伸手拍拍秦苒的肩膀，只淡淡地说了三个字：“没事，走。”

研究大楼休息室，廖院士坐在沙发上，秦苒坐在他对面，程水就往角落坐过去。

南慧瑶在饮水机边，给所有人都倒了水。

廖院士喝了一口水，眼下已经快十一点了，但他依旧精神奕奕，看了秦苒好半晌，才开口：“我有几个人要介绍给你认识。”

秦苒抬头，她料到廖院士说的是谁了。她垂眸，手紧了紧，好半晌，才抬头：“您让他们过来吧。”

取得秦苒的同意，廖院士拿起手机，拨了一个号码：“研究院，老地方，你们先过来。”

廖院士打完电话，把手机放到一边：“他们这几天就在附近，十分钟能到。”

南慧瑶端着水杯，喝了一口，看着廖院士跟秦苒，想问问到底是谁。但气氛有些严肃，她不太敢问，只跟褚珩等人对视一眼。

十分钟后，有人敲门，南慧瑶连忙去开了门。

进来的有五个人，他们看起来脸上饱经风霜，衣着朴素，骨瘦嶙峋，脊背挺得直，看得出来一身清骨。

南慧瑶不认识，褚珩却认识其中的一个人，惊声出口：“齐教授？”

物理界鼎鼎有名的齐教授，算得上老牌人物，只是一直不在研究院，跑去教书了，近些年有些隐没，但物理资料上有他的历史，褚珩记忆好，看过一遍就能记得，自然认得他。

齐教授没想到会被人认出来，他朝褚珩笑着点点头，才看向休息室内的人。

秦苒最近一段时间在物理界的热度非常高，被评为本年度物理界年代人物，研究物理的几乎每个人都知道这位新秀的大名。这五人包括齐教授，都同秦苒打了个招呼，眸底露出赞叹的光芒：“你就是秦苒吧，果真后生可畏！A城物理研究院未来可期。”

秦苒看着这五个人，有些哽咽。她垂下眼睫，遮住了通红的眼眸：“齐教授，许教授……”

这五个人全都被秦苒点出了姓氏。

不过他们也没多奇怪，秦苒名声传得广，但他们已经很久不管物理界的纷争了，只是看向廖院士。

“廖高昂，你现在总要跟我们说说你老师的后人在哪儿了吧？”齐教授记得自己来这里的正事，他看向廖高昂，眼神迫切，“你放心，我不打扰他们，只听听消息。”

廖高昂没有说话，只是偏头，一双漆黑的眼睛看向秦苒的方向。

这意思……齐教授这五人齐齐愣住，不可思议地看向秦苒，许教授当先开口：“你说，她……”

廖高昂还没说话，秦苒撩起衣摆，径直跪下。她对着五个老先生磕了个头，一字一顿地开口：“谨遵外公嘱咐，见到五位老先生，先替外公给老先生道谢。”

“秦苒羞愧，想等这番事了再找五位老先生，亲自登门道谢。”一句话说完，秦苒双手放在地上，再次磕了个头。

这五个人是当初物理研究院数百名人中，唯独几个支持宁迩的，都含着血泪离开研究院。

当初徐校长让秦苒去联系五个人，秦苒没去，想等事情稳定再说，不想再把这五人牵扯到乱流中，没想到这五个人自己找上门来了。

秦苒抿唇，垂眸掩住眸底的红意。她现在有程隽、巨鳄、顾西迟、常宁他们，都有些难熬，还保不住徐校长。

当初外公外婆跟齐教授他们什么都没有，是怎么过来的？

“我该想到的，”齐教授亲自扶起秦苒，他看着她，手指有些颤抖，声音也有些哽咽，“除了老宁的后代，还有谁能二十岁就在M洲研究院创下壮举，好孩子，快起来。”

程水沉默地站在一边看着。南慧瑶跟邢开等人也纷纷站起来，给五位老教授腾位置。

“难怪方震博迫不及待想要上位了，徐老他忽然去世……”确定秦苒就是宁迩的后代，齐教授也想明白了什么，话说到一半，沉默下去。

他想起了当初秦家那位惊才绝艳的家主也是死得不明不白，秦夫人殉情了。

“你外公叫你什么？”齐教授不想回忆这件事，他温和地看向秦苒，目光充满着慈爱。

“您叫我苒苒就行，外公也这么叫我。”秦苒伸手，给五位教授都倒了茶。

“好，那我就随老宁叫你苒苒。果然是老家伙的后代，青出于蓝，我就说物理界怎么横空出现了新星。”齐教授不由得感叹。

五个人跟秦苒说着话，眉眼里毫不掩饰对她的喜爱跟满意。

“齐教授，我让您五位这个时间来，是想让你们重新回研究院。”廖院士郑重地开口，“不过，在此之前，苒苒，我想跟你确认一件事。”

廖院士目光转向秦苒，眉眼肃穆，语气郑重：“徐老去世，你现在在云光财团的情况也不好，欧阳家、方震博都会向你发难，徐家那边……我也不觉得乐观。你如果现在放弃A城，直接去M洲，以后成就不可限量……”

“我不会离开A城的。”秦苒抬眸，直截了当地开口。

徐校长若是还活着，秦苒可能不会太参与这件事。

可徐校长死了。

他拼死把研究院留给她，留下徐家，那她就会守住。

至于方震博，她也很想知道，对方究竟是有什么三头六臂。

秦苒低头，眸底一片冷色。

廖院士看了秦苒好半晌，不意外她的回答，只点头：“好，五位教授，廖高昂请你们回来！研究院如今只有我站在苒苒这边，我希望你们能回来帮她！”

他不希望，这次还看到孤家寡人的一幕。

秦苒看着廖高昂，手中的杯子紧了紧，她张嘴，还没说什么。

齐教授看向秦苒：“老宁的后代我自然会护住的，不过……”他苦笑，“我现在可能帮不上大忙，我早就离开研究院了。”

秦苒站起来，朝几人鞠躬，眼眶微红，手指紧紧握住。

廖高昂知道这五位宁迩的左膀右臂不会推辞，解决完这件事，他才看向一边站着的南慧瑶等人：“眼下研究院的情势你们知道，大部分人都站在方震博这边，南慧瑶、褚珩……你们四个要是想走，我替苒苒决定，绝对不会怪你们。”

眼下的形势褚珩等人已经看到了。

邢开手插进兜里，抬眸：“廖院士，你开什么玩笑，我怎么会走。”没有秦苒，哪有他？

褚珩跟南慧瑶也随意地坐下，年轻人总有些年轻人的坚持跟傲气：“廖院士，您继续吧。”

听着几人的话，廖院士也有些动容。他笑了笑，眸子里也多了一丝笑意，紧接着又严肃地开口：“既然如此，那你们一定要顶住，方震博有一句话说得没错，走这条路，研究院不会有高层站我们这边，我们只能是孤家寡人，很难支撑。”

褚珩和南慧瑶严肃地点头。

齐教授也肃然开口：“你们这群年轻人，唉……有方震博在，我们只能在夹缝中求生存。”

一行人正说着，外面有人敲门。

这个时候还有谁？

“我去开门。”南慧瑶本来站在秦苒的沙发后面，听到声音，她第一个转身开门。

门外，正是盛院士跟鲁院士两人。这两人最近两天在实验室颐指气使，南慧瑶记忆深刻，她往后退了一步，微愣：“盛院士，鲁院士？请进。”

她侧身，让两位院士进去。

南慧瑶声音不低，休息室内的廖院士、齐教授等人都听到了。

廖院士眉眼肃然，直接站起来，挡在秦苒面前，看向两位院士，开口：“盛院士，鲁院士，二位是研究上还有问题吗？”

褚珩、邢开跟叶师兄也看向身后，如临大敌。

“自然不是，廖院士，我们是来找秦小姐的。”鲁院士开口，他笑了笑，语气十分礼貌，丝毫不见白日里的咄咄逼人，“廖院士，你跟秦小姐一定要原谅我们这几天的无礼，你们也知道，这一切都是因为方院长在其中的挑拨，我们自然是站在秦小姐这边的。”

鲁院士说着，还拿出助理仓皇中准备的礼盒递给秦苒：“这是我给秦小姐还有廖院士的赔礼，请你们务必要原谅。”

鲁院士开了头，盛院士也不居于人后，也拿出了他准备的礼盒，递过去：“秦小姐，还有我的。从今天开始，我盛奎就跟在你后面混了。”

秦苒看着两人，没立马说话。现在研究院她手边只有叶师兄这些人，他们是她日后的干将，只是现在还没太强大，只有廖院士能管大局，五位老教授还要时间，只能在暗地里帮忙。

盛院士这两人人品一般般，但……世态炎凉，秦苒也能理解，毕竟她之前跟这两人没什么交集。

站在秦苒身侧的程水看了她一眼，大概就知道了秦苒的想法。他伸手接过两人的礼盒，笑着帮秦苒周旋：“两位院士客气了，以后都是一家人。”

这种事情处理起来，他绝对比程木要擅长。

见程水收了礼，鲁院士跟盛院士才松了口气，又同程水说了两句，才出去。

他俩走后，休息室内，其他几个教授都挺安静的。

程水随意拆开了礼物："还是挺大的钻石原石？秦小姐，这是份大礼了，那两人是认真的，这两人眼光不错，难怪能坐到现在这个位置。"

竟然敢选年纪轻轻的秦苒，程水确实佩服他们。

这句话一出，休息室更加安静。廖院士不可思议地转向秦苒。

秦苒只侧了侧身，伸手拿出盒子里的原石看了看，手抵着下巴，点评："成色一般般。"没顾西迟那里的好。

程水也点头，淡定地回："确实一般般。"

"有盛院士他们在，你们压力不会太大。"秦苒看向廖院士跟齐教授等人，"齐教授，你们潜心做研究就行，其他的交给我。"

"那云光财团……"

秦苒手负在身后，语气淡淡："我去处理。"

今天晚上盛院士跟鲁院士的做法出乎秦苒的意料，不过，对她来说确实是件好事。

"齐教授，我先回去处理一件事，明天再来看你们。"她朝五位教授再次鞠躬，才同程水一起离开。

两人走后，休息室内依旧安静。齐教授手上还拿着茶杯，这一切五位教授都没想到："那两个人……是谁？"

"研究院的两位院士，也是负责人。"褚珩恭敬地回。

"哦。"齐教授应了一声，两秒钟后才反应过来，乍起，"等等，谁？"

邢开也有点老实，他挠了挠头，看向廖院士："廖院士，你不是说我们是孤家寡人？那盛院士跟鲁院士他们是怎么回事啊？"

话才刚说出来就被自己打脸的廖院士：我哪里知道？

这一点，是齐教授万万没想到的。方震博是什么人他清楚，背后还有神秘势力。当年宁迩跟偌大的秦家都拿方震博没有办法，更何况现在的秦苒？

只是现在的情况有些出乎齐教授的预料。

"眼下研究院只有五个院士，加上我，有三个站在苒苒这边，至于卫风副院长，他一向清流，不参与这些。"廖院士也缓过来，他正了正神色，脸上也带了些浅淡的笑，"只要卫老不站在方震博那边，我们完全不怕。"

卫风，研究院年纪最大、资历最深的老院士，桃李满天下，国内物理界随手抓一个管理级别的人出来，有一半可能是在他手下做过事，或者是他教过的。他作为副院长，德高望重，只是不太爱管事，一生都奉献在实验室内。

这会儿研究院大部分人都开始站队了，他还去国外搞研究去了。

不过，这样也好，至少他不会站在方震博那边。

要卫风真的力挺方震博，他们这条路，就真的万分艰难了。

“就怕方震博出阴招。”齐教授回过神，“对付他，我们千万不能掉以轻心。”

“我知道。”廖院士颔首。

一天从云城奔波到A城，又处理了这么多事，秦苒回到别庄，已经将近深夜一点。整个别庄很安静，一楼的大灯是亮着的。听到声音，程木直接出来开门，宁薇跟沐楠也没有上楼休息，在楼下等她。

宁薇不知道在想什么，沐楠拿着电脑在翻译英语原文。

秦苒随手把外套放在左边的架子上，朝宁薇看去：“小姨，你们怎么还不睡？”

“就去睡了。”宁薇自从来了A城，精神就一直有些恍惚，动作也挺拘谨。

秦苒那么晚还出去，她自然不放心。这会儿秦苒安全回来，她才从沙发上站起来。她低头，抿了抿唇，才开口：“苒苒，你早点休息。”

说完之后，她又同秦苒叮嘱了几句，才上楼。

秦苒站在原地，看着宁薇朝楼上走，才坐到沐楠对面。

“我已经看好房子了，”沐楠抬了抬眼眸，手指敲着键盘，一双眸子漆黑深邃，“就在附中旁边。”

秦苒微微颔首：“好，有什么要帮忙的就说。”

“没了。”沐楠敲下最后一个字母，看着翻译没什么错了，就把翻译好的文件交给了雇主，“明天办完手续，我想去看看宋大哥。”

“宋大哥？”秦苒接过程木递给她的牛奶，低头喝了一口，“宋大哥同他老师去H国那边实验室交流，要去一个星期，还要过两天才能回来。”

研究院上层管理级别的人打得不可开交，但大部分普通研究员都还沉浸在实验跟案子里。

“我知道了。”沐楠发完邮件，看了看没什么疏漏的，就关了电脑。

他伸手，把电脑慢慢合上。好半晌，他站起来看着秦苒，从兜里掏出来个东西，直接递给秦苒：“这是外婆留给我的。”

秦苒看了看，沐楠手上是一块黑色的看不出材质的牌子，上面有一个浅淡的“宁”字。

是外公的东西。

她没接，只挑了挑眉，把沐楠的手合上：“给你的，就拿好。”

说完，她一手端着牛奶，一手拿着手机，似乎在同什么人发消息。

楼下，沐楠看着秦苒的背影，薄唇抿起：“沐盈被我妈赶出去了，给了她三万直到她成年。”

“知道了。”秦苒拿着手机，随意地朝后面挥了挥手。若不是沐楠突然提起，她都快忘了这个人了。

“沐楠兄弟，”一边的程木打了个哈欠，也有些困了，“明天程水带你去附中，附中入学测试有些严格，你好好准备。”

“谢谢。”沐楠朝程木颔首。

程木摆手，又想起来什么：“你爸爸的转院手续也办好了，明天就能转到一院。”

沐楠颔首，在心里计算着这一切的费用，眸底更为坚毅。

他同程木、程水两人打了招呼，也上了楼。

身后，程水看着沐楠的背影，不由得拿了根烟叼上：“这沐楠不是池中物。”

“秦小姐一家人都奇奇怪怪的，”程木不太意外，“他有秦小姐厉害吗？”

“没有，还差了点儿。”程水想着他刚刚看到的黑色木牌，笑道，“这一家人不错。”

他安排宁薇一家的时候，自然也查了他们的资料，知道沐楠的父亲是一个植物人。

“沐楠像秦小姐……”程木想了想，“跟他爸一点儿也不一样。”

“别跟老大一样，只知道关注别人长相。”程水瞥程木一眼。

程木面无表情地收回目光，不再跟程水说话。

楼上，秦苒房间。她洗完澡出来，一边擦着头发，一边走到窗户边，把窗子打开。

过了三月，A 城已经没那么冷了。

秦苒站在窗边半晌，手还擦着头发，冷静地看着安静的别庄。

好半晌，她才伸手，拿出手机，打开副卡，副卡上只有三个联系人，她直接点开备注“1”的号码——“阿九，我确实还活着。”

与此同时，A 城某个角落，坐在大厅内左首、戴着金色面具的男人猛地站起来，他低头看着这条短信，一双漆黑的眸子猛地射出一道光。

也不管其他人还在开会，他直接往门外走。

“您去哪儿？杨先生还在等我们。”首座上的中年男人不由得站起来。

男人周身气势绝冷，活脱脱一个冷血罗刹。即便他最忠实的心腹，也怕他怕到不行，他声音冰冷，没有丝毫情绪：“有事。”

会还没有开完，其他人看着他的背影，没有一个敢上前说什么。

等男人离开后，才有人开口：“谢副盟走了，我们怎么办？杨先生那边……”

“他走了，我们能怎么办？”谢九离开，中年男人才松了一口气，“杨先生那边如实相告，副盟要走，谁能劝他？盟主他都拿副盟没办法，他就是一个冷血动物，惹急了杀了我们也不知道，我们还是不要跟他对上。”

“盟主都没有办法……那整个联盟不是没人能掌控他……”手下不由得心有戚戚。

盟主很少出现在联盟，事情大部分都是谢九打理，今天才听到一些内幕。

“我不知道，反正盟主很信任他。不过……倒也不是没人能劝动他……”中年男人说到一半，顿了一下。

“谁啊？”地下联盟最近两年添了不少新人，闻言，都十分好奇地看向中年男人。

“不能提。”中年男人想起了什么，连忙闭嘴，他严肃地看向身侧的人，“尤其是在盟主、副盟还有副盟的四大杀手面前，谁也不能提！不然，我都保不了你们！”

其他人畏惧谢九已经到了一定程度了。

听中年男人这么说，完全收起了好奇心。

“别装。”

发完这句话，秦苒伸手十分冷静地把窗户关上，然后低头看了看手机上的时间，才打开电脑，拨通了一个视频。

电脑上很快就出现了一张脸。

对方那边还是白天，似乎走在街道上，穿着黑色的衬衫。

镜头转了转，很快就看到一张清隽的脸，他手机拿得近，能看到他纤长的睫毛，脸上是熟悉轻缓的笑：“这么晚还没睡？”

正是程隽。

“刚从研究院回来，你那边没事吧？”秦苒喝了口牛奶，放得时间长了，有点儿冷了，奶腥味重。

“没事。等等，”程隽弯腰，左手拿着手机，右手把身边的人脑袋拽过来，“弟弟，跟你姐打招呼。”

电脑屏幕上，秦陵的一张脸忽然出现。只是一双眸子黑漆漆的，脸上躁意明显，明显的不耐烦。

看到秦苒，他脸上的不耐烦瞬间弱下去，面无表情，又有点尿尿的：“姐……”声音还带了点儿委屈。

秦陵还想说什么，程隽直接打断他，一本正经地告状：“你弟弟他欺负我，本来想给你打电话，手机刚刚一个小时都没打开。”

秦苒把空杯子搁到桌子上，看了秦陵一眼。

“没事，毕竟是弟弟。”程隽拍拍秦陵的脑袋，才看着秦苒，正色道，“你万事小心，国内最近形势复杂，有紧急情况跟程水商量。”

“早点儿睡，国内都深夜两点了。”程隽皱眉，让秦苒挂断视频电话。

“哦。”秦苒看着他，伸手，鼠标停在红色的挂断按钮上，但好半晌都没有按下去，另一只手撑着下巴，“你什么时候回国？”

听到这话，程隽顿了顿，也轻叹了声：“等我处理完这边的事，明天或者后天，我会尽早回来，最近乖一点，等我回来再说。”

“晚安。”

F洲，程隽挂断电话，又低头看了手机半晌，才轻叹一声。

秦苒去了云城一段时间，他一直在A城。等她回A城了，他又来了F洲。

好在秦陵这边没出什么事。

“表演得不错，你姐姐没怀疑。”程隽笑道。

身侧，秦陵垂着脑袋，好半晌，他才瓮声开口：“谢谢。”

“谢谁？”程隽把手机塞回兜里，似笑非笑地看向秦陵。

“谢谢你。”秦陵面无表情道。

程隽笑意懒散：“弟弟，我是谁？”

秦陵闭嘴，彻底不说话了。

“老大，程水那边有新消息。”那边，程土拿着份文件匆匆赶过来。

程隽正了神色，他也就是逗逗秦陵，此时有条不紊地吩咐下去：“让人先把小陵送到唐老那里，其他的我再看。”

说完，他才又低了低头，看向秦陵：“先去你舅爹那里。”

秦陵没说话。

程土吩咐了两个人把秦陵带走。

秦陵跟着两个手下离开，他走了两步，又跑回来，头垂得很低：“谢谢……”

程隽正在跟程土说话，没注意到秦陵又回来了，听到他说话，程隽下意识地偏了偏头，随意地开口：“什么？”

秦陵直接抬头：“谢谢你，姐夫！”

说完，他脸涨红，直接撒腿跑了。

身后，程隽愣了几秒，才摇头失笑：“这小子。”

程土也意外地看着秦陵离开的方向，跟着笑了两声，才正了神色，看向程隽：“地下联盟的人在A城出现，明海那边也找到了巨鳄。巨鳄跟我有仇，他跟明海联合起来，我们就有些麻烦。老大，我们要不要去找秦小姐……”

程土知道，巨鳄跟秦苒很熟。

程隽摇头，他手指动了动，从兜里摸出来一根烟，光明正大地叼上：“别去为难她。”

“那我们……”程土叹气，“A城太乱了。”

“可以找其他人。”程隽掸了掸烟灰。

程土挺诧异：“还能有谁？”

程隽转身，瞥程土一眼：“孤狼。”

“孤狼是‘129侦探所’的元老，也是核心人物，有他出场，巨鳄这里就很简单了。”程土点头，又无奈，“但是……那位现在已经连单子都不接了……”

找他？天方夜谭吧。

明海找上巨鳄，找上“129侦探所”，在程水、程土等人的意料之中。毕竟欧阳薇这颗棋子放在A城好多年，定然要派上用场。

若是其他时候就算了，偏偏有地下联盟在一旁虎视眈眈。程土也不得不小心翼翼，地下联盟同其他势力不一样，它在M洲、F洲都是居于前三的大势力，与他们旗鼓相当，他们不能掉以轻心。

“先同‘129侦探所’谈判。”程隽咬着烟，淡淡开口。

“好。”程土点头，将这件事安排下去。

# 第九章 阿九，我还活着

两日后，秦苒同沐楠去医院看过他父亲，才同沐楠一起出来。

“宋大哥今天回来，J 大附近的咖啡店。”秦苒手插进兜里，正在跟沐楠说话，他们待会儿要去见宋律庭。

她刚跟沐楠说完，兜里的手机就响起来。她随手拿出来，低头看了看，打电话的正是言昔。

“大神，”手机那头的言昔已经连续熬了几天夜，从房间内出来，脸上一片倦色，眼睛熬得通红，“我刚刚才听说云光财团的事，你没事吧？”

“没事，好得很。”秦苒也正打算联系言昔，对方打过来，正好，“你那边怎么样？”

最近几年，秦苒就着云光财团的方便，帮言昔做了不少事。

娱乐圈是比 A 城圈子还要趋炎附势的存在，秦苒有些担心言昔会受影响。

“你没事就好。”言昔无视经纪人的眼神示意，严肃地开口，“大神，你要有什么需要帮忙的，尽管说。”

“行了。”秦苒不由得笑了下，“我还没到这种程度。”

她本来还想跟言昔说合约的问题。不过，言昔没有主动提起，她也就没说，等明天再去找言昔。

两人挂断电话。秦苒坐到车上，看着手机，又给秦修尘拨了个电话。

“你说言昔？”秦修尘那边刚回国，他把箱子递给经纪人，闻言，顿了一下，“他合约还有几年，要不签到我的工作室？”

“他当年被骗签了十年的合约，还剩五年。”秦苒想了想回，她知道的时候已经晚了。

“五年？”秦修尘算了一下，“天价解约费，他的公司应该不会放过他。”

五年的合同，以言昔现在的咖位，确实是天价解约费。

“解约这件事……”秦苒往后面靠了靠，“我来解决。”

“你能解决就好，”秦修尘笑了笑，他停在车边，叹息，“不是二哥跟秦管家说，我还不知道云光财团……”

疯了吧。

他不是圈子里的人，但听秦管家他们科普，知道了 Poppy 这个人的影响力。

“陆先生说要公开你的消息？为了增强秦氏的凝聚力。”秦修尘又想起来一件事。

“听他胡说八道。”秦苒嗤笑。

陆知行不过是为了光明正大地奴役她。

对于陆知行跟秦苒的关系，秦修尘不好说话，只是笑道：“不过一公开……”

怕会是 IT 界今年最大的旋风。

言昔这边，汪老大一言难尽地看向言昔：“你怎么不说说你现在的问题？”

“我现在有什么问题？”言昔脸上神色很淡，看不出任何着急的神色，还不急不缓地把手里的文件全都收起来，“大神那边没事就行。”

“合资商把你下一场演唱会的投资全都撤了！”汪老大看着言昔，径直开口。

“哦。”言昔点点头，还是很无所谓的状态，“没什么，只要还能写歌就好。”

“你……”汪老大看着言昔，张了张嘴。

言昔这些年来顺风顺水，一直安心搞音乐。背后有云光财团跟江山邑在，他不接广告，不拍电视，也不怎么上综艺，唯一一次接综艺还是因为秦苒。

他的单曲赚了不少钱，七成都在公司那里。

眼下……云光财团那边出了问题，公司以前顺着言昔，眼下可不会轻易放过他这么一大棵摇钱树。到时候让言昔接广告接综艺……

汪老大心思沉沉。

“大神那边确定没事吗？”汪老大知道说出来也于事无补，换了另一件事，他皱眉，“云光财团把事情闹这么大，到底想干吗？”

言昔抓了抓乱糟糟的头发，不再想这件事：“我去洗澡。”

“去吧，明天还要去一趟公司。”汪老大沉声开口，公司那边可不是那么好敷衍的。

秦苒这会儿同沐楠在餐厅等宋律庭，她坐在位置上玩着手机，手机屏幕依旧是游戏页面。

游戏玩到中旬，手机上跳出来一条消息。秦苒随意地瞥了一眼，是常宁——“F洲老大要找你合作。”

秦苒随手把消息划掉，等打完手上这局游戏，才慢悠悠地点开常宁的头像，回——“休假中，勿扰。”

常宁：“休假？”

门口传来清脆的风铃声，秦苒抬了抬头，就看到宋律庭穿着一身素衣，拿着本书不紧不慢地往这边走。

秦苒没立马回，把手机随手放到一边：“宋大哥。”

身侧，沐楠也激动地站起来：“宋大哥！”

“先坐。”宋律庭坐到秦苒对面，把手中的物理研究资料放到桌子上，“我看你都成网站的翻译大神了，有成为同步翻译的想法吗？”

翻译这条路上，起先是宋律庭给沐楠介绍的单子，后续宋律庭空闲了也会关注。对于秦苒、明月、魏子杭、沐楠这些弟弟妹妹，宋律庭总有些不放心。

“你让全国物理竞赛第一名，提前拿到J大录取通知书的高才生去做同步翻译，江院长不会放过你的。”秦苒抬头，瞥了宋律庭一眼。

提起江院长，气氛瞬间松下来。

“江院长下手真快。”宋律庭摇头，几个人闲聊了几句，他才从容不迫地看向秦苒，“事情我听实验室里的人说了，我刚刚去祭拜了徐老。”

提起徐校长，秦苒也垂下眼睫，她转了话题：“你老师回来了吗？”

“一起回来的，方院长找他有事。”宋律庭随口回了一句，复而转向沐楠，“你爸爸现在还那样？”

“嗯。”沐楠拿着咖啡杯，“不好不坏。”

宋律庭点了点头，把一杯咖啡喝完，才淡淡开口：“徐家跟M洲的生意接轨了？”

秦苒往后靠了靠：“过两天就交货。”

“有人盯着吗？”宋律庭看秦苒一眼，眉头轻微皱起。

“有。”秦苒笑，她亲自盯。

手边的手机响了一声，宋律庭低头看了一眼，没立马接，看向秦苒：“实验室那边……”

“宋大哥，你好好做研究。”秦苒正色。

徐校长之后，她不想再把他们牵扯进来。

宋律庭又瞥了她一眼，指尖清清冷冷地敲着桌子，没再说话。

秦苒等宋律庭去了研究院，才让程木把车开到徐家。程木刚发动车，她手机上就收到了一条消息——“言昔去了星娱乐。”

星娱乐，言昔现在的签约公司。

徐校长死后，秦苒就安排了几个人盯着言昔跟潘明月他们这行人。收到消息，秦苒把手机一握，抬头：“程木，去星娱乐。”

“星娱乐？”程木对娱乐圈不太熟悉，随手开了导航。他看向后视镜，后座的秦苒依旧半靠着窗子，手中把玩着一张黑卡。

程木认识，这张卡程金就有一张，不记名。

二十分钟后，两人到达星娱。

“抱歉，这是专用电梯，请问小姐您有预约吗？”星娱乐电梯外有保安守着，拦住了秦苒。

程木站在秦苒身后，压低声音：“秦小姐，我把他们扔出去……”

秦苒一直把玩着手机，手机上似乎有几行数字闪过。

“不用。”她随口说道。

与此同时——“认证通过！”

如今因为云光财团的普及，大部分电梯不是指纹就是瞳孔认证。看到电梯门开了，两个保安连忙退到一边：“小姐，请进！”

秦苒淡定地进了电梯。

程木本来想一手拎一个保镖，看到电梯门开了，他挺了挺胸膛，十分严肃地跟着秦苒进去。

电梯门缓缓关上。

星娱办公室门外，汪老大担忧地看着言昔：“言昔，你等会儿记得，我们现在不比以前，总裁肯定是跟你说综艺还有广告的事情，你别说话，我帮你周旋，别给大神惹麻烦。”

言昔是圈子里的清流，只想一心搞音乐，不炒作，不拍戏。一开始汪老大也不懂言昔的做法，后来被他这种音乐的执着打动，便没再劝他。

只是眼下，云光财团这后盾没了，言昔不可能如以前那般随心所欲。

“好。”言昔戴着口罩，应了一声。

两人进去，星娱老总正在跟人笑眯眯地说话：“放心，我这边肯定没问题。”

看到言昔进来，星娱老总顿了下：“看，言昔这不是来了吗？言昔，这是李导，梨子台最出名的大导演，去年很火的综艺节目《逃离凶宅》，你们知不知道？我给你签了这个综艺，过两天收拾一下进组，先把协议签了。”

言昔低头，没有说话。汪老大笑着跟老总打太极，老总还不算离谱，没过度消费言昔人气。

合约签了就签了，汪老大示意言昔签下。

言昔拿着笔，签了自己的名字。

看他们这样，老总笑得越发开心。他看了看言昔签署的文件，忽然又想起来什么事，对秘书道：“让江絮进来。”

不多时，一个身材高挑的女生进来。

老总往椅背上靠了靠：“言昔，这是我们公司的练习生，以第一名成绩出道的，你让江山邑给她写一首歌。”

神级编曲家江山邑，圈子里的人都知道。言昔最火的时候，有不少人利诱言昔的助理，只想找到江山邑合作，星娱老总怎么可能不眼馋？

只是那时候星娱有内部消息，就算是星娱老总也不敢随意动言昔，更别说他身后那尊大佛江山邑。

可现在情况不同了，秦苒是江山邑的事情已经众所周知，眼下云光财团公开跟秦苒解除合作，这消息在网上已经传得沸沸扬扬，舆论都被云光财团控制了。

微博上到处都是拉踩秦苒的消息，亿万水军控评是一件非常恐怖的事。

A 城别说徐家，就算是四大家族加起来也不够云光财团玩儿。

娱乐圈就是这样的存在，趋炎附势，世态炎凉。

言昔已经把综艺的合同签完了，他情商不是很高，却也知道这时候汪老大是对的，他不想给汪老大还有秦苒添麻烦。综艺签就签，可星娱老总提到秦苒，他拿着笔的手不由得紧了紧。他抬头，因为接连几天熬夜，精神不是很好：“不可能。”

“这件事容不得你拒绝！你不要忘了，你当初是怎么火起来的？要不是公司举办的选秀节目，你能有今天？只是让你找江山邑给江絮谱曲而已！你还给我摆起谱来了？！”星娱老总一拍桌子。

“总裁，您别气，我跟言昔好好聊……”汪老大笑着安抚老总，然后把言昔拉到外面，细细地对他说了两句。

办公室里，秘书看向星娱老总：“总裁，这么逼言昔没事吧？江山邑那边，虽然云光财团跟她没关系了，但徐家还有 J 大那边……”秘书有些不安。

“能有什么问题？她但凡有点能力，还能让人全网黑，整个亚洲的 IT 都掌握在云光财团手里，你看最近网上的舆论就知道了。言昔你看他敢不敢反抗，要是反抗，毁约金都够他十辈子还了。”星娱老总点了一根烟，神秘兮兮地道，

"有云光财团内部的人给我透了消息，那秦苒确实不行了。"然后看向江絮，"宝贝儿，你放心，我一定让江山邑把你捧得同言昔一样红。"

两人正说着，外面，言昔跟汪老大已经商量好进来了。

"考虑得怎么样了？"老总笑眯眯地看向言昔。

"考虑好了。"说话的是汪老大，言昔站在汪老大身后，没有开口，"总裁，您也知道江山大神跟言昔毕竟没有合约，我们强迫不了大神。"

老总的脸瞬间黑下来。

汪老大又继续笑："我知道您是想捧江絮，我跟言昔商量过，不一定要让大神为她量身作曲，我们言昔可以带江絮。以言昔师妹的身份出道，两人捆绑炒作一番，您应该也知道言昔是娱乐圈的流量之王，仅次于秦影帝，有他在，用不着担心江絮。当然，您不满意，我们言昔还可以多接两个综艺节目。"

汪老大说这句话的时候，心都在滴血。

言昔确实是圈子里少有灵气的歌手，身边一直很干净。这会儿跟女艺人不清不楚，不仅他的人气会骤然下降，网友跟对家的黑粉肯定汹涌而来。

但汪老大也没有办法。

找秦苒？让秦苒给江絮作曲？

那江絮要是有能力就算了，一个连五线谱都不认识的人凭什么？！她也配？

更何况，秦苒本来就是无偿给言昔编曲的。

退一万步说，这一次就算秦苒答应了，言昔也让步了，谁知道星娱老总会不会变本加厉，要她给他那个参差不齐的女团作曲？

汪老大这番话彻底戳中了星娱老总的痒处，娱乐圈没有哪个不是人精，言昔肯主动配合，这确实比强制要求他更好，很识相。

星娱老总脸色阴转晴，笑眯眯地看向言昔："两位稍等，我让秘书重新出个保密合同，老汪，还是你懂我。"

汪老大脸上也还挂着轻松的笑意，垂在两边的手却握得很紧。

这种协议都有模板，打印一份要不了两分钟。

几分钟后，秘书拿着一份新的合约进来。汪老大接过来看了看，上面写了很多，言昔最少要保持两年跟江絮的绯闻关系，还要帮江絮作曲……依旧是不平等条约。

汪老大都有一股骂人的冲动，然而言昔却一脸平静地看完，然后拿起笔平静无波地就要签字。比起听到秦苒时的愤怒，他现在平静到不行。

然而他一个"言"字刚签完，外面就传来了声音："对不起，小姐，您不能进去……"

推推搡搡中，办公室的门被人打开了。

言昔跟汪老大朝门外看了一眼。秦苒正随手把头顶的鸭舌帽取下，容色冷艳，不紧不慢地朝办公室走来。

言昔拿着笔，一愣："大神？你怎么来了？"

秦苒没回，只两步走到言昔身边，随意地拿起他手下的文件："签的什么？"

合约有三张纸，后面两张内容她看都没看，只偏头，抿唇看着言昔，轻轻笑着，语气听不出来情绪："一周一次绯闻，女方不说话，你回应，这种傻事儿你也干？"

言昔嘴角动了动，然后垂头，声音有些弱，他嘀咕一句："我喜欢。"

言昔这种性子，秦苒很了解，里面肯定有内情。

她点点头，没再问，只伸手把这份合约捏成一团，直接往后一扔，纸团精准地落入不远处的垃圾桶。

"大神——冷……"汪老大话还没说完，一个"静"字被他吞入腹中，眼睁睁看着纸团被扔到垃圾桶，虽然说不合适，但很解气。

办公椅上的星娱老总反应过来，他站起，一把将手中的杯子摔到地上："你们什么意思？耍我？"

汪老大面色微变，笑道："总裁，有话好好说。"

秦苒也找了个凳子坐下，她看向星娱老总，扬了扬眉，没说话。

看着汪老大的反应，星娱老总才有种掌控一切的感觉，他顿了顿，然后继续开口："刚刚的合约重新拟一份，还有，江山邑每年要给江絮作曲两首。"

"您已经答应了言昔参与炒绯闻，就不用大神作曲了。"汪老大抿唇，压抑怒气。

这些话一出，秦苒终于明白言昔签合约的情况。

"想让我作曲？"秦苒偏头，似笑非笑地看向星娱老总。

"秦小姐，你很识相。"面对秦苒，星娱老总眸光深了深，笑得意味深长。

秦苒勾了勾唇，手撑着下巴，不紧不慢地吐出两个字："做梦。"

"行，很好，很有骨气，那我看你们是想解约！"星娱老总冷笑。

"不是，总裁，我们完全没有这个想法。"汪老大连忙笑着圆场，他压低声音对秦苒道，"大神，你别刺激总裁了，言昔顺风顺水了这么多年，让他传些绯闻没什么的。不能真解约，他的解约费……你别管他这件事，我知道你现在的情况，过了这段时间就好了……"

说完，汪老大才看向星娱老总。

"你们能好好聊就好，江山邑不愿意编曲也行，言昔的综艺还要再接几个，电影电视我也会看着接……"星娱老总慢慢说着。

身边，秘书在重新拟合同，办公室内没有其他声音。好半晌，秘书把新的合约打印出来，递给汪老大，却被秦苒半路截走了，她低头看了看，依旧是不平等条约。

言昔走过来："大神，我先签。"

"谁让你签了？"秦苒淡淡看他一眼。

"秦苒，"星娱老总看着秦苒抓着那份合同，"很好，我看你还真把自己当个东西了！解约！"

与此同时，秦苒兜里的手机响起。她低头看了看，是一个A城的号码："到了？"

对面是一道男声："嗯，前台说没预约。"

"你有。"秦苒似乎是笑了笑。

"没……"那边的男声顿了下，又疑惑，"还真有预约，行，我上电梯了。"

打完电话，秦苒手撑着桌子站起，不紧不慢地看向星娱老总："爽快，解约。"

"大神，我们解不了，违约费我们出不起，吓唬吓唬他就行了……"汪老大拉拉秦苒的袖子，还想说什么。

秦苒只看向门外。

"戚先生，这边请。"门外，门卫带着一个高大的男人进来。

"秦小姐，我没来晚吧？"那人看着办公室内的人，不动声色地道。

"戚律师，"秦苒颔首，礼貌地打招呼，"麻烦你了。"

"小事。"对方摆了摆手。

秦苒把黑卡给了他，然后看着言昔跟汪老大："先跟我回去。"

这两人面面相觑，跟着秦苒离开。

"那……那是……"汪老大人脉广，"我好像在新闻上见过他，他是不是A城很有名的律师戚呈均？"

秦苒随意地点头。

汪老大没再纠结戚呈均，而是又担心起解约费，不由得苦笑："大神，你太冲动了，你知道解约费多少吗……"最少十几个亿的违约费呢，再给言昔十年时间都付不起。

秦苒却是看着汪老大，笑了笑："真以为我倒了？"

汪老大一愣："网上……"

秦苒拍拍他的肩膀，再次把鸭舌帽扣到头上，她看了看手机上的时间，差不多到点了："唔，看看秦氏官网。"

办公室内，等秦苒他们一走，星娱老总心中"咯噔"一声。言昔就算不接综艺，也是公司的摇钱树，公司的门面担当，他跟言昔说的解约，不过是威胁言昔而已，毕竟那是天价解约费。

言昔现在的身家拿不出来，眼下秦苒让言昔真的解约……那他的公司还玩儿什么？股票都要暴跌！尤其还要面对戚呈均，星娱老总后悔了，他太贪心了。

他还没跟戚呈均谈解约费的事情，身侧，秘书接到一个电话，迅速打开手机翻开微博，刷到一条消息，神色怔怔：“总裁……出事了！”

“什么？”星娱老总抬头。

秘书把手机给星娱老总看，是微博热搜——“Poppy qr”“云光财团Poppy”“秦氏秦苒”。

时隔半年，qr 再度席卷热搜。

消息如同龙卷风席卷，网上的舆论瞬间颠倒。

星娱老总自己都没想到，他只不过是想要流量之王言昔给公司狠狠地捞上一笔，顺便再帮他带个人出来。怎么也没想到，言昔真解约了，秦苒后续还能闹出这些事儿。

每个领域都有每个领域的规则，文学界、科学界、IT 界、电子界……

每个领域都有封神的存在，如同娱乐圈，A 城娱乐圈就是江家封神，娱乐圈撼不动的巨擘。星娱老总没听过 Poppy 的名字，但如今国内几乎每台电脑上的安全引擎系统都是 Poppy 开发的，她要是收费，那她的私人财产几乎是没法想象。

IT 界公认的一件事，你谁都可以黑，但你要黑向来无私分享核心技术的 Poppy 跟陆知行，那就是整个 IT 界的公敌。

这就是为什么偌大的云光财团却留不住 28 层大将的原因。

星语老总呆呆地坐在椅子上。

没了言昔，公司哪里还能打出言昔的名气去吸引新人，去吸引投资商？靠江絮？

星娱老总真心后悔了，他不该贪心，不该随意就听信了云光财团的消息。看着对面的笑面虎戚呈均，他心都凉了。

连戚呈均都搬出来了，秦苒那边肯定没有跟他好好商量的想法了……

车上，汪老大坐在副驾驶座上，专心致志地翻着微博，时不时地回头看秦苒一眼。

“你们现在住哪儿？”秦苒同言昔坐在后座上。

“星娱分配的地方。”言昔收回目光。

因为言昔是公众人物，普通小区自然防不住狗仔，言昔一直住在隐秘性很高的内部，要不然就是待在工作室。当时有云光财团在背后，星娱对言昔照顾到了极致。那里环境不错，言昔就一直没有搬。

如今跟星娱解约了，他自然不能再住在那里。

“新的地址我让我叔叔帮你安排，”秦苒把头上的鸭舌帽拿下来，她咳了两声，才继续开口，“我叔叔你知道吧，你要进他的工作室吗？或者你自己也完全可以开一个工作室。”

“那我跟秦叔叔签约吧，”言昔正色，“我可以多接几个综艺。”

这次跟星娱的违约费他确实付不起，言昔也有自知之明，只能帮秦叔叔多接几个综艺。

跟星娱不同，在秦影帝的工作室签综艺，言昔完全是乐意的。他心里想着，跟秦影帝签约的时候，商量一下让秦影帝以后多接几个节目给他。

程木直接将车开到了秦家，这会儿秦影帝也刚到家。

“瘦了。”在里面就听用人说秦苒到了，秦影帝一杯水没喝就走出门外。

秦苒从车上下来，接近四月的天气，她穿着黑色带绒的卫衣，里面就一件白色衬衫，袖子跟腰间都有些空，眉眼间也看得出消减寒凉，但一身的意气锋芒依旧是藏不住的。

秦修尘紧赶慢赶，还是导演通融了，才提前拍完了戏份，匆匆赶回来，最近也没接任何通告。

如今秦家、秦苒跟程隽那边都不安稳，连秦汉秋都站出来了。

“言天王，我们进去再说。”秦修尘伸手揉揉秦苒的脑袋，才看向言昔。

秦苒看着秦修尘，手指紧了紧。自从知道秦老爷子的事情后，秦苒有些不敢面对秦家这些人。

“你们聊合同的事情吧，我去一趟徐家。”秦苒说完，手指抵着唇，低声咳了一下，她停在大门口，没进去。

徐家研究院本来就不太安稳，最近又把重心放在了 M 洲，这次的交易十分重要，秦苒要亲自去看。

“生病了？”秦修尘拧着眉看她一眼。

秦苒摇头，不太在意：“可能着凉了。”

秦修尘管不了秦苒，他皱了皱眉，顿了下，才缓缓开口：“去吧，别太累，实在不行，就回秦家。万事小心。”

徐家，徐管家跟徐摇光都在忙着交接的事情，秦苒过来的时候，他们还在开内部大会。

“秦小姐。”看到秦苒，徐管家连忙站起来，把自己的位子让给她。

“不用。”秦苒从旁边拖了一张椅子过来，她看了徐管家一眼，“你们继续聊，我听着就行。”

会议桌上，徐二叔看了秦苒一眼，又低下了头。

“明天从城北出发，”徐摇光放下手中的文件，他看向秦苒，语气清清冷冷的，容色严肃，“我们还有一批人马在M洲，这一次需要万分小心。”

若是有人从中作梗，这对徐家绝对是灭顶的打击。

秦苒腿微微搭着，脸色看起来有些白。闻言，她略微颔首：“我知道了，明天晚上的行动，我跟你们一起。”

“你……”徐摇光看着秦苒，略微皱眉，“你是不是生病了？”

“没事，染了点风寒，研究院两大负责人已经站我这边了，没太大问题，我跟你们一起去，保险。”秦苒双手环胸，淡淡开口。

徐摇光摇头，收回目光：“既然生病了，你就留在A城，我带队，有郝队在，不会出事。”

秦苒没理会徐摇光，只吩咐徐管家：“明天晚上我跟你们一起去，你们先准备好。”

“秦小姐，青林先生那边……你们闹矛盾了吗……”徐管家点头，又询问一句。

秦苒摇头，闭口不谈：“没事。”

听她这么回答，其他人也没多问。

青林已经离开徐家了。徐家人也没多问青林去哪儿了，青林走后，大部分人都松了一口气，尤其是徐二叔。

毕竟再信任秦苒，青林也不是徐家人。

秦苒吩咐完，看了看手机上的时间。这个点程隽差不多到A城了，她才起身：“就这样吧，我先回去。”

她走后，徐摇光才看向徐家众人，拧眉：“她病了，你们非让她去不可？”

徐二叔低头，眼神闪了闪，没说话。其他人也没开口，秦苒的实力大家有目共睹。有她一起去，安全度肯定要高几分。

机场，程隽同程土一起下了飞机。

F洲不是很冷，程隽就穿着一件单薄的衬衫，不急不缓地从出站口出来。

秦苒就靠在不远处的栏杆上，容色浅淡，眉眼精细，难掩恣意，即便戴着鸭舌帽，也是掩不住的锋芒，站在人群里十分显眼。

程隽一出来就看到了她，直接朝这边走过来。

“苒姐，我看你挺牛的。”走到边缘，他脸上的笑意淡了些许，不冷不热地开口。

秦苒还在想云光财团跟明海的事，听程隽这么一说，她有些蒙地抬头，然后抿唇。

“你就给我作。”程隽手上也没衣服，只偏头，让程土从行李箱中拿了外套出来，紧紧地裹在秦苒身上。

秦苒的喉咙有些不舒服，想要咳一声。但琢磨着程隽的语气，她用强大的意志力，硬生生憋住了，只慢吞吞地用手拢了拢大衣外套。

程木跟在两人身后，目光看了看程隽，不由得小声嘀咕一句，能管得了秦苒的，估计也只有程隽了。

秦修尘都管不了她。

一行人回到别庄，程水等人已经坐在楼下大厅了。

程隽四处看了一眼，顿了下，然后询问：“小姨呢？”

“去跟沐楠看房子了。”程水回了一句。

程隽已经帮他们安排了房子，不过想来沐楠这种性格，不会住下的，他也没多问，只看着秦苒：“过两天等事情处理完，请小姨吃顿饭。”

“嗯。”秦苒轻咳了一声。

“‘129 侦探所’实在太难搞了，我有些佩服欧阳薇。”程水不由得按了一下太阳穴。“129 侦探所”的人软硬不吃，刀枪不入，程水丝毫找不到任何突破点。

程水本来还想问巨鳄那边的事，但看了看秦苒，他又收回目光。

程隽说不能拿巨鳄这件事为难秦苒，其他人都记在心里。

秦苒正捧着一杯热茶，慢吞吞地喝着，听完程水的话，她不由得抬头看了他一眼：“你们找‘129 侦探所’接单？”

“算是吧，”程隽坐在她身边，让程木给他拿了医药箱，他在里面翻找着药，“找找孤狼。”

“咳……”秦苒顿了下，抬头。

“先把药吃了。”程隽看着她皱眉，眉头微微拧着，手探了探她的额头，“没发烧，看起来也不太像是病毒性感冒，有其他症状吗？”

他也看不出来，想带秦苒去顾西迟那边看看。

“大惊小怪。”秦苒摇头，不太在意，只拉回了刚刚的话题，“你们找孤狼干吗？”

“先吃药。”程隽瞥她一眼，看着她吃了药，他才不紧不慢地回答，“跟他做个交易。”

至于什么交易，程隽没具体说。

秦苒若有所思。

“去楼上休息。”程隽再次淡淡开口。

秦苒一句话憋在嘴里，没敢说出来，她有些服气地看了程隽一眼。

行吧。

“我现在就去，哥哥。”秦苒面无表情地拿起桌子上的鸭舌帽，往头上一扣，直接去了楼上。

看着秦苒上楼，程隽才拧起眉头，看向程木：“秦小姐最近没什么异常？除了你汇报给我的睡得少。”

“好像……没吧？”程木挠了挠头。

程隽微微颔首，没说什么，只拿起手机，给顾西迟发了一条消息，才看向程水等人：“去书房说。”

楼上，秦苒洗了个澡，然后一边往床上爬，一边给常宁发了个视频：“常宁老大。”

“你不是休假？”常宁看着她。

“暂时先不休，”秦苒靠在枕头上，把被子往上扯了扯，“最近是不是有人找我？”

“你是指孤狼？”常宁询问，最近找“129侦探所”查孤狼的人有，找秦苒的人也有。

常宁都不知道秦苒哪能这么折腾。

“嗯。”秦苒手捏了捏喉咙。

常宁点了一根烟，不太在意:“很多人，你是指哪个？马修、明海、云光财团、F洲那位……”

他一连给秦苒列举了七八个人，随便说出来一个都是一方大佬。

“这么多人找我？”秦苒倒是惊讶。

“孤狼，你是不是还没明白你在‘129侦探所’的分量，NO.1孤狼，外界传言得你者得‘129侦探所’，你说呢？”常宁头疼地捏了捏太阳穴，“你能不能对自己有个正确的认知？动不动就休假，得亏你是‘129侦探所’ 的招牌。”

秦苒听来听去，都没听到程水他们的名字。她不由得往后靠了靠，眉微挑：“明海也找我？”

“嗯。”常宁靠着椅背，手指掸着烟灰，“他心思大，想利用你控制A城四大家族，不过……你让我查的灵海镇爆炸案，明海没有动手，有人在……借刀杀人。他这个人城府深，但也过于自负。徐家的事情跟程三少预测的没有偏差，是谁背后动的手，你应该清楚了。”

秦苒点头，同她预料的不差。当初欧阳薇跟她说的时候，她就没信。

她往椅背上靠了靠，伸手把电脑拿过来，指尖在键盘上敲了几下。

与此同时，明海秘书正在处理文件，电脑上忽然蹦出来一行字。忽然跳出来的对话框，把他吓了一跳。他回过神后，才看清了内容，瞳孔微微放大，然后连忙去办公室找明海。

明海办公室。

“我那儿子可真有一套，F 洲还藏着这么大势力，我果真是小看他了。”他正叼着烟，看着面前的黑衣人，眸光晦涩，“欧阳薇那边有消息了？”

“刚刚传来的，应该没错。”黑衣人低头。

明海咬着烟，脸上岁月留下的痕迹不是特别明显：“杨家是要动手了？”

“A 城最近多了好几方势力，”黑衣人拧眉，“杨家那边会不会……要是能找‘129 侦探所’帮忙，我们不会陷于被动之地。”

“明天先去找薇薇，跟她好好确认‘129 侦探所’的事。”明海微微眯眼。

两人正说着，外面秘书敲门，拿着手机进来。

“什么事？”明海朝他看了一眼。

“会长，”秘书顿了下，才缓缓开口，“我刚刚接到一条消息，对方想约您见面。”

“谁？”明海吐了一道烟圈。

秘书低头想了想，确认了一下：“是那位秦小姐。”

“秦苒？”明海提起这个名字，下意识地皱眉。

最近秦苒正式进入他的视野，她对徐家和研究院做的一系列防守动作，他都看在眼里。若不是有欧阳薇在前，明海一定会高看秦苒。

只可惜……明海淡淡摇头，他似乎是笑了笑：“徐家没有几天时间了，你们都下去吧。”

秘书等了半天，没等到明海的回答，他同黑衣人一起出门。

等门被关上了，秘书才看向黑衣人：“会长他到底什么意思？”

“会长明天要去边界联系欧阳小姐，你懂了吗？”黑衣人淡淡朝他看了一眼。

秘书恍然大悟：“我知道了，我这就去回那位秦小姐。”

如果没有欧阳薇，明海可能还会去见秦苒。但好不容易有欧阳薇的半点消息，A 城如今局势复杂，“129 侦探所”这个中立势力就非常重要。

这个时候，秦苒跟欧阳薇孰轻孰重，黑衣人还是分得清。

秘书回到办公室，电脑上还是那个白色的对话框。

明海这边的防御系统也是顶尖的防御系统，对方悄无声息地攻克了这边，秘书不由得恭恭敬敬地回——“抱歉，秦小姐，我们会长暂时没有时间。”

他没敢说会长去见欧阳薇了。

电脑另一边，秦苒看着秘书的回话，不由得挠了挠头，也没再纠结，只用手敲着键盘。

好半晌，她才往床头靠了靠，心里思索着刚刚常宁说的话。

A 城最近势力确实不少，除去地下联盟，还有巨鳄，这几方势力秦苒都能把控，不会出多大乱子。

唯有一个，秦苒抿了抿唇。常宁之前提起的F洲大佬，秦苒是知道有这个人的。她在 F 洲的时候遇到过，跟对方还打了一架。

当时她心情不好，对方看起来也不太如意。反正……情况就是非常不好，后来她是被顾西迟给救了，她那时候确实没什么求生意志，死在一方霸主手里也损她的威名。

不过……秦苒伸手扶着额头，当时她意志不清楚，却听清了顾西迟嘀咕的一句话，让她找揍她的人报仇……

虽然她打黑拳不仅仅是因为那个大佬，但顾西迟的话确实给了她再度爬起来的勇气。

这么多年，秦苒接过几个单子，但基本上没接 F 洲那边的单子。对方也一直在 F 洲从不参与其他事情，这次突然来 A 城……

A 城已经够乱了，M 洲的势力都聚齐了，再加他一个，秦苒也不确定能不能保下这几个家族。

秦苒拧眉，她指尖敲着手机，好半晌，她才发给常宁一条消息——“之前你跟我说的那个人，我去见。”

这句话出现得太突然，秦苒向来是不愿意多操心的人，大部分任务都是常宁挑选过后，觉得适合或者只有她能做到，才联系秦苒。

常宁向来直接，他也没回消息，直接一个语音电话打过来：“说吧，原因。”

“很头疼，”秦苒仰了仰头，语气倒还是挺淡的，“我吧，就……你知道我不是什么好人，敌对的人也很多，跟我认识的朋友五五开，F 洲那人就是其中一个。”

能被秦苒说成敌人的，肯定不是什么普通人物，至少是巨鳄那个等级的。

这么多敌人……

“那你还能活着？”常宁也有些沉默。

“死过一次，”秦苒“啊”了一声，又沉默半晌，才开口，“你也可以理解为‘死遁’。”

至于是被迫死遁，还是真想死没死成，秦苒没具体说。

反正，阴差阳错。

常宁：“猛。”像是秦苒不耐烦但又被迫干出来的又傻又直接的事儿。

说完一个字，常宁没再开口，他想起秦苒消失一年的事了。

“那F洲大佬？”常宁眯眼。

秦苒挠头，有些不愿意承认，但还是老实开口：“我带人劫过他一票生意，后来……还打过一场生死架，他当时受伤了。我乘人之危，也打不过他。”

“厉害，孤狼，你是真厉害，现在F洲连黑手党都不愿意跟他对上。”常宁拧眉，他本就是F洲发家的，眼下听了秦苒的话，他不由得头疼地按着太阳穴，“他这是查到你了？所以才提要求见面？”

“不确定，但我怕他参与国内的事。”秦苒拧眉，混迹M洲的时候，她本来就是有伪装的。总之网络就是她的天下，想要在这方面动手找她不可能。

毕竟她藏了这么多年。

她的仇人跟朋友一样遍布天下。当初明月的父亲死后，秦苒愧疚自责的同时也是害怕，怕那些敌人如同那些毒枭一般连同她身边的亲人也不放过。

她连陈淑兰都护不住，何谈去护其他人？

“确实不好办，”常宁有些不知道该说秦苒什么好，“程三少知道吗？”

“我本来不想让任何人知道这件事，”秦苒看向窗外，“我的仇人又不止F洲那一个，七大洲都有想要我命的人。”

原本以为这些事过了就过了，只要她不主动站出来，就没人能猜出来她是谁。

地下联盟火力有多强她知道。她若再不站出来，A城这些家族哪够他们玩。

她刚跟谢九坦白，F洲就有人混进A城。不管是不是从地下联盟走漏的消息，她也没有再躲躲藏藏下去的必要了。

听秦苒这么说，常宁有些不敢问她究竟是怎么把数得上号的人都得罪的。

“我终于知道你为什么不出面了。”好半晌，常宁才抹了一下脸，“F洲那边我帮你联系……”

说到这里，常宁顿了一下，才开口：“要我陪你一起吗？”

“我自己解决，就是让你有个准备。”秦苒抬头。

电话那头的常宁想了想，还是没再说什么：“行，我先帮你联系。”

与此同时，书房，程火坐在电脑边，屏幕上的代码一页一页地跳动，他跷着二郎腿，眯着眼看面前跪着的黑衣人：“你确定巨鳄跟明先生联手了？”

若明海在这里，一定能认出来，这黑衣人正是他的心腹。

“是，巨鳄帮忙找到了欧阳小姐，明天会长就能连线欧阳小姐。”黑衣人拱手。

亚洲毕竟是明海的老窝，猛龙也压不过地头蛇，何况这里面巨鳄还掺和了一脚。

最重要的是地下联盟，程隽都不敢小觑的对手。程隽不想A城任何一个家族出事，这种情况下，只能找同盟。

常宁曾经的势力同程隽有纠葛，想来想去，唯有孤狼能入程火这些人的眼。

“我知道‘129侦探所’很厉害，”程木一直如同木头人一样，听着四个哥哥你一句我一句的，“但……他们不是只在A城出名？”

“你是因为不知道各个势力在哪里成名，”程土靠坐在窗边，瞥程木一眼，“知道为什么巨鳄能当上他家族的家主吗？”

“程土，别逗程木了，他哪里知道。”程金摇头失笑，复而看向程土，面色严肃起来，“巨鳄是武器制造商，他父亲早亡，忌惮他家族势力的人不少。F洲一次行动，他被他的叔叔联合两个洲的人包围，所有人都觉得巨鳄这次不死也残，谁也没想到，孤狼提前攻破了大楼所有人的安全系统，连同渣龙嚣张地划分出安全区，巨鳄打了个漂亮的反杀，现场能看得到的网络痕迹只有‘129侦探所’几个字。

“这是‘129侦探所’第一次在国际上扬名，所有人都想要‘129侦探所’这个势力，可惜没人能成功。”

“老大，”程水转向程隽，正了神色，“找孤狼还是太难了，如果他们不回复，我们准备一下，强行调动人手进A城吧，来硬的。”

程火向来不怕事儿，抬了抬下巴：“我可以。”

程隽没说话，手上把玩着那部黑色的厚重手机。听程火提起孤狼，他只略微抬了眼眸，没开口说什么。

黑色的手机忽然亮了一下，程隽低头看到上面的消息。

“129侦探所”的官方消息，寥寥几句，就说了孤狼同意见面，在一个秘密会所，单独见面。

程隽看到这条消息，一时间确实有点惊讶。

他确实很早就对孤狼这个人比较好奇，那时候他还没这么大的实力，孤狼就同巨鳄、渣龙还有“129侦探所”一战成名，也顺带帮了他一点小忙，对付巨鳄的人正好也有程隽的敌人。只可惜那次之后，对方就很少出现，连单子都很随意，爱接不接的状态。

后来他回国，在云城养伤，正好在国内。

他当时出了五十倍的天价，让孤狼出手查灵海镇无故失踪的消息。

孤狼这种人要是愿意，手里肯定不会缺钱。

很意外，当时孤狼消失一年多了，他也就任性一把挥金如土，谁知道……对方还真的接了他的单子。

那时候他确实对孤狼很感兴趣，还曾经兴起想要查孤狼。只是秦苒的出现打乱了他的计划，他大概是知道她想在他校医室找什么东西，但也没说出来，还亲自开口留下了人，想要知道究竟是哪方势力的人接近他。

大概这姑娘对他胃口，他索性就留在了校医室。

谁知道……留着留着，对胃口就变成了真感兴趣。

后来他对孤狼的兴趣就不是那么大了。

与其去查孤狼，不如多扒扒自家那位。

这次程土说联系“129侦探所”的孤狼，程隽就抱着随意的态度，到时候A城玩砸了，大不了他带着秦苒他们直接回F洲大本营。

没想到这向来神龙见首不见尾的孤狼，竟然还真的要出山了？

无论是出于什么原因，程隽肯定是要去见对方的。

“老大？”程水又说了几句，见程隽一直没说话，不由得叫了他一声。

程隽“嗯”了一声，反应过来：“有件事情。”他把手机随手扔到桌子上。

看他这个表情，程水、程金、程木等人一本正经：“老大，您说。”

“孤狼明天九点要跟我见面详谈。”程隽腿慵懒地搭在一起，挑着眉道。

程水推眼镜的手顿住，好半晌，他抬头：“老大，您再说一遍。”

“隽爷说明天九点跟孤狼详谈……”程木重复了一遍，话说到一半，他也卡壳了，非常缓慢地抬头看向程隽。

程隽从书房出来，已是晚上九点多。他停在秦苒门边，手上拿着一根烟，只安静地站了大概十分钟，感觉她应该是睡着了。

他也没敲门进去。

他正要走的时候，门从里面开了。他脚步停住，站在门口往里看，秦苒就穿着件睡衣，看起来很有精神，眼睛还微微泛着血丝。

“睡不着？”程隽看了她一眼，就知道问题所在。

秦苒挠了挠头发：“烦。”

程隽想了想，以为她在烦徐家跟云光财团的事儿。他低头，靠过来，身上那股清冽的气息更加明显，嘴角无意识地擦过秦苒的耳郭，轻声开口：“没事，我会解决的。”

实际上，秦苒觉得这就是个死循环。除非她真的消失，不然很难解开。只是听程隽这么说，她忽然间也平静下来，伸手回抱住他，脑门磕在他的肩膀上，“啊”了一声，有些含混不清：“你说的。”

“当然。”程隽笑着把人抱住，目光透过窗户看向窗外，星光沉敛，“我倒要看看有谁还敢动手。”

秦苒没敢再开口，怕列举出自己的敌人们，程水他们要崩溃，更怕程隽查到她那些过去。

她思索了一下，才闷声开口："明天晚上，我跟你说件事吧。"

程隽明天晚上也想问问她当初校医室的事情，闻言，也不问她什么事，只笑道："行。"

翌日。

秦苒起得很早。

她起来的时候，程隽已经起来了。金木水火土也都罕见地齐齐坐在餐桌上。

这五个人不是太忙回不来，就是睡懒觉。

今天像是有什么仪式一样，一起早起，还正襟危坐在餐桌边。

"起这么早？"程隽把秦苒的早餐递给她，诧异她起这么早。

秦苒懒洋洋地打了个哈欠，先喝牛奶，含混不清地"嗯"了一声："我待会儿要出一趟门，见个人。"

"真巧，老大等会儿也要出去见人。"程水笑着看向秦苒。

程隽心里也在想着孤狼的事情，他自然是不想带秦苒去的，谁知道孤狼长什么样，不得不说，他觉得孤狼还是有点威胁的，等他先探探军情再说。

长得好看，就避免两人见面的可能性。

他心里淡淡想着，面上却是一本正经："对，我待会儿也要见一个人。"

"谁？"秦苒把牛奶放下，随口问了一句。

"长得不好看。"程隽吃完了，随手拿了张纸，不紧不慢地擦手。

"哦。"秦苒点点头，就没再开口。

程金也吃完了精致的早餐，他把盘子送到厨房，回来后，才看向程木："程木，你待会儿送秦小姐。"

五行第一次一起这么早起床还聚这么齐，不过是都想跟程隽一起去看看那位孤狼是何方神圣。

若是以往，谁送秦苒去无所谓，但此刻不行……

程木抬头："我……"

眼下听程金开口，程水也点头，沉稳道："程木，你保护好秦小姐，好好开车。"

程火拍拍程木的肩膀，笑眯眯的："小木木，辛苦你了。"

程土没说话，只似笑非笑地看向程木。

虽然程木对孤狼有些好奇，但他已经成功做到遇事波澜不惊了，咬了一口绵软清香的面包，"哦"了一声："好。"

"几点走？"程隽不管这五兄弟，只看向秦苒。

"八点半吧，我九点要到。"秦苒本来不打算带人去，不过她料想程隽不会让她自己开车，也没说什么。

程隽眉微扬。

八点半，程木从车库内把专属于秦苒的车开出来。

“辛苦了，兄弟。”程火走过来，透过驾驶座的车窗，拍拍程木的肩膀，“哥哥一定会给你带来最新的一线情报。”

程木回给他最真诚的兄弟情就是关上了驾驶座的车窗。

程隽站在原地，目视着黑色的车缓缓开出去。

身后，五行中剩余的四人看着车离去的方向，程水笑了笑：“秦小姐也是九点约的人，老大，跟你一个时间。”

程水也就随口一说，没多想什么。

其他几人也没多想，此时都催促着程隽快点儿走。

程隽慢吞吞地应着，看起来不是特别积极：“急什么，人跑不了。”

与此同时，“129 侦探所”。

“老大，你找我们来干吗？”渣龙跟巨鳄都坐在办公室，看着常宁。

“有一件事，需要告诉你们。”常宁严肃地开口。

秦苒昨天没让常宁管她的这件事，常宁知道，她是不想连累“129 侦探所”。

但常宁是这么怕死的人？

他自然不会真的不管，大不了跟以前离开公会一样离开“129 侦探所”而已。

他虽然不知道秦苒到底是干吗的，但害怕她真的出事。

“你快说，别搞这么严肃，我心脏不好。”渣龙摸着自己的心脏，玩笑着开口。

常宁瞥他一眼：“关于孤狼的事情，她今天要跟一个人见面……”

他把秦苒昨晚告诉他的，跟两人重复了一遍。

“他们今天在地下会所见面，我们先过去，我已经包下了隔壁包厢，要是打起来……”常宁想了半天，发现就算两人打起来，他也做不了什么事，“总能撑撑场面，毕竟 A 城还是我们的地盘，猛龙还压不过地头蛇。”

他淡淡开口。

渣龙把下巴收起来，他眸子里闪着熠熠光辉：“常宁老大，你看我说得对吧，当初我就说她不是一般人！”

常宁不想跟二货说话，又转向巨鳄：“明海那件事你处理得怎么样了？”

“上钩了，”巨鳄没渣龙那么乐观，“F 洲的人怕是没那么简单，我们先过去再说，还能谈一谈。”

八点五十分，程木将车停在会所，他寸步不离秦苒。

秦苒在会所外站了一会儿，她今天穿着白色的卫衣，在程隽的叮嘱下不情不愿地在外面套了件黑色的大衣。她将卫衣的帽子拉下来，停在门口一分钟，又看了程木一眼，略微沉吟了半晌，也没支开程木，带着程木进去。

常宁订下的是顶楼五号包厢，秦苒是八点五十五分进的包厢。

服务员带他们进包厢的时候，包厢内没人。程木不由得多看了她一眼，心里诧异——秦苒把控时间十分精准，向来都是踩点赴约。

这是第一次，他看到她竟然提前到。

程木不由得好奇她今天要见的究竟是谁。

楼下，五行四人跟在程隽身后。

程隽随手脱了外套，在进电梯之前，才看向四人："不要跟我一起进去。"

这四个特地为了孤狼而来的人："……"

"叮——"电梯门关上。

程火挠头："昨天晚上老大没说不让我们来吧？"这不上不下的多挠心。

程金顿了下才开口："我们不该嫌弃秦小姐的。"

其他两人："……"

楼上。

程隽确认了五号包厢，看了看时间，八点五十九分。他手背在身后，跟在服务员后面。

服务员敲了敲门，很轻的两声，门从里面被人打开。

开门的是程木。

屋内，秦苒一手搭在桌子上，一手拿着个白瓷杯，正略带不耐烦地抬头看向门口。几乎没有任何防备的，她就看到了门口那个半个小时前还碎碎念着让她好好穿上外套的人。

她忽然间沉默。

程隽手上拿着部手机，看完上面的消息，才看向屋内的方向，脸上是一贯的高深莫测。

屋内坐着的那个满身透出不太爽的气息的女生，也正面无表情地抬头看他。

两人都没有开口。

反而是开门的程木顿了一下后，才往后退了一步，他一时间没反应过来，有些奇怪地挠头："隽爷，你怎么会在这里，你今天不是要去见孤狼？"

程木的声音打破了沉默的气氛，程隽反应过来，他往里面走了两步，才抬头，眉眼温和地看向程木："出去。"

"砰——"程木一句话也不敢多说，直接带上门出去。

门外，程木带上门之后，慢一拍的脑子终于反应过来。

程隽今天是约了九点跟孤狼见面……

包厢内，程隽沉默半晌，才尝试着又往前走了一步：“你饿吗？”

秦苒的脑袋这会儿也转不过来。她印象里的那位F洲大佬，上位的过程极其艰难，恐怖残暴，跟她认识的程隽完全是两个样子。

眼下这是什么情况？程隽就是跟她打过一架的那人？

秦苒抬手，把杯子里的水一饮而尽。

难怪之前在程家，某一瞬间她会觉得他的出手有些眼熟。

她把茶杯放在桌子上，抬了抬下巴：“你先坐，我们聊聊，你今天找我干吗？”

原以为F洲大佬是查到了自己，可眼下，对方是程隽，那就不可能查到自己。

“合作。”程隽看了秦苒一眼，看到她的情绪还算平静，也没坐到她对面，顺势坐到她身侧，拿起茶壶给她空着的杯子里倒了一杯水，“苒姐，先息怒。”

“我是看到巨鳄跟明家人联手，怕A城这边出问题，才想找孤狼合作。”程隽看着秦苒拿起杯子抿了一口，这才压下了内心的情绪，缓缓开口，“巨鳄是故意在钓鱼？”

“129侦探所”五个大佬感情好是出了名的。眼下秦苒是孤狼，那巨鳄就绝对不会站在明海那边帮他。

“嗯。”秦苒现在还有些发飘的状态，跟不上程隽的思路，只随意应着，“也不算钓鱼，他想要明海手里的海上通行令。”

知道秦苒是孤狼的那一刻起，程隽就知道A城的事情简单了。

与此同时，他脑子里很多不明的线瞬间就明晰了。

在云城，消失一年的孤狼谁的单子也不接，偏偏就接了他的……后来程温如的事件……

孤狼原本就是网络高手，这样一算，是秦苒也不那么太令人意外。

“我准备解决完明家的事情，就金盆洗手了，”程隽往前凑了些，眉眼温和地看着秦苒，低声开口解释，“本来打算去接管老头子M洲的医学组织。”

他细细解释。

“接管医学组织？”秦苒回过了神，“就你一个月一次的手术？”

“那时候我在争F洲的继位权，没有时间做这些，但跟老头约定了，一个月至少做一次手术。”程隽解释。后来即便是去云城养伤，他也遵守这约定。

“嗯。”秦苒低头再次喝了口茶。

“算到你是帮巨鳄的那个Q，也没算到你是孤狼。”程隽腿微微搭着，伸手随意地翻了翻菜单，“你要跟我说的就是这件事？”

“也不完全是。”秦苒抬头，有些含混不清的。

她抬头，看着程隽，有些恍然。

她原本都觉得自己活不过十九岁。

谁知道，那次因为顾西迟误打误撞救了她，陈淑兰死后，她觉得自己没有念想了，谁知道又出现个程隽。

“就 20X7 年 7 月，你记得在贫民窟跟人打过一架吗？”秦苒原本觉得自己说起这件事的时候，必定是跟 F 洲大佬不死不休或者谈判的场面，或者永远也不会说出这件事来。

她从来没有想过会这么轻松地说出来。

程隽的手猛然顿住，有一瞬间哽住，声音都略显颤抖：“你……你那时……”

顾西迟那时候说，他查遍了 M 洲的人，唯一没有想到的会是程隽自己。

秦苒双手环胸，摸着下巴看程隽：“这样吧，你让我打回去？”

程隽有些说不出话，他很早之前就在想，如果早一些遇到秦苒，在那场大爆炸案发生前，或者哪怕是提前一年也好。

谁知道，他们在那个时间段就遇见了。

他有些庆幸，庆幸自己当初选择帮郝队查了桩案子。

他伸手把人揽进怀里，声音有些哑，低头亲了亲她的发梢：“是我不好，你随便打……”

与此同时，常宁给秦苒打了无数电话，发了无数消息都没有动静。他偏头询问属下：“眼线查到什么消息没？”

属下摇头：“我们不敢接近。”

“不会出事吧？”在一边的巨鳄拧眉，“不行，我得去看看，我大兄弟长得那么好看……”

F 洲那边就没几个好人，巨鳄等不及了。就秦苒那个性格，连跟他们聊天的耐心都没有。至于跟不熟的人，她聊五分钟都嫌多。

巨鳄话不多，说完就推门出去。

常宁也是个狠人，见巨鳄出去，他也直接跟了上去，并拨通了一个电话：“让兄弟们过来。”打完电话，常宁才吩咐，“到时候先不要冲动，看 F 洲那位大佬怎么说，能和平解决最好。”

“好。”巨鳄冷漠地点头。

包厢在哪儿，巨鳄是知道的。说话间，几人已经气势汹汹地到了五号包厢门口。

这行人身上戾气都不小，程木正蹲在包厢门口，嘚瑟地跟程金那四个人发消息。听到这行人的动静，他不由得仰头看向为首的常宁。

常宁脸生，程木不认识，但他认识常宁身侧的巨鳄：“巨、巨鳄先生，你……”

“你怎么没跟你们家小姐一起进去？”巨鳄也认识程木，他拧着眉头看程木一眼，没多说，直接抬手，要强行推开五号包厢的门。

然而他还没动手，包厢的门就被人从里面打开了。开门的是程隽，秦苒就在他身后。

巨鳄跟常宁还没来得及动作，走廊尽头响起“砰砰砰——”的脚步声。很快就传来了程火火急火燎的声音：“老大，那个孤狼诈你，我们刚刚在楼下看到了武装的‘129侦探所’的人……”

程火一行人急急忙忙上楼，在走廊上同巨鳄、常宁以及秦苒面面相觑。

此时，两方人都有些沉默，脑子里盘旋的只有一个想法——

孤狼（老大）今天不是来见F洲大佬（孤狼）的？

诡异的寂静中，程隽先朝巨鳄笑了笑，礼貌地开口：“楼先生，又见面了。”

跟巨鳄打了个招呼之后，程隽才看向常宁，继续道：“想必这位就是常先生了。”

最后，他才弯腰，郑重地开口：“感谢几位之前对她的照顾。”

“啊？”莫名其妙也得到了程隽感谢的渣龙还没反应过来，他只摆了摆手，“小事，小事……”

秦苒手抵着唇，清了清嗓子：“常宁老大，你们都先进来再说。”

常宁好歹维持住了自己老大的形象，他高深莫测地点了下头，打了个电话通知属下：“不用上来了。”

巨鳄向来是个面瘫，内心就算再震撼，脸上还是一本正经的。

渣龙摸摸脑袋，他向来是个话痨，此时却没说话，只随着秦苒他们进去。

几个大佬都进了包厢，门外就剩下了程火、程金这几个人。

“程水，我看见了什么。”程火抹了一把脸。

程水没说话，只默默看向程木。

程木早就已经反应过来了，他拍了拍衣袖，从蹲着的动作，变成站起，他看向程水等人，十分高深莫测地将手背在身后：“嗯，就是你们看到的情况。”

屋内，渣龙叽叽喳喳：“不是，大神，你们这样也行？”

别说渣龙，就算是常宁，心中也是万马奔腾，他喝完一杯茶，才勉强压制住内心的匪夷所思，故作淡定地看向秦苒：“那A城暂时用不着我插手了，明天徐家那边安排好了？”

“嗯。”秦苒点头。

“那就好。”除了这一句，常宁也不知道还能说什么了，他转向程隽，“程三少，你跟巨鳄之间的矛盾……”

“都是误会。”程隽严肃地朝巨鳄举杯。

巨鳄默默喝了一口茶。

几个人聊了几句明天的事情，看得出来秦苒跟程隽还有其他话要说，一行人就各自回去。

车上。

“明天过后，A 城就雨过天晴了。”常宁坐在后座，轻松地笑了笑。

他能不笑吗？“129 侦探所”的女婿是 F 洲那位大佬。有秦苒在，即便是 F 洲那位大佬，还不得跟他礼貌地说话，说不得还要叫声哥。

常宁抬了抬下巴。

翌日，傍晚，徐家人整队出发。

程隽神色严肃地站在别庄，吩咐程土一行人：“你们带人提前赶过去，不要暴露位置，遇到巨鳄的人不要轻举妄动。”

程土已经知道巨鳄是友非敌了，听到这句话，直接抬手：“是！”说完，他直接离开。

“三弟，你们俩……”程温如这两天虽然忙着程家的事，但对 A 城的局势也看得一清二楚，看到程隽这个态度，不由得拧眉，“我总觉得这一次有诈，徐家那边说不好……说不定会是个局。”

“程姐姐，你别担心。”秦苒安抚了程温如一句。

她跟程隽都没多留，直接与徐家人会合。

徐摇光看了程隽一眼，低声叫了句“隽爷”，就没再说话。

程隽现在在 A 城程家太子爷的身份没了，叫他“隽爷”的很少。听到徐摇光的声音，他不由得挑眉看了眼徐摇光，倒没说什么。

今天是徐家第一次与 M 洲进行大交易，不能有丝毫闪失，否则，徐家怕也要走秦家的老路，但秦家现在已经开始崛起了。

徐家每一个人都打起了精神，只有徐二叔，眸光晦涩地看了秦苒一眼。

城北，徐家出发点，两架货机。

徐摇光检查了一遍货物，确认没有任何遗漏之处，才走到秦苒跟程隽这边：“九点准时出发。”

这样到 M 洲刚好是晚上，方便行动。

秦苒手抵着唇，轻声咳嗽两声，没多说：“去准备。”

听到咳声，程隽拧眉看了秦苒一眼，秦苒朝他摇了摇头，表示没事。

徐家几个负责人负责跟机长交流。

晚上八点半，徐管家朝秦苒跟徐摇光这边走过来：“小少爷，秦小姐，程少，可以登机了。”

“走吧。”徐摇光让秦苒跟程隽先走。

“啪——”

就在他说话的时候，机场几盏大灯忽然亮起！整个机场明亮得如同白昼！

“想就这么走了，可不是一件简单的事情。”不远处，几辆黑车停下，一道略显苍老的声音传过来。

为首的黑车后座下来两个人，说话的那人此刻正笑眯眯地看向秦苒与徐摇光这边。

是杨老先生。

他身边，站着的正是明海。

“你们怎么会在这里？”徐家长老面色一变，徐家这件事是对外保密的，除了徐管家那几个人，剩余的人连今天去哪儿都不知道。

云光财团跟明海这行人怎么知道他们今天送货出去？

一行人犹疑间，明海目光温和地看向程隽：“程隽，我的儿子，你现在有什么想要说的吗？”

程隽淡淡地牵着秦苒的手：“没。”

听到明海这句话，徐长老跟几位负责人目光猛地看向秦苒跟程隽，不可置信地开口：“你……你们……我早该听二当家的话……”

“不可能，秦小姐不是这样的人。”徐管家摇头。

杨老先生可不管徐家人的内乱，他抬了抬手，一如既往温和地开口：“把秦苒带回去，货物给我好好检查。”

灯光下，他的笑容却让人发寒。

“杨老，”明海站在一边，侧身看向杨老先生，“当初说好，货物归我，要交给下一任的四大家族。”

“只要找到我想要的东西，随你。”杨老先生并不在意。

两人你一言我一语地就把徐家定下了结局。

人群中，徐二叔才终于抬头，不敢置信地看向杨老先生：“你当初在M洲说抓了秦苒就好，保我们徐家无忧！”

杨老先生依旧笑眯眯地看向徐二叔：“保你们徐家后代不死，不好吗？”

徐二叔大口地喘气，徐家其他人反应过来，猛然看向徐二叔。

“二当家！”徐摇光直接一把抓起徐二叔的衣领。

徐二叔现在恍恍惚惚反应不过来：“小少爷，我……”

徐家这边乱糟糟的，杨老先生并不管，只是淡淡地朝手下的人开口：“动手。”

“秦苒，你走！”徐摇光把徐二叔扔到一边，站到秦苒前面，看向杨老先生，“你们要的不过就是徐家，跟她没关系，你们放了她。”

徐管家也一脸悲戚：“程少，你先跟秦小姐走，秦小姐你身手一向厉害，必定能走！”

“不用。”秦苒捏了捏程隽的手，她往前面走了两步，抬头认真地看着杨老先生，“你觉得你能抓住我吗？”

“你是说地下拳王？”杨老先生感叹地看向秦苒，“可惜，你应该不知道，你体内被你那位徐二叔下了混合病毒吧？你今天出不了手的。”

徐摇光和徐管家脸色发白。徐摇光往后倒退了一步，看向还趴在地上的徐二叔：“二叔，你……”

“小少爷，我……我能怎么办？他们告诉我老爷的死是因为秦苒，现在徐家多少人都只听她的，你也看在眼里！你看看以后徐家会不会改名姓秦，看看研究院会不会改名！人都是自私的，我不过是为了徐家着想！”徐二叔抿唇，不敢看秦苒。

“是，徐家多少人听她的，”徐摇光眸光赤红，闭了闭眼，“可爷爷死后，只有她一直在照顾徐家！为徐家奔波！为研究院奔波！M洲的利润是假的吗？研究院交到我这里的各项研究是假的吗？她一个IT行业的大神，好好地待在秦家搞她的研究不好吗？你告诉我，她带领着研究院剩余不多的老人夜以继日地搞这些研究是为了你这么猜忌她？啊？！”

程隽站在一边，垂着的一只手狠狠掐入掌心，他目光冷厉地看向杨老先生跟徐二叔，不由得舔了舔唇：“很好。”

“没有办法，”杨老先生微笑地看向秦苒跟程隽，最后把目光定格在秦苒身上，叹气，“我的好闺女，我当初也真是小看了你，没想到你离开云光财团还能把我们财团搞得乌烟瘴气。对你，不动真格不行。”说到这里，他摇头失笑，“你应该不知道，我们云光财团背后……是M洲地下联盟！”

杨老先生脸上扬起了自傲。

他话音刚落下，头顶忽然一阵轰鸣声响起。直升机“呼哧”的风声席卷，半空中，几道人影簌簌从直升机大开的舱门顺着绳子利落地滑下。

四道人影恭敬地单膝跪地，声音铿锵有力：“属下谢杨，见过副盟！”

这声音出来，除了程隽，现场所有人听到都有些发愣。

“谢杨副使怎么来了？”比起徐家人，杨老先生也略显惊慌，四周查看着，并没有看到谢九的人影，“谢副盟他也来了？”

实际上，杨老先生也很疑惑。谢九除了执行任务，从来不管其他杂事，眼下他的心腹四人全都出现……

但眼下情况也容不得杨老先生多想，总之今天不管是谁来，都动不了他的局。

杨老先生说的话对徐家大部分人来说都是陌生的，地下联盟的存在在M洲都非常隐蔽。无论是徐管家还是在场的其他人，都面面相觑。

与此同时，机场交接处，一半的人都卸下伪装，朝这边走过来。唯独趴在地上，怔怔发愣的徐二叔惊恐地抬起头："他们，是他们！M洲跟马斯家族不相上下的势力，他们的副盟相当于马斯家族家主或者长老级别的人物，上次就是他们的人在M洲把秦小姐的资料给我的！"

若不是这样，徐二叔也不会匆匆回M洲。

地下联盟是什么他们不知道，但是它能跟马斯家族相提并论，马斯家族是M洲的庞然大物，云光财团背后竟然有这种超级势力在背后支持，难怪短短几年发展迅速！

徐摇光跟徐二叔原本觉得徐家可以借助M洲闯出一条路，却没想到，最终面对的竟然是与马斯家族差不多的势力！他们动一个徐家不过是时间上的问题。

徐家人心里再也没有一丝侥幸。

徐摇光一张脸依旧清冷，目光转向秦苒，苦笑一声："你不该参与进来的。"

"程少，"徐管家这个时候头脑清晰起来，他看着程隽，咬了咬牙，几乎做了破釜沉舟的事，"求您把秦小姐跟我们少爷带走，杨家这边我来断后……"

他正说着，却见秦苒脸上没有什么表情，只穿过人群往前走了几步，没有回答徐管家的话。

"秦小姐，别！"徐管家急迫地开口。他一直知道秦苒性子刚烈，身手不凡，但刚刚徐二叔说的话让他十分恐慌。

秦苒现在身体……出问题了！

"秦小姐！"

秦苒脚步顿了顿，她稍微侧头，平静无波地同徐管家道："徐管家，让人准备一下，马上起飞。"

徐管家一愣："可秦小姐，我们……"

他一句话没说完，秦苒就站定在谢杨四人面前。她朝伪装在机场的那些人看过去，抬了抬下巴："那些也是你们的人？"

单膝跪在最前面的谢杨抬手："回副盟，那是盟主的人！"

"好。"秦苒手负在身后，神色凛然，"M洲的通道打开，你带一队人跟上！"

"是！"谢杨领命。

机场陷入一片寂静，秦苒看着对面原本一脸自负的杨老先生，淡淡开口："义父，抱歉，我背后也恰好有地下联盟。"

偌大的机场，两方人马遥遥相对。

这句话一出，别说是杨老先生，就连他身边的明海也脸色巨变，脑子“嗡”的一下如同火花四溅！

他一直觉得秦苒同宁迩一样，聪明了一点，可就算是再聪明的人，也被人一世掌控在手心，所以他跟杨老先生一样从未把秦苒放在眼里。无论是 IT 还是物理，这些花里胡哨的东西在明海眼里不过就是摆设。

可眼下……秦苒竟然是地下联盟的人……

明海看着秦苒，纵使他再老谋深算，也没有想到这一点。如此下去，跟巨鳄的联手……明海心中惊疑不定。

他设计杨老先生，再联系“129 侦探所”，不过是想换掉四大家族，吃下 A 城这块地，让整个 A 城成为他的地盘，让程隽娶欧阳薇也是因为他觉得欧阳薇有资格。

面前这一切却不在明海的想象中。

他怎么也没有想到，这秦苒好大的来头，早知道她有这么大来头，他不该阻止那两人的……

一直没有说话的程隽，终于走到秦苒面前，攥住了她的右手，摸着她的脉搏。

“我怎么会把你交给徐家的，交给徐世影的……”程隽脑子里回想了一遍顾西迟那里存在的病毒，只觉得心口涌起一股血气，“苒苒，我、我们先回去，先回去找顾西迟！”

明海眼见事情不在自己控制之内，惊骇地开口：“程隽，你！”

程隽猛然抬头，他深吸一口气，掩下内心的暴戾，按下耳边的耳麦，冷漠地吩咐：“这边封锁，徐二叔留着，其他人……该处理的全都处理掉。”

杨老先生从震惊中回过神来，抿唇道：“我承认我小看了你们，但我儿就在路……”

“地下联盟的杨殊晏对吧？”巨鳄跟程土从身后走来，程土朝程隽拱了拱手，“他的人被我们拦截在境外了，至于你留在城郊的二十七地下联盟余人，我们已经成功抓捕并联系郝队长交给了边境国际监狱。”

“巨鳄先生，你怎么跟他们一起……”明海内心还是有些期许的，他看向巨鳄。

然而巨鳄此时却没心情理会他。

身边，听着明海的话，杨老先生彻底崩了。他忍不住往后倒退，几欲坐到地上。

然而程隽却没看他。

什么徐家，什么地下联盟……程隽现在都不想管！他只是心慌意乱地看着秦苒，手捧着她的脸：“我们先去我师弟那里好不好？”

秦苒还想把徐家的事情解决完，只是看着程隽的样子，他向来矜贵自持，无论遇到什么情形，都不损他那副不食人间烟火的样儿。此时他却紧张、无措毕现。

秦苒看着他，好半晌，无奈地开口：“好，我跟你去，别担心。”

程隽手有些不稳地把秦苒大衣上面的两粒扣子扣好。

他匆忙带着秦苒离开。

明海跟杨老先生都被人带下去，杨老先生在生意场上，一直以笑面虎著称，此时却笑不出来，只看向抓着他的程火，十分不甘。

“你们是怎么说服巨鳄的？”不甘，都不甘，明海也不甘，他死也想象不出来巨鳄这个点，明明他通过巨鳄跟欧阳薇都联系上了。

程火目光复杂地看着明海，又带着点轻微的同情：“你知道巨鳄他兄弟孤狼是谁吗？”

孤狼？明海抬头，嘴角动了动：“谁？”

“秦苒。”程火淡淡开口。

“砰——”明海双眸彻底无神，忘了思考。

谁都不知道，这一夜看似平静，A 城却塌了半边天。

# 第十章 步步为营

郝队跟程金在处理剩下的事。

程土看着秦苒和程隽离开的背影，好半晌，才吐出一口浊气："难怪我一直觉得秦小姐很奇怪，原来地下联盟的第三大掌权人是她……"

巨鳄跟程土一向敌对，现在也没时间管他，只用不太标准的普通话询问程水："他们刚刚说我兄弟体内有病毒？"

程水面色也不太好，摇头道："我也不知道情况，老大他们现在应该在医学研究院。"

顾西迟就在医学研究院。

"谢谢。"巨鳄没多话，得到答案，直接转身离开，去医学研究院。

程水停在原地，他也想去看看秦苒的情况，但这边他们必须得撑住。

脑子里思绪不断闪过，好半晌，他猛然抬头："不对！"

"什么不对？"郝队把人全都抓起来了，听到程水的声音，不由得走过来，"我们今天大获全胜，比我想象中要简单得多。"

"简单？"听郝队这么说，程金也觉得不对。

五行中，程水跟程金都是程隽的军师，无论是谋略还是其他方面，都直逼程隽。

"你们不要忘了，地下联盟为什么沉寂了两年，最近才复出。"程水看向身边几人，沉声开口，他一直混迹M洲，对M洲情况十分了解，“当时M洲有内情传出，地下联盟内乱，然后传出稳坐第三把交椅的副盟主死亡的消息……”

秦苒没死，说明当初她是诈死。依照程水对秦苒的了解，当时地下联盟内部肯定发生了一些事，很可能是叛乱或者其他……不然地下联盟不会分裂。

以秦苒的手段，想要隐藏下去，不可能会被人找到。现在她站出来，完全是因为徐家，还有A城的内乱……

程水跟程金相互看了一眼，都想到一种可能：“有人设局逼秦小姐出面！”

程金捏紧了拳头：“我们可以往好的方面想，设计秦小姐可以理解，但没必要为此花费力气去设计徐家……”

程水摇头，侧身看向程土：“程土，你怎么拦住杨殊晏的？”

“巨鳄那边在边境机场拦住了人，没费多大力气……”程土虽是个莽夫，但也有些脑子，听到程水这么说，也发现不对。

杨殊晏是程隽都忌惮的人，哪能这么轻易就被巨鳄拦住？就算有谢九帮忙也不可能。

“程金，我们必须做最坏的打算，我怕这件事背后……有更大的阴谋。”听程土这么说，程水扶正眼镜，想了想之前程隽的吩咐，眼眸眯起，“就算有巨鳄他们也不能掉以轻心。”

他低声同程土说了几句。程土听完，惊讶地看了眼程水。

医学研究院。

“抱歉，先生……”几个门卫拦住了陌生人巨鳄。

巨鳄没有看他，脚步也没有停下。他身侧的手下笑眯眯地擒住门卫，并按了大门开关，在电脑上随手按了几串代码，就查到顾西迟的实验室，才抬头扔给巨鳄一张磁卡，并道：“老大，西楼B502。”

巨鳄抬脚进去，门卫们惊恐地瞪大眼睛。

“这位兄弟，别担心，我们老大只是去找顾西迟医生。”巨鳄的手下等看不到巨鳄的身影了，才松开手中的门卫，拍拍他的衣袖，笑着安抚了一句，才带着人进去。

等巨鳄一行人走后，几个门卫面面相觑：“老三，我要不要报警？这几个人看着就不简单，程少刚刚才去找了顾先生……”

“不用。”老三看着远去的那一行人，目光带着忌惮，“今天就当没看到这件事，A城恐怕真的不太平了……”

其中一个门卫也点头：“神仙打架，我们凡人还是不要管了，当作没看到就好。”

几个人默契地当这件事没发生。

顾西迟实验室，秦苒倚着实验仪器，手上夹着电子测试仪。

“这什么破机器！”顾西迟暴躁地踹了机器一脚。

前天，程隽就跟他说了秦苒的事。

秦苒的血液数据确实有异常。

“你给的小苒儿的数据我昨天就在分析，在一院的大数据库里搜寻到了十项案例，其他医院的资料我们还在收集，很像程老爷子当初体内病毒的升级版。”

顾西迟在实验室不眠不休地研究了两天，核酸分子解算出来了，但蛋白质结构顾西迟还没有丝毫头绪，暂时命名 Y3 病毒。

数据库太庞大，当初陈淑兰那边顾西迟一个人研究了好长一段时间，加上程隽才成功研究出来，眼下只有两天，顾西迟连个实验白鼠都没来得及观察。

医学上的病毒基本上只能抑制，不能彻底销毁。

“好。”程隽看了眼相隔一块玻璃的秦苒方向，淡淡开口，“我让人去办。”

顾西迟拧眉：“这到底是怎么输入的？”

他抿唇，也看向秦苒，对方一手夹着仪器，一手把玩着手机，似乎挺不在意的：“她……知道吗？”

“知道。”程隽没抬头，声音一如既往的平静，“把徐老的死亡鉴定给我。”

他收回目光，拿着试管，镇定自若地看电脑上显示的数据，边上还放着一本厚厚的《病毒学宝典》。

“情况复杂？”巨鳄悄无声息地出现在两人身后，“需要我们帮忙吗？”

“你是……”顾西迟被突然出现的巨鳄吓了一跳。

B502 有秦苒设计的各种红外线以及机关，一般人进来都要经过顾西迟的同意，这人怎么不动声色地就进来了？

“楼月，”巨鳄看了顾西迟一眼，然后朝秦苒指了指，“那是我兄弟。”

那就是秦苒的朋友。

秦苒古怪的朋友多了去，顾西迟略微收起了疑虑，这机关本来就是秦苒提供的。

见程隽对这突然出现的人也没敌意，顾西迟就不跟巨鳄客气了：“你手里有人吗？”

巨鳄点头。

“行，帮我稳住研究院。”顾西迟拿了一份报告，一边走一边看向巨鳄，“给我两个人，我要召开紧急会议。”

“青林，跟着他。”巨鳄偏头吩咐青林。

青林朝顾西迟拱手：“顾先生，我是青林，有事尽管吩咐！”

顾西迟挑眉，一看青林身上的气势，就知道他不是什么简单人物。不过眼下病毒的事情比较重要，顾西迟没再管这些人。

医学研究院召开紧急会议。

顾西迟名声远传国际，又有程家在背后支持，他在医学研究院地位很高，但大部分人都只闻其名不见其人。他召开的会议，医学研究院几乎每个研究员跟负责人都来了。

A 城最近不太平，医学研究院跟程家都不太好过，但比徐家好太多。

像程家这种大家族，多少都是有些底蕴的，徐家之前因为在 M 洲投入过多，几乎是孤注一掷，根基被动摇，也因为如此程家没有徐家晃动得厉害，顶多就是程温如跟程饶瀚的内斗，外加一个聂家虎视眈眈。

比起摇摇欲坠的欧阳家跟群龙无首的徐家，程家跟秦家都算比较平静的。

医学研究院的负责人，一大部分都是程家支系的人。此时顾西迟召开紧急会议，人几乎都来齐了。

顾西迟站在最前方，他两只手撑着桌子：“成立两个小组。”

一院院长程卫平拿着发下来的一份报告，全都看完之后，心里也开始恐慌，意识到这件事的重要性：“顾先生，我这就通知各大医院！”

向来全世界的人都谈未知病毒色变。很早之前就有专家说过，某些实验室的病毒如果拿出来，够灭绝人类好几次。比起这未知的病毒，四大家族的斗争真的不算什么了。

“Y3 病毒的事情，不要传出去。”这种时候就怕人心乱了，那样情况更加不可控。

“我们知道，”程卫平郑重地看向顾西迟，“但病毒的蛋白分子我们还没能力解算出来……”

“这件事我已经联系国际医学组织了，”顾西迟看向办公室的人，想了想，开口，“现在整个医学组织的实验室都在研究 Y3 病毒，我们需要提供病毒样本跟资料。程院长，这件事你带一组人去交接。”

国际医学组织是医学界最权威的殿堂。不管什么事，只要扯上“医学组织”，所有人的心都会放下一半。办公室的人心情如同坐过山车，听闻 Y3 病毒的时候，心都在谷底，眼下听闻医学组织都出手了，气氛又高昂起来。

“竟然有医学组织的人帮忙，”会议室里的人都拿着资料，“这件事不管怎么说，对研究院对程家都是好事，去通报大少爷跟大小姐！”

医学研究院归属程家，这种大事肯定要同程温如他们商量，并控制住消息不外流。

医学实验室的灯一夜未熄。

顾西迟同国际医学组织那边联系，程隽也在观察大数据，进行各项研究。

秦苒与程隽仅一块玻璃之隔，此时她正在同秦修尘打电话：“你安排人尽快接小陵回来。”

“小陵？”秦陵还在国外跟着唐均学习，但秦苒这么说肯定有她的想法，她不说，秦修尘也不多问，“好，我这就去准备。”

挂断电话，秦苒才舒出一口气，往后面靠了靠。

她伸手捏了捏喉咙。

“还不睡。”程隽从里面出来，手上拿了张毛毯，看到秦苒，薄凉的眉眼温和很多。

“睡不着。”秦苒不太在意地开口。

她睡眠一直不好，程隽是知道的。他看了眼她脖颈上挂着的忘忧草，不由得顿了顿，长长的睫毛垂下，伸手想要碰碰她的脸，被秦苒避开。

“我都听到了，”秦苒叹了口气，自行抽走程隽手里的毛毯，给自己裹上，“Y3 病毒。”

说到这里，秦苒抬头，朝程隽笑了笑：“你不怕死啊？”

以前不知道，秦苒肆无忌惮，但现在秦苒怕了。

她虽然不学医，但她生物不差，她知道这种病毒的威胁性。

顾西迟还没研究出来这种病毒的输入途径。

向来天不怕地不怕的苒姐，这会儿却怕程隽也出事。

闻言，程隽一双平静的眸子渐渐暗沉，低垂的睫毛颤了颤，伸手抓住秦苒的衣领，什么也没说，狠狠地低下头，掌心慢慢滑下，紧紧地扣住秦苒的手。

秦苒还没反应过来，只感觉身侧空气稀薄又炙热，能清晰地感觉到脸边滚烫的气息。

程隽向来温雅，此时的动作却带了些肆意的强硬。

“乖乖地待在这里，其他交给我。”

程隽起身，随手解开最上面的一粒扣子，两边的袖子也被卷起，露出清瘦的一段手腕。

“把当初我爸的资料给我。”他开口。

专心研究病毒的顾西迟完全没有意识到玻璃外发生的事，听到声音，他只偏头：“程老爷子的资料？行。”

顾西迟在这里待了一年多，都是研究程老爷子身上的病毒。

他转身，从开着的电脑上找出一份程老的文档，直接打印出来：“你怎么会想起老爷子？”

顾西迟研究了一年，资料很多，足足有五十张。

两人就等着打印机慢慢打印。

程隽拿着打印出来的资料，一张张翻看。

顾西迟一看程隽这样子，就知道他在想什么：“你不会怀疑……”

程隽没再说话，专心看程老爷子的病情。

与此同时，顾西迟也在看两人的病情……

“苒苒也有失眠症，”看完之后，顾西迟才发现惊天事实，“她……她还有轻微的狂躁症，情绪不稳，我一直觉得她睡眠不好是家族遗传病……”

对比秦苒跟程老爷子的病情，有好几项重合。最主要的一项，都是需要忘忧草压制。

顾西迟看完，骨头都在发冷：“师兄，你怎么想到你爸跟她的……”

“他们俩都用忘忧草来抑制。”程隽手中的纸张被捏得渐渐变形。

但还是不对，秦苒跟程老、徐老表现不同，不然程隽不会这么久才观察出来。

似乎是察觉到顾西迟在想什么，程隽抬头，冷静地开口：“之前她体内的病毒没有完全被激发，潜伏在她体内亿万细胞中，只影响她的睡眠，只最近才被徐家人激发。”

这样一来，就完全说得通了。

顾西迟猛然低头，想起之前程隽找他要徐老的死亡鉴定，他慌忙从一堆资料中翻出徐老的死亡鉴定，上上下下看了一遍。

他一直没怀疑过徐老的死亡问题。当初徐老死的时候顾西迟也在场，见证了秦苒的自责与痛苦。没有人比顾西迟更清楚，秦苒这个人极其重情重义。

可现在……

程隽冷笑：“徐世影知道自己身上有病毒，他这么着急扩张到M洲，是为了子孙脱离被人掌控的命运。”

可他最不该的是，他孑然一身死了，死前却还摆了秦苒一道。

徐世影或许是看重了秦苒的潜力，想让秦苒对他报以愧疚，让秦苒在将来的乱流中保住徐家！

也或许是真正为了秦苒着想，想以自己的死激励秦苒！

程隽喉间哽咽，眸光深寒。

他一直以为，至少秦苒十六岁之前的生活有潘明月、魏子杭、宋律庭，有他从未见过的潘明宣……必然是潇洒自在。

程隽闭了闭眼。

他从小就活在所有人的算计中，早就习惯了，也不在意。

可现在换成秦苒……

“我记得秦苒是从记事开始就与其他人不同……”顾西迟喃喃开口，他不由得看向外面秦苒的背影，内心一片刺骨寒意，早在云城的时候，他就一直非常担心秦苒的状态，“有谁从她一出生就开始算计她……”

“忘忧草……”顾西迟深吸一口气，眼下不是查这些的时候，他抬头看向程隽，“眼下最重要的是找到种植忘忧草的人，忘忧草既然能缓解程老爷子跟小苒儿的病情，我们肯定能从其中找到想要的东西。师兄，这可能是唯一的突破口了！你能找到人吗？”

“这件事不要告诉秦苒，其他的交给我。”程隽拿着手机，联系程木。

因为秦苒的关系，忘忧草一直由程木跟林爸爸负责，两人还研究出了一片园圃。

交代完程木之后，他又拨了一个电话给程水，漠然地吩咐了几句。

此时的程木茫然地跟着哥哥们。看到几个哥哥有条不紊地安排事情的时候，程木心里不是没有失落感的。

他隐藏了内心的失落，跟在程金身后，安排人封锁A城各大小出入口，兜里的手机忽然响了一声。

正是程隽。

电话那头的程隽只说了几句话，程木忽然间精神抖擞，他转身看向程金：“哥，我不能帮你了。”

程金拿着手机正在与人通话，听到程木这一句，不由得看他一眼道：“你干吗去？”

“我要去医学研究院，帮隽爷。”程木挺了挺胸膛，拿着手机去联系林爸爸。

背后，程火咬着一根烟：“他还能去研究院帮老大？”

这开玩笑呢？

深夜三点，A城黑街，扛着摄影机的女人身手矫健，她脚踩着看不清人脸的大汉的后背，笑得懒散，按下耳边的耳麦：“常宁老大，人给你抓到了，找几个人来二街把他给带回去。”

“马上。”那边的常宁也没睡，他整理好衣着，迅速出来。

何晨把摄影机搁在大汉背上，这才抬头看对面的几个黑衣人。

她抬起右手，几颗子弹随意散落在地上，发出几道响声。她单手插兜：“几位兄弟，想跟我抢人？这是我看中了一年多的人，想抢，没那么容易。”

对面为首的男人如同冰山，一身血气，如同罗刹。他拧眉，看了何晨耳边的通信器一眼，然后抬手，制止了手下：“‘129侦探所’的人？”

何晨笑得毫无攻击力：“差不多。”

“走。”男人冷漠无情地看她一眼，目光停在她的耳边半晌，蓦然转身，直接消失在夜色中。

不远处，何晨踩着大汉的脚稍微用力，眯眼看着男人消失的背影，略显疑惑，资料库中并没有关于男人的任何资料。

不多时，常宁赶过来，他看向何晨脚边散落的子弹，拧眉：“出事了？”

“几个奇怪的人，”何晨抬起脚，让人把大汉抬走，并伸手钩起身边的摄影机，“毒龙我给你抓到手了。”

“好。”常宁看了看被何晨打成猪头的毒龙，沉默了一下，才开口，“孤狼那边出了问题。”

“什么？”正整理摄影机的何晨不由得抬头，“有程隽跟地下联盟在，她那边还有问题？”

“病毒，”常宁跟何晨解释了几句，才正色道，“现在全城戒严。”

“她警惕性这么差？”何晨拧眉。

常宁略微思索了一下，才摇头：“怕是……她体内很早之前就潜伏了病毒。”只有这样才能解释。

“有顾西迟他们在，应该没事吧？”这些事不在何晨的认知范围之内。

“看情况。”常宁收回目光。

何晨点点头，把摄影机重新扛在肩上：“这毒龙十分会伪装，之前是马修手里排名第三的通缉犯，他身边还有其他势力的人监视，我花费了一年时间潜伏才将人引到A城成功抓捕，还有个莫名其妙的罗刹要跟我抢他，你好好审。”

“行。”常宁看了何晨一眼，让人把毒龙带回去。

何晨朝背后挥了挥手：“我去看看我们家小孤狼。”

常宁同手下一起回去，把毒龙关押起来。

抓到毒龙，他本该联系秦苒，可现在……常宁想了想，还是把电话打到了程隽那里。

“啧，这么难搞的人物，老大，你抓他干吗？”渣龙打着哈欠往常宁的办公室走，“何晨她把人抓来这里，让通缉了毒龙好几年的马修情何以堪？”

不过能抓到全世界到处流窜的毒龙，也只有千面间谍出手。

其他人，都不行。

“他是灵海镇‘712’事件的主犯。”常宁瞥渣龙一眼。

“咳咳——”渣龙震惊地抬头，“那里有什么人物能惊动毒龙？莫非是大佬？但也不对，那时候她的身份连我们都不知道。”

“孤狼的外婆。”常宁淡淡开口。

渣龙不是常宁跟何晨，对秦苒的家庭状况不了解，听到秦苒的外婆，不由得睁大眼睛：“大佬的外婆是什么人？”

闻言，常宁没理会渣龙，只是走到电脑前，一边调资料，一边等程隽过来。

程隽到的时候，已经接近深夜四点，他带着一身风寒而来。

“常所长……”程隽对常宁这几个人都非常有礼貌。

“叫我常哥就行，”常宁随意地挥手，并拿了份资料给他，“一家人，不必拘束。”

程隽接过资料，看了眼，眸光一顿：“这是……”

“去年我查的秦苒外婆的资料，当初她外婆病危，你应该也知道，是因为A城药物全都被调离。”常宁看向程隽。

“我知道。”程隽点头，只是那时他没有想太多。

“是两个势力，”常宁伸手指着资料，“很复杂，中间转了无数人，最近渣龙跟何晨回来后，地下联盟的人出现，我们才查清楚，但还有些地方很模糊。”

连“129侦探所”都用了一年多才查清楚，程隽低头看着资料上的一个人，内心思绪万千：“J大医学实验室的安教授？”

这位安教授他知道，J大医学系十分有名的一个老教授。他没教过程隽，但因为这位安教授一直致力于做慈善，程隽听过他的名字。

“我们只能调查到这里，其他的都要交给你了。还有个人，我刚刚审了一遍，我觉得只有你能问出些什么。”常宁看向程隽。

程隽是什么人，他自然也知道。

程隽收起资料：“谁？”

“毒龙。”常宁缓缓开口。

程隽猛然抬头。

早上六点，程隽才从“129侦探所”出来。

接近四月，早上的温度不是很高，空气中还夹杂着丝丝寒意。

程隽嘴里咬着烟提神。他没有回医学研究院，只是拿起手机，给陆照影打了个电话。

陆照影现在全部心思都在陆家这里，并不知道秦苒这边的事。

“隽爷？”接到程隽的电话，陆照影有些疑惑。

程隽停在路口，身影修长挺拔，他吐出一道烟圈，轻声询问：“你有魏子杭的电话吗？”

半个小时后，A 大附近的咖啡厅。

魏子杭拿着书，匆匆赶过来。他坐到程隽对面，风神清绝："程少，苒姐那边出问题了？"

程隽把一杯奶茶推到魏子杭那边，淡淡摇头："不是，我问你几件事。"

"您问。"对程隽，魏子杭一直十分敬畏。即便 A 城对程隽的传言已经满天飞了。

"关于你苒姐的事情，"程隽拿着勺子搅着咖啡，似乎不经意地开口，"小时候到现在的事情，你知道多少？"

"苒姐？"魏子杭看了程隽一眼，提到秦苒，他沉默了一下。

程隽就安静地等着。

魏子杭从兜里摸出一根烟，缓缓点上。过了好半晌，他看了程隽一眼："关于什么类型的？"

"有些奇怪的，你随便说。"程隽往后面靠了靠，另一只手扯了扯衣领，声音略显寡淡，看起来有些像秦苒平时那不着调的样子。

"她小时候经常无缘无故地离开，她自己说是逃学……不过，我知道她应该是去 J 大医学院找什么人。"对于程隽，魏子杭这些人也基本认可了他，问起秦苒的事情，魏子杭没多隐瞒，提到了他百思不得其解的一件事，"还有一次，她半夜回来，满身是血……"

魏子杭说得很细。

听到他说秦苒满身是血的时候，程隽拿着小勺子的手背青筋毕现。

"她义父呢？你知道她义父的事情吗？"程隽再度询问。

"你说云光财团那位？"魏子杭提起云光财团，不由得拧眉，最近云光财团的事情A城传遍了，他对杨老爷子也是不喜的，"不知道，她跟陈奶奶都没说过。"

程隽点点头。陈淑兰那样的人物认识杨老爷子不意外，但若是秦苒认了干爹，周边所有人都瞒住，程隽才觉得是意外。

他伸手拿起了咖啡杯，喝了一口，才看向魏子杭，眉眼间的情绪全都敛下："谢谢。"

同魏子杭分别，程隽没去医学研究院，先回亭澜洗了个澡，换了身衣服，身上的烟味跟眉宇间的倦色全都不见，他才开车去了医学研究院。

秦苒这个时候还在顾西迟实验室这边的休息室，她现在是顾西迟的重点看护对象。

程隽站在门口，调整了一下自己的神色跟状态，才朝秦苒这边走过来。他身形修长，骨相好看，走进来的时候映着灯光，眉眼俊秀，苍冷的实验室都添了几分色彩。

“我先去跑个新闻，待会儿再来看你。”坐在秦苒对面的何晨看到程隽，就收起了自己的东西离开。

程隽同何晨打了个招呼，才坐到秦苒对面，他眉眼间添了几分烟火气，把早餐摆在她面前：“家里厨师做的早餐，非让我带过来。”

他把早餐跟碗筷一一摆好，同以往没什么两样，语气不急不缓：“吃吧。”

“哦。”秦苒跷着二郎腿，扫了眼桌子上的食物，有些多。

她还没说什么，里面的程木、林爸爸跟顾西迟出来：“谢谢隽爷！”

程木看了眼程隽，就坐到秦苒对面，拿起筷子，夹了个包子。林爸爸一边吃，一边跟程木讨论“活性”的问题。

吃完，秦苒看着这些人，一点不把自己当“隔离人”看待，她头疼地按了下太阳穴，并抬腿，踢了踢程隽的脚：“隽爷，你就不能……”约束他们一下？

程隽在跟顾西迟讨论研究课题的问题，闻言，他侧了侧头，从兜里摸出一根棒棒糖，剥开塞到秦苒嘴里，气定神闲地道：“乖一点。”

秦苒看着他这么淡定的样子，不由得摸摸鼻尖，咬着棒棒糖，没再开口。

“电脑给你带来了。”程隽继续开口。

行吧。

秦苒看着桌子上的电脑，思忖半晌，她这样就不能继续祸害人了，只能远程帮南慧瑶跟叶师兄他们把控数据。她想了想，还是打开宋律庭的微信，给宋律庭发了一句——“宋大哥，最近研究院跟廖院士那边，你帮我看好。”

宋律庭感觉敏锐，秦苒一开始不同意他参与，眼下秦苒又这番说辞。他想都没想，就给秦苒打了个电话，被秦苒含糊其词过去了：“你知道最近程家跟云光财团都出了问题，我要处理这边。”

宋律庭聪明，知道有什么不对的地方，但也知道问秦苒问不出来：“最近传言有个病毒，你注意一点，你也喜欢戴口罩，没事多戴口罩。”

他对潘明月、魏子杭、秦苒、沐楠，全都叮嘱了一遍。

秦苒坐在桌边，晃着一双大长腿，目光落在程隽那个方向，轻声笑道：“好，宋大哥，你们也要小心一点。”

她挂断电话，又看向程隽那边，微微皱眉：“病毒的事情已经被宣扬出去了，刚刚宋大哥跟我说了。”

“这件事涉及的人多，控制不住，”程隽不太在意，随口道，“我们只能加快研究病毒的速度，控制不了所有消息。”

世界上没有不漏风的墙。消息透漏出去，早晚的事儿。

电话另一边，宋律庭掐断通话，眉眼垂着，又一个电话打到了魏子杭那儿。

医学研究院有了医学组织跟林家人的加入，开始了新的研究方向。这个课题，几乎将全世界顶尖的人才全都聚集在一起了。其中还包括林家诡异的“忘忧”系列植物。

目前已经明确了一款疫苗。

程家经过前段时间的波折，也是元气大伤，在恢复阶段，突然间有了医学组织跟神秘植物系列，这个消息公开出去，股票跟融资疯涨。

程家研究院的管理阶层全都坐在会议桌上，开着大会。程饶瀚更是满面红光，斗志昂扬：“这次我们程家算是成功出线了，A城病毒好好控制，有M洲医学组织跟‘忘忧’背后的人在，我们研究院这次要享誉世界！走上M洲也指日可待。”

“大少爷管理有方，”医学研究院的负责人恭维地开口，“毕竟有您在，才吸引了这么多人。”

程饶瀚当初跟欧阳薇交好，调查过“忘忧”背后的事情，他大张旗鼓的，所有人都知道。

反而程温如向来不宣扬这些事儿，也因此，大部分人都在恭维程饶瀚。

“大少爷，最近云光财团跟明海那边都没有动静，更有传言他们被抓起来了。我们何不趁此机会大干一场，让那聂家好好看看……”有人开口。

有抱负的，没有哪个不想干一件大事，尤其程饶瀚最近春风得意，他听着身边人的话，略微思索了一下，才点头：“好！”

程饶瀚这边的情况程隽不知道，也不在意。程隽同顾西迟、林爸爸还有医学组织的人已经研究出了一些头绪。

医学实验室，程隽拿着试管，看了眼秦苒正在外面跷着腿玩游戏，他才低头重新整理手上的实验。

兜里的手机响了一声，他低头一看，是程水。

“安教授我找到了，”程水正在机场，最近机场限流，只能进不能出，他走到一处安静的地方，“他已经回J大医学实验室了。”

“好。”程隽伸手，不紧不慢地脱下身上的白大褂，才往外面走。

在玩游戏的秦苒动作顿了顿。

秦苒在玩《九洲游》，登的是程隽的账号，开着外音，还能听到林思然的声音：“苒苒，扛，给我扛伤害，我要亲自杀了他！”

“别急！”秦苒咬着棒棒糖，她从来A城后就一直在忙，很久没这么闲了，她不紧不慢地操控着游戏人物，悠闲道，“爹正扛着呢。”

“林思然你不是人，你竟然让苒姐一个输出给你扛伤害！”一道男声响起。

程隽抬了抬头，记起来这道男声是属于秦苒那高中同学何文。

他本来想跟秦苒说一声再出去，看秦苒玩得这么开心，也没打扰她。

他轻手轻脚地出去。

这里距离J大不远，程隽开车出去，没多长时间就到了J大。

如今A城各大医院跟医学界的人都知道了病毒的消息，人心惶惶，J大医学实验室也成立了医学小组，正研究这些。

程隽早先在J大医学系也是不亚于秦苒的厉害人物，以至于他的阴影一直笼罩在医学系的人头上，认识他的人不少。

“程学长？您怎么来这里了，您找谁？”程隽将车停在实验室大门口，就有人认出了他，万分激动地开口。

程隽将车门关上，朝说话的人看过去：“我找安教授，你知道他在哪儿吗？”

医学系的教授就那么几个，叫安教授的更是不多。尤其是安教授这种一直做慈善，帮助孤儿的老教授，在医学院更是名声赫赫。

男生连忙开口：“我知道安教授，他在医学系帮人代课，我带你去找他！”

“谢谢。”程隽礼貌地开口。

医学系教学楼距离这里并不远，男生很快带着程隽找到了教室。

安教授还在上课，程隽也没突兀地叫人，只是从阶梯教室后面进去，坐在最后一排。

他的气质太特殊，一进来就吸引了所有人的注意，很快就有人认出了他。

安教授是个头发花白的老人，他慢吞吞地讲课，看到班里一大半人都在看程隽那边，他不由得笑了一下，医学界对程隽这从无失败率的外科医生如雷贯耳。

“大家既然都无心听讲，我们让你们程学长上一课可好？”

程隽被迫上了半节课。

下课后，安教授才推了下眼镜，朝程隽看过去：“你找我是为了宁老的孙女吧？来我办公室说。”

程隽跟秦苒的事情，在A城这个圈子里，已经不是什么秘密了。

“坐。”安教授给程隽倒了杯茶，并看向他，“想要问什么？”

“我想知道所有，包括秦苒跟她外婆。”程隽拿着茶杯，神情沉稳，不急不躁。

他跟常宁都查了安教授的背景。

“很厉害，我都能被你找到。”安教授推了下老花镜，他捧着一杯热茶，打太极。

“知道A城的Y3病毒吗？”程隽淡淡开口。

安教授不太在意：“有所耳闻。”

“秦苒身上有。”程隽面无表情地看着安教授。

“啪——”安教授手里的茶杯掉在大理石地上，他眸光呆滞地看着程隽，嘴角颤抖。

程隽安静地看着安教授的反应。

好半晌，安教授才站起来，他走到柜子边，拿出一串钥匙，开了锁，从里面拿出一个白色的瓶子，上面字迹潦草地写了个“Q”。

程隽的目光盯着白色药瓶。

“这是秦苒的东西。”安教授把瓶子放在程隽面前，顿了顿，才开口，“你既然能查到我，也该知道地下联盟吧？”

程隽点头，目光不离白色药瓶。

“秦苒一直在跟地下联盟做交易，拿这些给她外婆续命。她外婆本来在她外公死后就会死的，硬生生被她多拖了好几年。”安教授眸光有些涣散，不知道该用什么语气，“地下联盟那种组织你应该也知道，一命换一命的任务，她一直瞒着她的外婆，她十四岁……”

程隽搭在膝盖上的手，一点一点地握紧。

他已经把剩下的空白全都补齐。

陈淑兰身体本来就不好，秦苒视她如命，一直在同地下联盟做交易。他不知道她是怎么做那些任务的，但她想必就是靠着那些任务拿到功勋，坐到副盟的位子，也成了很多人的眼中钉。

当初贫民窟，就算没有他……就算秦苒没有经历“712”事件，她也难逃地下联盟的设计……

难怪……

难怪她当初只打电话给顾西迟，难怪诈死。

想必她自己也意识到了。

好在她从头到尾都没有暴露出自己的身份，不然，依照地下联盟的手段，她身边不会留下一个活口。

杨、殊、晏。

程隽无声地念着这三个字。

他大概明白，秦苒的身份，可能不久前就被杨殊晏察觉了，才有了徐家这场大戏。

“当初发现陨石坑的核心人物，有宁迩跟他夫人，秦老爷子秦夫人，还有你爸、徐老，他们全都死了，我当初试图阻止他们动手。不过你也知道，我现在只是一个教授，做的都是无用功。”安教授的声音苍老无力，“杨老先生，他想要谁死，谁也逃不过的，我以为他会放过苒苒，没想到……”

杨老先生已经被程隽抓住了，这件事他没有同安教授说，他只站起来，朝安教授深深鞠了一躬：“谢谢。”

不是谢安教授告诉他这一切，是谢安教授曾经对秦苒的关照。

程隽转身，离开。他背后，安教授看着窗外。

“不用，我跟她也是有交易的，”好半晌，办公室没人了，安教授才拿出一张金卡，他低头，喃喃开口，“她做任务获得的，除了药物，其他的钱全都转给我了……”

程隽出了教学楼，头顶阳光明媚，他却感觉不到任何暖意。

程隽拿了车钥匙，刚走到车边，就看到靠在车门旁的修长身影，是宋律庭。他还穿着白色大褂，五官不如程隽的精致，带着少年人罕见的自律稳重：“程先生，关于苒苒的事情，我们需要聊聊。”

程隽是知道宋律庭的。他停下，看着宋律庭好半晌，才开口说了几句话。

宋律庭安静地听着，眉眼始终都没有变化，好半晌，他才轻声开口：“可以带我去看苒苒吗？”

程隽知道，秦苒是不想她那些朋友知道她的事情，但宋律庭太敏锐了，瞒不过，程隽也不遮掩，颔首道：“上车。”

“谢谢。”宋律庭开口。

他坐到后座，两人一路上都没什么话。

不多时，车子到达医学研究院，两人却发现研究院门口围了一堆记者，吵吵嚷嚷，声音尖锐。

“请问一下，Y3 病毒是什么？”

“请问研究院有相应的疫苗了吗？”

“这个病毒到底怎么出现的？”

“……”

程隽不由得皱眉，掉转方向，车子从地下车库入口进去，他按了手机，打给程水：“医学院门口怎么回事？”

“老大，我正好要打给你。半个小时前，有关 Y3 病毒的事情，已经传遍了。”程水的声音严肃，“秦小姐的事情也不知道被谁传了出来，现在医学院一团糟！”

程隽眉眼未动：“我知道了。”

他将车停下，直接走到地下车库电梯，往 B5 楼去。

程水的声音宋律庭也听见了，他心下着急，眉眼也难得多了焦躁，没看到秦苒现在的情况，他是怎么也静不下来。

B502，程隽一来，就看到站在门口的程温如。她此时没了女强人的气势，只压抑着怒气看向程隽：“这么大的事为什么不告诉我？！”

“没必要。”程隽声音平静无波，神色一如既往，像是不知道秦苒的事情一般。

程温如还想说什么，程隽却停了脚步，他看向程温如跟宋律庭，笑了笑，声音很淡："别带着情绪进去见她。"

听完，程温如愣愣地看着程隽，眼睛红了红。

秦苒平日里就算咳一声，他都会拧半天眉，这种情况下，没人会比程隽更难受了。

宋律庭站在门口，调整了半晌，才进去。

门内，程隽看了眼秦苒，她依旧在跟林思然打游戏，精神状态与以往没什么两样。他看了看周围，不由得拧眉："顾西迟呢？"

"隽爷，"程木看了眼秦苒的方向，才压低声音，"大少爷知道了秦小姐的事情，要把秦小姐送走。"

程隽点头，伸手扯了扯雪白的衣领："哪个会议室？"

程木说了个地址。

"好。"程隽笑了笑，微微颔首，直接去会议室的方向。

会议室，程饶瀚以及研究院大部分负责人都在。

"不行，顾医生，秦苒这种携带病毒的危险人物，一定要送走。"程饶瀚开口，"现在媒体都被惊动了，网上都在讨论这件事，A 城人人自危，不能留秦苒在这里了。"

"是啊，顾医生。"有人附和。

这种事，顾西迟自然不答应，他看向程饶瀚，还未开口，就听到门外淡淡的声音："师弟，不用说了，我们离开。"

门外，程隽穿着雪色衬衫、黑色长裤，冷静地开口。

会议室内，医学研究院的负责人都认识程隽，也知道程隽帮了程家不少。可尽管知道有顾西迟跟程隽在，秦苒不会影响到研究院的人，他们还是害怕。

眼下程家正跟医学组织联合着，富贵就在前方，他们不想有半点差错。因此，大部分人都不敢正视程隽，没说什么。

程饶瀚张了张嘴，看着程隽，道："你也知道，舆论相迫，刚刚还有好几个家族的人给我打电话，我也没有办法……"

A 城家族这么多，权势之间原本就错综复杂。

程隽没有说话，只看了程饶瀚一眼，转身离开。

顾西迟看向程隽，好半晌，他皱眉："行吧。"

看到程隽的瞬间，程饶瀚下意识地缩着肩膀，他现在也有些怕程隽。

但程隽什么也没说，直接要带秦苒离开，程饶瀚松了一口气。

如今医学研究院跟医学组织还有神秘"忘忧"有了两个小组的研究队，以后好日子还在后头，程隽也走了，对他来说，是件绝顶的好事。

程饶瀚不由得笑了一声，正好看到门口的程温如。程温如只看了他一眼："你别后悔就行。"

程隽一边回实验室，一边拿起手机翻着微博。

这件事是一个知名博主公布出来的，底下评论一边倒——

"虽然我是秦苒的粉丝，但我不得不说一句，这件事不是开玩笑的吧？"

"她竟然还待在医学研究院，眼下面对 Y3 病毒人人自危，研究院多少专家在研究，她得对大家负责吧。"

"……"

偶尔也有两句评论说，这病毒不具备传染性，只对感染者本身有影响。

但都被人忽视了。

虽然 Y3 病毒可怕，可有医学组织跟林家，还有快要研发出来的新型疫苗，知道这个病毒并不具备传染性的 A 城贵族并不忧心，心里清楚这个病毒不会对他们造成什么影响，反而说着风凉话。

程隽冷笑着看完，他拿了根烟，咬在嘴里，慢慢地往实验室里面走："准备一下，所有东西都带走。"

"什么情况？"程木看了眼跟在程隽身后的顾西迟。

顾西迟耸肩，嗤笑："那群傻子，估计不知道你们家隽爷向来不爱江山爱美人。"

"嗯？"程木没听懂。

顾西迟瞥他一眼，没再说话，拿着电脑跟必要的实验器材，同程隽一起出门。

一行人都回了别庄。

"不对……"车子停在门口，开车的程木嗅觉灵敏，他微微眯眼，"隽爷，别庄有人闯进去了！"

与此同时，医学研究院两个研究 Y3 病毒组的组长都发现联系不到医学组织了："怎么会这样？刚刚不是还传过去一份数据吗？！顾先生跟林先生走了？怎么回事？！"

几个人面面相觑，有人拨打电话询问，有人去找程卫平、程饶瀚还有顾西迟。

程饶瀚正在应付一个记者："我知道大家知道了秦苒小姐这件事，但不要恐慌……"

他应付完记者，才接到医学研究院的电话。听到电话那边的声音，他面色一变，连忙赶回研究院 B502，正好遇到林父拖着一个行李箱出来。

"林先生，林先生，请您留步！"程饶瀚连同一众人连忙开口，"我们研究院是有什么怠慢之处吗……”

林父正在联系程隽，闻言，他抬头，声音有些憨厚，一脸莫名地开口：“我是因为苒苒来的，苒苒你知道吧？我女儿的好朋友，还辅助我女儿学习，让她考上了 A 大。她要去哪儿，那我自然就去哪儿。咦，先生你没事吧？”

林爸爸说完，接了一个电话，正是林思然的。他一边“吭哧吭哧”地拉着行李箱，一边开口：“乖女儿啊，你别着急，我正要去苒苒那里……你放心，老爸我是那种人吗？等等，马上就到……”他说着，还抬头朝程饶瀚那一行人看过去，“麻烦让让，我得赶紧走了。”

医学研究院的一众高层管理人员面面相觑，一时间有些回不过神来，心里“咯噔”一声。

新型疫苗就在 B502 那些人的手里，程家一众人要靠着他们安抚群众，靠他们稳固自己。

眼下林爸爸要走了，那他们程家拿什么安抚群众？拿什么去给 A 城一众豪门贵族交代？

变故出现得太突然了，程饶瀚跟一众研究院的人都反应不过来。

与此同时，身侧一个研究员终于拨通了医学组织一个国内学员的号码：“大少爷，我拨通医学组织的电话了！这学员以前是我的学生。”

听到这个声音，大家都朝他围过来，程饶瀚也猛然回神，慌乱道：“快，问问他这究竟是怎么一回事！”

见其他人都看着自己，研究员连忙开了外音。

“老师？”电话那头的学员疑惑地开口。

研究员连忙问了出来，声音温和，却掩饰不住急切：“小苏，医学组织那边是不是出事了？为什么说好的晚上传资料，现在还没有消息？大少爷也还在等着。”

“您说这件事啊，”手机那头的小苏顿了一下，才摇头，“你们还是别想了，如果有可能，还是给程师兄好好道歉吧，有可能还有转折。”

“你们也没有履行合约，我们研究员前前后后为了这疫苗付出了多少努力，如果这样，我们以后的合作机会肯定会越来越少……”程饶瀚直接夺过手机，内心思绪万千。

小苏不知道用什么话语来形容，好半晌，才匪夷所思道：“合作？谁跟你们合作了？你们是不是弄错了什么？”

“什么？”程饶瀚听到小苏这句，下意识地感觉到有什么地方不对。

果不其然，小苏的下一句话彻底打碎了他的幻想：“医学组织哪里跟人合作过，不过是医学组织各个实验室的老师看在程师兄的面子上帮忙分析数据研究实验，程师兄是我们医学组织的下一任继承人，不然你找找，全世界还有谁有这个能力让整个医学组织的人都出动，你们疯了吧。”

小苏的话音一落，现场所有人脑门上都冒出一阵冷汗。

“三少爷他……”

“怎么会？！”

所有人都惊疑不定，医学组织的继承人，那几乎是站在医学界顶端的位置，岂止是程家一个家主能比拟的？

电话被挂断，现场没有一个人能说出话来，所有人都看向程饶瀚的方向，沉默不语。

“大少爷，外面那些记者又来了！”有人连忙从外边赶过来了。

程饶瀚只是茫然地抬头，看向程温如那边，目光带着祈求：“二妹……”

程温如摇头，她看着程饶瀚，不由得叹气，爸爸给程饶瀚取这个名字简直就是败笔，他太自以为是，到现在都还没能认清楚局面。

不说其他，从顾西迟跟程隽这么铁的关系就能猜出这件事情不简单。

A 城四大家族已经不是以前的四大家族了，可程饶瀚还不明白这一点，总以为程家是四大家族之首就不把其他人放在眼里，其实他做其他事都没问题，可他万不该去动秦苒。

之前 A 城无论发生了什么事，程隽也从未想过对程家动手。谁能想到最后是因为秦苒，才让程隽第一次对程家动手。

“我早跟你说过，得饶人处且饶人，你要感谢你是爸爸的儿子。到了这个地步，媒体、A 城各大等着明天疫苗公布的新贵，要怎么应对你自己去说吧。”程温如冷冷地看了程饶瀚一眼，转身直接离开。

她也担心秦苒的病情，担心疫苗的研究，此时对程家不太关心。

程温如走后，程饶瀚一言未发，心思十分慌乱，他怔怔往后退了一步。

身边好几个人都在催促他。

“大少爷，怎么办？”

“大少爷，又有媒体电话打入了……”

“大少爷……”

程饶瀚忙得唇焦口燥。

好半晌，程饶瀚眸光明明灭灭，他做了决定，直接挥手：“去联系二小姐，找到三少爷在哪儿，我去给三少爷还有秦小姐负荆请罪！”

别庄，灯火通明，程火看了程木一眼，他没有感觉到别庄有外人闯入：“别庄自然是有人留守。”

程木下车，目光深沉地看了程火一眼，摇头：“你不懂，我说的是外来闯入别庄的人。”

“程小木，你这是什么眼神？”程火这暴脾气，一言不合就要动手。

程金拉住了程火。

程火偏头：“程金，你别拉我，我今天一定要让他见识一下社会的险恶！”

“不是……”程金咳了一声，压低声音，“我是怕你打不过他。”

程火：“……”

别庄内十分安静。鹅卵石路尽头的大门，也没有用人提前开门，安静到有些不合理了。

程隽跟秦苒并排走着，顾西迟落后秦苒一步，在跟医学组织的老头打电话，其他人都在身后。

程隽不紧不慢地推开门。

别庄一楼的大厅很大，能很清楚地看到大厅中央站了个人影。他背对着门，似乎在看墙壁上的壁画，背影颀长，一身白色，周身似乎萦绕着冰雪。

整个别庄的用人、厨师都被押在一边，被陌生的、似乎是染着血气的黑衣人用刀架着脖子。

应该是听到了声音，中间的人影侧过身来，看向门口进来的人，神色自若地开口，语气清冷：“回来了。”

跟在程隽身后进来的程水等人看到那张脸，十分震惊。尽管只在M洲见过一面，程木也认出来，他小声开口：“那位杨先生？他怎么会在这里？”

“我早知道这一切是个阴谋，”程金眯眼，“程土跟巨鳄怎么可能这么简单就拦住杨殊晏。”

程水跟程金进入一级戒备，并不动声色地拨通了电话。

顾西迟并不认识杨殊晏，他停了跟老头的通话，疑惑地看向程隽，又看向程水。

程水压低声音，神色严肃地朝顾西迟小声道：“顾先生，那是地下联盟的盟主……”其他的，就不用程水多说了。

混迹M洲的，只要有点势力跟人脉，都知道地下联盟是个什么玩意儿，尤其是跟马修十分熟悉的顾西迟，自然知道这是马修十分头疼的头号通缉犯，手段狠毒。

听完程水的话，顾西迟深吸一口气，有些难以置信：“我师兄跟小苒儿怎么会惹上他？”

程水摇头，没再多说，只如临大敌地防备杨殊晏。

程水看向程隽：“老大！”他等着程隽的指示。

与此同时，跟在程隽身后的所有人都屏住了呼吸，A 城都陷入了戒严，杨殊晏还能先一步抓住了庄园的人。由此可见，他在国内的势力并不弱。

然而，出乎其他人预料，程隽只低头，不紧不慢地跟秦苒说话："我让厨师给你准备了营养粥。"

秦苒有些不太耐烦，皱了皱眉："水煮肉片。"

"行。"程隽点点头，朝被刀架在脖子上的厨师看过去，气定神闲地开口，"听到没有，秦小姐晚上想吃海鲜粥。"

"好的，三少。"厨师听完，连忙从兜里拿出一个小本本，紧接着又拿出一支黑笔，十分郑重又严肃地记上了海鲜粥。

手里拿着刀架着厨师的黑衣人："？"

厨师记完，还贴心地看了秦苒一眼，礼貌地询问："秦小姐，你还有其他要让我记录的吗？"

秦苒面无表情地看着厨师，觉得这厨师是个人才。

程水跟顾西迟这些人也满脸复杂地看向厨师。

杨殊晏面色没有半点变化，目光越过程隽，落在秦苒脸上，微微一笑，像是很多年前秦苒第一次看见他的样子，他轻声开口："苒苒，跟我回去。"

"让你再设计她一次？"程隽这才侧过身，淡淡地看向杨殊晏，他抚平秦苒微皱的衣领，慢条斯理地回，"不可能。"

"我后悔了，你死亡的消息传出来后，我就后悔了。"杨殊晏克制住内心的血气，但目光还是变得深沉起来，他专注地看向秦苒，"你说过，我们是最好的战友，我永远可以把后背交给你。"

什么后背。

不堪入耳，真的不堪入耳。

程隽不耐烦听这些。

他拧了拧眉，直接转头："杨殊晏，这也是你激活秦苒体内病毒的理由？"

杨殊晏深深地看了程隽一眼，才开口："程隽，你也知道，她体内有病毒，我手里有抑制剂，只有我能救她。M 洲地下联盟一半地盘给你，你当初去云城，也不过是为了陨石坑的消息，只要你把她给我，这些全都是你的。"

程隽捏着秦苒的手顿了一下，内心血气翻涌。

这正是他这两天迟迟未对杨殊晏动手的原因。

他身后，顾西迟也没再说话，只担心地看向程隽。

Y3 病毒，目前研究出来的新型疫苗也只是起到预防作用，顾西迟也不知道他们多久才能研究出来彻底让 Y3 病毒失活的抑制物。

或许马上，或许很久，谁也不能确定秦苒还能不能等到那时候。

“你……”程隽抬头，这几日眸里的淡定温和彻底不见，只余满目的苍冷，连掌心都慢慢变凉。

从头到尾他都参与过病毒的研究，这几天研究院有关病毒的书都被他翻了个遍。

此时，他能听到心脏一声一声跳动着。

他亲自见证过程老爷子的死。

对方的脉搏慢慢停下，双眸一点一点地闭上，从今以后世界上再也没有这个人的痕迹，仿佛再也不存在。

程隽不敢想象，把对方换成秦苒他会怎么样。

只要一想起，心就仿如刀绞，让他喘不过气来。

不能想，不敢想。

他从来不在秦苒面前表现出半点急躁。

“师兄……”顾西迟站在程隽身边，担心地看了他一眼。

秦苒一直站在程隽这边，她等了半天，都没等到程隽的回答。她空着的一只手掏了掏耳朵，偏头看向程隽，扬眉，被气笑了，没有半点自己是个身染病毒的异类的自觉：“你不会是在考虑这件事吧？”

程隽这才抬头，他轻笑了两声，似乎是无奈地看向杨殊晏：“你看到了吗？我也很无奈。”

身边为程隽担心不已的顾西迟：“……”果然是他师兄。

程隽并不管杨殊晏，只拍拍秦苒的脑袋，淡淡开口：“上楼休息，待会儿下来喝粥。”

秦苒觉得，要是换个人这么对她，在她临死前还不让她吃顿好的，她可能会把对方的头拧下来。

她看着程隽半晌，“哦”了一声：“那我先去睡一觉。”

她最近被顾西迟注射了不少药物，精神确实不如以往。

秦苒抬脚往楼上走，似乎杨殊晏这行人并不存在一般。

杨殊晏看着她不急不缓地上楼的背影，眸子渐渐转冷，脸上一直挂着的假笑也开始消失，他抿唇，看向秦苒。

好半晌，他才又笑了，点头，喃喃开口：“我不想逼你的。”

秦苒倏然停下脚步，她手搭着楼梯扶手，精致的脸上不带任何表情，一双黑漆漆的眸子定定地看向杨殊晏。

“你弟弟在我手上，”杨殊晏闭了闭眼，才对上秦苒的目光，“只要你跟我一起回去，永不回A城，我就放他回来，保证他安然无事。”

杨殊晏很了解秦苒，知道什么才能拿捏住她。

门口，顾西迟忍不住开口：“卑鄙无耻！”

秦苒没有说话，她之前就同秦修尘嘱咐过，让秦陵回来，却没想到，还是被杨殊晏捷足先登。

从她记事开始，宁迩就神色复杂地告诉过她，对杨家要怀有敬畏之心。

那时候的秦苒没有想明白。

直到最近，她才想通，宁迩知道她天赋卓绝，临死之际向杨老爷子臣服，是在保她。

她与虎谋皮，这么多年也一直小心翼翼，不让杨殊晏发现自己的身份。

如果被他发现她还没死，她身边的人都会遭殃。

杨殊晏也从未怀疑，他的义妹秦苒就是他之前想要除去的眼中钉。

她可以保所有人一时，但总会有漏洞。徐家的事情发生得让秦苒措手不及，她不得不联系了谢九。

秦苒身上的戾气一点一点渲染开。

杨殊晏神色未动，他再度开口，声音又变得温和起来：“苒苒，跟我回去。”

“小苒儿，”顾西迟面色变了变，“别激动，别中他的圈套！”

“秦小姐！”程木也担忧地开口。

紧张的大厅内，忽然响起了一声轻笑。

所有人都朝声源处看去。

程隽偏了偏头，眉眼舒淡地看向杨殊晏，紧张的气氛中，他平白给人一种从容不迫的感觉，半点儿惊慌也没有，只拿着手机，拨了一个电话出去。

“苒姐，接个电话。”他隔着很远，把手机扔给秦苒。

秦苒下意识地抬手，精准地接住了手机。

她刚接住手机，程隽拨打的电话就被接通了。

手机那头，是秦陵的声音，声音听起来有些远：“叔叔，我自己拿。”

能听到风声，然后是越发清楚的呼吸音，秦陵应该是把手机拿到耳边了：“姐夫，我跟叔叔到机场了，也看到楼叔叔了，你跟我姐在哪儿？”

秦苒：“……”

秦苒刚刚酝酿的愤怒不上不下的，有些尴尬。她慢吞吞地收起了手机，抬头瞥了程隽一眼，想问问他什么时候收买了秦陵，竟然连姐夫都叫上了？

“我上楼休息。”秦苒仰了仰头。

楼下，看着秦苒的杨殊晏，一直胜券在握的面色终于有了变化，他看向程隽，眸色翻涌：“我果然小看了你。”

“彼此彼此，不及杨先生在境外戏耍了巨鳄跟程土。”程隽十分有礼貌，不紧不慢地开口。

杨殊晏好半晌没有再说话，又看向秦苒上楼的背影："你真的要留在这个地方？没看清楚这里的人心？除了他，所有人都恐惧你，想让你离开，与当时地下联盟的情况有什么不同？"

有程隽在，秦苒觉得，她应该也不怕身边的人被杨殊晏报复了。她漏掉的、疏于防范的，就如同程隽说的那样，她这一次可以完完全全放心地，全都交给他。

她停下脚步，认真地看向杨殊晏："不一样。"

杨殊晏轻声开口："有什么不一样？你看程家人，看看医学研究院的人，他们还是把你赶出来了。再看看徐家人，哪个不是利用你？忌惮你？想要你手中陨石坑的消息！还有你的那些朋友，你以为他们还会毫无芥蒂地与你接触？秦苒，你睁开眼睛好好看看身边的人，没有人不怕死，他们把你赶出 A 城就是最好的证明。"

他正说着，大门外忽然传来了一道声音。

"怎么这么多人？"那人一边说着，一边进来。

正是林爸爸，他叹息一声，然后看向秦苒："苒苒，待会儿思然要过来，我已经帮你解释过了，但她对从新闻上知道你的这件事还是非常愤怒。你可能要带她打到至尊十九星了。"

杨殊晏停住话语，看向突然出现的林爸爸。

林爸爸没在意多出来的人，只看向顾西迟："小顾，你们的器材还没摆好？"

顾西迟顿了顿："林叔，你怎么现在才到？"

"哦。"林爸爸这才慢吞吞地举起手里的铲子递给程木，解释道，"程木之前告诉我，他的铲子不好用，我刚刚在路上看到一把绝世好铲，身上的钱没带够，那个人还没有微信……程木，你觉得这铲子怎么样？"

说着，林爸爸把铲子递给程木。

程木掂了掂，觉得还行："谢谢林叔叔。"

两人正说着，门外又有汽车的声音响起。紧接着，程饶瀚跟一众医学研究院的人负荆请罪来了。

开口的是程卫平："三少，秦小姐，对研究院之前的做法，我们感到十分羞愧！今天我来，只希望祈求您的原谅！"

顾西迟顿了一下，倒是奇怪："你们不怕小苒儿身上的病毒了？"

程卫平摇头，沉声开口："我只怕情况恶化，秦小姐为我们提供实验，测试药物……"说到这里，程卫平朝秦苒深深鞠躬，"代医学研究院以及 A 城所有人感谢秦小姐。"

程家这边还没事了。

像是滚雪球一般，外面又有人进来，正是徐摇光跟徐管家等人。

因为禁封令，徐家的货物还没有被运到M洲。徐管家急匆匆赶进来，他面上十分焦虑，看到站在楼梯上，跟以往似乎没什么不同的秦苒后，才松了一口气：“程少，你这里缺人手吗？徐家最近也没什么大事。”

“对，程少，有什么事尽管开口！”徐家其他人都连忙开口。

什么都算到，唯独没有算到这些的杨殊晏：“……”

程隽倒是淡然，他挑眉看着秦苒：“还不去休息？”

秦苒看了眼楼下的一堆人，吵吵闹闹的，吵得人脑壳疼，她按了下太阳穴，才道：“行。”

她上楼，直到背影消失在所有人眼中。程隽才敛了脸上的笑，他手背在身后，抬头淡淡地看向杨殊晏，眸底沉寂了好几天的戾气、血色猛然喷发。

“老大，马修的电话。”身侧，程水恭敬地把自己的手机递给程隽。

程隽接过，淡淡开口：“人在我这里，你到哪儿了？行。”

听着他寥寥几句话，一直胜券在握的杨殊晏面色终于变了，他抿唇看向程隽：“你怎么做到让马修过来的？不怕他吞了你的势力？！”

程隽笑了笑：“我用彼岸庄园以及F洲40%的行使权以及亚洲的开放权跟马修做的交易。”

“你……真是疯了。”杨殊晏开口。

程隽列出来的条件，相当于地下联盟70%的价值了。

他眸光闪了一下。

“盟主，我们走吧，”不远处，杨殊晏的手下终于开口，“不要耗下去了，不值得。”

杨殊晏这种身份的人，就算真的要用地下联盟来跟马修做交易，也不会只为了一个秦苒。

就像当初杨殊晏为了大局对秦苒动手一样，起先杨殊晏跟程隽说的50%也不过是个口头交易。

心腹说的这些，杨殊晏知道。

杨殊晏收回目光：“走！”

程隽直接开口：“杨殊晏，我今天让你进来了，你觉得我能让你走吗？”

别庄院子里，传来直升机轰鸣的声音。

“杨家，明家……这么多年，所有人都活在几十年前的陨石坑的阴影里，”程隽从兜里摸出一张很特别的纸，他看向杨殊晏，“都是为了这个秘密是不是？”

杨殊晏盯着程隽手里的纸，目光终于动了一下，喃喃开口：“她……她竟然给了你？”

“是吧，她不耐烦应付这些。”程隽平静地看着这张纸，从兜里摸出来一个打火机，“杨家当初是逼迫宁家人研究这些吧，宁迩先生确实研究出来了。”

宁迩被赶出A城，带着一众研究人员隐姓埋名。

宁迩终于研究出了一些东西，但知道不该交给杨家。杨家应该也知道了风声，命令毒龙出手抢夺。

后来又有潘明月家的事情，引发了一系列事故。

宁迩很聪明，把东西给了陈淑兰，只为了以后秦苒要是被杨家人胁迫，能换取生命。

“咔嚓——”幽蓝的火焰升起。

似乎是知道程隽要干吗，杨殊晏往前走了一步：“程隽！”

火舌已经吞没了这张纸。程隽松手，灰烬飘散在他周身：“为了这些，死了多少人，所有人都把秦苒视作棋子，这些本不该出现在这个年代。”

他抬头，看到马修从门外进来。

楼上，秦苒房间，她朝云城的方向认认真真地磕了三个头。

杨殊晏被马修带走，顾西迟收起下巴。

程木拿着小铲子，看了顾西迟一眼。

“看什么？”顾西迟瞥他。

程木小声开口：“顾先生，40%的使用权呢，您说得可真对。”果然，色令智昏。

怕是杨殊晏也没想到，程隽为了秦苒，真的让出了自己的半壁江山。

顾西迟也回过神来，“嗯”了一声，没再说这件事，而是道：“带我去师兄的实验室。”

A城事了，但秦苒身上的病毒还在。

好消息是，林爸爸的植物真的有克制病毒的奇效，程隽、顾西迟还有世界各大医学实验室都在加班研究这些。

“顾哥——顾哥——您别动，这种小事我帮您。”江东叶把文稿打印出来递给顾西迟，才靠着桌边询问，“苒苒她没事吧？”

实验室一行人对此见怪不怪了。

“林叔，”顾西迟摇头，他看了文稿一会儿，才抬头，若有所思地看向林父，“您是怎么培养出这些植物的？”

林父一愣，挠挠头：“不是我，是一位先生给我的东西。”

“你还记得他吗？”顾西迟直接站起来。

“记得……”林爸爸顿了顿，然后开口，“是地下拍卖场的管理人员。”

“地下拍卖场……”顾西迟点头，他找来门外的程水。

程水放下手边的事情："顾先生，您找我？"

顾西迟把林父的话转述了一下。

程水一愣："您确定是地下拍卖场的负责人？"

"确定，我一直跟地下拍卖场有交易。"林父正色开口。

程水"啊"了一声："带你们去找老大吧。"

顾西迟看着程水的样子，知道有什么不对之处，他拧着眉询问："是有什么问题？"

"没有问题。"程水摇头，"顾先生，林先生，我带你们去找老大吧。那地下拍卖场，都是他的。"他淡淡地回。

"噗——"正在喝水的江东叶一口水喷出来，面无表情地转头看向程水。

程水瞥江东叶一眼，点点头，以示肯定。

楼上，程水他们进来的时候，程隽正在看医学组织刚刚发过来的研究。

秦苒坐在他身边不远处，拿着手机戴着耳机带林思然上至尊十九星。

"有结果了？"程隽放下手中的资料，看向顾西迟。

顾西迟点头："是有眉目了。林叔叔的忘忧是引进的东西，植物能分泌一种物质，我问过他，只要能找到最初的转嫁媒体跟方法，我们就能知道这种未知物质。"

听着顾西迟的话，程隽顿住，脑子里明明灭灭。他一言不发，从抽屉里拿出自己的黑色手机："开启植物页面！"

这几天，他表面装作无事，实际上内心煎熬不已。

关心则乱，他都差点忘了，自己还有这些。

黑色手机悠悠地亮起，在半空中投出四维投影，与此同时，植物页面上密密麻麻的文字出现。

程隽直接滑到需要的那条，看向顾西迟："是这些吗？"

秦氏最近研究的四维引擎已经有效果了。秦汉秋还一人发了一部手机，顾西迟对此见怪不怪，他认真地看着这页文字。

看完之后，紧张了这么多天的神经终于缓过来，他蹲在地上，头埋进膝盖，声音终于哽咽："我知道那是什么物质了……"

顾西迟，医学界病毒微分子鼻祖。

别庄以及实验室这么多年故作轻松的氛围，终于爆发。

只有秦苒，她靠着椅背，若有所思地看着程隽手里的手机，沉默好半晌，才有些服气道："我终于找到你失散多年的兄弟了。"

对面房间，被闷在黑色包里的手里疯狂闪烁。

M 洲，特殊牢房，杨殊晏跟几个手下都被关在这里。

他坐在椅子上，闭目养神，似乎眼前这一切都不会动摇他的半分心神。

门外，马修进来，手中拿着一本册子。

“程隽用了大半势力跟你换取合作。”杨殊晏睁开眼睛，看向马修。

马修点点头，不得不赞叹：“他确实花了大手笔。”

杨殊晏的几个手下都不由得看向马修，心里更觉得可怕。

程隽……果然是疯了。

难怪能打动马修。

“我跟你做个交易，地下联盟，M 洲 50%。”杨殊晏慢慢说着。

“那倒不用，”马修不太在意地挥手，“我只是为了逮捕你。”

杨殊晏的手下猛然抬头：“马修，贪心不足蛇吞象。”

马修没再理会他们，只看了看时间：“婚礼日期是不是要到了？”

“是。”他的左右手恭敬地低头。

“那我得赶紧走，这边交给你。”马修匆匆离开。

马修走后，杨殊晏才怔怔开口：“她的婚礼？”

“是啊。”马修的左右手点头，他们看了看上面发下来的文件，就准备开启机关。

“等等！”杨殊晏没说话，他身侧的手下连忙开口，“你们要多少才肯放我们？”

“老大已经说过了，他只是为了逮捕你们。”马修的左右手好脾气地开口。

“放屁！”杨殊晏的手下冷笑，“他不是收了程隽的东西？！”

闻言，马修的左右手看了对方一眼，一言难尽地道：“虽然老大收了程先生的东西，但今天他又送回去了。”

听到这一句，杨殊晏跟他的手下都愣住，下意识地觉得不可能。

“秦小姐跟我们老大可是生死之交，老大怎么会收程先生的东西。”说完，也不等杨殊晏等人反应，他直接关了门。

门关了之后，之前劝阻杨殊晏的手下才恍惚地抬头看向杨殊晏，惊骇难言地道：“盟主，或、或许是我错了……”

马修，M 洲的第四大势力，实力几乎与地下联盟不相上下。秦苒跟马修是生死之交，这句话从马修心腹嘴里说出来，绝不是谎话。

他之前觉得，杨殊晏为了秦苒跟程隽争，不值得。

眼下，他却后悔了。

想到这里，他慌忙看向杨殊晏。

杨殊晏不知道在想什么，又闭上了眼睛。

边境国际监狱，欧阳薇终于等到了有人来探监。

来人是之前明海的那个心腹，欧阳薇拿着电话，直接开口：“你是不是来带我出去的？！”

心腹看着她，缓缓地摇头：“抱歉。”

“怎么会？”欧阳薇怒目而视，“我明明联系到了巨鳄，还跟会长进行了合作！”

心腹怜悯地看着欧阳薇。

“你这什么表情？”欧阳薇心下一阵“咯噔”。

“巨鳄并没有跟会长合作，会长……会长也涉嫌刑事案件，被关了起来。”

欧阳薇抿唇冷笑：“这不可能！”

“今天是少主跟秦小姐的婚礼。”心腹摇头。

欧阳薇两只手紧紧握在一起，她咬着牙：“秦苒她……可真是好运！”

“欧阳小姐，”心腹终于叹息，“你应该不知道吧？”

“什么？”欧阳薇看向心腹。

心腹拿着手机，调出渣龙给他发的一张图，上面是“129 侦探所”核心人员孤狼的资料。

孤狼是谁，欧阳薇自然知道，“129 侦探所”五大元老的核心人物，“129 侦探所”能走到今天，跟他有莫大的关系，“129 侦探所”每年有无数会员都是冲着孤狼这个人来的。

那是刑侦界所有人眼中的偶像。

欧阳薇自然也是。

尽管从没有见过五大元老，但欧阳薇也十分崇拜他们，尤其是里面最出名的孤狼。

可她……竟然在孤狼的资料上看到了秦苒的图片！

欧阳薇猛地站起来：“这不可能，不可能……怎么会是她？”

“巨鳄先生那边也只是一个圈套，他是因为秦苒小姐才收了你的连线……”心腹收起手机，他最后看了眼欧阳薇失魂落魄的模样，摇摇头，离开了。

欧阳薇很快就被人带下去。

她不傻，相反，她很聪明，不然当初也不会考入“129 侦探所”。就在心腹说的时候，她就已经想到了，之前想不通的一切也想通了。

难怪之前程温如会被巨鳄接单！

她之前跟秦苒说起“129 侦探所”的时候，对方半点也不意外！

难怪她会忽然联系到巨鳄！

难怪巨鳄会突然跟明海合作！

又难怪……她到现在都没有被巨鳄的人接出去！

原来秦苒就是孤狼……

欧阳薇已经不再思考来人的话了，她只怔怔地走在长长的通道里，枉她因为自己是“129侦探所”的一员，在A城所有人的吹捧下变得飘飘然……

“129侦探所”的元老孤狼，欧阳薇不由得低头，已经能想象到，当她在秦苒面前吹嘘这一切的时候，对方不知道怎么看待自己……

M洲，唐家。

“参加婚礼？”唐家大少爷摇头，拧眉，“A城？我不去。”

有这时间，他不如去马斯家族的场地。

唐轻也不想去，拧眉道：“爷爷，我不想去。”

唐均第一次拿出家主的气势：“必须给我去！”

秦苒的大好日子，唐均不希望他们一个个都不去。

唐轻跟唐均都没再说话。等唐均走后，两人才面面相觑，唐大少爷更是拧眉：“你爷爷真是疯了。”不过A城的一个婚礼，秦家是什么东西？

但是唐均开口，他们又不得不去。

“我们明天再去吧。”唐大少爷拧眉，勉强开口，“参加完婚礼就回来。”

唐轻拧眉，她虽然不想去，但开口的是唐均，她不敢违抗，只心里不爽快地应着。

# 第十一章 盛世婚礼，全程掉马

正是七月份，来A城旅游的人很多。

今天A城却因为这件事上了热搜——几条靠近古建筑的大道都被封了，尤其是古城墙那一块，更是封锁得密不透风。

网上讨论得热火朝天——

“也没听说A城有什么峰会？”

“坐等大佬出来揭秘！”

“机密来了，是有人今天结婚！请大家送我上热门！”

这一条评论引起了所有人的注意。

“结婚？这么大手笔？八卦之心顿起！”

“在线蹲个现场直播！”

“……”

秦家老宅，二楼房间，魏子杭、南慧瑶、杨怡、林思然、潘明月……秦苒的这些朋友都在。

“来了，来了！我已经看到车了。”门外，秦管家兴冲冲地上来，“小陵少爷，沐楠少爷，快把门关上！等会儿不管你们姐夫说什么都不能轻易让他进来！”

秦陵跟沐楠还没开口，林思然靠在门边，拍拍胸口：“秦管家，您放心，这一点我们还是知道的！”

秦苒的伴娘，是潘明月跟林思然。至于南慧瑶跟言昔这行人，是秦苒的亲友团。

魏子杭双手环胸，靠在落地窗边，看了窗外一眼，不由得笑了一声：“秦管家这究竟是有多急啊，我连车队都没有看到。”

身侧，乔声也失笑：“怕是两里地之外就看着了。”

林思然跟南慧瑶、潘明月这行人见车队还没来，先检查了门窗，又检查了一遍难题。

南慧瑶扔了扔手上的鞋子，侧头问房间内的人：“鞋子藏哪儿？”

“简单。”一直充当摄影师的何晨自然地接过南慧瑶手上的鞋子，塞到秦苒的凤裙下，并回头环视了房间内的人一圈，抬着下巴。

“狠。”乔声目瞪口呆，给何晨比了个“厉害”的手势。

秦苒的裙子，谁敢掀？

何晨云淡风轻地开口：“一般一般。”

正说着，魏子杭站起来：“车到了。”

“我看看……”林思然走到窗边，掀了掀淡色的窗帘，一眼就看到楼下望不到边的车队，她又立马放下窗帘，然后悠悠地看了秦苒一眼。

何晨也对着楼下拍了一下，不由得笑道：“他这是把A城所有的豪车都聚集在一起了吧，难怪要清道。啧，快点准备，他们快上来了。”

不过几分钟，一门之隔外，已经有了响声。

“咚咚咚——”不轻不重的三声。

“想要进门，没那么简单，”南慧瑶跟林思然一左一右，手上拿着张题目表，她咳了一声，开口，“先回答一百个问题，第一个，123456乘999，答案是多少，一秒钟！”

别说门外的顾西迟、江东叶、陆照影等人，就连门内的乔声嘴角都抽了一下：“这么可怕的题目，谁出的？”一秒钟，连手机计算器都来不及打开。

“是小陵。”一边的沐楠回。

乔声：“……”小陵这是真小舅子。

他正想着，门外程隽不急不缓地开口：“123332544。”

乔声：“果然，一家子都那么可怕。”

秦陵这些人出的题拦不住程隽五分钟。

南慧瑶收起纸，又咳了一声，程隽一个都没有回答错，一个红包都没拿进来：“得有开门红包，红包呢？你们有没有准备好？”

外面的人说了一声，林思然手搁在耳边：“什么？没听到。”

“我说，”陆照影大声道，“门缝太窄，塞不进去！”

林思然警惕道：“你们不会是想闯进来吧？”

陆照影：“我们是这样的人吗？”

林思然觉得也对，秦苒还坐在床上，料他们也没这个胆子。她跟南慧瑶小心翼翼地把门开了，探出个脑袋：“红包呢？”

她一出现，顾西迟就塞了一把红包给她：“不够我们还有。”

“砰！”南慧瑶把门关上。

乔声等人凑过来：“看看，看看，几块钱？”

南慧瑶打开一个红包，没看到钱，她刚想说话，秦陵从一边走过来，把红包倒了倒，从里面倒出来一颗钻石。

一分钟后，南慧瑶、林思然这行人对着床上摆着的五十颗钻石思考人生。

外面，陆照影继续拍门：“红包够吗？不够还有！”

南慧瑶跟林思然一行人：“……”

拿人手短，南慧瑶开了门。

门外，程隽长身玉立，他目光透过人群，喧嚣中，只看到坐在床上的人影。

秦苒今天穿的是传统的凤冠霞帔，裙摆绣着精致的凤凰图案，头发被盘起，两边垂着金色的坠子。她也正微微抬头，看向门外。

秦苒向来是素颜，很少化妆。她是第一次穿华丽又显得庄重的嫁衣，红色绣花的衣摆几乎铺满了床。她坐在床中央，大概是等得久了，她一只腿屈起，胳膊撑在腿上，手抵着脑袋，正侧头略带不耐烦地看向门口，透过淡色的窗帘照下来的浅浅阳光打在她的脸上，越发显得锐意冲天。

她容色一向出众，此时更是冰肌玉骨，秀色掩古今。

不说其他人，今天第一眼看见秦苒的南慧瑶、潘明月几个人也愣了好半天。

“我终于知道为什么老大他爱美人不爱江山了。”程火小声地感慨。

门外，程隽一步一步走进来，南慧瑶就让他们找鞋子。

顾西迟、五行几个人把整个房间都翻遍了。最后程水摇头，他制止了其他四个兄弟：“别找了。”

“为什么？”程木愣愣地抬头。

程水手抵着唇：“你找不到的。”

“拿红包，拿红包。”程火性子急，一出手就是二十个红包，塞到能说事的南慧瑶手里。

又收了二十颗钻石的南慧瑶：“……”

她默默地掀开了秦苒的裙摆，从里面拿出了秦苒的鞋子。

程木、顾西迟、陆照影等人：“……”

“敢问一句，何方高手藏的鞋子？”程火拱手，彻底服气。

何晨刚好拍完一个视频，抬头道：“我。”

程火往后缩了一下：“……”一个单手擒住毒龙的人，当他没问。

这一场婚礼，程家跟秦家都准备了许久。

程隽替秦苒穿好了鞋子，沐楠默不作声地把秦苒背下楼。

宴席设在程家隔壁一直空着的古城楼中。从秦家到大院，红鸾铺地，十里红装，百桌流水宴。

程家、秦家人都在迎宾，都是A城有头有脸的客人，手里都是烫金的裱花请柬。

能派来接待客人的，都是两家的重要人物，秦家是秦部长、秦管家、阿文这行人，程家是大堂主、施厉铭一行人。

“您好。”又一位客人前来，秦家人弯腰，礼貌地接过来请柬。他看了一眼，请柬上写的名字有些熟悉，女方客人。

“这是贺礼。”对方放下一个礼盒。

秦家人连忙推拒：“常先生，我们这次不收任何贺礼……”

然而，那人放下礼盒就进去了。

“怎么了？”程家大堂主过来，看了一眼。

他一眼就看到上面的名字——常宁。

“大堂主？”秦部长看了大堂主一眼，“你没事吧？”

“有事。”大堂主抹了一下脸。

秦部长愣住：“这位常宁先生有问题？”

“啊！”大堂主眼下已经不是一般的大堂主了，是去过M洲的大堂主，他摇头，“就，秦部长你不知道常宁先生是‘129侦探所’的那位吗？”

秦部长：“……”

他们还没回过神来，又有一位客人过来。看到来人，大堂主直接愣住，最后是秦部长接待的。

这个人也带了礼物。

“马先生，请进。”等把马先生送进去，秦部长才转身看向大堂主，“大堂主，你……”

“马修，”大堂主有些心累地开口，“人家的名字是马修，不是姓马，他姓安德森。”

秦部长顿住：“大堂主，你……也认识他？”

大堂主跟二堂主面面相觑，在M洲把他们抓起来的大哥大，他们能不认识吗？

M洲马修？秦部长跟阿文等人面面相觑，他们着实没听过，但又怕说出来程家会觉得他们没见过世面，一个个都不敢开口，憋着。

又到了一个客人，秦部长不认识，不由得戳了下大堂主："大堂主，你去接待。"

大堂主："……"我也不认识。

就在两人要说话的时候，程水从里面出来，他礼貌地弯腰："马斯先生，请跟我进去。"

程水侧身，让身边的程木带马斯先生进去。

一行人进去后，大堂主坐到了地上。

秦部长看向他："没事吧？"

大堂主还有客人要接待，他扶着桌子站起来，腿有些软，只看向秦部长，觉得不能只自己震惊，他云淡风轻地开口："你知道M洲有一个马斯家族吗？刚刚那位就是马斯族长。"

秦部长："……"他不知道，但他知道跟M洲相关的都很牛。他要跪了。

至于后面的楼月、肯尼斯……一堆F洲、边境的古怪人物，秦部长跟大堂主已经面部僵硬了。

婚礼主场，唐轻跟唐大少爷这行人已经到了，他们踩点，不像唐均提前好几天到了。

红毯两边摆着桌席，大堂主迎客，程金、程管家安排客人。

"唐先生，唐小姐，你们的座席在这儿。"程金礼貌地把唐轻两人带到次二席上。

本来要走去主席的唐大少爷面色僵硬了一下。他面色漆黑地坐在次二席位上，前面还有主座席跟次席两桌。

"我们竟然坐在这里？这秦家……"唐大少爷冷笑一声。

身侧，坐着的唐家负责人也拧眉，又有些惊讶："这秦家果然不会做人，竟然把您的席位安排在这里，不知道他们的主座席跟次席都安排了一些什么人。"

"能有什么人？"唐家大少爷不在意，他喝了一杯酒，"我倒要看看，前面两桌坐的是谁。"

今天他本来就不想来这里。谁知道还被安排在这种地方，更是一肚子被怠慢的火气。

倒是唐轻，并不在意这场婚礼，只低头看着手机，上面是密密麻麻的代码。

没多久，隔壁次席坐了一个人。唐家大少爷看了一眼，不认识。只听到服务人员叫他"常先生"，唐家大少爷继续冷笑。

"马先生，您的座位在这边。"没多久，隔壁空着的次席又来人了。

唐家大少爷把酒杯放下，他不太在意地再次偏头，朝隔壁的次席看了一眼。落座的是一个外国人，正跟先前落座的常先生说话。他穿着一身正装，看起来十分严肃，脸上的胡子刮得很干净，有点眼熟。

唐家大少爷不在意地看了一眼，刚要收回目光，忽然间整个人顿住。

他连忙拿出手机，登录 M 洲的官网。

眼下所有人用的都是云光财团的搜索引擎，全球通用，唐家大少爷轻车熟路地进了国际大厦内部，很快就搜到了国际刑警马修刮了胡子的近照。

唐家大少爷对比着照片，僵硬地看向那外国人，表情有些呆滞。

他还没反应过来，又有人带着一位客人走向次席："马先生，您坐这边。"

又是马先生？

马修都看到了，唐家大少爷僵硬地转头，看向另一位马先生，正好就看到马斯家族族长的脸。

"扑通——"他一个不稳，从椅子上滑落。

这动静太大，身侧的唐轻被惊动了："爸？"

"小、小轻……"唐家大少爷愣愣地开口，"我那个侄女儿究竟是什么人？"

"你说什么？"唐轻皱眉。

唐家大少爷张了张嘴："你看隔壁次、次席……"

唐轻看过去，正好看到正在招待的程水，还有马斯家族族长的脸庞……

唐家三个人瞬间陷入沉默。

十点五十八分，婚礼仪式正式开始。

新郎新娘露面。

唐轻抬头，她心里已经有预感了。此时她还是忍不住抬头，看向红毯尽头的方向。

一对新人慢慢走过来，正是两张她极其熟悉的脸。

"啪——"唐轻的手机掉在地上，"竟……竟然是她……"

"小程，我今天就把苒苒交给你了。"秦汉秋把秦苒的手放到程隽手中，他看着眉眼明艳的秦苒，声音有些哽咽，"你们经历了这么多，希望从今天起，你们同心同德，同甘共苦，互敬互爱。"

充当司仪的秦修尘拿着话筒，郑重地开口："以后的日子还很长，也愿你们永结百年之好，琴瑟和谐。"

天空洋洋洒洒地落下红色的玫瑰花瓣。

许是站得久了，秦苒头顶的发簪上落了一片花瓣。

程隽抬手，轻轻扫落那片花瓣，他握紧秦苒的手：“谢谢爸。”

“好，好。”秦汉秋抹了抹眼睛，看着这一对新人——

一个莲华容姿，一个如崖三寸雪。

能配得上他们的，也只有对方了。

别庄，陆照影、顾西迟这一行人商量着闹洞房。

但奈何今天婚礼流程太多，新娘有些不耐烦，没人敢上去。

“你先去，”陆照影看向顾西迟，“你跟秦小苒是生死之交。”

“我不，”顾西迟拿了个苹果，“我师兄会打死我。”他看了眼秦陵，“小陵，要不……你先上去打头阵？”

小舅子，还是秦苒的亲弟弟，其他人也怂恿。

秦陵看了几个人一眼，直接离开。

“弟弟！”陆照影招手。

秦陵双手堵住耳朵，不听。

他没敢说，他惹姐姐没事，要是惹到了姐夫……秦陵想想自己被秦苒虐的辛酸史，不想说话。

楼上，秦苒顶着头上的饰物顶了一天，耐心早就耗光了。她一进房间就踢上门，然后拔头上的钗子。

头发是专业的老喜婆梳的，很紧，一天了都没有松开的迹象。

秦苒越发显得不太耐烦。

程隽跟在她身后看了会儿，才轻笑着上前：“我帮你。”

他伸手，不急不缓地把她头顶的饰物全都拆下来。黑色的头发如瀑一般铺在脑后，映衬得她脖颈侧脸一片雪色。

她睫毛低垂着，正纠结着嫁衣的各种带子。蓦然间手被抓住，秦苒抬头。

程隽不紧不慢、慢条斯理地帮她把外面的带子解开，低下头。

“还没洗……洗……”秦苒感觉心跳有些不受控制，指尖有些发麻，声音轻喘。

“不洗了。”

“灯……”

程隽随手从床头抓了部手机扔掉。

灯灭。

翌日，微博上网友们蹲了一天的八卦，终于有人冒死发了一个小视频。

“秦影帝主持？言昔驻场？这是哪个大神的女儿结婚？！”

“百辆豪车，百桌宴席，哪个霸总的妻子？”

有人放上了新娘的模糊侧脸。

“啊——我死了，我可以，我哭了！”

“啊啊啊，终于知道古代皇帝后宫佳丽三千是什么样了，我不要三千，我只要一个！”

“就这个放在古代皇宫绝对是最受宠的贵妃，啊啊啊！”

“长话短说，楼主只是个普通人，今天就是随着家人去参加婚宴的。‘图1’这是次三席上坐着的人，大家品品；‘图2’钻石一颗，这是每个宾客的回礼……”——

不久后，有人扒出这个普通楼主的身份——J大学生会会长，A城金字塔二阶梯家族的小少爷。

诸位网友：“……”

别庄，上午程木拿着那把绝世好铲站在门外的一块花圃里，手负在身后，看着自己的江山。

程隽在别庄里给他圈出了一块地，专门用来给他试验。

用人带程温如进来的时候，看到的就是程木这高深莫测的样儿。

“他……这是在干吗？”程温如顿了下。

用人恭敬地弯腰：“程木先生在观察物象。”

程温如：什么玩意儿？

“程木先生说我不懂。”用人再度低头。

程温如：“……”

程温如走进大厅，用人适时地给她端上来一杯热茶。

“程金他们人呢？”程温如朝四周看了一眼，并没有看到程金等人。

“程金先生他们还在接待客人。”

听到用人这么说，程温如没敢再问去接待什么客人了，瞬间就想起了昨天婚宴过后，坐在程家大门口怀疑人生的大堂主跟二堂主。从上次去过M洲之后，她就觉得程隽、程金那行人不简单……

“我三弟跟苒苒他们还没起来？”程温如接过茶，朝楼上看了一眼。

用人微微颔首，不多言。

程温如往沙发上一靠，挑眉，程隽这个人特别自律，每天早上雷打不动六点起来跑步，曾经让程温如觉得他是机器。

人形机器也有这么一天。

楼上，房间一片昏暗，只有几缕光线从缝隙照射进来。

A城几大势力、几大家族都更新换代，秦苒最近也挺忙，物理研究院的B计划跟方震博她都要去管，还有陆知行在秦氏幽怨地等着她，这个婚她是抽时间出来结的。

新婚第二天六点，她就迷迷糊糊地醒了，只是还没爬起来就惊动了身边的人。房间没开灯，漆黑一片，身边的人似乎也醒了，从背后将人搂得更紧："醒了……"

"唔……"秦苒下意识地开口，"研究院……"

身边的人慢条斯理地把被子拉上，似乎是轻笑了一声："请假不过分吧。"

反正……等起来后，已经是十一点了。

秦苒把外套裹了裹，慢吞吞地跟在程隽后面下楼，就看到坐在楼下沙发上，已经喝了三杯茶的程温如。

十一点，大概……也算不上晚吧？秦苒咬着唇，有些认真地思索。

程温如已经喝了三杯茶、嗑了半碟瓜子、上了两次卫生间，正在拿手机看微博，微博上对于昨天那场盛大又神秘的婚宴讨论热度不断上升。看到两人下来，她实际上想调侃程隽一番，不过看秦苒就在他身后，程温如好歹克制住自己。

她靠着沙发，仔细端详着秦苒，又低头看看微博页面的一条热门评论——"祸国妖妃本妃。"

她正想着，手机响了一声，是大堂主的电话。

大厅内都是自己人，程温如也没避开，直接接起："怎么了？"

"大小姐，三少的朋友说 A 城人杰地灵，要在 A 城买楼，常驻 A 城大厦……"大堂主的声音要哭了。

程温如："哪个？"

"好像是 F 洲的人……"具体哪个，大堂主也没搞清楚。

程温如不由得按着额头，为了不冲撞这些人，昨天程水特地带着程温如一个一个地去认人了，有些说得语焉不详。但是看到那些人跟巨鳄同台，还称兄道弟的，程温如就知道不简单。

平日里一个巨鳄就足够他们头疼的了，好在巨鳄暂时对 A 城没有什么想法。

这个倒好，还要驻扎在 A 城？

程温如心里一万头马奔腾而过，她有些累地开口："你看着办吧。"

总之，有程隽跟秦苒在，应该不会有人乱来吧。

程隽、秦苒那些朋友足足有十几个。

程温如挂断电话，朝程隽看过去："三弟，你跟苒苒……那些朋友什么时候走啊？"

"不知道，我休假，程水在管理。"程隽手机一直在振，陆照影、江东叶那群人老给他发微信。他抽空抬眸看了程温如一眼，有些理直气壮地回答。

这个假休得牛，休得惊天地泣鬼神。

程温如拿着手机，觉得程木说得对，她三弟最近几天可能真的脑子不好，她觉得这种事跟程水商量比较好。

秦苒也在看手机，除了好友的祝福语，她还看到了常宁催单子的消息。

秦苒随意回了句“休假”就关了手机，吃完最后一口饭。

程隽放下手机，抬眸看她：“还要去研究院？”

“嗯。”秦苒慢悠悠地喝茶，略微思索，“今天几大院开会，我不放心。”

物理研究院现在权势更替，秦苒手握方印，把研究院从头到尾清洗了一遍，更换了不少人。实验室没去就算了，但今天第一场大会，她不去不太放心。

程隽分得清事情轻重，他上楼把打印好的文件拿下来，递给秦苒。

“你整理好了？”秦苒喝完，一手接过来，随意地看了眼，挺意外。

程隽经常帮她整理东西，无论是研究实验上的数据，还是秦氏公司的大问题。

只是这两天她都没怎么看到他整理这些。

“抽空看的，”程隽去柜子边拿了车钥匙，“我送你去。”

物理研究院。

秦苒结婚，实际上已经请了三天假了。邢开头疼地看着手上这些数据，他本来是给叶师兄打下手并跟着学习的，但秦苒请了假，她以前就算不在研究院，也会远程帮忙处理结果。

秦苒智商高，尤其数理方面，连廖院士都甘拜下风，认为她是老天爷赏饭吃。

虽然邢开等人私底下吐槽说音乐系的院士也这么说过秦苒，但没敢当着廖院士的面说。

这几天秦苒彻底请假，邢开跟南慧瑶等人就忙了起来，秦苒的这份工作确实不好做，好在有五位老教授跟宋律庭帮忙支撑。

“你们继续看，”廖院士看了看时间，会议时间已经到了，他放下手机，“我先去开会。”

今天是四大研究院一年一度的整体会议，不仅是关于这一年资源分配问题，也有关于贡献制度的重新规划。

大会上人很多，每个研究院都有中高层代表。

看到廖院士，坐在物理院代表团的江院长站起来打招呼。

物理研究院如今人才紧缺，秦苒直接提拔了江院长，同时，为了均衡也提拔了隔壁 A 大的物理系院长。

物理研究院大部分人都是服秦苒的，不过也有少数有真材实料的人并不服秦苒。这些人也不是方震博一党，秦苒就没怎么管。

秦苒姗姗来迟，她不仅姗姗来迟，还带了个尾巴——程隽，她来了也不听今年的资源分配，那样子看起来还有些昏昏欲睡的。

程隽在医学院那边也是挂了名的，台上还在夸奖他跟顾西迟等人研究出了抑制 Y3 病毒的药物。程隽懒洋洋地听着，并不在意，只低头帮秦苒修改文稿的错处。

这一场会持续了两个小时，开完之后秦苒才站起来。

“回家？”程隽收起文稿，问她。

秦苒想了想，摇头，低声开口：“廖院士说南慧瑶他们现在有点麻烦，我去看看。”

“行吧。”程隽不太在意，反正都是陪跑。

两人走后。

“廖院士，你们看看秦苒，有她这样的人吗？整个研究院都在忧心 B 计划，我觉得让她当继承人，有待考虑……”老派研究员不满地开口。

这句话一出，大部分人都没说话。

老派研究员还想说什么，身后一个老人急急忙忙地开口：“谢老先生，您是认真的？你们不要秦小姐了吗？那刚好，前些日子我们计算机研究院还在想为什么秦小姐不进本家研究院，真是太好了，谢谢你们……”

“没，怎么可能，您听错了。”江院长刚刚在看到计算机研究院的人时，额角青筋一跳。他在 J 大当校长的时候就历经了秦苒被数学系抢，之后连军训都不得安生，还要艰难地面对程家抢人的状况，现在的江院长已经轻车熟路了。

听到计算机系人的话，他径直开口。

“是吗……”计算机系的人略显犹疑。

江院长一本正经地点头。

“好吧。”计算机系的人终于收回目光，一脸遗憾。

等敌对的人走后，江院长才侧了侧身，看向老研究员，有点心累地叹气：“秦苒要真离开了，我们研究院都没地儿哭。”

老研究员皱眉，他转头看向廖院士：“他们那是什么意思……”

他潜意识里觉得秦苒年纪轻轻达到这个位置算是逆天了，她不会轻易就离开物理研究院。

“她的事在网上也不是什么秘密了，苒苒是秦氏集团的首席工程师，计算机研究院拿她当宝供着。”廖院士看了对方一眼，“前两天我还接到 J 大音乐系主任的电话，他唠叨了我五分钟。当然，你要实在不喜，前两天 M 洲物理研究院还希望秦苒去 M 洲。”

J 大音乐系主任是个出了名的音乐狂，所有人都知道。音乐界的人对江山邑的名声如雷贯耳，J 大音乐系主任觉得秦苒就是天生走艺术道路的。

两耳不闻窗外事的老研究员听完陷入沉默。

他没跟秦苒合作过，虽说听过秦苒的各项事迹，但他总觉得这些事迹有夸张的成分。

自此之后，研究院的人都知道秦苒是个香饽饽，外面无数人马忌惮着他们物理研究院的大宝贝，就连那些老派研究员也沉默了，不再说什么。

本来因为徐家的问题，研究院内忧外患不少，毕竟秦苒名头上的功勋确实镇不住一些老家伙，眼下水到渠成。

实验室，程隽半靠着墙翻着文献，偶尔抬头看一眼秦苒。秦苒今天也懒得去休息室换防辐射外套，正站在南慧瑶等人身边指导实验。

程隽看了一眼，收回目光，继续翻文献。

这套文献上部秦苒之前带给他看过，眼下再看下部，程隽又发现了很多细节……

元历 76 年，研究院 1 室核反应失败，0 死 3 伤……

当初宁迩是要去 M 洲研究院的，最终却因为实验中的一次失误而造成的爆炸案被驱逐 A 城，方震博的嗓子就是在那场爆炸案中受伤的。

当年的事情无迹可循，但爆炸这种手法……程隽指尖点着书页，很明显就是杨家的手段。

宁迩在物理实验室地下三层留下了一个反应堆，应该是那时候，他就窥破了抑制反应堆能量的金属，只是他一直没有做成功这个实验。

杨家手段毒辣，宁迩应该也知道这些若是落到杨家手里究竟是什么后果。陨石坑文明超越这个世界一百多年，杨家不会想到宁迩早就窥破原子层。

程隽正想着，秦苒已经回来了。她捏了捏手腕，把手里的一份新报告递给程隽。

程隽随手把手里的书籍放回架子上，并接过报告：“累了？”

“还行。”秦苒随意地回。

程隽一手拿着报告，也没翻，一手揽着她，若有所思：“秦管家他们喜欢什么？”

“秦管家？”秦苒伸手按了下电梯，闻言，她顿了下，才尝试着开口，“不太清楚，网上冲个浪？”

从她跟秦修尘上节目之后，秦管家就喜欢戴着老花镜上网，还成为她粉丝后援会的粉头。

这些都是秦陵告诉她的。

程隽继续问道：“你叔叔呢？”他说的自然是秦修尘。

程隽同秦修尘和秦管家交流不多，整个秦家人，也就秦汉秋、秦陵他比较熟。

“演戏。”电梯到了，两人走进去，秦苒漫不经心地回了一句，才偏头看他，“你问这些干吗？”

“夫人，”程隽瞥了她一眼，慢悠悠地回，“你是不是忘了后天要回秦家？”

秦苒拧眉，结个婚这么麻烦的？

两日后，秦家。

唐均这两天一直待在秦家没走，他要走也是要同秦陵一起离开。

“汉秋呢？”唐均同秦修尘等人坐在大厅内，不时地看着门外，等秦苒跟程隽。

唐均四处观望一番，却没看到秦汉秋。

秦管家站在秦修尘身侧，满脸复杂：“二爷他去买菜了。”

早上五点，秦汉秋就起来，让用人开车出去，据他自己说的要亲自去菜市场，买最新鲜的食材回来。

秦家厨师、食材都有，秦管家实际上是不赞同秦汉秋出去买菜。

“买菜？”唐均身侧的老李愣住。

老李跟着唐均这么多年，三天前的婚宴，他是第一次直面那么多大神，不说其他，光是马修一个就足够老李腿软，这比知道秦苒是云光财团内部人的时候更震惊。

这两天他刚回过神来，大概也知晓秦家在A城的地位……

这会儿听到秦家现任当家做主的秦汉秋买菜，老李确实觉得神奇。

“二哥他一直有这个爱好，”秦修尘无奈地笑笑，看向秦管家，“管家，等二哥回来，你也别说他了，他现在都不说搬砖了，你再剥夺他这个爱好，就不仁义了。”

秦管家勉强点头：“也有道理。”

一行人正说着，秦汉秋已经回来了。他不是一个人回来的，身边还有另外一个高大的人影，是个外国人，看起来跟秦汉秋差不多大。

“肯兄弟，你先坐，对了，你有没有什么忌口的？”秦汉秋一边招呼着，一边让人进来。

他先让人把食材拿到厨房，又让人拿了个围裙过来。

秦修尘、唐均等人都没想到秦汉秋出去一趟还带了个朋友过来：“二哥，这位……”

“修尘，这是婚宴上小程的朋友小肯，”秦汉秋笑着跟秦修尘、唐均这几个人介绍，“我刚刚买菜，正好看到了他，他也想在A城定居买房呢，我就邀请他来我们家吃饭。”

秦汉秋说着，这位肯兄弟抬了头。

婚宴人多，唐均和秦修尘等人都在主座席上，后面敬酒是秦汉秋、程隽、程温如等人挨桌敬的。

唐均没有跟着去，百桌宴席，他不可能每个人都认识。

同老李一样，他的目光主要在马修、巨鳄那几个人身上，然后就是程隽、秦苒。

这位肯兄弟估计当时坐得不是特别靠前，唐均的注意力在程隽、秦苒身上，没看到。

对于秦汉秋的这位肯兄弟，唐均觉得他长得有点眼熟，但又不知道在哪里见过。

"小肯，你先喝茶，小程跟苒苒他们马上就到了。"问了肯兄弟的喜好，秦汉秋就兴冲冲地去厨房了。

虽然没想到秦汉秋半路带了个肯兄弟回来，但秦修尘、秦管家都十分有礼貌地打招呼。

"肯先生，我是苒苒的六叔，秦修尘。"秦修尘给肯兄弟介绍了大厅里面的几个人，"刚刚听我二哥说，你想在A城定居？"

"是啊！"肯先生操着一口不太熟练的国语，"A城人杰地灵，适合居住。"

"肯先生，您喜欢我们A城就好，"秦管家给肯先生端来一杯茶，笑容满面，"您若是不嫌弃，我带您逛逛A城，帮您挑一个好地址。"

秦管家觉得秦苒、程隽这两人短期内是不会理会这位可怜的肯先生。

"如此，谢过秦管家了。"肯先生眼前一亮。

两个人正说着，唐均身侧的老李看着肯先生，他同唐均相互对视一眼，最后，还是唐均问："肯先生，请问您的本名……"

"肯尼斯。"肯先生正眉飞色舞地跟秦管家说自己的需求，听唐均问，他随意说了一句。

"砰——"

老李脚下一滑，他茫然地看向唐均——您侄子一家都是一群什么诡异品种，叫人家F洲黑手党老大……小、小肯？

门外，程隽同秦苒携一车礼物回来。

用人前来说消息的时候，秦修尘跟秦陵一行人没忍住出门迎接了。秦汉秋暂时在厨房，没一起出来。

程隽跟着秦苒恭恭敬敬地叫了声秦修尘叔叔，两人才一起进去。

到屋内，看到肯尼斯，程隽不由得顿了一下，立马想起几天前程温如跟他说的问题："你怎么在这里？"

"秦叔叔叫我来吃饭。"肯尼斯看到程隽跟秦苒，就没那么随意了，反而说起了基地的问题，"刚刚秦管家给我介绍了几个地址……"

秦苒看到他们就头疼，直接让程隽去应付。她进去看秦汉秋做饭，但又被秦汉秋赶出门外。

秦修尘跟秦陵基本在她左右。

“林家，”秦修尘站在秦苒身边，想了想，还是询问，“你母亲那边……你有什么想法吗？”

对于宁晴，秦修尘一开始的印象就不好。

之前在云城，宁晴单方面同秦苒、秦汉秋解除关系。后来在A城，秦苒几番陷入困境，宁晴的举动秦修尘也看在眼里。

秦陵那次受伤，跟秦语没直接关系，秦苒把秦钊送去了监狱。至于秦语，从头到尾站队秦四爷，就算是对秦语抱有希望的秦汉秋也寒了心。

后续秦苒结婚，没有任何人通知宁晴跟林家人。

“没想法。”秦苒靠着门框，淡淡开口。

秦修尘瞥了秦苒一眼，点点头：“对了，言昔接综艺了，一档国民度非常高的综艺节目。你说说他，不用刻意接综艺的，在我的工作室，安心写歌就好。”

“没事，”秦苒双手环胸，她今天穿得挺随意的，一件长T恤，“让他接，他不接心里难受。”

秦修尘其实不太明白，以言昔的名气跟财力，就算脱离星娱，也完全有能力自己开个工作室，没必要签在他的名下，给自己赚钱。

听秦苒这么说，秦修尘知道这两人之间肯定有什么纠葛。他想了想，也没多问，他旗下的工作室，10%的股份已经当作嫁妆给秦苒了。

秦修尘的工作室下也签了几个有潜力的演员，一年下来工作室赚得也不少。

“小侄女，”等秦修尘七七八八问完，他的经纪人才神秘兮兮地过来，“你一亿的粉丝都希望你再入镜，言昔这次是个直播节目，你会不会露面？”

“不了。”秦苒摇头。

“好吧。”经纪人刚提起的精神又瞬间蔫了。

吃饭的时候，秦汉秋又拉着程隽跟小肯喝酒，三个人倒挺能喝，喝了两三个小时。

今天回来，秦苒跟程隽是不能在秦家留宿的。

傍晚，秦家一行人依依不舍地站在大门口送秦苒出门。

“我过两天就要带小陵回F洲了，”唐均眼下已经淡定了，毕竟肯尼斯是程隽的朋友，他看着秦苒，“你什么时候跟……”

说到这里，唐均顿了下，他看着程隽，也是一脸复杂。他跟程隽本来是忘年交，谁知道他的侄孙女这么厉害，搞定了程隽不说，他还成了程隽的舅爹。

唐均回过神来，笑道："跟小程也去我们那儿看看。"

"好。"秦苒点头。

程隽带秦苒一起回去。

后面，老李同唐均说话，语气略带可惜："表小姐在秦家当顾问，要不然，也可以跟黑鹰争夺一下黑客联盟的掌管权。"

"她就算来的话，也不一定能成功……随缘吧。"唐均倒没那么执着。

秦苒跟程隽并没有回别庄，而是去了程家。

程家。

一众长老跟堂主正严肃地开着大会。

"大小姐，您什么时候跟三少他们说？"大堂主苦不堪言。

程温如微顿："还没商量好吗？"

"肯尼斯跟巨鳄那些人都要在A城定居。"二堂主也忧心，"你知道他们要在A城定居，我们A城可真要成为乱区了。"

一个肯尼斯就可以了，眼下又多一个巨鳄。A城向来不长眼的人多，要是有人不小心得罪了这两人，那两个也不是什么善茬，一动手怕是要动半边天。

最近程家这些堂主跑前跑后，就怕哪天早上醒来，听到什么不好的消息，令他们苦不堪言。

程温如确实没想到事情已经严重到这种地步了，她还想说什么，用人从外面进来兴奋地开口："三少爷回来了！"

程温如一愣，然后连忙站起来："三弟？他们今天不是回秦家吗？"

虽是这样说着，但程温如的脚步也不慢，同大堂主一行人连忙到了大厅。

大厅内，秦苒跟程隽已经先拜过了程老爷子。

秦苒正抿唇，把香插好。程隽先拜过了，站在一边等她。

"你们俩今天怎么回来了？"程温如有些惊喜，"去准备一下三少的院子，晚饭吃了没有？"

程温如觉得这两人从秦家回来，应该不至于没吃晚饭。

"吃了，我们回来，主要是跟你们说说肯尼斯那件事，我已经交给程土了。"程隽放下茶杯，想了想，开口。

闻言，程温如看程隽一眼，点头："我们刚刚也在商量，你的那些朋友什么时候走，你自己处理更好，大堂主也不用头疼了。"

"今天晚上在家里住吧？"程隽接手了，程温如就不管那两人的事情了，只问程隽和秦苒。

程隽无所谓，他看了秦苒一眼，见秦苒没意见，便点头。

从爆出程隽不是程家人来，这是第一次程隽和秦苒住程家。

程温如喜出望外，程隽的院子一直给他保留着，程温如也吩咐人时常打扫。

“苒苒，你上次住的房间，也一直还在，爸后来还特地重新装饰了一下，你要不要去看看？”程温如握着秦苒的手，有些感慨，若是老爷子还在……

秦苒进去看房间，程隽没进去。他只是一只手插着兜，瞥向程温如：“不是，你这……”

“怎么了？”程温如不明所以。

“她当然跟我一起，你带她看什么房间？”程隽不紧不慢地开口。

程温如：“……”程隽从什么时候开始学会了不要脸？

两个月后，A 城局势动荡。

林家、沈家于夹缝中也没能生存下来，好在一个林锦轩能独当一面。

秦苒结婚的消息没有通知林家人，也没有在网络上公布。网友路透的结婚时的各种视频跟图，尤其是秦苒那张模糊的侧脸，一夜之间就消失在网页上。

“小妹，你的腿好了？”宁晴是后来才知道宁薇来 A 城的。

沐楠在学校附近租了个房子，两室一厅的，68 平方米，对宁晴来说很小。

宁薇一如既往的沉默，把厨房的火关掉：“是。”

“那就好，”面对宁薇，宁晴也不想多说，好半晌，才开口，“你现在……”

“我现在很好。”宁薇的声音听不出喜怒。

宁晴看了眼 68 平方米的房子，拧眉：“算了，我不跟你说这个，你知道苒苒她现在在哪儿吗？我听说……她结婚了。”

“不知道。”宁薇拿抹布擦着桌子。

宁晴看着宁薇，一句话哽在喉头，好半晌，还是没说什么，直接离开：“我也管不了你什么了。”

宁晴走后，宁薇放下抹布，站在窗边，一直没有说话。

与此同时，附中。

沐楠一身冷冽，穿着白色校服从人群中出来，鹤立鸡群。

上附中以来就霸榜的高三校草，学校里几乎每个人都认识他。

他目光在人群里找了找，没多长时间就看到了靠在树边有些不太耐烦的女人。

沐楠眼前亮了亮，连忙抬脚朝那边走过去：“老师拖堂了。”

看到人，秦苒往下拉了拉鸭舌帽，站直身体：“没事，走吧，宋大哥他们等着了。”

她勾了勾手指，沐楠连忙跟上。

两人刚走了两步，就被几个黑衣人拦住，黑衣人背后有一个老人，老人目光轻飘飘地掠过秦苒，最后落在沐楠身上，由上而下打量他，道：“你是沐楠？”

六月初，下午五点多，光线有些强，秦苒不由得往下压了压帽子，瞥向沐楠。

“没事，姐，”沐楠淡淡收回目光，他神色疏离又清冷，脸上没什么表情，视线继续落在秦苒身上，“我们走吧。”

这边人流量大，程木的车停在隔壁街口，两人直接走过去。

他们走后，几个黑衣人面面相觑，看向老人：“管家……这……”

老人看着两个人的背影，略微沉吟：“跟上去，如实禀告大少爷。”

两个黑衣人连忙跟上去。老人也转身上车，他刚上去，跟着沐楠的黑衣人又回来了。

听到原因，老人一顿，抬头：“这也能跟丢？”

黑衣人羞愧地低头，同时，也感觉到奇怪。

这位沐楠少爷……怎么跟那位沐盈小姐不太一样……

而且，听说他的成绩不错。

难怪老爷子想找他回去。

与此同时，程木将车开上大道，他看了眼后视镜：“沐楠少爷，需要我……”

说着，他手比作刀，抹了下脖子。

沐楠沉默了一下，跟着他表姐的人都好凶：“不必，不见他们就行。”

他低头看着手机上的习题册。

程木闻言，也就没再多问，同秦苒说话：“我先送你们去咖啡馆，然后我要去林叔叔家，隽爷等会儿来接你。”

“行。”秦苒靠着车窗，神色有些恹恹的。

沐楠的事情她早就知道，也不着急。

再过两天沐楠就要高考了，高考对沐楠来说不是什么问题，他早就被保送到了J大。

沐楠在去年物理竞赛上拿了国一跟世界金牌，这种殊荣每年也就一个。

上一次拿到大满贯的还是宋律庭。

因为都认识，廖院士现在都还没个徒弟，听宋律庭说了沐楠的事情后，直接看中了秦苒的小表弟。

至于秦苒……廖院士没那个胆子跟信心收。

这次饭局，也是廖院士跟秦苒提议的。

去年因为几大研究院大换血，J大跟A大又联合搞事情，想要吸取更多人才，今年的全国卷尤其是物理比去年更难。业内知道沐楠的人不多，但这次高考后，沐楠的风头将会跟去年秦苒差不多。

廖院士想了想，还是决定在高考前定下收沐楠为徒这件事。

饭局上人不少，一直忙于实验的叶师兄、南慧瑶等人都在。

“以后都是一个实验室的，”邢开有些不太在意，十分熟络地同沐楠打招呼，“表弟，快来，坐。”

秦苒坐在宋律庭身边的位子上，桌子上已经有人给她倒了一杯茶。

秦苒一边拿着茶杯，一边看着桌子上的菜，离她最近的是水煮肉片。她看了一眼，也没动筷子，只喝了两杯茶。

廖院士等人在同沐楠说话。

宋律庭注意到秦苒的异样，他放下筷子：“怎么不吃？”

“不饿。”秦苒一手拿着杯子，一手撑着下巴看沐楠那边，语气随意，就是感觉精神状态不好。

宋律庭看了她一眼，不由得拧眉，只是没多说。

虽说A城实验室研究出了抑制Y3病毒的酶，之前秦苒也跟他说了没事，但秦苒向来报喜不报忧，他确实担心。

一顿饭没吃多长时间，不过半个小时，宋律庭提议提前散场。他让邢开开着他的车子送沐楠回去，他自己陪秦苒在门口等程隽。

程隽在医学实验室处理后续的问题，来得也很快。

吃完饭，这会儿已七点多了，天色渐渐转黑，路边霓虹灯亮起，程隽从驾驶座下来，眉目雅致。

宋律庭单手插兜站在酒店门口，等秦苒上了车，他才看了程隽一眼。

程隽关了副驾驶的门，也没上车，往宋律庭这边走了几步。

“Y3病毒有后遗症吗？”宋律庭收回看车的目光，略微皱眉，“她晚上没吃饭。”

宋律庭想了想，又添了一句：“水煮肉片。”

闻言，程隽整个人顿了一下，他抬头，酒店不太明显的灯光下，他整个人锋锐的眉目显得温和很多。他跟顾西迟观察了很多临床病人，基本没什么后遗症，秦苒体质也好，之前还吃了不少实验用药。

听宋律庭这么说，他微微颔首，正了神色：“我大概知道了，谢谢。”

回到别庄，秦苒直接上楼，去书房开始忙数据。

程隽走到厨房，跟厨师说了几句，厨师愣了一下，然后又在原地转了几圈。

程隽回到书房，秦苒正坐在他的书桌前，严谨认真地分析今天实验室的数据。他也没打扰她，就轻轻关上了门，等她忙完，才伸手从背后抱住人。

秦苒算完，才微侧头："怎么了？"

"苒姐，我们明天请个假？"程隽也没放手，下巴轻轻搁在她的肩膀上，"复检。"

Y3 复检？

秦苒"哦"了一声："你还能有时间？我只能请半天假，实验室最近忙。"

他们两个所在的研究院都在动荡期间，这段时间都挺忙的。B 计划到收尾阶段了，她不太放心。

程隽轻轻笑了一下："你乐意。"

秦苒晚上在酒店没吃，也懒得吃饭，下楼后，发现厨师只煮了清粥，还有两个小菜，她倒是吃了一碗。

厨师就捧着本子，严肃地站在她身侧，时不时地看着她。

程隽就坐在她身侧，也没吃，就看着她吃。

好半晌，他才拿出手机，不紧不慢地给顾西迟发了条消息。

没过一会儿，顾西迟的电话就打来了。

"师兄，你不是说把小苒儿接回去，就来实验室吗？"电话那头，顾西迟有些崩溃。

程隽看着楼上，懒洋洋地开口："不了，实验室你跟老师加油，我短期内不会常去。"

他又说了几句实验室的注意事项，就掐断了手机。

翌日，一院，一大早几个医生就准备好了检查室。

程隽陪秦苒在外面等着，一项项结果出来。

程卫平守在第一线，护士拿的结果他第一个收到，见护士脸色有些异样："怎么样？秦小姐没事吧？"

程隽也看向护士。

"啊？"被这两个大佬看着，护士有些紧张，不过她很快回过神来，她把一份单子递给程卫平，默默开口，"这两位……可能走错了科室。"

程卫平站在最前面，率先接过了单子。都是医生，看着单子上显示的内容，他也顿了一下。

这里的检查仪器都不会出错。

"三少爷，您看。"程卫平压抑住心里的惊喜，故作淡定地把单子递给程隽。

程隽接过单子，看了一下。

“什么？”秦苒凑过来。

程隽把单子塞到自己兜里，伸手把秦苒揽过来，似乎是顿了下，才开口：“苒姐，我们先去另一边。”

这一次，程卫平没有跟着两人离开。

等两人上了电梯，他才连忙从兜里拿出手机，给程温如打电话，叽叽喳喳：“大小姐，大喜事啊！”

那一边的程温如正处理完一份文件，被程卫平这一声吼得，差点儿扔了手机。

她还没来得及问什么喜事，程卫平下一句话就来了：“家里要添新丁了！”

程温如“啪”的一声挂断电话，往别庄赶。

程卫平也挂断了电话，乐呵呵地笑着。

身侧，小护士看了程卫平一眼：“院长，刚刚那两位……”

小护士只听程卫平叫三少，心里大概有了猜想。

“三少爷，”程卫平收起手机，笑了笑，不由得感叹，“A城里，要出一位比隽爷还要爷的太子爷了。”

这个消息如同一阵风暴，席卷了整个A城上层。

这一年发生的事情太多，这个消息对秦家、程家、徐家等家族来说，是除了他们结婚外的第二大喜事了。别说在拍戏的秦修尘、言昔等人，连外出的五行都匆匆赶了回来。

程火站在门口等人的时候，他手背在身后，直接开口：“肯定会遗传少夫人的电脑技术，少夫人肯定不耐烦教孩子，以后我教他计算机。”

“那我教他卖衣服？”程金若有所思，“隽爷肯定也不会管。”

“我只能教他打架了……”程木默默开口，总不能教人种花。

程水：“……”有顾西迟、唐均、巨鳄、常宁这些人在……还能轮得到你们？

想到这里，程水不由得担心秦小姐孩子的未来——一个还没出生，就被各路大佬惦记的孩子。

不远处，黑车缓缓开过来。

程隽从驾驶座上下来。

秦苒一边下车，一边给廖院士打电话：“廖院士，我今天来不了了，实验室那边都要麻烦你了。”

本来说下午要去实验室，这件事出来后，她也不能去了。

她的实验本来就有关于核，辐射很大。整个实验室的范围都比较危险，这是核试验一直都在地下进行的原因之一。

可以这么说，整个实验室的研究员们，每天都是拿生命在进行实验。

眼下她这个情况……肯定是不能继续待在实验室里的。

秦苒低了低头，也觉得有些奇特。她大概是没想到，还会有这么一天。

闻言，廖院士放下手边的工具，沉吟了一下："好，你没事吧？"

秦苒仰了仰头，"啊"了一声："没事，您放心，晚点再跟您说。"

实验室正是紧张的时候，她自然不能说离开就任性地离开，正常的假期还是要请的。

她挂断电话，程隽也拿着手机低头看她："请假了？"

"嗯。"秦苒有些烦。

程卫平嘴上没把门，这件事传得很快，秦苒和程隽两人从医院出来，程隽就一直不停接电话。可能是觉得秦苒听到手机响会烦，连秦修尘的电话都是打到了程隽这里。

"秦小姐。"五行在门口站成一排，一个个恭敬地开口。

程木还用眼睛偷瞄，秦苒差点想跟他打一架。

"这是李阿姨，"程水一行人让开，进去给秦苒和程隽介绍刚来别庄的老阿姨，"秦六爷找过来的。"

秦苒这件事给A城注入了鲜活的气息。

程温如人还没到，程管家就送了一堆必需品过来，而秦家人恨不得搬到别庄来跟秦苒一起住。

秦修尘在知道这件事的第一秒，就找了个年长的老阿姨来程家这边照顾秦苒。毕竟两家都没有什么太靠谱的女性长辈，唯一一个程温如还是单身。

对于秦修尘找过来的人，程隽也放心，他朝李阿姨点点头："李阿姨，今后要多麻烦你了。"

"不麻烦，不麻烦。"李阿姨连忙摆手。

物理研究院的人知道秦苒的事情，已经是第二天，负责处接到秦苒的报告单。南慧瑶、叶师兄差点儿打爆秦苒的手机，若不是正忙着实验，肯定连番来找秦苒。

秦苒跟程隽已经搬回了亭澜。别庄比较偏，距离市里较远不太方便。

此时秦苒正坐在楼下沙发上，随意地把耳机戴上，跟南慧瑶等人通话。

"小师妹，你要是没事的话，帮我带一下学生的毕业论文吧，"叶师兄那边放下了实验报告，沉吟了一下，才对秦苒道，"四个人。"

秦苒不能去研究室，实验室内除秦苒、廖院士，最厉害的叶师兄身上的担子就重了，他这学期还带了四个J大自动化系的毕业生。

秦苒靠着沙发，手拨着耳机线，闻言，微顿："合适吗？"她自己都还没毕业。

"当然合适，"叶师兄不由得闷笑，"二十一岁的 ICNE 冠军，二级研究员，你知道物理系多少你的迷弟吗？你批的论文，江院长肯定放心。"

秦苒现在在物理研究院的头衔就是二级研究员，让她带论文，绝对合适。

叶师兄说完就把秦苒拉到了一个讨论组里，这讨论组的四个人就是他要带的学生。他给四个学生说了一下换了个导师带他们，然后又把带的论文交给了秦苒，就继续自己的实验了，让秦苒指导四个学生的论文。

秦苒最近确实没什么事情，之前她还要带林思然上至尊十九星，不过由于高端局带林思然太坑，秦苒就把这个包袱丢给了程隽。至于陆知行那边，也默默收回了一堆源代码。

这四个学生的毕业答辩在即，秦苒对他们的论文也上了心。

程隽在医学研究院的工作也辞了大半，一天接近一半的时间都会在家陪秦苒，其余就是批文件。

今天依旧是在书房，秦苒坐在程隽对面翻看四个应届生的论文。她耐心一向不好，接管了四个应届生的论文后，才发现这四个学生的问题很大。

翻到第一个学生的论文，秦苒不由得拿手按着太阳穴，之前她指导的问题还没有改正。

"我帮你看看。"她刚往椅背上一靠，对面的程隽就伸手抽过了她手里的论文。

"你看吧，这些低级错误，你这个学医的都知道，"秦苒手指敲着桌子，"他们太不严谨了，不如去带林思然打游戏。"

程隽闻言，抬眸看了她一眼，笑道："电脑就在你背后，这四篇论文我帮你看看。"

程隽虽然不学物理，但最近两年帮秦苒看实验、计算数据，也知道一些东西。尤其是这论文，还是他曾经帮秦苒研究过的实验，他确实能找出一些问题。

"你先看看吧，我再等等。"秦苒拿过电脑，开机询问林思然玩不玩游戏。

程隽坐在椅子上，看着她开了游戏，才摇头失笑。

外面，李阿姨端了一碗汤过来，看到秦苒坐在电脑前，刚想说话，程隽就不温不火地打断了她："李阿姨，让她玩，把汤给我。"

"那行吧。"李阿姨把手里的汤递给程隽，又嘱咐了一句，"先生，您今天可一定要让夫人喝下去。"

程隽微微颔首。

李阿姨不太放心地看他一眼，带上门出去。出去的时候，她不由得看了程隽一眼，有些叹息。来了几天，她对这两位的相处模式有了了解。她一向不主张秦小姐玩电脑游戏，会影响孩子，但放在程先生那里，就打了一个又一个的折扣。

秦小姐有这么一个爱人，简直是人生赢家。

李阿姨笑了笑。

晚上，程隽依旧在帮秦苒看论文，程水和程金在一边汇报事情。

程隽一边听着，一边修改。他向来一心二用，程金、程水两人都已经习惯。

程隽已经看完两篇了，这篇看完，他把论文放回去，又重新拿了最后一篇论文。

他刚拿出来，翻到第一页，论文里就掉出来一个粉色的心形信封。粉色的信封掉在桌上，上面用黑色的笔写着“葛浔”二字。

“市场上的……”程金汇报到一半，整个人忽然停住，看着掉在桌子上的情书，同程水一起双双陷入沉默。

以秦苒的履历跟相貌，收到情书，简直太正常了。

“继续说。”程隽神色淡淡地收起情书，放到抽屉里。

“哦。”程金又立马接着汇报。

程隽今天处理的事情很多，等他回到房间后，秦苒还没睡，她拉着被子坐在床头，手里不紧不慢地翻着一本书。

“怎么还没睡？”程隽把手机放在一边，手撑在床头，低头亲她。

秦苒声音有些含糊：“下午睡了。”

“嗯。”程隽不动声色地回，“论文我已经帮你批好了，明天我通知他们过来拿？”

亭澜距离J大不远，秦苒最近不忙，本来想要自己送过去，但听程隽一说，也就没坚持，虽然她已经沉寂快半年了。半年时间，对一个没有曝光度的人来说，很容易就被网友们遗忘。但J大知道她的人还是不少，秦苒最近尤其怕麻烦，让那四个人来亭澜也好。

翌日，早上七点，四个学生准时到达这里。

四个人都是J大物理系的学生，J大关于秦苒的传言很多，尤其是秦修尘节目的事情。因为研究院都是处于保密状态，对于秦苒在研究院的状态，普通学生知道得不多，不然陈淑兰的身份也不会一直保密。

眼下四个学生都没想到秦苒会住在亭澜这种寸土寸金的地方。

按了门铃，门刚被打开，他们就看到穿着一身家居服的男人。男人眉眼清隽，彬彬有礼，看到四个人，他让了一条路：“是苒苒的学生吧？先进来。”

男人十分有礼貌，但气场太强，身上光华所摄，这四个人都没敢说话。

程隽让程木给四个人倒了茶，又看了眼楼上，才轻笑着回："她还在睡觉，我上去叫她，你们稍等一下。"

四个人都没有说话，尤其是坐在中间的葛浔格外沉默。

只有程木，进去同程金小声道："隽爷不是已经帮秦小姐改好了吗？为什么还要找秦小姐下来？"

这段时间，程隽都不会在早上吵秦苒，为此，他的起床时间都延迟到了早上八点。

闻言，程金没说话，只是低头，想起了昨晚掉在桌子上的情书，莫名有些同情那个叫葛浔的小伙子，被刺激大发了吧？

等程隽上楼了，葛浔身边的男生才看了葛浔一眼，暗自叹息。

葛浔在他们中间条件很不错，九成希望进研究院，谁能想到今天就看到这一幕……

他们虽然不认识程隽，但不妨碍他们对程隽的判断，先不说程隽，光是倒茶的程木就让人却步。

秦苒一直没有睡懒觉的习惯，只是最近睡眠比往日好。

她下来的时候，已经是十分钟之后了。

她在大厅指导四个学生的论文，其他人都没有打扰。程隽拿着杯茶坐到窗边，小声跟顾西迟打电话。

"批注在上面，你们先看。"昨晚程隽改完后把大致情况都跟秦苒说了，这些论文对秦苒来说很简单。但程隽批注的东西，有些一眼就能看明白，有些也需要讲解。

这些秦苒都能搞定，只是在葛浔的论文这里出了点问题，他将里面的一点指给秦苒看："秦老师，这里……"

秦苒坐在四人对面的沙发上，闻言抬头，接过葛浔手里的论文："拿来。"

葛浔沉默地将论文递过去。

这里是程隽批注的，批注的内容看起来像是一行代码。

秦苒按了下太阳穴，一时也没懂，她微微侧头，手指不轻不重地敲着桌子："隽爷，您过来一趟。"

程隽挑了下眉，一边跟电话那头的顾西迟说了一句，一边走过来，顺手接过秦苒手里的论文："怎么了？"

秦苒往后一靠："自己看。"

程隽一眼瞥过去就知道是什么，朝葛浔笑了笑，很有礼貌："抱歉，我看的时候不小心代入了医学，部分从医学角度出发的论证法，《医学宝典》看过吗？

533 页就有具体介绍，你回去可以看看。”

他明明没有说什么，葛浔却沉默了。

“大家还有其他什么疑问？”程隽依旧不急不缓的，气场十足。

谁还敢有其他疑问？

其他三人纷纷摇头，然后起身告辞。

楼梯角落看程木浇水的程金见这些人终于要走了，踢了程木一脚：“程木，送客。”

“哦。”程木闷声放下手里的水壶，去送四人。

程金的这句话让四个学生再度面面相觑，没敢再说话。

等下了楼，看不到程木的身影了，才有一人看向葛浔，沉默了一下，道：“葛浔，收收心。”

葛浔一句话没说，直接低头往小区门口走。

等他走了，剩余三人相互对视一眼，心有余悸，这一家人可是姓程啊。

楼上。

李阿姨看到秦苒起来，把准备好的早餐端过来。程隽没再多提这四个人，毕竟秦苒的粉丝太多了，光是微博上就有一亿情敌。

“程少，”看到秦苒又在刷手机，李阿姨便数落程隽，“您不能老带着秦小姐看手机玩电脑，对她身体不好的……”

李阿姨背后是秦家人，可不管程隽是谁。

程金跟程木面面相觑，新来的阿姨是位狠人。

程隽低头认错：“我等会儿带她出去。”

李阿姨这才满意，她拿出本子，记录今天秦苒的状态：“这才对嘛……”

程隽说带秦苒出去玩也不是心血来潮，巨鳄跟肯尼斯他们一直没走，程土将他们安排好了。巨鳄消息灵通，早就知道了秦苒的事，甚至提前预订了秦苒肚子里这位的干爹。

程土将巨鳄安排在京郊区，之前的一个废弃基地。

“就这里了。”程木刚将车停好。

“轰隆——”一声响，天空绽开出一朵蘑菇云。程木还没拔出车钥匙，就呆呆地抬头，看天空的蘑菇云：“少、少爷……”

他没记错的话，距离这里几里地的地方，还是有人的。

程隽倒是比程木淡定：“联系一下，交给记者，顺便让人清理这一块。”

程木：“……”不愧是您。

这里是训练基地，还有不少巨鳄刚运过来的新鲜玩意儿，他刚试玩了自己的新产品，就看到秦苒跟程隽从校场入口走来。

巨鳄抬了下手，跟两人打招呼，目光放在秦苒肚子上，咳了一声，才道："我这干爹给准备的烟花怎么样？"

程隽轻声笑了笑，事关秦苒这边的人，他都挺宽容的。

秦苒瞥了巨鳄一眼："你低调点，记者们也不容易。"

巨鳄慢悠悠道："我这已经是缩小版的超迷你烟花了。"

刚联系完记者，赶过来的程木听到巨鳄的话，头都木了。

看来前几天他们五行讨论得还都挺温柔。

"确实很收敛了。"程隽揽着秦苒的肩，微微偏头，对巨鳄说话，声音也轻缓，"放心，这边都给你准备好了。"

巨鳄之前看程隽不是很爽，毕竟这位曾经动过他的"大兄弟"，最近一段时间倒是看程隽看习惯了。他拍了拍手："你们抬头，本来你们结婚就该给你们放个烟花，晨鸟她也不让，等你们孩子出生了，我再给他多放几次。"

秦苒下意识地抬头，一道白光在她头顶闪现。

程隽抬手捂住她的耳朵，没有很浓重的硝烟味。

白光骤现，烟雾呈现出比较明显的"Q"字。

"成功了，成功了！"周围传来实验人员的欢呼声，爆炸声也掩盖不住。

整个基地瞬间喜庆起来。

"氢炸弹？"秦苒顿了一下。

"没错，你很小的时候不是用氢炸弹炸过人贩子，"巨鳄觉得秦苒这方面天赋挺高，"竟然敢抓你这暴君……"

程隽在一边默默听着两人的对话。

巨鳄去那边确定数据了，秦苒这才转头，看程隽半晌没说话，只看着她："怎么了？"

程隽的手这才滑下来，放在她的腰间，低头压低声音，眉眼一片欣然："夫人，知道我第一次见你是什么时候吗？"

秦苒挑眉："打架那一次？"

"不是，"程隽慢吞吞地摇头，他看着秦苒的眼睛，"当年你六岁就能使用那么厉害的武器，我定位到徐摇光，听说有这么一个天才儿童，就想去认识一下，结果只看到了你翻墙离开。"

余下的只有徐摇光当年描述的带骷髅头的小提琴。

六岁的事情已经十分遥远了，但偏偏就那么一件，秦苒记得很清楚。

她记性好，当时在一中见到徐摇光的时候，就认出了他是被拐卖儿童中的一个。

只是没想到，会有程隽。

她抬头：“你……”

程隽失笑，眸光温柔：“我惦记了十几年，能解开我给徐摇光机关的人，还是你。”

你是我算不到的意外。

（正文完）

《一万次心动（番外篇）》将于2021年12月全国上市！